차가운 숨결

박 상 민
장편소설

차가운 숨결

아프로스
미디어

목을 매달아 죽은 이오카스테를 발견한 순간 두 눈을 찔러 장님이 된 오이디푸스. 테베의 존경받는 지도자에서 하루아침에 인류 역사상 최악의 패륜아로 전락한 그의 삶을 떠올릴 때면, 진실이라는 것이 얼마나 무서운 흉기가 될 수 있는지 체감하고는 한다.

저주의 신탁이 실현된 순간, 아이러니하게도 오이디푸스는 운명의 굴레를 벗어난 것에 감사해한다. 그러나 오랫동안 행복한 삶을 영위하기에 진실에 대한 그의 열망은 지나치게 컸고, 결국 그것이 그를 포함한 가족 모두를 돌이킬 수 없는 파멸로 몰아붙였다.

그리스 신화 中

차례

* 본 작품에 나오는 시설 및 인물은 실제로 존재하지 않습니다.

* 작품 내의 모든 주석은 작가가 작성한 것입니다.

프롤로그

§

아이는 한 발자국도 물러설 생각이 없었다. 엄마와 대치한 지도 벌써 5분이 넘었지만 여전히 승패는 갈리지 않았다.

"엄마……."

아이가 간절한 눈빛으로 엄마를 올려다봤다. 지금까지는 이런 수법이 톡톡히 효과를 본 게 사실이지만 오늘은 제대로 먹혀들지 않았다. 난공불락의 요새처럼 엄마는 계속되는 공격에도 흔들림이 없었다. 팔짱을 낀 엄마는 눈도 뜨지 않고 고개만 도리도리 저었다. 아이는 심술이 나기 시작했다.

아이는 한 달 전부터 오늘이 되기만을 목이 빠져라 기다려 왔다. 오늘은 아이의 열 번째 생일이다. 엄마는 생일 선물로 애완견 미키와 단둘이 산책하는 것을 허락해 주기로 약속했었다. 하지만 약속은 말, 말, 말뿐이었다. 아이의 끝없는 부탁에도 돌아오는 답변은 하나였다.

"안 돼!"

아이는 차츰 눈가가 물기로 촉촉해지는 것을 느꼈다. 울면 안 되는데. 울보 소리 듣기 싫은데. 울음이 터져 나오려는 것을 꾹 참으며 아이가 박박 대들었다.

"엄마, 거짓말쟁이!"

엄마의 손바닥이 내려오더니 아이의 정수리에서 주먹 하나 정도 떨어진 곳에서 멈췄다.

"오늘까지 요만큼 크면 그러기로 했어, 안 했어? 엄만 거짓말한 적 없어."

"치잇."

아이가 볼을 풍선처럼 부풀렸다. 덩치 큰 미키와 산책하려면 키가 더 커야 한다는 게 엄마의 설명이었다. 약속할 때만 해도 그 정도는 얼마든지 자랄 수 있다고 생각했다. 그런데 웬걸. 학교에서 나오는 우유를 꼬박꼬박 챙겨 먹고, 키 크는 데 좋다는 줄넘기를 하루에 백 개씩 해도 누가 머리 위에서 누르고 있기라도 하듯 키가 크지 않았다.

"노력해도 안 되는 걸 어떡해. 엄마, 미워!"

아이의 눈에서 눈물이 뚝뚝 흘러내렸다. 창피한 모습을 보이고 싶지 않아 등을 돌리고 흐느꼈다. 어깨에 부드러운 감촉이 느껴진 것은 잠시 후였다. 놀라서 고개를 든 아이의 시야에 엄마의 갸름한 얼굴이 들어왔다.

"내가 졌다. 엄마가 허락해 줄게. 그러니까 울지 마, 응?"

아이는 고개를 돌리고 입을 꾹 다물었다. 엄마가 작게 한숨을 내쉬고 말했다.

"오늘 하루만이야."

"엉!"

아이는 귀가 잘못된 줄 알고 얼빠진 소리를 냈다. 어쩔 수 없다는 듯 웃으며 엄마가 아이의 뺨을 두 손으로 감쌌다. 엄마의 손에서 전해져 오는 온기에 아이는 차가운 뺨이 따스해지는 것을 느꼈다.

"대신 멀리는 가면 안 돼. 우리 집 주변에서만, 알았지?"

아이는 목이 메어서 말없이 고개를 끄덕였다. 조금 전만 해도 하염없이 흘러내리던 눈물은 이미 말라 버렸다. 미키와의 첫 번째 산책은 그렇게 시작되었다. 아이는 설레는 마음을 안고 집 밖으로 걸음을 내디뎠다.

"미키야, 너도 기쁘지?"

멍멍.

마당에서만 지냈던 게 불만이었는지 미키가 꼬리를 살랑거리며 대답했다. 주택가의 담벼락을 따라 나란히 걸어가던 미키는 동네의 다른 개들과 마주칠 때마다 사납게 짖어 댔다. 얼굴을 찡그리는 몇몇 사람들에게 아이는 죄송하다고 말해야 했다. 좁은 골목 앞에 다다른 아이가 미키를 돌아봤다.

"준비됐지?"

골목을 빠져나가면 차들이 달리는 도로가 나온다. 아이의 말을 알아들었는지 미키가 혀를 내밀고 짖었다.

"좋아, 엄마한텐 비밀이야."

들뜬 마음에 아이가 앞으로 달려가려던 그때, 뭔가에 걸려 바닥에 넘어졌다. 처음에는 상황을 제대로 파악하지 못했지만 곧 오른쪽 무릎에 통증이 밀려왔다. 비로소 아이는 신발 끈이 풀려 있는 것을 깨달았다. 반바지를 입은 탓에 까진 무릎에서 피가 배어 나왔다. 가까스로 몸을 일으킨 아이는 신발 끈을 묶으며 중얼거렸다.

"괜찮아, 미키. 하나도 안 아파."

…….

문득 아이는 주변에 미키가 없는 것을 알아차리고 벌떡 일어났다. 둘러보니 골목의 틈새로 멀어져 가는 미키의 모습이 눈에 들어왔다.

"미키야, 거기 서!"

불길한 예감에 서둘러 뒤를 쫓았지만 거리는 쉽게 좁혀지지 않았다.

골목을 벗어나자마자 미키는 오른쪽으로 방향을 꺾었고, 아이는 숨을 헐떡이며 겨우 골목을 빠져나왔다. 미키는 횡단보도에 막 앞발을 내밀고 있었다.

"가지 마! 위험해!"

미키는 더 이상 아이의 말을 따를 생각이 없어 보였다. 신호등의 빨간불도 무시하고 미키가 횡단보도를 가로질러 달리기 시작했다. 맞은편에서 커다란 트럭 한 대가 돌진해 왔다. 이대로라면 트럭이 미키를 깔아뭉갤 것 같았다. 아이는 다급한 마음에 있는 힘껏 고함을 내질렀다.

"미키!"

§

원내 방송에서 낯익은 이름이 호명되었다. 샤워기의 물을 잠근 나리는 칸막이 문을 열고 나와 바깥 소리에 귀를 기울였다.

[내과 강나리 선생님, 1821. 내과 강나리 선생님, 1821.]

나리는 본능적으로 라커 위로 손을 뻗었다. 핸드폰 액정 화면을 본 순간 자신도 모르게 숨을 들이마셨다. 부재중 전화가 세 통이나 와 있었다. 한 통은 10병동, 나머지 두 통은 8병동이었다. 번호의 뒷자리가 1821인 것으로 보아 그녀를 호출한 쪽은 8병동임을 알 수 있었다.

"이건 너무하잖아!"

이틀 내내 씻지 못해 샤워하는 시간만큼은 방해받지 않으려 무음으로 설정했는데, 그새 콜이 세 개나 와 있을 줄이야. 이제 막 샴푸를 몸에서 씻어 낸 나리는 자신의 처지가 원망스러운 한편 어디에 하소연할 수도 없었다.

다른 직종의 친구들에게 내과 레지던트의 일상에 대해 불평할 때마다 과장한다는 핀잔을 듣는다. 드라마를 보면 카페에서 동료들과 수다를 떨고, 의사들끼리 데이트도 하던데 너무 엄살떠는 거 아니냐는 것이다. 그런 속이 뒤집히는 말을 들을 때마다 10분만이라도 옆에 붙어서 일하는 걸 지켜보라고 할 때도 있었지만, 이제는 그런 말을 내뱉을 여력조차 없었다.

그녀가 핸드폰을 들고 멍하니 생각에 잠겨 있던 그때, 또다시 원내 방송이 울려 퍼졌다.

[내과 강나리 선생님, 1821. 내과 강나리 선생님, 1821.]

머리를 마저 감고 싶었지만 그랬다가는 병동에서 늦는다고 난리가 날지 모른다. 체념한 그녀는 핸드폰에서 번호를 찾아 통화 버튼을 눌렀다. 연결음이 끝나기도 전에 상대편이 전화를 받았다.

[8병동 간호사 박다영입니다.]

"다영 쌤, 저 내과 2년차 강나린데요."

순간 다급한 목소리가 파고들었다.

[선생님, 우리가 얼마나 찾았는데. 왜 전화 안 받았어요?]

"죄송해요. 폰을 무음으로 해 놓는 바람에."

사실대로 털어놓는 순간 끝장이다. 나리는 샤워실에 있는 것을 들키지 않으려고 목소리 톤을 낮췄다.

"그나저나 무슨 일이에요?"

[810호 한재훈 환자분, 의식이 안 돌아와요.]

"한재훈 님요?"

주치의를 맡은 환자는 아니었지만, 나리는 그가 누군지 알고 있었다. 얼마 전 당직 때 복수가 가득 차서 빼냈던 중년 환자였다. 정신없이 스쳐 지나가는 수많은 환자 중 유독 그 이름을 기억하는 것은 그의 딸 때문이었다. 교복 차림의 그녀는 처치에 집중할 수 있게 나가 달라는 것을 한사코 거절하더니 끝까지 모든 과정을 곁에서 지켜보았다. 아버지를 바라보는 수심 가득한 눈빛은 며칠이 지난 지금도 잊히지 않았다.

[네, 복도에 쓰러져 계신 걸 발견했어요.]

한 손으로 수건을 집어 든 나리가 젖은 몸을 닦아 내며 말했다.

"넘어지기 전에 의식을 잃은 거예요? 아님 복도에 머리를 부딪친 거예요?"

[저희도 몰라요. 본 사람이 없어요.]

골치 아프게 됐다. 의식장애엔 여러 가능성이 있는데, 그중 어느 것도 지금 단계에서는 배제할 수 없었다.

"가고 있어요. 바이탈은 어때요?"

[잠깐만요.]

잠잠해진 틈을 타서 나리는 재빨리 팬티와 바지를 다리에 끼워 넣었다. 물기를 덜 닦아 다리가 축축했지만 별수 없었다. 브래지어를 집어 들었을 때 핸드폰이 다시 시끄러워졌다. 그녀는 옷걸이에 걸린 가운의 주머니에 브래지어를 쑤셔 넣고 핸드폰을 귀에 가져갔다.

"죄송해요. 다시 말씀해 주세요."

[혈압 110/80, 심박수 60, 호흡수 8이에요. 산소포화도 88인데 자꾸 떨어져요.]

"인투베이션 세트 준비해 주세요. 심전도는 인턴 콜 해 주시고요."

[네!]

"랩 나갈 거니까 피 최대한 뽑아 주시고 혈당 체크도 부탁드릴게요."

[알겠습니다!]

전화를 끊은 나리는 근무복을 마저 입고 그 위에 가운을 걸쳤다. 크록스에 발을 끼워 넣은 그때, 뭔가 얼굴에 달라붙은 듯 불쾌한 촉감이 느껴졌다. 거울을 보자마자 이유를 깨달았다. 이마를 포함한 얼굴 전체에 비누 자국이 남아 있었던 것이다.

'세상에…….'

나리는 수건으로 얼굴을 문질러 닦아 낸 다음 문을 열고 뛰쳐나갔다. 더 이상 시간을 지체할 순 없었다. 샤워실이 위치한 지하 1층에서부터 전속력으로 계단을 뛰어 올라간 탓에 8층에 도착했을 때는 심장이 당장이라도 터져 버릴 것처럼 빠르게 박동하고 있었다. 피가 쿵쿵 맥박 치는 소리가 귓속을 맴돌았다. 잠시 두 손으로 무릎을 짚고 숨을 헐떡이는데 주머니에서 핸드폰이 울었다. 나리는 비상계단의 문을 열고 죽을힘을 다해 뛰었다. 전화를 받자마자 신경질적인 목소리가 날아들었다.

[선생님, 오고 계신 거 맞아요? 산소포화도 72예요!]

"가, 가고 있어요. 다…… 왔어요."

[샘플 채혈은 했고, 혈당 120 나왔어요.]

"고, 고마워요."

이렇게 미친 듯이 뛰다가는 자신이 혼수상태에 빠질 것 같다는 생각을 어렴풋이 하면서도 그녀는 멈출 수 없었다. 어느 순간부터 제 의지라기보다는 이성으로 이해할 수 없는 뭔가가 목덜미를 붙잡고 강제로 잡아끄는 듯했다. 간호 스테이션에 도착한 나리는 자신을 발견한 간호사들의 얼굴에 원망과 안도가 교차하는 것을 보았다. 처치실 문가에 서 있던 다영이 호들갑스러운 몸짓으로 그녀를 불러 댔다.

"선생님, 빨리요. 빨리!"

처치실에 들어선 나리의 시야에 고대 이집트 미라를 연상시키는, 깊은 잠에 빠진 환자의 모습이 들어왔다. 쇠똥처럼 누렇게 뜬 얼굴과 복수로 커다랗게 부푼 배는 기억 속에 남아 있는 모습 그대로였다. 먼저 도착한 인턴이 출력해 놓은 심전도 용지를 그녀에게 건네주었다. 약간의 부정맥이 있기는 했지만 특별한 문제는 없었다. 나리는 곁으로 다가가 양손으로 환자의 어깨를 쥐고 흔들었다.

"아버님, 정신 차리세요! 제 말 들리세요?"

"……."

아무런 반응도 없는 그의 모습에서 나리는 사태의 심각성을 인지했다. 가운 앞주머니에서 펜 라이트를 꺼내 동공반사를 확인했지만, 양쪽 모두 비정상적으로 확장되어 있었다. 글래스고 혼수 척도 의식 장애를 평가하는 임상적 척도는 4점으로 코마 상태였다. 그가 여전히 살아 있음을 알려 주는 것은 미세한 경련이 이는 손발과 모니터에 떠 있는 혈압, 맥박 등의 수치뿐이었다.

뇌경색과 뇌출혈. 나리의 머릿속에 두 응급질환의 가능성이 먼저 떠올랐고 간성뇌증이 그 뒤를 따랐다. 기도 삽관이 끝나는 대로 뇌 CT를 촬영해 앞의 두 질환을 감별해야 한다. 나리는 기도 삽관 세트가 구비된 카트에 손을 뻗으며 다영에게 말을 건넸다.

"쌤, 옆에서 도와주세요."

"네."

환자의 머리를 뒤로 젖힌 다음 부드러운 동작으로 후두경을 입 안에 삽입했다. 이어서 후두경을 따라 기관내 튜브를 삽입하자 대기하던 다영이 스타일렛을 빼내고 공기를 주입했다. 나리는 양쪽 폐를 청진해 정상적으로 기도에 삽관되었음을 확인하고 인턴에게 앰부 백을 일정한 속도에 맞춰 짜도록 지시했다. 60%까지 떨어진 산소포화도는 금방

70%로 반등했다. 겨우 한숨을 돌렸지만 아직 중대한 난관이 남아 있었다.

"다영 쌤, 브레인 CT 찍으러 갈 건데 엘리베이터까지만 같이 가 줄 수 있어요?"

"그럼요. 근데 동의서 없어도 괜찮아요?"

다영이 눈을 동그랗게 뜨고 물었다. 나리는 자신의 행동이 성급했음을 인정했다.

"맞다. 보호자는 어디 계셔요?"

"지금 병원 오고 계세요."

문득 나리는 이곳으로 오는 동안 환자의 딸을 비롯해 어떤 보호자도 보지 못했다는 것을 깨달았다. 하필 중요한 순간에 보호자가 없어 처치가 지연되는 이 상황이 너무 싫었다. 그때까지 기다리다가는 눈앞의 환자가 영영 이승으로 돌아오지 못할지도 모른다. 그를 태운 뗏목은 지금도 스틱스강의 어둠 속으로 빠르게 흘러가고 있었다.

"보호자 연결해 주세요. CT 촬영할 거라고 알리기만 하면 돼요."

"네."

대학병원에 근무하다 보면 당연하다고 여기고 넘어갔던 사소한 문제가 나중에 불똥이 되어 돌아오는 경우가 많았다. 동의서가 특히 그랬는데, 보호자의 동의 없이 함부로 검사를 진행했다가 소송에 걸린 선배를 본 뒤로 나리는 매사에 신중을 기했다.

다영이 보호자에게 전화를 거는 사이 나리는 스테이션의 컴퓨터로 OCS / EMR 프로그램(OCS: 처방전달시스템, EMR: 전자의무기록)에 접속해 기본 랩을 비롯해 뇌 CT, 심전도 등의 처방을 몇 초 만에 완료했다.

처치실로 돌아와 한재훈 환자의 몸을 때리고 흔들어 보았지만 반응이 없는 것은 마찬가지였다. 굳게 닫힌 그의 눈과 입 너머에서 나리는 죽음의 기운 외에 아무것도 읽어 낼 수 없었다. 문득 어딘가에서 사신이 그들을 구경하는 듯한 미묘한 기분이 들었다. 본과 3학년 첫 실습을 돌았을 때부터 죽음에 대한 그녀의 감각은 언제나 정확했다. 주변에서 사신의 기운을 느꼈을 때는 어김없이 환자가 죽었고, 그렇지 않을 때는 기적처럼 살아났다. 그래서 지금은 예감이 좋지 않았다.

"선생님, 연결이 안 돼요. 부인께서 전화를 안 받아요."

처치실로 달려온 다영은 난감한 표정이었다. 보호자가 전화를 받지 않는 이상 어쩔 수 없다.

"전화 안 받았다는 거 차트에 남겨 두세요. 저희 두 사람 동의하에 CT 진행하는 거로 하죠. 다영 쌤, 반대편으로 가 주세요."

"네, 선생님."

사이드레일을 올려 고정한 나리가 환자의 머리맡에서 묵묵히 앰부백을 짜는 인턴에게 말했다.

"인턴 쌤은 앰부 백 놓지 마세요."

"넵, 알겠습니다."

"그럼 출발할게요."

브레이크 페달을 풀고 사이드레일을 움켜쥔 두 손에 힘을 주자 침대가 움직이기 시작했다. 환자의 발끝이 입구 쪽을 향하도록 돌린 뒤 처치실을 빠져나갔다. 속도를 못 따라잡은 인턴이 중간에 앰부 백을 한 번 놓치기는 했지만, 전속력으로 달린 덕분에 엘리베이터 문이 닫히기 직전에 버튼을 누를 수 있었다.

영상의학과가 있는 1층으로 내려가는 동안 엘리베이터는 거의 모든 층마다 멈춰 섰다. 문이 열릴 때마다 나리는 자신을 물끄러미 보는 환자들을 외면하고 닫힘 버튼을 눌렀다. 가운 주머니에서는 아까 전부터 계속해서 진동음이 울려 댔다.

약속이라도 한 듯 이전까지 잠잠하던 9병동, 11병동, 12병동의 간호사들이 차례대로 그녀를 호출했다. 9병동에서 온 콜은 심지어 가슴 통증이었다. 응급 상황으로 병동에 갈 수 없다는 점을 설명하고 인턴을 콜하라고 했지만, 불행히도 눈앞에서 앰부 백을 짜는 인턴이 9병동을 담당하는 인턴이었다. 그는 양손으로 앰부 백을 짜고 있어서 가운 안에서 울려 대는 핸드폰을 받을 수 없었다.

[내과 강나리 선생님, 1920. 내과 강나리 선생님, 1920.]

나리를 호출하는 원내 방송이 끝나자마자 또 다른 방송이 울려 퍼졌다.

[인턴 심은호 선생님, 1722. 인턴 심은호 선생님, 1722.]

9병동뿐 아니라 7병동에서도 찾는 것을 알게 됐음에도 인턴은 불평 한마디 없이 묵묵히 자신이 할 일을 했다.

"인턴 쌤, 걱정 마요. 제가 책임질 테니까 여기에만 집중해요. 알았죠?"

"네, 알겠습니다."

착 가라앉은 인턴의 말끝이 미세하게 흔들렸다.

이 와중에도 한재훈 환자의 생명은 바람 앞의 촛불처럼 시시각각 꺼져 갔다. 손가락에 부착된 산소포화도 측정기의 수치는 75%였다. 전극이 제대로 붙지 않았는지 이동식 모니터의 심전도 리듬이 간헐적인 파형을 그렸다.

'침착하자, 침착해.'

주문을 외듯 속으로 중얼거렸지만 나리는 두 손이 바들바들 떨리는 것을 느꼈다. 1년 전 자신의 미숙한 처치로 세상을 떠난 노인 환자의 검버섯 핀 얼굴이 눈앞에 아른거렸다.

'선생님만 아니었으면 어머님은 안 돌아가셨어요. 선생님이 우리 어머님 죽인 거라고요!'

울분에 찬 목소리로 삿대질하던 아들의 목소리가 왜 하필 지금 머릿속을 스치고 지나가는지 알 수 없었다. 떨리는 두 손을 맞잡고 있던 그때 엘리베이터가 1층에 도착했다. 나리는 사이드레일을 꽉 쥐고 앞으로 돌진했다.

CT 촬영실의 투명한 유리 너머로 납복방사능 차폐용 의복을 걸친 인턴이 주기적으로 앰부 백을 짜는 모습이 보였다. 환자의 머리가 원통형 CT 촬영기의 어둠 속으로 빨려 들어가더니 움직임을 멈췄다. 컴퓨터 모니터로 시선을 돌린 나리는 조금이라도 결과를 빨리 확인하기 위해 눈을 부릅떴다. 뇌출혈일 경우 곧바로 연락할 수 있도록 핸드폰에는 신경외과 당직 레지던트의 번호가 찍혀 있었다.

"서둘러 주세요. 1분 1초가 급한데."

"아, 선생님, 재촉하지 마셔요. 어련히 알아서 합니다."

불안한 마음에 발을 동동거리는 나리와 달리 영상의학과 기사는 딴 세상 사람처럼 과자를 한 손으로 집어 먹으며 커서를 움직였다. 이윽고 웅장한 기계음이 울려 퍼지더니 검사가 시작되었다. 나리는 모니터에 차례대로 떠오르는 뇌 슬라이스 이미지를 빠르게 훑었다. 그때 곁에 있던 영상의학과 기사가 소리쳤다.

"저 선생님이 부르는 거 같은데요?"

유리 너머로 눈길을 돌린 나리의 머릿속에서 사이렌이 울렸다. 앰부백에서 손을 뗀 인턴이 한 손을 높이 치켜들고 그녀를 향해 뭐라고 외쳐 댔다. 인턴의 앳된 얼굴은 금방이라도 눈물을 터뜨릴 것처럼 울상이었다. 굉음에 파묻혀 소리가 들리지 않았지만 나리는 무슨 일이 벌어졌는지 충분히 예상할 수 있었다.

연결 통로의 문을 열고 달려간 나리는 납복을 걸칠 생각도 않고 곧장 환자에게 다가갔다. 심전도 모니터에 떠오른 리듬을 확인한 그녀는 경악했다. 심실세동이었다. 인턴을 밀쳐 내고 환자의 목에 손을 가져가 경동맥을 촉지했다. 맥박이 느껴지지 않았다. 일말의 망설임도 없이 흉골 아랫부분에 양손을 포개어 얹은 나리는 체중을 실어 환자의 가슴을 거칠게 압박하기 시작했다.

"제가 하고 있을게요. 인턴 쌤은 가서 페이징 띄워 주세요."

"네, 알겠습니다."

다급한 발걸음으로 인턴이 뛰쳐나간 지 얼마 되지 않아 원내 방송이 울려 퍼졌다.

[코드블루, 코드블루. 1층 영상의학과, 1층 영상의학과. 코드블루, 코드블루. 1층 영상의학과, 1층 영상의학과.]

1장

§

그런 끔찍한 광경은 처음이었다. 아이는 피투성이가 되어 쓰러져 있는 미키를 멍하니 내려다봤다. 차들이 빵빵 경적을 울리고 창밖으로 고개를 내민 아저씨가 욕설을 뱉었지만 발길이 떨어지지 않았다. 미키를 깔아뭉갠 트럭은 사라진 지 오래였다. 미키의 곁에 남은 건 아이뿐이었다.

"미키……."

무릎을 꿇고 앉은 아이가 미키를 꼭 끌어안았다. 매일같이 씻겨 주고 빗으로 넘겨 줬던 부드러운 털을 손바닥으로 쓰다듬었다. 흘러내린 피로 손이 더럽혀졌지만 아이는 개의치 않았다. 이 모든 게 악몽 같아서 볼을 꼬집어 봤는데 아프기만 했다.

"미키야, 눈 좀 떠 봐, 응?"

…….

대답 없는 미키를 앞에 두고 아이는 점점 초조해졌다. 횡단보도를 건너는 사람들에게 손을 흔들어 봤지만 다들 외면하고 지나갔다. 미키의 눈은 텅 빈 동굴처럼 어둡고 고요했다. 미동조차 없는 눈동자를 보며 아이는 어렴풋이 깨달았다. 오늘 밤이 미키와의 처음이자 마지막 산책이었다는 것을.

아이는 미키를 품에 안고 집으로 왔다. 그 모습을 본 엄마가 놀라서 소리를 질렀지만 이내 원래의 침착한 모습으로 돌아왔다. 엄마는 집 마당 한구석에 조그만 구덩이를 파고 미키를 묻어 주었다.

그날 밤 아이는 한사코 무덤 곁을 떠나지 않았다. 그렇게 하면 미키가 멍멍, 하고 짖으며 다시 무덤을 뚫고 나올지도 모른다는 희망에서였다. 아이가 눈물을 흘리며 말했다.

"산타 할아버지, 올해는 크리스마스에 선물 안 주셔도 돼요. 대신 미키를 저한테 다시 보내 주세요, 네?"

하얀 달빛으로 물든 미키의 무덤 앞에서 아이는 기도하고 또 기도했다. 야속하게도 산타 할아버지로부터는 대답이 없었다. 그때 뒤에서 엄마의 목소리가 들려왔다. 따뜻한 미소를 입가에 띤 엄마는 TV에서 본 산타 할아버지보다 한없이 인자해 보였다.

"미키는 이제 여기 없어."

"응?"

아이는 울다 말고 고개를 갸웃했다. 엄마가 손가락으로 하늘을 가리켰다.

"저어기 있어."

"어디?"

엄마가 가리키는 곳에는 아무것도 없었다. 노란 달만 빼고.

"저기 있잖아. 동그란 거 보이지?"

"달?"

아이는 다시 한번 고개를 갸웃했다. 그곳에는 절구를 찧는 토끼들이 살고 있다고 들었기 때문이다.

"그래, 달! 미키는 저기서 친구들이랑 재밌게 놀고 있을 거야."

"친구들?"

어느새 아이는 울음을 그친 상태였다. 엄마가 아이의 머리를 부드럽게 쓰다듬으며 고개를 끄덕였다.

"쫑이도 저기 있어. 몰랐니?"

쫑이는 옆집의 소미가 키우던 햄스터 이름이었다. 아이는 몇 달 전에 갑자기 쫑이가 움직이지 않는다고 엉엉 울던 소미의 얼굴이 떠올랐다.

"저, 정말?"

"그럼. 지구에서의 생활이 끝나면 동물들은 구름 기차를 타고 달로 가. 칙칙폭폭 소리를 내면서 기차가 달리는데, 그게 그렇게 빠르대."

"얼마나?"

"한 시간? 그 정도 걸린다고 들었어. 미키는 벌써 옛날에 도착해서 쫑이랑 만났을 거야."

"히힛, 다행이다."

미키와 헤어진 이후 아이가 처음으로 이빨을 드러내고 웃었다. 엄마도 빙긋 웃었다.

"그러니까 걱정 안 해도 돼. 우리 안으로 들어갈까? 엄마가 맛있는 거 해 줄게."

"응!"

아이는 엄마의 손을 잡고 집으로 따라 들어갔다.

그날 밤 아이는 오랜만에 꿈을 꾸었다. 꿈속에서 미키는 사고를 당하기 전의 모습 그대로 쫑이와 술래잡기를 하고 있었다. 달에는 미키뿐만 아니라 토끼, 다람쥐 등 친구들이 여럿 있었는데 모두 처음 만난 아이를 반갑게 맞아 주었다.

§

'이러다 터지는 거 아닐까.'

생전 처음 느껴 보는 고통에 수아는 잔뜩 겁을 집어먹었다. 뱃속에서 물고기 한 마리가 격렬하게 꿈틀거리는 기분. 예전에 아픈 친구한테서 그런 말을 듣고 어떤 기분일까 궁금했는데, 직접 경험해 보니 궁금한 마음이 쏙 달아나 버렸다.

이변의 전조가 나타난 건 다섯 시간 전 강의실에서였다. 교수님이 판서한 내용을 노트에 옮겨 적는데 가벼운 통증이 배꼽 주변을 훑고 지나갔다. 그때는 잠깐 그러다 말겠지 하고 대수롭지 않게 여겼다. 하지만 집에 돌아온 뒤로 통증은 예사롭지 않은 수준으로 발전했고, 참고 또 참은 끝에 결국은 이렇게 앰뷸런스 신세를 지게 되었다.

몸을 눕힌 뒷좌석의 들것이 심하게 덜컹거렸다. 수아는 천천히 달려 달라고 외치고 싶었지만 참았다. 사이렌 소리에 파묻혀 들리지 않을 게 뻔했고, 괜히 입을 열었다가는 구역질을 할 것 같았기 때문이다.

울렁거리는 속을 진정시키려 창밖으로 눈길을 돌리자 혜성대학교병원의 웅장한 외관이 시야에 들어왔다. 차갑고 딱딱한 기운이 감도는 그 병원을 볼 때마다 그녀는 아버지의 푸근한 미소가 떠올라 울적해지고는 했다.

"아빠……, 잘 지내고 있지?"

어디선가 아버지가 보고 있을지 모른다는 생각에 종종 그렇게 물어봐도 돌아오는 대답은 없었다. 지금도 마찬가지였다. 앰뷸런스의 속도가 차츰 줄어들더니 멈춰 섰다. 그와 동시에 그동안 애써 잊으려 했던 끔찍한 기억이 밀물처럼 밀려들었다.

'그날 밤 아빠는 뇌출혈로 죽은 게 아니야. 아빠를 죽인 사람은…….'

창문 너머로 근심 어린 표정으로 서 있는 어머니의 모습이 보였다. 수아는 자신도 모르게 입술을 잘근 깨물었다.

*

수술은 막바지를 향해 달려갔다. 비디오 모니터로 보이는 복강경 기구의 현란한 움직임에 현우는 새삼 김태주 교수의 실력에 감탄했다. 대장항문외과 파트를 돈 지 일주일도 안 되었지만, 언젠가부터 현우는 그의 수술에 어시스트로 들어가기를 고대하는 자신을 발견하고는 했다.

구불결장에 나 있던 2.3센티미터의 천공은 말끔히 복구되기 직전이었다. 태주는 선형 자동봉합기로 순식간에 봉합을 마무리했다. 고개를 돌려 타이머를 확인한 현우가 속으로 탄성을 내질렀다. 수술 시간이 이제 막 15분을 넘어섰다. 그야말로 압도적이었다.

지난달에 외과 레지던트가 된 현우는 정작 인턴 때는 태주의 수술에 들어간 적이 없었다. 그의 수술에 들어간 동기들로부터 테크닉과 스피드가 다른 교수들에 비해 월등하다는 말을 듣고 반신반의했는데, 의문이 해소되는 데는 오랜 시간이 필요하지 않았다. 첫날 아침, 태주는 하트만 수술결장을 절제하고 인공항문을 조성하는 수술법을 한 시간 반 만에 끝내고 유유히 수술실을 나섰다. 그 뒷모습을 현우는 입도 뻥긋하지 못하고 멍하니 지켜봤다.

현우는 복강경 카메라를 트로카복벽과 장기 사이에 공간을 만들어 시야를 확보하는 기구에서 빼내어 포에 올려놓았다. 그때 아이유의 감미로운 노래가 가까이에서 들려왔다. 그의 벨 소리였다. 핸드폰을 놔둔 컴퓨터 주변을 둘러봐도 눈에 들어오는 게 없었다. 허둥대는 그를 본 수술실 간호사 유나가 답답하다는 듯 혀를 찼다.

"현우 쌤 폰 아니에요?"

"잠깐만요."

글러브 낀 손을 무균 가운 위로 가져간 순간 현우의 입에서 아, 하고 짧은 탄식이 새어 나왔다. 손끝에서 딱딱한 핸드폰이 느껴진 것이다. 수술복 앞주머니에 넣어 두고 미처 빼놓지 않았던 모양이다. 가운 위를 더듬어 전원 버튼을 누르려 했지만 당황해서인지 잘되지 않았다.

현우는 앞으로 닥쳐올 일이 눈앞에 훤히 보이는 듯했다. 지금의 실수는 수술실에서 결코 해서는 안 되는 종류의 실수였다. 더욱이 엄격하기로 유명한 태주의 앞에서 이런 실수를 하는 것은 자칫하면 권위에 대한 도전으로 비칠 수 있는 문제였다. 김태주 교수 파트 인계장 맨 위에 굵게 표시된 문장 하나가 그의 머릿속을 스쳐 지나갔다.

절대! 절대! 핸드폰은 진동으로 맞출 것.

아니나 다를까, 그때까지 온화함을 유지하던 김태주 교수의 표정이 갑자기 바뀌면서 노기가 느껴졌다. 그의 두 눈에서 뿜어져 나오는 분노에 기가 눌린 현우는 고개를 떨어뜨렸다. 차마 눈을 마주칠 용기가 나지 않았다.

"이현우 선생, 곡 좋은데? 누가 부른 건지 가르쳐 줄 수 있나?"

질문의 의미는 금방 파악할 수 있었다. 평소 눈치 없다는 말을 종종 듣는 현우였지만 그런 질문에 곧이곧대로 대답할 정도는 아니었다. 그가 고개를 푹 숙인 채 입을 열었다.

"죄송합니다, 교수님. 다음부터는 이런 일 없도록 하겠습니다."

이 상황에서 할 수 있는 말은 그뿐이었다. 다행이라고 해야 할지 벨소리는 금방 멈췄다.

"자네, 인간과 금수의 차이가 뭔지 아는가?"

"……."

태주가 말을 이어 갔다.

"인간은 남이 실수를 지적하면 알아서 고친다네. 반면에 금수는 채찍질이라도 해야 겨우 고칠 생각을 하지."

"정말 죄송합니다."

"나는 이현우 선생이 금수가 되지 않길 바라네. 내 말 이해하겠나?"

"네, 교수님. 명심하겠습니다."

"모든 건 선생이 하기 나름이란 걸 말해 주고 싶어."

또다시 핸드폰이 수술복 안에서 요란하게 울려 대기 시작했다.

"교수님, 죄송합니다."

마음 같아서는 무균 가운을 찢어서라도 핸드폰을 꺼내 바닥에 던져 버리고 싶었다. 현우는 학생 때나 할 법한 어처구니없는 실수를 저지른 자신에게 맹렬히 저주를 퍼부었다. 외과 레지던트가 된 이후로 극도의 완벽주의를 추구해 온 그였기에 더더욱 그런 실수를 한 자신을 용납할 수 없었다.

"그만 나가 보게. 자네를 필요로 하는 환자들한테 어서 가 봐야지."

태주의 단호한 말에 현우가 머리를 조아렸다. 수술실에서 쫓겨나는 즉시 소문은 의국 전체에 퍼진다. 고약한 성격의 치프가 이번 일을 빌미로 갈굴 것을 생각하자 벌써부터 관자놀이가 욱신거렸다.

"아닙니다, 교수님. 끝까지 남아서 돕겠습니다. 한 번만 기회 주십시오."

"허허, 이번 1년차 선생 참 재밌는 친구구먼. 안 그래요?"

유나가 살포시 웃는 소리가 들렸다. 권위 앞에서 한없이 비굴해지는 그의 모습은 재미난 구경거리일 것이다. 문득 가슴 깊은 곳에서 자괴감이 솟구쳤다. 상념에 잠겨 있을 틈도 없이 태주의 우렁찬 고함이 귓전을 때렸다.

"이현우 선생!"

깜짝 놀란 현우가 고개를 들어 올렸다. 험악하게 굳은 태주의 얼굴을 보고서야 현우는 자신이 꿈쩍도 않고 그 자리에 버티고 있었다는 것을 깨달았다.

"내 말이 말 같지 않나? 나가라고 한 거 같은데."

수술준비대에 기대어 있던 유나가 턱으로 수술실 입구를 가리켰다. 군말 말고 나가라는 신호였다. 여느 간호사보다 태주의 수술에 많이 참여해 온 그녀였다. 현우는 그녀의 충고를 받아들이기로 했다.

"죄송합니다, 교수님. 그럼 이만 가 보겠습니다."

그 말만을 남기고 수술 필드에서 한 걸음 물러났다. 태주는 처음부터 현우가 거기에 없었다는 듯 태연하게 마무리 작업에 들어갔다. 현우는 글러브와 무균 가운을 의료폐기물함에 버리고 수술실을 나서기 직전까지 눈치를 살폈지만 태주는 끝까지 눈길 한 번 주지 않았다. 괜스레 서

글펐다.

탈의실로 온 현우는 자포자기의 심정으로 소파에 주저앉았다. 저도 모르게 입에서 욕설이 튀어나왔다. 앞으로 한 달간은 좋든 싫든 태주의 지도를 받아야 하기에 더욱 속이 타들어 갔다. 대학병원에서는 한 번의 사소한 실수가 평판에 결정적인 영향을 미친다. 그는 누구보다 그 사실을 잘 알았다.

처음에는 핸드폰을 진동으로 맞추지 않은 자신을 원망했다. 그러다 문득 하필이면 그때 콜이 오는 바람에 일이 이렇게 돼 버렸다는 생각이 들었다. 자연스럽게 원망의 대상은 자기 자신에서 전화를 건 누군가로 옮겨 갔다.

통화 목록을 살핀 현우는 교환실의 번호라는 것을 확인하고 전화를 걸었다. 곧 교환실 여직원의 낭랑한 목소리가 들려왔다. 신분을 밝히자 그녀가 응급실에서 걸려온 콜이라며 전화를 돌렸다. 연결음이 들리더니 이내 굵고 낮은 목소리가 튀어나왔다.

[선생님, 안녕하십니까. 응급의학과 인턴 이동재입니다. 환자 보고 드리겠습니다. 18세 한수아 환자. NRS 통증평가 척도의 일종으로 10점이 만점이다 7점의 복통을 주소로 내원했습니다. 다섯 시간 전부터 배꼽 주위로 복통이 있었으며 현재는 우하복부로 통증이 옮겨진 상태입니다. 우하복부에 국한해 압통과 반발압통 확인되어 급성 충수돌기염 의심하에 연락드렸습니다.]

보고가 마음에 들지 않으면 한소리 하려고 잔뜩 벼르고 있었는데, 진지하고 예의 바른 인턴의 태도에 화가 누그러졌다. 현우는 갈게요, 라고 내뱉은 뒤 자리에서 일어났다.

지문인식기에 오른손 검지를 갖다 대자 출입문이 열렸다. 환자분류소를 거쳐 또 다른 문을 열고 들어서자 응급실 특유의 생동감과 열기가 피부로 느껴졌다. 스탠딩 스테이션에 있던 인턴 이동재가 현우를 발견하고 인사를 꾸벅했다. 볼 때마다 느끼는 거지만 그의 얼굴을 초록색 물감으로 칠한다면 영락없는 슈렉이다. 동재가 싹싹하게 말을 붙여 왔다.

"선생님, 경증 13번에 환자 있습니다."

"고마워요."

경증구역에 들어선 현우는 13번 자리로 걸음을 재촉했다. 1번 자리에서는 정형외과 레지던트 두 명이서 노인 환자의 다리를 잡고 도수정복을 시도하고 있었다.

맞은편에서는 이마에 열상이 있는 아기를 둘러싸고 보호자와 성형외과 레지던트가 실랑이를 벌였다. 울고불고 떼쓰는 아기의 머리를 붙든 보호자를 보며 현우는 고개를 절레절레 저었다. 모두가 집에서 안락한 시간을 보내는 밤에도 이곳의 해는 좀처럼 저물지 않는다. 외부 세계와는 다른 시간 법칙이 적용되기라도 하는 것처럼.

반쯤 열린 커튼의 틈새로 배를 움켜쥐고 누운 여학생이 보였다. 머리맡에서는 어머니로 보이는 여자가 딸을 걱정스러운 눈길로 바라보고 있었다. 응급실에서 흔히 볼 수 있는 평범한 광경에 불과했으나, 한 걸음씩 다가갈수록 그의 마음 한구석에서 미묘한 위화감이 꿈틀거렸다. 뭐라고 콕 집어서 말하긴 어려워도 모녀 사이에 어색한 기류가 흘렀기 때문이다. 커튼을 젖히고 들어간 그가 자신을 소개했다.

"안녕하세요, 외과 레지던트 이현우입니다."

"어서 오세요. 기다리고 있었습니다."

황급히 자리에서 일어난 어머니가 누워 있는 딸에게 재촉했다.

"수아야, 인사 안 하고 뭐 해."

"……."

입을 앙다문 수아는 이야기하고 싶은 기분이 아니라는 듯 미간을 찌푸렸다. 기다란 갈색 머리카락과 붉은 립스틱으로 칠한 앙증맞은 입술, 분홍빛 네일. 멀리서 봤을 때는 몰랐는데 그녀는 고등학생이라기에는 어딘지 성숙해 보였다.

현우는 자신이 18세라는 나이를 듣고 섣부른 짐작을 했음을 깨달았다. 대학병원에서는 만 나이로 기록하기 때문에 수아의 실제 나이는 19세 또는 20세일 게 분명했다. 대학생이라면 하나도 이상할 게 없다. 눈송이처럼 새하얀 수아의 얼굴을 보며 그는 쓴웃음을 지었다. 몸을 일으켜 앉은 수아가 울상을 지었다.

"진통제나 빨리 주세요. 약 먹으면 괜찮아질 거예요."

"얘가 버르장머리 없게."

수아는 어머니의 다그침에도 아랑곳하지 않고 재촉했다. 베개에 남은 땀 자국이 그녀의 고통을 고스란히 나타내 주고 있었다. 현우가 고개를 천천히 끄덕였다.

"선생님이 처방해 줄게. 그 전에 진찰할 건데 옷 올려 볼까?"

"왜요?"

수아의 부릅뜬 눈에는 불안과 당혹감이 섞여 있었다. 배를 움켜쥔 두 손에 힘이 들어가는 것이 느껴졌다. 그녀 또래의 여자 환자는 유독 신체 진찰에 예민해서 조심할 필요가 있었다.

"배 상태가 어떤지 알려면 소리도 듣고 만져도 봐야 하거든."

"아까 온 선생님이랑 말이 다르잖아요. 그럴 필요 없다고 했는데."

"무슨 말이지?"

현우는 그녀의 말이 언뜻 이해가 가지 않았다. 그렇다면 인턴은 어떻게 압통을 확인한 걸까, 라는 당연한 의문이 샘솟았다.

"옷 위로 눌러 봐도 알 수 있다던데요?"

"네, 분명 그러셨어요."

듣고 있던 어머니도 옆에서 맞장구를 쳤다. 현우는 그제야 인턴이 올바른 방식으로 진찰하지 않고 자신에게 보고했음을 깨달았다. 이런 식으로 잔머리를 굴리는 인턴들 때문에 골치를 썩이는 경우가 간혹 있었다. 인턴이 환자에게 쓸데없는 말을 하는 바람에 그의 처지가 난처해졌다. 두고 보자, 하고 그가 속으로 중얼거렸다.

"대신 사과드리겠습니다. 그 선생님이 의사가 된 지 얼마 안 돼서 착각한 모양입니다."

"하기 싫은데……."

수아의 표정은 여전히 좋지 않았다. 현우가 다시 한번 설득을 위해 부드럽게 말하려는 찰나 어머니가 손을 뻗어 수아의 옷을 들추려 했다.

"얼른 올려 봐."

바로 그때였다.

"만지지 마!"

수아가 그 손을 탁 소리가 날 정도로 세게 쳐 냈다. 순식간에 벌어진 일에 현우는 할 말을 잃고 어안이 벙벙해서 두 사람을 번갈아 바라봤다. 수아 어머니는 맞은 손을 다른 한 손으로 감싸 쥐고 밑으로 내렸다. 얼굴에 당황한 기색이 역력했다.

"저기……."

제삼자인 현우로서는 난감할 따름이었다. 모녀를 처음 봤을 때부터 느낀 위화감이 빗나가길 바랐지만 역시 예감이 맞아떨어졌다. 이처럼 응급실을 찾아온 환자와 보호자의 관계가 걷잡을 수 없이 악화된 경우가 종종 있었다. 개중에는 부모에게 험악한 말을 쏟아 내는 몹쓸 환자도 있었는데, 그럴수록 현우는 가족 간의 싸움에 말려들지 않기 위해 중립을 유지했다.

"어머님은 잠깐 나가 주세요. 제가 얘기해 볼게요."

"네……."

현우는 어머니가 나가기를 기다렸다가 커튼을 둘러쳤다. 그리고 수아와 눈을 마주치려 허리를 굽혔다.

"수아야."

"네?"

조금 전 어머니에게 반항적인 모습을 보인 그녀답지 않게 두 눈이 구슬처럼 반짝였다. 현우가 단호하게 말했다.

"자꾸 이러면 선생님은 너한테 진통제 주고 싶어도 못 줘."

"왜요?"

"처방하려면 예상 진단명을 넣어야 하거든. 그런데 진찰도 안 했는데 어떻게 진단하겠어, 안 그래?"

"……."

현우는 그녀의 얼굴에 떠오른 체념의 빛을 놓치지 않았다.

"이번 한 번만 선생님 믿어 주면 안 될까?"

머뭇거리던 수아가 마음을 정한 듯 고개를 한 번 끄덕였다. 배가 천장을 향하도록 눕고 노란색 티셔츠를 위로 들어 올리자 배꼽이 드러났다. 이래서는 제대로 진찰할 수 없다. 의외로 부끄럼을 타는 그녀의 모습이 귀여워 웃음이 튀어나왔다.

"조금만 더 올려 보렴, 배가 다 보일 정도로."

"아……."

눈을 질끈 감은 수아의 손짓에 가려져 있던 배가 드러났다. 잘록한 허리에 살집이 별로 없는 수아의 배는 연약한 새의 그것을 연상시켰다. 복부에 외상의 흔적이나 종물덩어리이 없음을 확인한 현우는 청진기를 귀에 꽂고 그녀의 배에 진동판을 가져갔다. 장음은 약간이지만 저하되어 있었다.

배꼽을 기준으로 복부를 사분면으로 나눈 뒤 차례로 조심스럽게 눌렀다. 인턴의 보고대로 오른쪽 아랫배를 누를 때 악, 하는 비명이 그녀의 입에서 새어 나왔다. 두 손을 겹쳐 배 위를 눌렀다가 떼자 더 큰 비명이 흘러나왔다. 압통과 반발압통 모두 양성이었다. 수고했다는 말을 건네며 옷을 내려 준 현우가 커튼 밖으로 외쳤다.

"어머님, 들어오세요."

기다렸다는 듯 어머니가 커튼을 젖히고 들어왔다. 그녀의 시선이 수아를 향했다가 곧바로 현우에게로 옮겨 왔다.

"선생님, 원인이 뭘까요?"

"정확한 건 검사를 해 봐야 알겠지만, 지금 단계에서는 급성 충수돌기염일 가능성이 큽니다. 장염 등 다른 질환의 가능성도 배제 못 하지만 임상적으로는 그렇습니다."

"급성 충수…… 뭐라고요?"

수아 어머니가 잘 이해가 안 된다는 듯 고개를 갸웃했다.

"어머님, 맹장염이라고 들어 보셨죠?"

"네, 들어 봤죠."

"흔히 그렇게들 부릅니다. 대장 끝에 달려 있는 건데 거기에 염증이 생긴 거죠. 정확한 진단을 위해 혈액, 소변 검사를 포함해서 복부 CT 검사까지 진행할 건데 괜찮으신가요?"

그녀가 가볍게 고개를 끄덕였다.

"네, 뭐……."

"그럼 진행하도록 하겠습니다. CT 동의서는 인턴이 받으러 올 겁니다."

인사를 하고 물러나는데 선생님, 하고 수아가 불렀다. 그 목소리에 담긴 애절한 기운을 느낀 현우가 뒤를 돌아봤다. 고통이 극한에 다다른 듯 그녀의 하얀 얼굴이 일그러져 있었다.

"진통제 주는 거 맞죠?"

먹을 것을 조르는 어린아이 같은 모습에는 사람의 마음을 흔드는 무언가가 있었다. 현우가 부드럽게 말했다.

"선생님은 거짓말 안 해."

*

"뭐가 이렇게 불편한 거야."

병원 뒤뜰의 산책로를 따라 걸으며 수아가 투덜거렸다. 울퉁불퉁한 땅 위로 링거대를 끌고 다니는 건 생각보다 힘들고 귀찮은 일이었다. 환자복을 뚫고 숭숭 들어오는 바람에 몸을 떨며 주변을 빙 둘러봤다.

늦은 밤인데도 병원의 곳곳에는 여전히 불이 켜져 있었고, 밖은 잠을 이루지 못하는 사람들로 붐볐다. 산책하며 담소를 나누는 커플부터 혼자 벤치에 앉아 음악을 듣는 이들까지 다양했다.

팔에 꽂힌 바늘이 빠질까 봐 조심스럽게 걸음을 옮겼다. 수아의 눈에 조그만 분수대가 들어왔다. 분수대를 비추는 은은한 달빛이 외롭고 쓸쓸한 그녀의 마음을 포근하게 어루만져 주었다. 그리로 천천히 다가간 수아는 문득 걸음을 멈췄다. 그녀의 가슴이 지난날의 그리움으로 채워지기 시작했다.

달빛을 배경으로 아련한 그림이 눈앞에 펼쳐졌다. 간이 나빠 얼굴이 노랗게 물든 아버지. 곁에 앉은 촌스러운 교복 차림의 그녀. 두 사람은 서로를 보며 활짝 웃는다. 아무 소리도 들리지 않지만 그녀는 안다. 저 때의 나는, 저 아이는 행복했다는 것을.

수아는 아버지의 거친 뺨을 느끼고 싶어 손을 뻗었지만 허공만 가를 뿐이었다. 갑자기 눈앞에 펼쳐진 세계가 거짓말처럼 사라져 버렸다. 더 이상 아버지도, 어린 그녀도 보이지 않았다. 모든 것은 환영이었다.

아버지가 앉아 있던 자리를 손으로 쓰다듬었다. 슬픔을 견디려는 듯 굳게 닫혀 있던 수아의 입술이 결국 벌어졌다. 무엇으로도 막을 수 없는, 가슴 깊은 곳에 응어리져 있던 울음이 입 밖으로 흘러나왔다.

"아빠, 나 어떡하면 좋아? 응?"

휴게실에 들어온 지도 20분이 넘었지만 좀처럼 나갈 마음이 생기지 않았다. 창문 너머로 보이는 한 여성이 그의 눈길을 사로잡고 있었다. 멀리 떨어져 있어 자세히 알아볼 순 없어도 그녀가 누군지는 명확했다.

수아였다.

급성 충수돌기염으로 확진된 수아는 내일 아침으로 수술 일정이 잡혔다. 그런 만큼 병실에서 안정을 취하는 것이 좋다고 말했건만 소용없었다. 현우는 자신이 골치 아픈 환자를 맡게 되었다고 푸념했다.

고개를 숙이고 어깨를 들썩이는 그녀에게서 누구도 위로하지 못할 슬픔이 느껴졌다. 무엇이 그녀를 슬픔에 잠기게 한 걸까. 응급실에서부터 어떤 사연이 있으리라는 것은 현우도 대강 짐작했었다. 그런데 생각보다 심각한 문제가 있는 것 같았다.

'어머니랑 대판 싸운 건가? 아니면 남자 친구랑 헤어졌나?'

이런저런 생각을 떠올리던 현우의 입가에 씁쓸한 미소가 번졌다. 어차피 그 이유는 영원히 알 수 없다는 데 생각이 닿았기 때문이다. 궁금하다고 해서 당장 그녀에게 가서 왜 우느냐고 물어볼 순 없다. 그렇다고 다음 날 우는 모습을 몰래 지켜봤다고 말할 수도 없는 노릇이다.

'의사와 환자 사이는 딱 그 정도인 걸까.'

저번 달에 주치의 업무를 시작한 이후로 사적으로 친밀해진 환자들은 한 손으로 헤아릴 수 있을 정도로 적었다. 친한 선배의 경우 나이 많은 환자들에게 아들 소리를 들을 만큼 유대 관계가 좋았고, 또 다른 선배는 그를 좋게 본 환자의 주선으로 결혼에 골인까지 했다. 그러나 현우는 시간이 흐를수록 자신은 두 선배처럼은 못 하리라는 것을 느꼈다. 처음에는 주치의 한 사람당 20여 명의 환자가 배당되는 과도한 로딩 때문이라며 위안 삼았지만 문제는 그게 아니었다.

안정을 추구하는 마음. 현우에게 있어 안정보다 중요한 요소는 없었다. 학창 시절부터 그는 모든 일을 결정하기에 앞서 그것을 고려하는

데 익숙했다. 해부학 시험을 앞두고 축구 대회에 나가자는 동기들의 권유를 거절했던 것도, 인턴 입사 후 당시 사귀던 여자 친구와 헤어졌던 것도 모두 같은 이유에서였다.

환자들과 유대를 쌓는 데 있어 그런 마음은 커다란 장애물이었다. 처음으로 주치의를 맡은 환자 중 한 분이 그에게 부탁했었다. 담당 교수를 바꾸고 싶은데 그 말을 자기가 하기는 어려우니 대신 전해 달라는 것이었다. 그날 처음으로 현우는 자신이 온전히 환자들의 편에 설 수 없는 비겁한 인간임을 알게 되었다. 결국, 그는 교수의 심기를 건드리지 않기 위해 한마디도 꺼내지 않았고 그것을 알게 된 환자는 마음의 문을 닫아 버렸다. 그때의 일을 떠올리면 지금도 속이 쓰라렸다.

문이 열리더니 누군가 들어오는 발소리가 들렸다. 돌아본 현우의 얼굴이 금세 밝아졌다.

"어르신, 안 주무시고 어쩐 일이세요."

"아따, 낮잠을 많이 자이까 잠이 안 온다 카이."

황기영 환자가 걸쭉한 사투리로 투덜거리며 들어섰다. 그가 등을 긁으며 다가왔다.

"우리 멋쟁이 선생님, 여기서 뭐 하고 있노."

"바람 쐬고 있었어요."

창문을 닫는데 여전히 분수대에 앉아 있는 수아가 눈에 들어왔다. 현우는 아려 오는 가슴을 가다듬고 기영에게로 걸어갔다.

"배는 좀 어떠세요?"

"마, 요거 붙였더니 시원하이 좋네. 내는 이게 약발이 잘 받는다."

환자복을 올린 기영의 옆구리에 페치딘 패치가 부착되어 있었다. 몇 시간 전 극심한 고통을 호소하는 그에게 현우가 처방해 준 마약성 진통제였다. 평소에는 시골 마을의 이장답게 부드럽고 태평한 그도 아플 때는 병원이 떠나가라 고래고래 소리를 질러 댔다.

대장암으로 진단되어 수술받은 것이 3개월 전이었다. 이후 2주마다 정기적으로 입원해 중심정맥관으로 항암제를 주입하는 치료가 반복되었으나 본인은 그 방식에 불만이 있는 듯했다. 6개월 동안 맞을 항암제를 한꺼번에 맞으면 효율적이지 않냐는 게 그의 생각이었다.

현우가 기영을 알게 된 지는 이틀도 안 되었지만 가까워지는 것은 금방이었다. 기영이 농촌 사람 특유의 친화력을 가진 덕분이었다. 털털하고 소박한 그는 현우에게 오래전 돌아가신 할아버지를 연상시켰다.

"이름이 뭐라 캤노. 보자…… 그래, 현우 선생님은 애인 있재?"

"네? 애인은……."

갑작스러운 질문에 현우가 머뭇거리다 입을 열었다.

"천천히 만들어야죠. 지금은 좀 바빠서."

"무슨 소리 하노. 전쟁터에서도 연애할 사람은 한다 아이가. 안 그러나?"

"네, 그렇죠."

기영은 평소와 달라 보였다. 다소 상기된 그의 얼굴에는 이전에 볼 수 없었던, 설렘과도 같은 감정이 배어 있었다. 현우가 무슨 좋은 일이라도 있었냐고 물어보려는데 기영이 먼저 말을 꺼냈다.

"오늘, 요 밑에서 내 애인 만났대이."

"예?"

현우가 놀라서 고개를 갸우뚱했다. 팔십 줄에 접어든 나이에 갑자기 애인이라니. 그가 알기로 기영에게는 남아 있는 가족이 한 사람도 없었다. 부인과는 작년에 사별했고 하나 있던 아들은 그전에 교통사고로 사망했다고 들었다. 그 뒤로는 쓸쓸하게 혼자서 남은 생을 버텨 오고 있었다. 그것이 그가 알고 있는 기영의 고독한 삶이었다.

뺨이 발그레하게 물든 기영이 들뜬 목소리로 말했다. 첫사랑을 털어놓는 아이처럼 수줍어하는 것이 전해져 왔다.

"아까도 만나고 오는 길이라카이."

"그게 무슨 말씀이세요? 어디 계시길래."

"답답하이. 그 마이 말했는데 못 알아묵겠나. 요 밑에 있다, 요 밑에."

손가락으로 아래를 가리키는 기영의 동작에 비로소 현우는 알아차렸다. 그가 말하는 애인이라는 사람이 이 병원에 입원한 환자라는 것을. 손자뻘 나이에 이런 생각을 한다는 게 좀 그렇지만, 적지 않은 나이에도 사랑을 할 수 있다는 것이 대견해서 엄지를 치켜들었다.

"어르신, 정말 대단하세요. 병원에서 새 애인도 만드시고."

그 말을 들은 기영의 표정이 이상했다. 그가 손을 휘휘 내젓더니 말했다.

"아따, 그게 아니고, 마누라 떠나고 내 황기영이가 다짐한 게 있대이. 평생 딴 여자한텐 눈길도 안 주고 마누라 따라갈 날만 기다린다, 그거 아이가. 근데 마……."

기영의 얼굴이 갑자기 어두워졌다.

"이제 그 약속 못 지키겠구마이."

"왜요?"

순수한 호기심에서 현우가 물었다.

"오늘 낮에 산책하는데 발견한 기라, 혜림이를."

"혜림이?"

"그렇다 카이. 전쟁 통에 죽은 줄 알았던 혜림일 만날 거라고, 누가 알았겠노. 하느님, 부처님도 이건 몰랐을 기다."

그가 말하는 전쟁이란 한국 전쟁을 의미할 터였다. 자신의 부모님조차 태어나지 않았던 그 시절의 이야기를 접할 때마다 현우는 세대의 간극을 느꼈다. 그 시절을 경험했을 할아버지, 할머니는 그가 열 살도 채 안 되었을 무렵 세상을 떠났다. 기억이 희미하지만, 어린 자신에게 무한한 사랑을 준 그들의 따뜻한 모습을 떠올리면 깊은 곳에서 눈물이 차올랐다.

어느새 기영의 눈가에는 눈물이 맺혀 있었다. 현우는 그처럼 호탕하고 털털한 어르신이 이렇게 감상에 젖은 모습을 보이는 것이 신기했다.

"처음엔 아닌 줄 알았대이. 그냥 비슷한 사람이라꼬 생각하고 홀랑 가는데, 혜림이가 먼저 말 거는 게 아이가. 내가 놀란 게 뭔지 아나. 그 아가 내 이름을 기억하는 기라. 기영이 아니냐고 묻는데 혜림이 그 아가 반가운 얼굴로 울고 있더라카이. 그래서 내가 뭐라고 했겠노?"

"뭐라고 하셨는데요?"

"하긴 뭘 해. 고마 확 안아 버렸다 아이가. 혜림이도 울고 내도 울고 다 울었다."

"……."

현우는 아무 말 없이 가만히 미소 지었다. 기영이 기쁨에 겨운 목소리로 말을 이었다.

"내일 아침에 또 만나기로 했대이, 조 앞에 분수대서."

그렇게 행복해하는 기영의 모습은 처음이었다. 그런 기영을 지켜보던 현우가 흐뭇하게 미소 지으며 말했다.
"어르신, 축하드려요."

*

연구실에는 차갑고 무거운 공기가 들어차 있었다. 응급 수술을 마치고 돌아온 태주는 수술복 위에 가운 차림이었지만, 맞은편의 남자는 수술복을 입어 본 지 꽤나 오래된 인물이었다. 두 개의 찻잔이 놓인 테이블을 사이에 두고 태주는 영상의학과 임상조교수 유정훈을 쏘아보았다. 방금 절친한 후배가 꺼낸 말에 그는 몹시 기분이 뒤틀린 상태였다.
"도울 수 없다고?"
"……."
정훈이 곤란한 표정으로 머리를 긁적였다.
"형님, 지금까진 의리로 도왔지만……."
"도왔지만?"
태주는 급히 눈을 내리까는 정훈의 모습이 만족스러웠다. 그것이 태주가 원하는 반응이었다. 혜성대학교 의과대학에 갓 입학한 정훈과 고등학교 동문회에서 선후배로 만난 뒤로 그는 언제나 태주의 손아귀에 있었다.
"형님도 아시잖아요, 요즘 세상이 그리 녹록지 않다는 걸."
"너, 이 자식. 맘 약해지는 소리 하지 말랬지."
한숨을 내쉰 정훈이 찻잔을 들고 입술을 축였다. 앞으로 쓸어내려 답답하고 소심한 인상을 주는 덥수룩한 머리카락의 틈으로 불안한 눈빛이 드러났다.

“걱정되는 건 법적인 문제뿐만이 아니에요. 학자로서 양심에 걸리는 일은 더 이상 손대고 싶지 않기도 하고.”

태주가 킬킬거렸다.

“올해 너한테 들은 말 중에 제일 웃긴데. 이제 와서 양심 운운하는 거, 네가 생각해도 웃기지 않냐?”

“저 심각해요.”

정훈의 굳은 표정을 보며 태주는 씁쓸한 미소를 지었다. 그는 오래전의 기억을 떠올렸다. 10년도 넘은 일이지만 아직도 그날의 뜨거운 열기가 생생하게 느껴졌다.

당시 영상의학과 레지던트 한 자리를 놓고 정훈과 여자 인턴이 경쟁을 벌였다. 여자 인턴이 내신에서 월등히 앞서 그녀 쪽으로 승부의 추가 기운 상태였다. 그러던 어느 날, 정훈은 외과 치프였던 태주를 찾아가 그의 앞에 무릎 꿇고 간청했다. 자신의 경쟁자에게 인턴 점수를 최대한 낮게 달라고. 그 무렵 여자 인턴이 외과를 돌고 있었기에 가능한 일이었다. 아무리 동문회의 아끼는 후배라 해도 그런 비윤리적인 일에 개입하기가 태주로서는 망설여졌다. 그런 그의 마음을 바꾼 것은 정훈의 한마디였다.

‘앞으로 평생 형님으로 모시고 따르겠습니다.’

그때 태주는 이렇게 말했었다.

‘기브 앤 테이크, 넌 나한테 뭘 해 줄 수 있냐?’

‘저도 형님처럼 모교 병원에 스태프로 남을 생각입니다. 머지않은 미래에 제가 도움이 될 날이 있을 겁니다, 반드시.’

결국 태주는 경쟁자의 인턴 점수를 인턴들 가운데서 최하점으로 줬고 정훈이 선발되었다. 과별로 고만고만하게 주는 인턴 점수에서 외과 파트의 만점과 최하점의 차이는 꽤 컸다. 그때만 해도 태주는 자신이 후배로부터 도움받을 일이 없을 거라고 생각했다. 혹시 모를 경우를 대비해 말 잘 듣는 자기편 한 명을 만들어 놓아서 손해 볼 것 없겠다는 정도였다. 그러나 그것은 선부른 생각이었다.

"법적인 부분은 걱정할 거 없어, 형이 다 알아서 하니까."

"그래도 모르는 거잖아요. 혹시 알아요, 환자나 보호자가 소송 걸지?"

"잘못돼도 다치는 건 나야. 너한테는 피해 안 가도록 할 테니까 걱정 마."

태주가 덧붙였다.

"그리고 너한테 부탁한 환자들은 그런 걱정 없는 사람들이다."

"네에……."

여전히 정훈은 마뜩잖은 얼굴이었다. 이토록 걱정 많고 나약한 이가 그때는 어떻게 위험을 무릅쓰고 그런 행동을 할 수 있었던 걸까.

'잃을 게 많기 때문이겠지.'

태주는 속으로 생각했다. 부교수 승진을 앞둔 정훈은 요즘 들어 각별히 몸을 사리고 있었다. 생각에 잠겨 있던 정훈이 눈을 크게 치켜뜨고 앞으로 머리를 내밀었다.

"형님, 그 환자 말인데요."

"누구?"

태주는 모르는 척 그렇게 물었지만 어떤 환자를 말하는지 알았다. 석 달 전부터 한시도 그의 머릿속을 떠나지 않은 골치 아픈 환자.

"왜 있잖아요, 형님이 특별 관리하고 계신 분."

"황기영 환자 말이군. 하고 싶은 말이 뭐지?"

"얼마나 남았을까요? 저도 그렇지만 형님도 빨리 한시름 놓으셔야 할 텐데……."

말이 끝나기도 전에 정훈이 차를 벌컥 들이마셨다. 자신은 그런 말을 한 적이 없다는 듯 새침한 얼굴이었다. 태주가 헛기침을 하고 말했다.

"올해가 마지노선이다."

여전히 정훈은 불안한 눈치였다. 그런 심리가 반영된 것인지 구두 뒷굽이 바닥을 계속해서 두드렸다. 학생 때부터 고쳐지지 않는 고약한 버릇이었다. 무언가 중요한 말을 하고 싶거나 긴장하면 그는 다리를 떨어댔다.

"형님, 그 기간을 단축할 방법은 없을까요?"

이처럼 조급해하는 정훈의 모습은 처음이었다. 아직 말을 꺼낸 적은 없지만 태주는 비로소 그 이야기를 할 시간이 되었다는 것을 감지했다.

"짜식, 형이 생각해 둔 게 있는데."

태주가 느릿느릿한 어조로 물꼬를 텄다.

2장

§

운전대를 잡은 엄마는 하염없이 울고 있었다.

"엄마, 왜 울어?"

"……."

아무런 대답도 없이 엄마는 빠른 속도로 차를 몰고 어딘가로 향했다. 두 사람이 도착한 곳은 어느 병원이었다. 엄마의 손에 이끌려 들어간 응급실에서 아이는 침대에 누워 있는 아빠를 발견했다. 반쯤 벌어진 아빠의 입에서는 침이 질질 흘러내렸다. 아이가 까르르 웃음을 터뜨렸다.

"얼레리 꼴레리, 바보래요."

아이는 아빠가 장난치는 거라고 생각했다. TV에서 본 멍청한 개그맨의 얼굴이 떠올라서 웃어 댔다. 그러다 문득 웃음을 뚝 그쳤다. 뭔가 상황이 이상하게 돌아간다는 생각이 들었다.

아빠를 끌어안은 엄마가 세상이 떠나갈 것처럼 통곡했다. 아이는 어리둥절했다. 아빠의 발음은 평소랑 달리 어눌하고 볼 한쪽이 미세하게 떨렸다. 침대 곁에는 하얀 가운을 입은 남자 의사가 침통한 표정으로 고개를 숙이고 있었다. 아이는 무슨 일이 벌어졌는지 알 수 없었다.

"아빤 왜 저러고 있어?"

엄마한테 물어봤지만 대답이 없었다. 의사에게 묻자 의사가 아이의 어깨를 다독이며 말했다.

"괜찮으실 거야. 선생님이 최선을 다할게."

아이는 더 이상 웃을 마음이 생기지 않았다. 아빠가 병에 걸린 것 같다는 생각에 겁이 났다. 아이는 알고 있는 몇 안 되는 병들의 이름을 끄집어냈다.

"암……인 거야?"

의사가 고개를 저었다.

"백혈병?"

"그것도 아니란다."

의사가 한숨을 쉬고는 엄마에게 다가가서 뭐라고 말했다. 그렇게 이상한 모습의 엄마는 처음이었다. 딸기처럼 붉게 변한 얼굴은 퉁퉁 부었고 눈에서는 소나기처럼 눈물이 쏟아져 내렸다. 아이는 심각한 표정으로 의사와 대화를 나누는 엄마의 곁에서 귀를 쫑긋 세웠다. 알아듣기에는 말이 너무 빠르고 어려웠다.

아이는 아빠가 누워 있는 침대로 다가갔다. 좀 더 가까이에서 보려고 의자를 밟고 올라가자 아빠의 얼굴이 잘 보였다. 눈이 마주치자 아빠가 소리를 냈다.

"아아아……으."

갓난아기처럼 옹알이하는 아빠의 모습은 낯설었다. 턱밑으로 흘러내린 침으로 베개 밑이 푹 젖어 있었다. 자신이 알던 아빠가 아니라는 생각에 아이는 눈앞의 그에게 거리감을 느꼈다.

"정말 아빠 맞아?"

말을 알아들었는지 인상을 바짝 쓰면서도 아빠는 좀처럼 대답하지 못했다. 바로 그때였다. 아빠의 얼굴에 미키의 끔찍한 모습이 오버랩된 것은. 물끄러미 바라보던 아이의 눈이 촉촉해졌다.

§

오늘은 골수 조직검사가 있는 날이다.

"아휴, 뭐가 이렇게 무거워."

혜주는 구시렁거리면서 3층 복도를 가로질렀다. 진단검사의학과에서 수령한 조직검사 세트 두 개를 들고 조심스럽게 걸음을 옮겼다. 떨어뜨렸다가는 안에 들어 있는 슬라이드가 깨질지도 모른다. 그러면 죽은 목숨이다.

이것만 8병동 간호 스테이션으로 옮겨 놓으면 업무는 끝난다. 인수인계라는 또 하나의 벽이 남아 있지만 그 정도는 얼마든지 버텨 주마, 하고 혜주는 속으로 중얼거렸다. 징글징글한 나이트 근무가 끝나는 대로 집에 가서 잠이나 실컷 자야겠다고 생각했다.

모퉁이를 돌자 엘리베이터가 보였다. 버튼을 누르고 마땅히 시선을 둘 데가 없어 고개를 돌렸다. 수술실 앞 대기석에 보호자들이 앉아 있었다. 두 손을 모아 간절히 기도하거나 상념에 젖어 있는 그들을 볼 때면 덩달아 마음이 무거워졌다.

오른쪽에서 왼쪽으로 시선을 옮기던 그때 혜주가 어라, 하고 혼잣말을 했다. 자신이 본 것을 확인하려고 몸을 돌리다가 들고 있던 조직검사 세트가 흔들렸다. 겨우 중심을 잡고 안정적인 자세로 돌아온 그녀가 방금 발견한 사람을 유심히 보았다.

무리 지어 앉은 보호자들과 떨어진 곳에 한 중년 여성이 홀로 있었다. 양팔을 아래로 내려놓고 눈을 감은 그녀의 표정은 다른 보호자들과 달리 차분했다. 뽀글뽀글한 파마머리에 초승달처럼 길쭉하게 찢어진 눈, 뭉툭한 코. 그녀를 알아본 혜주의 눈이 휘둥그레졌다.

혜주는 엘리베이터 문이 열리기를 기다렸다 급히 안으로 들어가 8층 버튼을 눌렀다. 동료들에게 빨리 이 소식을 알리고 싶었다. 8층에 도착하자마자 발걸음을 재촉했다. 간호 스테이션에는 민지뿐이었다. 일찍 출근한 데이 번 간호사들은 간호사 휴게실에서 수다를 떨고 있었다. 돌아온 혜주를 보고 민지가 손을 흔들었다.

"수고, 수고."

"아~ 이러다 팔 부러지겠다."

혜주가 들고 온 세트를 탁자에 놓으며 그렇게 말했다. 민지가 입을 삐죽 내밀며 기지개를 켰다.

"아우, 피곤해. 혜주야, 이제 우리 일 그만하고 쉬자. 인계할 건 정리했지?"

"당근, 당근."

혜주가 주변을 둘러보고 민지의 귀에 속삭였다.

"나 말이야, 3층에서 누구 봤는지 알아?"

"설마…… 방탄?"

민지가 눈을 동그랗게 뜨고 말했다.

"얘가 정말."

작년까지만 해도 연예인에는 관심조차 없던 민지는 요즘 들어 방탄소년단에 푹 빠져서 무슨 일만 있으면 그 이름을 입에 올렸다. 혜주가 고개를 가로젓고 모니터로 눈길을 돌렸다.

"가만있어 봐."

혜주는 커서를 움직여 수술 환자 목록을 화면에 불러냈다. 그녀는 수십 명의 환자 가운데서 어렵지 않게 자신이 찾는 이름을 발견했다.

“이거다. 한수아, 18세. 역시, 맞았어.”

혜주가 고개를 끄덕였다. 민지가 의자를 끌고 가까이 다가왔다.

“뭔데, 뭔데. 궁금해서 현기증 나잖아.”

“이거 봐봐.”

그녀가 가리키는 이름을 보고도 민지는 영문을 모르겠다는 표정이었다.

“여기 보이지? 한수아.”

“그 환자가 왜?”

그 말에 혜주는 속이 부글부글 끓었다.

“아이구, 답답해. 얘 아빠가 그때 다영이가 담당했던……. 왜 있잖아, 이상하게 죽었던…….”

“헐, 맞다. 이제 생각났다.”

동태 눈깔 같던 민지의 눈빛이 갑자기 달라졌다. 무료함을 달래 주는 이런 종류의 잡담을 들을 때마다 그녀는 다른 사람이 된 것처럼 눈에 생기가 감돈다.

“이 한수아 엄마가 수술실 옆에 앉아 있더라구.”

“무슨 수술인데?”

“아빠충수돌기절제술.”

“아팠겠네. 하여간 그 엄마도 대단하다, 그치?”

“내 말이. 그런 일 있었으면 보통 다신 이 병원 안 올 텐데.”

“그러게 말이야. 하긴, 여기 말곤 마땅한 데가 없긴 하지. 혜성대학교 병원 최고!”

민지가 혼자 들떠서 외쳤다. 놀란 환자들의 따가운 눈총이 두 사람에게 화살처럼 박혔다. 혜주가 검지를 입에 가져가 쉿 하자 민지가 혀를 쏙 내밀었다. 그런 민지의 얼굴이 집에서 키우는 강아지를 생각나게 해서 혜주는 웃음을 터뜨렸다. 민지가 화제를 돌렸다.

"수아 얘, 지금 대학생일까?"

"작년에 고3이었으니까 그렇겠지."

"재수생일 수도 있잖아. 아빠가 돌아가신 게 수능 며칠 전이었잖아. 그래서 우리끼리 수아 불쌍하다고 막 그랬었는데."

"맞아, 그랬지. 수능은 잘 봤으려나."

그때의 감정이 떠오르는 바람에 혜주는 한숨을 내쉬었다. 민지 역시 같은 얼굴이었다. 두 사람이 시무룩해 있는데 뒤에서 허스키한 목소리가 들려왔다.

"우리 애기들 모여서 뭐 해?"

고개를 돌린 혜주가 엄마, 하고 소리를 질렀다. 생각지도 못한 존재가 두 사람의 뒤에 돌하르방처럼 버티고 서 있었다. 동료들 사이에서 공포의 나이팅게일로 불리는 수간호사였다. 얼어붙은 두 사람을 내려다보는 그녀의 표정이 섬뜩했다.

"아주 초상집 분위긴데, 무슨 일 있니? 민지, 말해 봐."

"저, 그러니까……."

혜주가 무릎을 툭 치자 민지가 입을 다물었다. 이런 민감한 사안이 수간호사의 귀에 들어갔다가는 지적받을 게 분명했다. 차라리 말을 안 하는 게 나았다. 공포의 나이팅게일이 눈을 부릅뜨고 단호하게 말했다.

"어쭈, 각자 자리로 간다. 실시!"

"죄송합니다."

민지가 엉덩이를 딱 붙인 채 의자를 끌고 자기 자리로 돌아갔다.

*

떡 진 머리와 눈가에 달라붙은 눈곱, 거뭇거뭇한 턱수염. 거울 속 지저분한 사내를 들여다보던 현우는 아무 말 없이 차가운 물을 얼굴에 끼얹었다. 샤워할 시간이 전혀 없었다고 한다면 거짓말이다. 당직을 서는 새벽 내내 콜이 끊이지 않은 것은 맞지만 중간에 샤워 정도는 할 시간이 있었다. 다만 그 시간에 샤워보다 쪽잠을 자는 것을 선택했을 뿐이다.

레지던트 1년차가 된 지 한 달이 넘어가는 시점에서 현우는 일주일에 두 번 정도 집에 갔고 나머지 시간은 모두 병원에서 보냈다. 세수도 이틀에 한 번 하는 형편에 샤워는 레지던트에게, 그것도 외과 레지던트에게는 사치스러운 일이었다.

그렇게 자신을 합리화하며 화장실을 나서는데 앞에서 커다란 덩치의 남자가 다가왔다. 태양에 심하게 그을린 검은 얼굴을 알아본 현우가 서둘러 허리 굽혀 인사했다. 자칫했으면 아침부터 예절 교육을 받을 뻔했다.

"선생님, 안녕하십니까."

"그래, 어제 아무 일 없었냐?"

외과 레지던트 3년차이자 치프인 최준호가 딱딱한 말투로 물었다. 머리를 올백으로 넘긴 그의 넓은 이마에는 커다란 점이 있었다. 현우가 인턴이었을 때만 해도 그를 융통성은 없어도 인정은 있는 선배라고 생각했다. 그러나 언제부턴가 백팔십도 다른 사람이 돼 버리더니 조그만 실수로도 지적받고 혼나는 게 일상이 되었다.

현우가 외과 인턴으로 근무했던 작년 6월에는 오프 때 소고기를 사 줄 정도로 잘 챙겨 줬다. 그것이 모두 준호 자신의 생존을 위한 전략이었다는 것을 그는 뒤늦게 알아차렸다. 인턴으로 입사할 당시 외과를 1지망으로 적어서 제출한 게 모든 일의 발단이었다.

지원자가 거의 없는 외과 레지던트에 그마저 지원하지 않았다면 올해 1년차는 한 명도 없었을 것이다. 그러면 그만큼 준호를 비롯한 다른 레지던트들에게 배정되는 당직 일수가 늘어난다. 준호가 그에게 잘해 줬던 이유는 오로지 그것 때문이었다.

"네, 없었습니다."

"그으래?"

준호의 미심쩍은 눈빛에 현우는 아차 싶었다. 어젯밤 김태주 교수의 수술에서 있었던 해프닝이 벌써 입에서 입을 타고 퍼진 모양이었다.

"어이, 이현우."

준호가 귀가 따끔할 정도로 날카로운 목소리로 말했다. 현우도 예상은 했지만 막상 들으니 기분이 나빴다.

"예, 선생님."

"요즘 너랑 관련해서 안 좋은 말이 돌더라. 특별히 너한테 관심은 없는데 가만히 있어도 들리는 걸 어뜩하냐."

이 상황에서 현우가 할 수 있는 말은 하나로 정해져 있었다.

"죄송합니다."

"1년차 적응하는 데 일주일이면 된다면서? 근데 지금이 4월이다. 한 달이 넘었는데 이게 뭐냐?"

"반성하고 있습니다. 노력하겠습니다."

"말만 그렇게 하지 말고 제대로 해. 낮말은 새가 듣고 밤말은 쥐가 들으니까 항상 조심하고."

"예, 명심하겠습니다."

"가 봐."

"수고하십시오, 선생님."

현우를 지나쳐 화장실로 들어간 준호가 문을 쾅 소리가 나게 닫았다.

"어유, 한심한……."

걸쭉한 욕지거리가 문틈으로 들려왔다. 그것이 자신을 향해 내뱉은 말인 것만 같아 현우는 비참한 기분을 떨쳐 낼 수 없었다.

수술 시작까지 아직 시간이 남았지만 그는 마취과 스테이션으로 향했다. 소파에 앉아 있다 준호를 다시 마주치는 것보다 끔찍한 일은 없었다. 현우를 발견하고 달려온 외과 인턴이 다음 수술이 열릴 2번방의 준비를 끝마쳤다고 보고했다. 앞방을 담당하는 마취통증의학과 레지던트는 5번방에 마취 유도를 위해 들어간 상태였다.

이동 침대에 누워 대기하는 환자들 가운데 수아가 있었다. 수술을 앞둔 여느 사람들처럼 그녀에게도 긴장한 기색이 역력했다. 낯선 공간에 대한 두려움과 불안이 뒤섞인 눈빛이었다. 주변을 둘러보던 그녀와 눈이 마주쳤을 때, 현우가 가볍게 손을 들어 인사한 것과 달리 그녀는 재빨리 시선을 피했다. 갈색 머리카락이 비닐 모자에 감춰져 갸름한 얼굴 윤곽이 고스란히 드러났다.

불현듯 현우는 어젯밤 창문 너머로 봤던 환자가 수아가 아닐지도 모른다고 생각했다. 고독해 보이던 그 여자와 눈앞의 그녀 사이에는 언뜻 알 수 없는 괴리감이 느껴졌다.

침대 아래에서 파일을 꺼낸 현우는 프리메드수술 전 처치사항 용지와 동의서를 확인하고 다시 끼워 넣었다. 수술실에 들어가려면 길지도 짧지도 않은 시간이 남았다. 어색한 분위기를 깨기 위해 현우가 말을 붙였다.

"수아야, 좀 있으면 들어갈 거야. 준비됐지?"

"……아뇨."

떨떠름한 반응이었다. 현우는 가만히 고개를 끄덕였다.

"하긴…… 수술실은 무섭지. 선생님도 옛날엔 그랬어."

그녀의 두 눈에 조그만 물음표가 떠올랐다. 현우가 왼팔의 절개 자국을 보여 줬다.

"초등학교 2학년 때 골절 수술을 받았어. 지금의 수아 너처럼 벌벌 떨고 있었지. 이대로 마취했다가 잘못돼서 영원히 못 깨어날지도 모른다, 그런 공포 때문에 힘들었어. 이렇게 대기하는 시간이 영원처럼 길게 느껴졌을 정도였으니까."

"그 정도는 아닌데……."

수아가 손으로 입을 가리고 작게 웃었다. 고작해야 몇 초도 안 되는 짧은 미소였지만 현우는 그것을 계기로 그녀와 한 걸음 더 가까워진 기분이었다.

"왜 그 정도로 무섭다고 생각하셨어요?"

조금 전의 불안과 두려움은 온데간데없었다. 긴장이 풀린 수아는 여느 여학생처럼 풋풋한 기운을 내뿜었다.

"어, 그게 그러니까…… TV에서 수술하는 거 보고 겁도 났고. 또……."

쑥스러워진 현우가 망설이다 말을 이었다.

"부모님이랑 헤어지기도 싫었고."

"부모님?"

"응, 하필이면 수술 전날에 어머니, 아버지가 대판 싸우셨거든. 어린 마음에 꼭 두 분이 화해하는 모습을 보고 싶었어. 그런데 그걸 보려면 일단 사고 없이 수술이 끝나야 하니까. 수술 잘못해서 내가 죽으면 소용없잖아. 아, 미안해, 헛소리해서. 초등학생이 생각하는 게 그렇지 뭐."

현우는 문득 자신이 쓸데없이 말이 많았다는 것을 자각했다. 수술에 들어가기 전 환자에게 이토록 말을 많이 한 적은 없었다. 그동안 담당했던 수아 또래의 여자 환자는 많지 않았지만 열 명 정도는 되었다. 그런데 그들에게는 한 번도 이런 사적인 이야기를 꺼낸 적이 없었다.

'왜 수아한테만 주책을 떠는 걸까?'

현우는 기분이 이상했다.

"선생님, 의외로 여린 구석이 있네요. 겉보기엔 아닌데."

마지막 말이 귀에 거슬렸지만 장난기 섞인 수아의 눈빛에 현우는 자신도 모르게 미소 지었다.

"그런데요, 사실…… 저, 선생님 마음 알 거 같아요."

수아의 말투가 갑자기 차분하고 진지해졌다.

"그래? 내 마음을 알아주다니, 동지를 만난 기분인데?"

"저도 엄마 아빠랑 오래오래 살구 싶었거든요. 안 헤어지고 싶었는데, 그런데……."

말끝을 맺지 못하고 수아가 고개를 돌렸다. 현우는 잡고 있던 사이드레일에서 살며시 손을 떼고 한 걸음 뒤로 물러났다. 지금은 혼자만의 시간을 줘야 할 때였다.

벽을 바라보는 수아의 얼굴은 보이지 않았지만 그녀에게 어떤 일이 있었는지, 왜 그녀가 슬픔에 잠겼는지 어렴풋이 짐작할 수 있었다. 그리고 이럴 때는 어떻게 해야 하는지도 잘 알았다. 현우는 그녀의 흐느낌이 가라앉기를 기다리며 멀리 떨어진 의자에 앉아 바라보기만 했다.

마취통증의학과 레지던트 2년차 박진주가 그를 발견하고 다가왔다. 그녀의 어깨에 걸린 청진기가 한쪽으로 삐뚜름하게 내려와 있었다.

"현우야, 인덕션(마취 유도) 끝났어. 2번방 가자."

"네, 바로 들어가겠습니다."

자리에서 일어난 현우가 다가갔을 때 수아는 더 이상 울고 있지 않았다.

"맘 편하게 먹어. 금방 끝날 거야."

"네."

평정심을 되찾은 목소리와 달리 그녀의 눈가에는 여전히 물기가 남아 있었다. 그 투명한 흔적이 그에게 슬픔을 공유해 달라고 말하는 듯했지만 현우는 애써 외면했다. 수술을 목전에 둔 지금은 서로의 슬픔에 관해 이야기를 나누기에 적당한 때가 아니었다. 그녀에게 물어보고 싶은 말들이 입 안을 떠돌아다니다 길을 잃고 어둠 속으로 사라졌다.

현우가 브레이크 페달을 발로 풀고 침대를 천천히 앞으로 움직이자 수아가 눈을 감았다. 아무 말도 하지 않았지만 현우는 알 수 있었다. 그녀 역시 자신에게 털어놓고 싶은 말이 많을 거라는 것을.

수술대에 누운 수아의 전신은 두꺼운 초록색 포로 덮여 있었다. 바깥에 있을 때보다 10℃는 떨어진 듯한 추위에 몸을 부르르 떨자 현우가 덮어 준 거였다. 간호사의 안내에 따라 벗어 거꾸로 걸친 상의의 촉감이 묘했지만 그녀는 불평하지 않았다.

곧 있으면 알몸이 된다. 마취되면 몸을 덮은 커다란 포는 물론이고 상의, 치마까지 모두 벗겨진다는 것은 그녀도 검색해 봐서 알고 있었다. 잠깐, 그런데 수술을 받는 부위는 배인데 왜 치마까지 벗기는 걸까. 수아는 그 이유를 떠올려 보다가 포기하고 마음을 비웠다.

의식하지 않으려 했지만 부끄러운 마음이 꿈틀대는 건 어쩔 수 없었다. 이렇게 많은 사람에게 알몸을 보여 준다는 것이 못내 불편하고 수치스러웠다. 의료진 전부가 여자였다면 그런 생각을 안 했을지도 모른다. 하지만 그녀를 둘러싼 의료진 중에는 현우가 있었고, 수술을 집도하는 교수도 남자였다.

불안했지만 심호흡을 몇 번 하자 마음이 진정되었다. 그렇게 모든 근심이 사라졌다고 생각한 순간 대기실에서의 일이 떠올랐다. 조금 전 눈물 흘리는 모습을 현우는 분명히 봤을 것이다. 그렇게 생각하자 수아는 괜히 창피하고 자존심이 상했다.

수아는 아버지를 떠올릴 때마다 저절로 눈물샘이 열리는 자신을 발견하고는 했다. 장례식을 마치고 며칠 안 되어 치른 수능에서는 두 번이나 눈물을 쏟고 말았다. 하필이면 시험에 부모님의 사랑을 다룬 지문이 나와서 그것을 읽다가 울음을 터뜨렸다. 당황한 감독관은 화장실까지 가서 휴지를 한 뭉치 가져왔다.

결국, 이제껏 치른 시험들 가운데 가장 저조한 성적을 인생에서 제일 중요한 시험에서 받고 말았다. 그런데도 성적에 맞춰 집 근처의 대학교에 원서를 넣었다. 수능을 다시 본다고 성적이 나아질 것 같지 않았고,

재수하기엔 집안 형편도 넉넉하지 않았기 때문이다.

"이제 잠드는 약 넣을 거야."

현우의 말에 수아는 말없이 고개를 끄덕였다. 마스크와 모자 때문에 커다란 두 눈만 보이는 간호사가 팔에 꽂힌 수액 줄에 투명한 약물을 주사기로 주입했다. 처음에는 별다른 감각이 없었지만 곧 차가운 무언가가 팔의 혈관을 통과해 들어오는 게 느껴졌다. 의식이 점점 흐릿해지더니 누군가의 목소리가 귓속을 비집고 들어왔다.

'나 하나 땜에 이러는 거, 싫다. 그만 뒈졌으면 좋겠어.'

'또 그 소리. 말로만 죽는다, 죽는다. 아주 미워 죽겠어.'

수영장의 물속에서 들려오는 안내 방송처럼 웡웡거리는 소리. 수아는 꿈속에서 또 다른 꿈을 꾸는 것처럼 몽롱한 기분이었다. 대화하는 두 사람이 누군지 알 것 같은데도 그들의 얼굴이 제대로 그려지지 않았다. 눈앞에는 완전한 어둠이 깔려 있었다.

'수아 엄마도 나 없어졌으면 좋겠지?'

꺼져 가는 의식의 끄트머리에서 날아온 물음에 수아는 가까스로 그것이 아버지의 목소리라는 것을 기억해 냈다.

'아빠야?'

그렇게 말하려 했지만 인어공주라도 된 것처럼 목소리가 나오지 않았다. 두 사람의 대화는 그녀의 의지와는 무관하게 깊은 어둠 속에서 자동으로 재생되었다.

'잘 아시네. 매일매일 당신 잡아가 달라고 하늘에 기도하는 거 알지?'

그날 밤 수아는 아버지 침대의 커튼 너머에서 숨죽이고 있었다. 학원을 마치고 돌아온 직후였다. 장난기가 발동해서 병실 문을 소리 나지 않게 열고 살금살금 다가갔다가, 두 사람의 예사롭지 않은 대화에 몸을 숨기고 엿들었다.

'내가 죽으면 수아 엄마도, 수아도 행복하게 살 수 있어.'

'이 양반, 잘 아시네. 보험금 잘 쓸 테니 우리 걱정은 마셔.'

아버지가 입원한 이후로 화목했던 가정은 더는 예전의 모습을 되찾을 수 없었다. 하루가 멀다 하고 줄어드는 통장 잔고에 어머니는 아버지를 볼 때마다 짜증을 냈다. 수아는 고등학교 3학년인 만큼 친구들처럼 고액 과외도 받아 보고 싶었지만 집안 형편을 너무 잘 알고 있어 차마 말을 꺼내지 못했다.

'수아 엄마, 다음에 올 땐 어디서 약이라도 가져와. 이대론 못 버틸 거 같다.'

'내가 못살아, 진짜. 알았으니까 그만 징징대.'

그 뒤로는 더 이상 아무 소리도 들리지 않았다. 수아는 그 이유를 잘 알고 있었다. 바로 그때 그녀가 커튼을 헤집고 나와 두 사람 사이에 끼어든 것이다. 울부짖는 그녀의 목소리를 배경으로 누군가 부르는 소리가 들려왔다. 널따란 수면에 일어난 파문처럼 그 소리가 귓속을 맴돌았다.

"수아야, 수아야……."

수아의 귀에 대고 이름을 부르던 현우가 허리를 폈다.

"왜 우는 거지?"

억눌려 왔던 슬픔이 터진 걸까. 분홍빛이 감도는 그녀의 뺨을 타고 흘러내리는 눈물이 가슴을 먹먹하게 만들었다. 대기실에서 이상한 이야기를 꺼낸 자신이 그 눈물에 일부 책임이 있는 것 아닐까 하는 생각에 마음 한구석이 아려 왔다.

"얘한테는 여기가 고문실 같겠지. 그건 그렇고, 생각보다 마취가 빨리 됐네."

진주가 흡족한 듯 고개를 끄덕이더니 수아의 턱을 잡고 들어 올려 자세를 취했다. 현우는 기도 삽관이 되는 것을 기다렸다가 튜브를 살며시 붙들었다. 곧 진주가 거기에 앰부 백을 연결하고 마취 가스를 일정한 속도로 짜 넣었다.

"현우야, 준비하자."

"네."

미리 잘라 놓은 탄력 붕대로 수아의 가느다란 팔을 팔걸이에 고정했다. 그런 다음 두꺼운 끈으로 무릎 위를 감싸고 매듭지었다. 보비 플레이트보비의 작동을 위해 몸에 부착하는 얇은 판 모양의 장치를 왼쪽 종아리에 부착하고 기계에 연결하자 삐- 하는 날카로운 소리가 울렸다. 글러브를 낀 현우가 베타딘 비누로 배를 전반적으로 소독하고 포로 닦아 냈다. 그런 다음 글러브를 벗고 수술실을 나가 개수대에서 손을 씻고 돌아왔다.

십자가를 연상시키는 수술대에 양팔과 다리를 결박당한 수아는 평온해 보이지 않았다. 깊은 잠에 빠져 있는데도 감은 눈에서 처연하고 쓸쓸한 기운이 전해져 왔다. 그녀의 곁으로 다가간 현우는 모스키토의료용 겸자로 베타딘 볼을 집어 본격적으로 소독을 시작했다. 매끄럽고 하얀 배가 조금의 빈틈도 없이 붉게 물들 때까지 소독하고서야 손에 든 것을 내려놓았다. 포타월과 정방을 신속하게 깔고 나서 수아의 몸에 대공포가운데 구멍이 뚫린 커다란 포를 덮었다.

"텐팅 해 주세요."

"네."

마취통증의학과 인턴이 대공포를 두 개의 폴대에 집게로 고정했다. 무영등광원을 집중시켜 수술 부위에 그림자가 생기지 않게 하는 전등 장치을 수아의 복부 쪽으로 조정하던 그때 수술실 문이 열렸다. 돌아본 현우가 반사적으로 고개를 숙였다.

"교수님, 안녕하십니까."

뒷짐을 진 태주가 탐탁지 않은 얼굴로 다가왔다. 대공포의 구멍으로 노출된 수아의 배를 힐끔 보고는 그에게로 눈길을 돌렸다.

"준비 다 됐나?"

"거의 마쳤습니다."

"씻고 오지."

수술실 문으로 향하던 태주가 갑자기 걸음을 멈추더니 그를 돌아봤다.

"이현우 선생."

"네?"

그를 아니꼽다는 듯 응시하는 태주의 얼굴이 심상치 않았다. 이미 아침 컨퍼런스에서 전날의 일을 지적받은 터였다. 이번에는 무슨 일일까. 현우는 주변 동료들의 시선을 애써 의식하지 않으려 노력했다. 태주가 헛기침을 한 번 하고 가래 섞인 탁한 목소리로 말했다.

"자네, 3월에는 유방내분비외과를 돌았더군."

"네, 맞습니다."

뜻밖의 말에 현우는 당혹스러웠다. 그동안 현우에게 어떤 개인적인 호기심도 보이지 않았던 태주였다. 불미스러웠지만 어제의 일로 그와의 관계가 진전되는 것일까, 하는 기대감은 뒤이어 나온 말에 산산조각나 버렸다.

“임이재 과장한테 들었네. 자네, 거기서도 한탕 했다면서. 지각을 밥 먹듯이 했다던데.”

“…….”

분한 마음에 현우는 본능적으로 입술을 깨물었다가 가까스로 표정을 풀었다. 그를 바라보는 태주의 굳은 얼굴에는 여느 교수들과 다르지 않은, 고고하고 냉혹한 기운이 감돌았다. 현우는 지각은 딱 한 번 했고, 임이재 과장이 사실을 부풀렸다고 항변하려다 관뒀다. 화장실 앞에서 만났던 준호의 강압적인 눈빛이 떠올랐다. 함부로 말대꾸했다가는 병원에서의 삶이 지금과는 비교할 수 없을 정도로 곤란해질 게 분명했다. 결국, 그는 자기 자신과 타협한 끝에 말했다.

“죄송합니다. 앞으로는 그런 일 없도록 하겠습니다.”

*

“폐합병증을 예방하려면 심호흡, 기침 같은 호흡 운동을 할 필요가 있습니다. 또 최대한 걸어 줘야 하는데요. 그래야 장운동이 회복되고 장이 자리를 잘 잡아서 장유착도 방지할 수 있습니다.”

“네, 제가 수아한테 전달할게요.”

수아 어머니가 조그만 수첩에다 그의 말을 받아 적었다. 현우는 그 외에도 앞으로의 회복 과정 및 퇴원 계획에 대해 자세히 알려 줬다.

수아는 회복실 침대에서 곤히 잠들어 있었다. 마취에서 깨어났을 때는 대부분의 환자처럼 소리를 지르면서 결박한 끈을 풀기 직전까지 갔지만, 다행히 잘 마무리되고 지금은 온순해졌다. 회복실을 나서다 돌아본 현우가 흐뭇한 미소를 지었다. 침대에 누운 수아를 어머니가 포근하게 안아 주고 있었던 것이다. 그런 두 사람을 잠깐이었지만 오해했던 자신이 한심하게 느껴졌다.

8병동에 항문직장농양으로 고통을 호소하는 내과 환자가 있었다. 협진 의뢰를 받은 현우는 처치실에서 절개 배농을 하고 그곳을 나섰다.

휴게실 앞에서는 간호사들의 회담이 열리는 중이었다. 고참 간호사인 윤지혜를 중심으로 모인 네 명의 간호사들이 뭔가에 대해 열띤 어조로 이야기를 나누고 있었다. 그런 때는 대개 지혜가 후배들을 혼내거나 업무를 지시하는 경우지만, 지금은 모두의 얼굴에 화색이 감도는 것으로 봐서 그게 아닌 모양이었다. 누군가에 대한 뒷담 또는 점심에 시켜 먹을 음식 이야기일 것이다.

그의 귓가에 수아의 이름이 들린 것과 걸음이 멈춘 것은 거의 동시였다. 호기심을 느낀 그는 얘기를 듣기 위해 뭔가를 줍는 시늉을 하며 허리를 굽히고 팔을 뻗었다. 이번에 들려온 것은 대학교라는 단어였다. 비로소 현우는 이들의 입에 오르내리는 이가 조금 전 수술을 마치고 회복 중인 수아라는 것을 알아차렸다. 7병동 환자인 수아가 어째서 8병동 간호사들 사이에서 화제에 오른 건지 짐작조차 할 수 없었다. 물어보려는 찰나 그를 알아본 지혜가 먼저 말을 걸어 왔다.

"현우 쌤, 거기서 뭐 해?"

8병동의 선도부장답게 지혜가 근엄한 목소리로 그에게 쏘아붙였다. 그녀의 말에 부하들이 고개를 돌렸다. 그를 향한 여덟 개의 눈동자에 깃든 경계심에 현우는 긴장했다. 오해를 풀려면 무슨 말이라도 해야 할 것 같았다.

“아는 이름이 들려서요. 혹시 7병동에 있는 한수아 환자 얘기하셨어요?”

지혜를 비롯한 간호사 넷이서 재빠르게 눈길을 교환했다. 얼마 안 되는 시간에 텔레파시를 교환한 듯 공범들이 새침한 표정으로 변했다. 어린 간호사들을 뒤로하고 지혜가 앞으로 성큼성큼 걸어 나왔다. 조금도 거리낄 게 없다는 듯 의기양양한 말투로 그녀가 말했다.

“아니, 쌤이 잘못 들은 듯?”

“분명 수아라고 들었는데…….”

“응, 맞아. 내 친한 동생 중에 수아란 애가 있거든.”

지혜가 눈도 깜빡하지 않고 말했다.

“그 애가…… 대학생이고요?”

“응, 2학년이야. 근데 신기한걸. 현우 쌤, 생각보다 귀가 밝은데? 그런데 밤만 되면 귀가 어두워지나 봐?”

“…….”

뒤에서 키득거리는 간호사들의 웃음소리에 기분이 상했지만 현우는 아무 말도 할 수 없었다. 기분 나쁜 말을 했다고 간호사와 섣불리 충돌했다가는 나중에 뒷감당하기가 어렵다. 복잡하게 얽히고설킨 그들의 세계에 잘못 발을 디디면 거미줄에 걸린 나비처럼 꼼짝달싹하지 못한다는 것을, 현우는 잘 알고 있었다.

“그럼, 제가…… 착각했네요.”

지혜의 입가에 음흉한 미소가 떠올랐다.

“그런 거 같아. 이제 어떡할래, 현우 쌤도 끼워 줘?”

“아니에요, 전 괜찮습니다.”

현우는 건성으로 인사하고 그곳을 빠져나왔다. 비상계단 쪽으로 걸어가는 내내 그는 자제력을 발휘해야 했다. 뒤에서 간호사들이 자신을 헐뜯고 씹어 대는 광경이 생생하게 연상되었지만 돌아볼 수 없었다. 꿋꿋이 앞만 보고 걸음을 옮기던 그때 저쪽에서 다가오는 사람이 보였다. 치프 최준호였다. 현우는 잘못 본 것이기를 바랐지만 거리가 가까워지면서 점차 커지는 시꺼먼 얼굴에 헛된 희망을 거두었다.

앞으로 남은 거리는 대략 15미터. 마주치기 전에 볼일이 있는 척 병실로 들어가 대면을 피하는 것도 좋은 방법이지만 비굴하다는 생각이 들었다. 하는 수 없이 현우는 최대한 태연한 동작으로 그에게 다가갔다. 그리고 서로의 눈, 코, 입을 명확히 알아볼 수 있을 만큼 거리가 좁혀지기를 기다렸다 허리를 굽혔다.

"안녕하십니까."

"……."

대답 대신 들려온 것은 문이 여닫힐 때 나는 소리뿐이었다. 고개를 든 현우의 앞에는 아무도 없었다. 분한 마음에 그가 중얼거렸다.

"거참, 너무하네. 사람을 이렇게 무시하다니……."

비참한 기분을 억누르며 걸어가는데 뒤통수가 따가웠다. 자신을 지켜보는 시선이 느껴졌다. 몸을 돌린 현우의 시야에 간호사 백주희가 들어왔다. 안쓰러운 눈길로 바라보던 그녀가 흠칫하더니 시선을 피했다. 그도 겸연쩍은 마음에 목덜미를 문질렀다. 주희가 쭈뼛거리면서 말을 걸어 왔다. 평소 말수가 적은 그녀가 먼저 말을 거는 건 흔치 않은 일이었다.

"저…… 죄송해요."

의기소침한 말투는 버섯 모양의 단발머리와 함께 그녀의 트레이드마크였다.

"네? 죄송하다뇨?"

"현우 쌤 말씀, 일부러 들은 건 아니고 그냥 지나가다……."

현우는 그제야 자신의 혼잣말을 주희가 들었다는 것을 알아차렸다.

"아, 네……."

"최준호 쌤은…… 원래 그래요."

"저도 알아요."

"현우 쌤이…… 상처 안 받았으면 좋겠어요."

"그런 걱정 마세요. 제가 어린애도 아니고 설마 이 정도 일로 상처받겠어요?"

말은 그렇게 했지만 자존심이 구겨진 것은 사실이었다.

"네에, 저는 그냥…… 그러니까 제 말은."

말끝을 흐리는 주희의 속눈썹이 미세하게 떨렸다. 현우가 답답한 마음에 그녀를 재촉했다.

"그냥 말씀하세요."

착하고 마음씨 여린 성격은 좋지만 이럴 때는 속이 터진다. 자신감만 좀 더 키우면 좋을 텐데, 하고 현우는 생각했다.

"너무 신경 쓰지 마시라고요. 그게 다예요."

"고마워요, 주희 쌤."

그녀의 따스한 말에 현우는 괜스레 미안한 마음이 들었다.

"그럼…… 수고하세요."

주희가 모기만 한 목소리로 그렇게 말하고는 걸음을 옮겼다. 바람이

불면 날아갈 듯 연약한 뒷모습을 현우는 한동안 가만히 바라봤다.

현우는 크록스를 질질 끌고 비상계단 쪽으로 걸어갔다. 801호 병실 앞에서 발걸음이 저절로 멈춰졌다.

윤슬기, 12세

한 달 가까이 같은 자리를 지키고 있는 그 이름을 볼 때마다 마음이 쓰라린 것은 어쩔 수 없었다. 벽에 부착된 이름표를 멀뚱히 보다가 곁에 비치된 비닐 가운을 걸치고 마스크를 착용했다. 각종 항생제 내성균주에 감염된 환자의 병실에 입장하기 전 거쳐야 하는 절차였다. 노크하자 따뜻하면서도 슬픔이 밴 아주머니의 목소리가 들려왔다.

"들어오셔요."

문을 열고 들어선 현우의 코끝에 바나나 향이 훅 끼쳐 왔다. 바나나는 입원하기 전 슬기가 가장 좋아했던 과일이다. 그 냄새를 맡으면 기적처럼 의식을 되찾을지도 모른다는 간절한 바람에서 바나나 향이 나는 향수를 실내에 비치해 두었다.

1인실의 커다란 침대에 슬기는 언제나처럼 경직된 자세로 누워 있었다. 그 아이를 볼 때마다 현우는 어릴 적 동화책에서 보았던 숲속의 공주를 떠올렸다. 왕자의 키스를 기다리며 영원한 잠의 굴레에 빠진 공주처럼, 슬기도 자신을 찾아올 마법의 순간을 기다리는 걸까. 그런 생각을 하면 슬기를 바라볼 때 느껴지는 괴로움이 어느 정도 덜어졌다.

머리맡 의자에 있던 슬기의 어머니가 일어나서 현우를 반갑게 맞아

주었다. 처음 이곳에서 만났을 때만 해도 누군가의 어머니라는 생각이 들지 않을 만큼 피부가 곱고 동안이었던 그녀는, 한 달이 지난 이제는 몰라보게 변해 있었다. 그녀가 웃자 입가에 잔주름이 또렷이 모습을 드러냈다.

"선생님, 또 와 주셔서 감사해요."

"아니에요, 어머님. 슬기는 어때요?"

"뭐, 그냥……."

이곳에 들어올 때마다 되풀이되는 대화였다. 앞으로 몇 달간, 어쩌면 몇 년간 이런 식의 대화가 반복될 터였다. 그럼에도 찾아오는 것을 관둘 수는 없다고, 현우는 생각했다. 그마저 발걸음을 중단하면 아이의 곁에서 응원하는 이는 슬기의 어머니와 주치의만 남는다. 그런 생각을 하면 안타까운 마음에 차마 걸음을 멈출 수 없었다.

신경외과에서 수술을 받은 직후만 해도 병실에는 수술을 집도한 신경외과 교수와 병원장 등 높은 지위의 사람들이 하루에도 몇 번씩 들락거렸다. 보호자 측에서 병원에 소송을 걸지 않는 대신 혼수상태에서의 입원 및 치료비를 전액 지원한다는 조건이었다. 그렇게 사건이 무마된 후로는 집도 교수와 병원장의 발길이 뜸해지더니 이제는 완전히 끊겼다.

"선생님, 음료수 드셔요."

"저는 많이 마셔서 괜찮습니다."

현우는 슬기 어머니가 건네는 비타민 음료를 정중히 사양했다. 슬기를 위해 할 수 있는 게 아무것도 없으면서 찾아올 때마다 음료수를 받는 것이 미안했기 때문이다. 욕창을 방지하기 위해 모로 눕혀진 슬기는 기저귀를 차고 있었다. 그 속에 숨겨진 뽀얀 속살에는 또래 아이들에게서는 찾아보기 어려운 욕창이 자리 잡고 있었다.

충분한 영양을 공급받지 못한 탓에 뼈만 앙상하게 남은 두 다리의 피부는 벗겨지고 멍으로 얼룩졌다. 그런 모습을 볼 때마다 현우는 의사로서 아무것도 할 수 없는 자신을 새삼스럽게 확인하고 좌절감에 빠졌다.

"선생님, 우리 슬기…… 깨어날 수 있을까요?"

"……네, 반드시."

"이대로 보내 줄 수 있다면…… 얼마나 좋을까요."

일주일 전만 해도 슬기 어머니는 그런 말을 함부로 꺼내지 않았다. 말이 씨가 된다면서 슬기에 대한 어떤 부정적인 말도 하지 않았던 그녀다. 그랬던 그녀가 요즘 들어서는 마음이 약해진 듯 자꾸 기운 없는 소리를 했다.

"그런 말씀 마세요."

현우가 해 줄 수 있는 말은 그뿐이었다. 그때, 보호자석 의자에 출력된 종이가 보였다. 대문짝만하게 적힌 기사의 제목이 눈길을 끌었다.

스위스서 죽음 기다리고 있는 한국인 107명, 그들은 왜?

현우의 시선을 알아차린 슬기 어머니가 얼른 종이를 감췄다. 하지만 그녀의 눈에 어린 체념의 흔적까지 감출 수는 없었다.

"신경 쓰지 마세요. 그냥 어디서 받아서……."

"……네에."

현우도 그것에 대해 따져 묻지 않았다.

슬기는 그가 주치의를 맡은 환자가 아니었다. 뇌종양으로 입원한 당시에는 신경외과 환자였으나 수술 중 대뇌가 손상된 뒤로 아이는 몇 개의 과를 전전했다. 처음에는 나이 때문에 소아청소년과로 전과되었다가, 거기서는 충분한 조치를 못 해 준다는 이유로 내과로 옮겨졌다. 주치의는 내과 레지던트 3년차 강나리로 현우의 동아리 선배였다.

슬기가 이 병실에 있다는 것을 알려 준 이가 나리였다. 우연히 식당에서 만나 밥을 먹던 중 슬기의 사연을 듣게 되었다. 안쓰러운 마음에 현우가 아이에게 힘이 되어 주고 싶다고 하자 그녀가 병실 호수를 알려 줬다.

그 뒤로 시간적 여유가 있을 때마다 슬기의 병실에 들렀다. 외과 환자들이 많은 8병동의 끝에 있어 찾아가는 데는 부담이 없었다. 현우는 비상계단을 오르내릴 일이 있을 때마다 한 번씩 들러 슬기의 상태를 확인하고 아주머니와 이런저런 얘기를 나누다 돌아갔다.

"현우, 참의사 다 됐네."

얼마 전 슬기의 병실에서 나리를 만났을 때 들은 말이었다. 그날 현우는 하루 종일 기분이 좋았다. 학생 때부터 그녀에게서 칭찬을 받으면 언제나 그랬다. 처음에는 나리를 만나기 위해 슬기의 병실을 찾았다. 이곳에 오면 환자 핑계로 그녀와 대화할 수 있기 때문이었다. 하지만 이제는 슬기와 아주머니에게 조금이라도 힘이 되고픈 마음만으로 찾아오고 있었다.

슬기를 바라보며 속으로는 나리 생각을 하는 자신의 이중성에 현우는 쓴웃음을 지었다.

*

현우는 내일 아침 북 리뷰 시간에 발표할 논문에서 중요하다고 생각하는 문장들을 형광펜으로 칠했다. 김태주 교수에게 어떤 트집도 잡히지 않기 위해서는 적어도 두 번은 예행 연습을 할 필요가 있었다. 중요한 부분을 체크하면서 코멘트할 말을 적는데 핸드폰이 울렸다. 전화를 받자 건너편에서 숨을 헐떡이는 소리가 들렸다.

"무슨 일이에요?"

[현우 쌤, 여기 빨리 와 주세요. 715호 한수아 환자예요.]

놀란 현우가 손에 쥐고 있던 형광펜을 떨어뜨리며 벌떡 일어섰다. 수술 당일 몸에 이상이 생기는 경우는 합병증을 생각해 볼 수 있었다. 무슨 일인데요, 하고 묻자 간호사가 대답했다.

[자기 엄마한테 소리 지르고 난리도 아녜요. 제정신이 아닌 거 같아요.]

"바로 갈게요."

현우는 가운을 걸치고 서둘러 의국을 나섰다. 몸에 이상이 있는 게 아니라 다행이라는 생각과 기어코 일이 터졌구나 하는 생각이 번갈아 머릿속을 스쳤다. 아직 자세한 사정은 알 수 없으나 모녀간의 싸움임을 직감할 수 있었다.

의국이 있는 10층에서부터 쉬지 않고 달린 덕에 금방 7층에 도착했다. 복도로 들어선 현우의 눈에 한 병실 앞에 여러 환자들이 모여서 구경하고 있는 것이 들어왔다. 한 여자의 괴성이 쩌렁쩌렁하게 울렸는데, 미리 듣지 못했으면 결코 수아의 목소리라고 생각하지 못했을 것이다. 빠르게 복도를 가로질러 715호 병실에 도착한 현우는 마음을 단단히 먹고 안으로 들어갔다.

병실 안은 격렬한 열기로 데워진 듯했다. 여자 환자들이 하나같이 구석에 있는 수아 자리를 째려보고 있었다. 그녀의 팔다리는 막내 간호사인 은채와 연주에 의해 양쪽에서 붙들린 상태였다. 침대 발치에 있던 수아의 어머니가 그를 발견하고 고개를 숙였다. 어쩔 줄 모르는 눈치였다.

“대체 무슨 일이죠?”

놀라서 한걸음에 달려간 현우는 수아를 보고 충격을 받았다. 격렬히 몸부림치며 악을 쓰는 수아의 모습은 야생동물을 연상케 했다.

“어린 분이 힘이 얼마나 센지, 죽겠어요.”

“뭐 땜에 그러냐고 물어도 대답을 안 해요. 어떻게 좀 해 봐요, 쌤.”

두 간호사의 이마에는 땀방울이 맺혀 있었다.

“이거 놔! 놓으란 말이야!”

고함을 지르며 허공에 발길질을 해 대는 수아의 모습은 정상적이지 않았다. 아래쪽에서 현우가 수아의 두 다리를 잡아 침대에 붙였다. 그러자 몸의 움직임은 가라앉았으나 목소리가 커졌다.

“다들 꺼져!”

난동 부리는 수아를 꽉 잡은 은채가 간절한 눈빛을 보내 왔다.

“현우 쌤, 빨리 오더 내려 주세요. 이러다 뭔 일 나겠다, 진짜.”

수아는 도무지 진정될 기미가 보이지 않았다. 고민 끝에 현우가 말했다.

“졸피뎀 아이브이로 주세요. 제가 잡고 있을 테니까 한 분이 가서.”

“제가 갈게요.”

은채가 수아에게서 몸을 떼고 바깥으로 달려 나갔다. 교대한 현우는 힘을 줘서 수아를 꼼짝 못 하게 침대에 붙들었다. 1분도 채 안 되어 은채가 졸피뎀이 든 주사기를 가져왔다. 수아의 난폭한 행동은 주사를 맞고 어느 정도 시간이 흘러서야 가라앉았다.

이윽고 잠에 빠져든 수아의 몸은 온통 땀으로 뒤범벅되어 있었다. 내려다보는 현우의 마음은 착잡하기만 했다. 침대 밖으로 삐져나온 그녀의 다리를 밀어 넣고, 바닥에 떨어진 이불을 다시 그녀의 몸에 덮어 줬다.

돌아본 현우의 시야에 수아 어머니가 들어왔다. 구석에서 두 손 모으고 고개를 숙인 그녀의 모습에 마음이 찡했다. 다른 환자들은 수아를 뚫어져라 쳐다보고 있었다. 당장이라도 그녀에게 달려들 것처럼 사나운 눈빛이었다.

“정말 죄송합니다. 이제 안정되었으니 걱정 마십시오. 모두들 편히 주무세요.”

“저년, 저거 정신병 맞지유?”

한 아주머니의 질문에 현우는 선뜻 대답할 말을 찾지 못하고 병실을 나섰다. 복도를 터덜터덜 걸어가는데 뒤에서 문 열리는 소리가 들렸다. 수아 어머니가 그를 불렀다.

“선생님, 정말 죄송해요.”

“아닙니다. 어머님도 고생하셨습니다.”

그녀의 얼굴을 본 현우의 가슴속에 한 가지 의문이 싹텄다. 그것을 물어보는 게 좋을지 확신이 없었으나 무심코 말이 튀어나왔다.

“수아 어머님.”

“네?”

“지금부터 제가 여쭙는 말에 사실대로 말씀해 주시면 좋겠습니다.”

“네…….”

무척 난처해하는 얼굴이었다. 현우는 자신의 말이 불쾌하게 들리지 않도록 단어를 신중히 선택했다.

"수아가 왜 저런 행동을 한 건지 아시나요?"

"아니요……."

그녀의 표정에서 거짓말이라는 게 노골적으로 드러났다.

"아까 같은 행동, 이전에는 없었나요?"

"화를 낸 적은 있어도……."

"정신과적 문제도 없고요?"

"네."

"기분 나쁘게 들리실지 모르겠지만, 실은……."

현우는 중간에 말을 끊고 생각에 잠겼다. 다음 말을 꺼내야 할지 판단이 서지 않았다. 모녀간의 갈등에 내가 굳이 관여할 필요가 있을까. 주치의의 권한을 넘어서는 일이 아닐까. 그런 생각이 소용돌이를 일으키며 머릿속이 복잡해졌다. 이럴 때 누군가 곁에서 어떻게 해야 할지 알려 준다면 좋을 텐데 그런 말을 해 줄 사람이 그의 곁에는 없었다.

안정을 추구하는 마음, 한 번도 거스른 적 없던 그것이 흔들리고 있었다. 그 이유는…… 다름 아닌 수아였다. 안정과 일탈의 경계에 서 있던 마음속 저울은 결국 일탈 쪽으로 기울어졌다.

"응급실에서 처음 두 분을 보고 약간은 이상한 느낌을 받았습니다."

"……."

수아의 어머니는 긍정도 부정도 하지 않았다. 모든 걸 내려놓은 듯 침착한 표정이었다. 현우는 계속해서 말을 이어 나갔다.

"수아처럼 독립할 나이가 된 대학생이 부모님에게 반항적일 수는 있어요. 그런데 어머님을 대하는 수아의 태도가 의료진을 대하는 것에 비해 지나치게 거칠다고 할까요. 적어도 제겐 그렇게 보였거든요."

수아 어머니가 고개를 떨어뜨렸다. 체념이 어린 눈빛이었다.

"두 분 사이에 심각한 사건이라도 있었나요?"

마음을 굳힌 듯 그녀가 입을 열었다.

"원래부터 이랬던 건 아니에요. 작년까지만 해도 수아는 해맑고 귀여운 아이였어요. 그런데…… 그날 이후로 모든 게 바뀌어 버렸어요."

"그날이라면."

"수아 아빠가 가 버린 지도 벌써 다섯 달이 됐네요."

"아……."

문득 오전에 들었던 수아의 목소리가 귓가에 메아리쳤다.

'저도 엄마, 아빠랑 오래오래 살구 싶었거든요. 안 헤어지고 싶었는데, 그런데…….'

비로소 현우는 수아가 흘린 눈물의 의미를 깨달았다.

"처음엔 이러다 말 거라고 믿었어요. 물론 그건 제 바람일 뿐이었죠. 저부터도 의식 못 하는 사이 많이 달라졌으니까요."

"……."

어린 나이에 그렇게 큰일을 겪은 수아의 성격이 변하지 않는다면, 그것도 이상한 일이다. 게다가 아버지가 세상을 떠난 지 얼마 되지 않은 이 시점에서는 더욱 그랬다. 하지만 아직 이런 상황을 설명해 줄 수 있는 이유가 나오지 않았다. 아버지를 잃었다고 해서 보통의 아이들이 어머니에게 적대적이지는 않다. 현우의 마음을 읽기라도 한 듯 그녀가 털어놓았다.

"선생님한테만 말씀드릴게요. 아실 수도 있는데, 수아 아빠는 간경변증을 앓고 있었어요. 치료도 여기서 받았죠."

"그러셨군요. 저는 몰랐습니다."

"그이가 떠나기 며칠 전에 대판 싸웠어요, 수아가 보는 앞에서. 병원비 때문에. 생활비는 쪼들려 가는데 호전은 없고 해서 속이 많이 상했어요, 둘 다. 그러니 얼굴 맞대고 있으면 말다툼 말고 뭘 하겠어요, 안 그래요?"

"어머님 심정 다 이해합니다."

"수아가 제발 그만 싸우라고, 울고불고하는데도 우리는 뭐에 씌었는지 멈출 생각을 안 했어요. 그렇게 마지막까지 얼굴 붉히고 싸우다가…… 화해할 겨를도 없이 가 버렸어요."

회한에 잠긴 눈으로 창밖을 지그시 바라보던 그녀가 말을 이었다.

"수아가 절 바라보는 눈빛이 달라진 건…… 나중에 알았어요."

"그럼 수아는 어머님을……."

그녀가 고개를 끄덕이고 단호하게 말했다.

"네, 보셨다시피 아주 미워하고 있어요. 짐작할 수 없을 만큼."

"그래도 어머님이 좀 더 노력하시면 수아도 용서해 주지 않을까요?"

현우의 말에 그녀가 슬픈 미소를 띠며 고개를 저었다.

"턱도 없어요. 수아…… 제가 차려 주는 밥도 잘 안 먹으려고 해요."

"정말인가요?"

설마 하는 마음에 튀어나온 말이었다. 그 정도로 모녀의 관계가 악화된 줄은 미처 몰랐기에 현우의 충격은 배가되었다.

"네, 절대 싫대요. 수능 끝난 뒤로는 아르바이트를 죽어라 했는데, 그걸로 밥 사 먹고 집에 들어와서는 저랑 말도 안 나누려고 해요."

"왜 그런 걸까요?"

현우는 순전한 호기심에서 물었다. 그녀가 모르겠다는 듯 어깨를 으쓱했다.

"한 번은 엄마한테 불만 있으면 다 말해 보라고 했어요. 그러면 고치겠다고. 그런데…… 한마디도 안 하는 거예요. 저한테 속마음을 보여 주기 싫나 봐요."

"그럼 방금 전은……."

"응급실에서 보셔서 아시겠지만, 수아는 제가 자기 몸에 손대는 걸 싫어해요. 아까도 눈을 감고 숨을 쌕쌕 내쉬고 있어서 잠든 줄 알고 볼에 뽀뽀했거든요. 그랬더니 저렇게……."

자기 자식조차 품에 안지 못하는 부모의 심정을, 현우는 미처 헤아릴 수 없었다.

"힘내세요, 어머님."

지금은 그런 하나 마나 한 말밖에 생각나지 않았다.

"……."

"일단 오늘은 집에 가 계세요. 나중에 제가 수아랑 얘기해 볼게요."

수아 어머니가 입술을 달싹였다. 뭔가 말하고 싶은 게 있는 눈치였지만 끝내 그 말을 내뱉진 않았다. 엉거주춤 서 있던 그녀는 목멘 소리로 네, 하고 말한 다음 무기력한 걸음걸이로 멀어져 갔다. 그녀의 허전한 뒷모습이 현우의 마음을 아프게 했다.

어느새 두 시간이 흘렀다. 의국 컴퓨터 앞에 앉은 현우는 조금 전부터 한 문장을 지웠다 써넣기를 반복했다.

오후 8시 40분. 병실에서 난동을 부려 졸피뎀 정맥 주사하였음.

경과기록지에 입력한 문장은 객관적으로 봤을 때 옳은 말이었다. 그러나 현우는 그 문장에서 풍겨 나오는 딱딱하고 차가운 느낌이 마음에 들지 않았다. 그렇다고 바탕에 깔린 모녀의 이야기와 어머니를 미워하게 된 수아의 속사정 같은 것을 기록에 남길 수도 없는 노릇이었다. 고민을 거듭한 끝에 그는 다음과 같이 수정하고 완료 버튼을 눌렀다.

활력 징후 안정적. 특이사항 없음.

눈앞의 환자 명단을 바라보는데 갑자기 두통이 찾아왔다. 현우는 하던 일을 멈추고 한 손으로 지그시 관자놀이를 누르고 나머지 손으로는 미간을 문질렀다. 이틀 내내 세 시간 남짓 잔 후유증이 도진 것이다. 그는 절망적인 기분으로 캔 커피를 따서 마셨다. 오늘만 다섯 캔째였다. 앞으로 작성해야 할 경과기록지와 입원기록지의 개수는 좀처럼 줄어들지 않았다. 책상에 엎드려 눈을 붙이려는 그때 핸드폰이 울렸다.

'미치겠네.'

머릿속에서 불길이 이는 듯 지끈거렸지만 전화를 받았다. 눈을 감은 현우의 귓속으로 은채의 목소리가 파고들었다. 수아의 병실 담당 간호사인 그녀는 조금 전의 한바탕 씨름으로 녹초가 된 듯 목소리에 피로한 기운이 배어 있었다.

[쌤, 수아 깼어요. 지금은 고분고분해졌어요.]

"고마워요. 바로 갈게요."

통화를 마치고 자리에서 일어난 현우는 하품을 크게 하고 세면대로 가서 물을 끼얹었다.

현우가 수아의 침대에 다가갔을 때, 그녀는 옆으로 돌아누운 채 창밖을 바라보고 있었다. 커튼을 열어젖히고 들어가려던 현우의 시야에 그녀의 머리부터 발끝까지의 모습이 들어왔다. 쏟아져 내리는 달빛을 고스란히 받은 수아의 몸이 비현실적인 광채로 빛났다. 조금 전 난폭하고 거친 모습의 흔적은 어디에서도 찾아볼 수 없었다. 거기에는 아름다운 미모의 젊은 여성만이 자리를 지키고 있을 뿐이었다.

'정신 차려, 이현우.'

환자를 이성으로 대하면 안 된다. 그것은 의사에게 있어서 기본적인 자세였다. 히포크라테스 선서라는 고리타분한 기준을 들이대지 않더라도 그것은 옳지 않았다. 현우는 방금 뇌리를 스치고 지나간 생각에 죄책감을 떠안고 커튼을 젖혔다.

"수아야."

그의 속삭임을 들은 수아가 헉, 하는 소리와 함께 일어나 앉았다. 달빛으로 은행잎처럼 노랗게 물든 그녀의 얼굴에 놀란 기색이 역력했다.

"깜짝이야. 여기서 뭐 하세요?"

"미안, 네가 깨면 얘기해 달라고 했거든."

"왜요?"

몇 시간 전의 소동에 대해서는 전혀 기억하지 못하는 눈치였다.

"꼭 하고 싶은 말이 있어서."

수아가 침을 꿀꺽 삼켰다.

"하고 싶은…… 말?"

그때 할머니 환자의 코 고는 소리가 갑자기 커지더니 이내 병실을 뒤덮었다. 딱딱한 분위기가 한결 부드러워졌다. 커튼 너머를 기웃거리며 수아가 웃자 현우도 따라 웃었다.

"여기서는 안 되겠다. 잠깐 휴게실에 갈까?"

"네."

현우가 앞서 걸어가고 수아가 그 뒤를 따랐다. 밤 열한 시가 넘어서인지 병동 복도에는 둘을 제외하면 아무도 없었다. 간호 스테이션에서 새어 나오는 불빛만이 유일하게 그들의 시야를 밝혀 주었다. 바닥에 끌리는 링거대의 마찰음이 복도 전체를 집어삼킬 듯 크게 울려 퍼졌다. 걸어가던 그때 중요한 것이 생각난 현우가 뒤를 돌아봤다.

"수아야, 그건 아직 안 나왔어?"

"네? 무슨……."

수아는 단박에 그의 말을 알아듣지는 못했지만 곧 눈치채고 픽 웃었다.

"아뇨, 아직. 근데…… 방귀 나오면 꼭 말해야 해요?"

"그럼, 우리 과에서 제일 중요한 게 그건데. 내일 회진 때 교수님도 물어보실 거야."

수아의 얼굴에 웃음기가 감돌았다.

"아이, 부끄러운데, 그런 건."

"방귀가 나온다는 건 장운동이 평소대로 돌아왔다는 의미야. 방귀가 나와야 식사도 시작할 수 있고."

"방귀, 방귀 소리 그만하세요, 듣는 사람 민망하게."

톡 쏘는 목소리였지만 표정은 밝고 유쾌했다. 미안해, 하고 현우가 말했다. 두 사람이 나란히 모습을 드러내자 간호 스테이션에 앉아 있던 은채와 연주를 비롯한 간호사들이 속닥거렸다.

예능 프로그램이 틀어진 것을 제외하면 휴게실은 고요했다. TV를 끈

현우가 수아를 테이블로 안내했다. 마주 앉은 둘은 한동안 말없이 서로를 보면서도 눈길이 부딪치는 것을 피했다. 현우는 어떻게 얘기를 시작할지 망설이다가 천천히 말문을 열었다.

"지금부터 하는 말, 어머님께는 하지 마."

"네? ……네."

어머님이라는 말에 먹구름이라도 낀 것처럼 수아의 얼굴이 어두워졌다.

"어머님이 그렇게 싫어?"

"……."

"나 말이야, 응급실에서 수아 처음 봤을 때 그런 앤 줄 알았다? 왜 있잖아, 불량스럽고 버르장머리 없는 애들."

수아가 충격받은 듯 눈을 동그랗게 치켜떴다.

"그런데 지금 내 앞에 있는 수아는, 아니 그동안 지켜본 너는 누구보다도 예의 바르고 착해. 딱 한 분, 어머님한테만 빼고."

수아가 눈을 내리깔았다. 테이블에 누가 두고 간 팸플릿을 넘기며 그녀가 말했다.

"하고 싶은 말이 뭐예요?"

"내가 주제넘게 참견하는 건지도 몰라. 그래도 이거 하나는 말해 주고 싶었어. 어머님…… 너무 미워하지 말았으면 좋겠어. 네가 왜 미워하는지는 나도 알아. 다 이해해, 네 마음. 그래도…… 지금처럼 이러는 건 너한테 도움이 안 돼. 생각해 봐, 한평생 어머님 미워하면서 살 수 있겠어?"

수아가 들고 있던 팸플릿이 아래로 떨어졌다. 그녀가 울분에 찬 목소리를 내뱉었다.

"제 마음을 다 안다구요? 하나도 모르면서! 선생님이 나랑 엄마에 대해서 뭘 아는데요, 네?"

예상치 못한 격렬한 반응이었지만, 현우는 물러서지 않았다.

"그럼, 아까는 왜 그랬던 거야?"

"아아, 이제 알겠네요."

냉소적인 웃음을 지으며 수아가 벌떡 일어났다.

"엄마랑 둘이서 짰죠? 애가 자기를 미워하니까 좋은 말로 잘 달래 줘라. 엄마가 뭐라고 했을지 빤히 보여요. 제가 그런 잔꾀에 넘어갈 줄 알았어요?"

"그런 거 아니야. 나는 그저…… 한 사람의 어른으로서, 주치의로서 네가 조금이라도 더 행복했으면 하는 마음으로 그런 것뿐이야. 어머님은 나한테 부탁한 적 없어. 믿어 줘."

씩씩거리던 수아의 표정이 일순 흔들렸다. 현우는 그녀가 자신의 말에 담긴 진심을 알아주기를 바랐다. 화가 약간 가라앉은 목소리로 그녀가 물었다.

"선생님은 짐작하겠어요?"

"뭘?"

"제가 엄마를 왜 미워하는지, 그것도 미칠 듯이 미워하는지 말이에요."

"글쎄……."

수아가 그에게로 몸을 가까이 기울이며 낮고 명료한 어조로 말했다.

"우리 아빠는 엄마 땜에 죽었어요."

"방금 뭐, 뭐라고……."

현우는 당황한 나머지 말까지 더듬었다.

"엄마가 죽였다구요."

단호한 수아의 얼굴에서 장난기라고는 찾아볼 수 없었다. 그녀가 손가락으로 문 너머를 가리켰다.

"여기, 혜성대학교병원에서요."

현우는 머릿속이 혼란스러웠다.

"잠깐, 잠깐만. 이해가 안 돼서 그런데, 구체적으로 설명해 주면 안 될까?"

수아가 조곤조곤 이야기를 시작했다.

"간경변증이었어요, 아빠는. 그게 심각한 병이라는 거, 저도 알고 있어요. 그런데…… 아빠는 그날 제가 학원에 가기 전만 해도 멀쩡했어요. 저랑 같이 바둑도 두고 농담도 나눴단 말이에요. 그랬던 아빠가…… 제가 학원에 간 사이 돌아가셨어요."

말을 하는 동안 수아의 눈가는 붉게 물들었고, 금방이라도 눈물이 흘러내릴 것처럼 이슬이 맺혔다.

"의사 선생님은 뇌출혈이라고 했어요. 복도에서 넘어질 때 머리를 부딪쳤다고."

수아는 악몽을 꾸기라도 하듯 눈을 질끈 감았다. 도톰한 입술이 미묘하게 위아래로 떨렸다. 오랜 시간 마음속에 쌓여 온 아버지에 대한 그리움과 슬픔이 지금 이 순간 그녀를 한꺼번에 덮친 것 같았다.

"저는…… 믿을 수가 없었어요. 아빠가…… 그렇게 멀쩡했던 아빠가…… 링거대도 있었잖아요. 그런데 어떻게 복도에 넘어져서 머리를 다칠 수 있어요? 암만 생각해도 이상하잖아요. 선생님, 안 그래요?"

현우는 수아가 말한 상황을 머릿속에서 시뮬레이션해 보았다. 그녀의 말이 일리 있다는 생각이 들었다. 앞으로 넘어질 때 사람은 반사적으로 손을 내민다. 뒤로 넘어진다고 해도 머리부터 바닥에 닿는 것은 흔치 않다. 게다가 그녀의 아버지는 언제든지 링거대를 손으로 붙잡을 수 있는 상황이었다.

"네 말이 맞아. 그런데……."

그때 현우의 머릿속에 한 가지 생각이 떠올랐다.

"수아, 너 아까 어머님이 죽였다고 했잖아. 그럼 어머님이 복도에서 아버님을 밀었다는 거야?"

"그게 아니구요."

수아가 답답하다는 듯 손을 마구 내저었다.

"복도에서 넘어질 때 아빠는 이미 약에 취한 상태였어요. 엄마가 그 약을 아빠한테 주입했구요. 그래서 아무것도 못 하고 머리를 부딪친 거예요."

그녀가 눈에 힘을 주며 덧붙였다.

"틀림없어요!"

현우는 수아가 혹시 평소 살인을 비롯해 폭력적인 내용이 나오는 드라마나 영화를 많이 보는 게 아닌지 궁금해졌다. 그녀가 생각하는 진상이라는 것이 그에게는 너무나 터무니없게 들렸기 때문이다.

"음, 지금 당장은 네 생각이 맞는지 확답을 못 하겠는데. 그건 그렇고…… 왜 어머님이 약을 주입했다고 생각해?"

"뻔하잖아요, 결국 돈이죠. 집에서 엄마가 저한테 뭐라고 했는지 아세요? 아빠만 죽으면 보험금이라도 타서 제 입시에 보탤 수 있을 텐데, 이런 말을 했다구요. 병실에서도 아빠랑 하루가 멀다 하고 싸웠고요. 이게 보통 가정에서 흔한 일이에요?"

수아의 입을 통해 듣는 그녀 어머니의 이미지와 기존의 이미지에는 분명한 차이가 있었다. 현우는 이제 아무것도 확신할 수 없었다. 조금 전까지만 해도 수아 어머니에게는 문제가 없다고 생각했다. 그런데 이제는 수아가 제시한 가능성을 배제할 수 없을 것 같았다. 그만큼 그녀의 말에는 나름대로의 설득력 있는 논리가 있었다.

"수아 네 말이 맞다고 쳐 보자. 그럼 그날 어머님은 계속 아버님 곁에 있었어?"

"아뇨, 그날은 일이 많다고 회사에 계속 있을 거랬어요. 그런데."

현우가 그녀의 말을 끊고 끼어들었다.

"거봐, 그건 말이 안 되잖아. 병원에 계시지도 않았는데 어떻게 그래."

수아가 흥분한 얼굴로 소리 질렀다.

"제 말 끝까지 들어 봐요! 엄마는 분명히 회사에 있을 거라고 했어요. 그런데 며칠 뒤에 회사에 전화해 보니까 엄마는 그날 오후 일찍 퇴근했대요."

"정말?"

현우는 심장이 덜컹 내려앉는 기분이었다.

"네, 그럼 엄마는 그때부터 어디에 있었던 걸까요? 아파트 경비 아저씨한테도 물어봤어요. 엄마를 본 적 있냐구요. 대답은…… 노였어요."

"다른 일 때문에 밖에 계셨던 거 아닐까?"

현우는 자신의 목소리가 기어들어 가는 것을 느꼈다. 수아의 말은 점점 힘을 더해 가는 반면 그는 궁지에 몰리고 있었다.

"아니요, 저는 그날 엄마를 닮은 의사를 봤어요."

수아의 말에 그는 등골이 오싹해졌다.

"뭐? 어디서?"

"1층 로비요. 학원에 가려고 나가는데, 하얀 가운을 입은 여자가 지나가더라구요. 그런데 얼굴이랑 헤어스타일 같은 게…… 엄마랑 너무 비슷했어요."

수아 어머니와 닮은 여자 의사나 간호사는, 적어도 현우는 한 번도 본 적이 없었다. 길쭉하게 찢어진 눈과 뭉툭한 코는 어디에서나 한눈에 알아볼 수 있는 특이한 외모인 만큼 그가 아는 의료진 가운데는 그런 사람이 없다고 단언할 수 있었다.

"정말이야? 얘기해 봤어?"

"말은 안 걸었어요. 그때는 그 사람과 거리도 좀 떨어져 있었지만 언뜻 보고 닮아서 신기하네, 정도로 생각하고 뛰어갔어요. 학원 시간이 촉박했거든요. 뭐, 안경도 가방 안에 있어서 확실하지도 않았구요."

그 말에 현우가 수아의 눈을 빤히 들여다봤다. 그녀가 가볍게 고개를 끄덕였다.

"지금은 렌즈 써요."

"그렇구나."

"아빠가 그렇게 되시고 나서 나중에 그때 일이 생각났어요. 선생님 같으면 엄마가 안 의심스럽겠어요?"

현우는 그때의 상황을 최대한 수아의 관점에서 생각하며 되짚어 봤다. 하지만 여전히 이해되지 않는 것이 있었다.

"어머니는 왜 굳이 그래야만 했을까? 의사 가운을 입고 들어가면 더 의심받지 않을까? 내 말은, 그냥 사복을 입어도 됐을 텐데."

"에이, 그러면 같은 병실 환자들한테 의심받잖아요. 가운을 걸치고 가야지 마음대로 주사기를 꽂죠."

"주사기를, 어디에?"

"어디긴요, 수액 들어 있는 팩이죠."

수아의 태연한 대답에 현우는 혀를 내둘렀다. 그런 끔찍한 생각을 아무렇지 않게 하는 그녀가 신기하기만 했다.

"그럼 그때 의사랑 간호사는 왜 그 사실을 못 알아냈을까?"

그의 말에 수아가 흥, 하고 비웃었다.

"제가 병원에 도착하니까 다 끝나 있던데요? 심지어 저는 연락도 제때 못 받았어요. 학원 수업이 끝나고 집에 와서야 엄마한테서 전화가 왔어요. 아빠가 돌아가셨으니 병원으로 오라구요. 그때 제 기분이 어땠겠어요?"

"……."

환자에게 위급한 일이 발생했을 때, 담당 간호사는 통상적으로 가장 가까운 보호자 한 명에게만 연락한다. 수아 아버지의 경우에는 수아가 아닌 어머니에게만 연락하는 것이 당연했다. 그런데 어머니는 왜 수아에게 알리지 않았을까. 현우는 그 이유를 알 수 없었다. 그제야 그녀의 처지에 조금은 공감이 되었다.

"그리고 그때 알았어요, 엄마랑 병원이 한패라는 걸요."

수아의 목소리는 어느 때보다 차가웠다. 다른 것은 몰라도 수아 어머니와 병원이 한패라는 그녀의 말만큼은 허황한 상상이다. 현우는 그렇게 확신하고 물었다.

"그런 생각을 한 이유는?"

"봤어요, 엄마랑 의사 선생님이 거래하는 장면을요."

"네가 잘못 봤을 거야."

그의 말에 수아가 힘차게 고개를 저었다.

"아니요, 똑똑히 들었어요. 엄마가 여자 의사 앞에서 무릎 꿇고 감사하다고 하는걸요."

"감사……하다고? 무릎을 꿇고?"

현우는 그 말을 도저히 믿을 수 없었다.

"네, 정확히 그랬어요. 남편이 죽었는데 의사한테 무릎 꿇고 고맙다고 말하는 사람이 어디 있어요? 선생님은 아세요?"

"……."

"저는 그날 무슨 대화가 오갔는지 못 들었지만 알 것 같아요. 아빠를 부검하려는 걸 엄마가 하지 말아 달라고 부탁했겠죠. 그것 말고 엄마가 무릎 꿇을 이유가 있을까요?"

현우는 아무런 말도 할 수 없었다. 이제 수아 어머니가 그 의문의 죽음에 어떤 식으로든 연관되어 있다는 것이 확실해졌기 때문이다. 어쩌면 수아가 말한 여자 의사도 그 일에 가담했을지 모른다.

"그러니까, 더 이상 저랑 엄마 사이의 일에 끼어들 생각 마세요."

그렇게 말한 수아가 자리에서 일어나 문으로 다가가던 그때 현우가 입을 열었다.

"수아야."

"네?"

돌아본 그녀에게 현우가 서슴지 않고 말했다.

"내가 제안 하나 해도 될까?"

"뭔데요?"

"내가……."

현우는 고민 끝에 마음을 굳혔다.

"알아낼 수 있을 것 같아. 너희 아버님이 어떻게 돌아가신 건지 말이야."

"정말이에요?"

수아의 눈빛이 흔들렸다. 그녀가 천천히 돌아와 앉았다.

"개인적으로 너희 어머님이 그런 일을 저질렀을 리 없다고 믿어서기도 하고, 네가 가진 의혹을 말끔히 지워 주고 싶어서 그래. 진실을 알아내는 게 그렇게 어렵진 않을 거야. 나한테는 과거 기록에 접근할 권한이 있거든."

외과 환자도 아니고 사망한 상태라 의무기록의 열람 절차는 평소보다 복잡할지 모른다. 그래도 하루 정도면 그날 밤의 진실을 알아내기에는 충분하다고 생각했다. 방재실에는 그날의 CCTV 영상이 남아 있을 터였다. 현우는 모든 상황이 그의 손을 들어 주고 있다고 믿었다. 두 사람 사이에 고여 있던 침묵을 깨고 수아가 다짜고짜 물어 왔다.

"선생님은 누구 편이에요?"

"응?"

생각지도 못한 질문에 현우는 얼떨결에 그렇게 되물었다.

"선생님도 결국은 의사잖아요. 의사들끼리는 한통속이라고 들었거든요."

그제야 현우는 자신을 바라보던 수아의 언짢은 표정이 이해되었다. 그는 그녀의 말을 부정할 수 없었다. 그 역시 그동안 동료들의 실수를 눈감아 준 적이 숱하게 있었기 때문이다. 그녀가 다시 물어 왔다.

"말해 보세요. 선생님은 제 편이에요, 아니면 의사들 편이에요?"

"나는 굳이 따지자면…… 진실 편이지."

"고마워요."

수아가 오랜만에 환하게 웃었다. 입술 사이로 드러난 그녀의 하얀 이가 아름답게 빛났다.

"기다려 봐, 내가 어떻게 해 볼 테니까."

"믿을게요."

수아가 힘차게 고개를 끄덕였다. 현우는 문득 알아 두고 싶은 것이 있어 말을 건넸다.

"혹시 그때 어머님이 무릎 꿇었다는 그 여자 의사…… 누군지 기억나?"

"음…… 예쁜 선생님이었는데."

그 말에 현우는 왠지 모를 불안함을 느꼈다. 내과 소속의 여자 레지던트들 가운데 예쁘다는 단어가 어울리는 사람은 두 사람 정도밖에 없기 때문이었다. 내심 자신이 생각하는 이가 아니기를 바라는 그의 마음은 조마조마했다.

"분명히 성은 강이었는데, 이름은……."

현우는 자신의 표정이 급격하게 어두워지는 것을 느낄 수 있었다.

"나리?"

"맞다, 강나리. 그 선생님이었어요."

"……."

현우는 할 말을 잃었다. 의사들의 편이 아닌 진실 편이라는 말을 함부로 내뱉은 자신에게 하늘이 가혹한 벌을 내리는 것만 같았다. 대답 없이 멀뚱히 고개를 숙인 그의 귓가에 초조한 목소리가 들려왔다.

"왜 그러세요, 선생님?"

"……아냐, 별거 아냐."

현우는 수아에게 거짓말을 할 수밖에 없게 만든 운명의 신이 원망스러웠다.

3장

§

병실에 들어선 아이가 쪼르르 구석으로 달려갔다.

"아빠, 나 왔어."

"……."

아빠라고 불린 남자는 눈을 뜨지 않고 금붕어처럼 입만 뻐끔거렸다. 그 모습을 보던 아이가 책가방을 보조 의자에 내려놓았다. 매일같이 반복되는 익숙한 풍경이었다.

아빠의 코에는 기다란 줄이 달려 있었다. 입으로 음식을 먹는 게 어려워서 그리로 밥과 약을 준다고 의사는 말했다. 처음 그 이상한 줄을 봤을 때 아이는 코끼리가 떠올라서 숨이 넘어갈 것처럼 웃어 댔다. 하지만 이제는 조금도 웃기지 않았다.

"어쩌면 평생……."

그렇게 말하는 엄마는 침울한 표정이었다. 아빠가 평생 이런 모습으로 살아야 할지도 모른다는 말에 아이는 기분이 이상해졌다. 이것이 일종의 놀이라면 영원히 해야 하는 걸까. 아빠의 원래 모습을 다시 볼 수 없는 걸까. 그런 생각이 들었다.

아빠는 뇌졸중이라는 병에 걸렸다. 처음 그 단어를 들었을 때는 무슨 뜻인지 몰랐지만, 이제는 그 병에 대해서 모르는 게 없었다. 학교에서도 시간만 나면 인터넷으로 검색해서 읽어 봤기 때문이다.

"꼬마야."

헬륨 가스를 들이마신 듯한 목소리에 아이가 고개를 돌렸다. 아빠의 침대 맞은편에서 환자복 차림의 할아버지가 손을 흔들었다. 뒤를 돌아본 아이는 자기 말고 아무도 없는 것을 확인했다.

"저요?"

"여기 꼬마가 너 말고 어디 있냐."

꼬마라는 말에 살짝 기분이 상했지만 어른한테는 공손해야 한다는 말이 떠올랐다. 아이는 학교에서 배운 대로 꾸벅 인사했다.

"안녕하세요, 할아버지."

"오냐, 허허."

호탕하게 웃는 할아버지는 보면 볼수록 누군가와 닮은 것 같았다. 곰곰이 생각한 끝에 아이는 그게 KFC 매장에 서 있는 할아버지라는 걸 깨달았다. 두 할아버지를 머릿속에 나란히 세우자 쿡 웃음이 나왔다.

"꼬마야, 이리 와 보거라."

"왜……요?"

손짓하는 할아버지를 보고 아이가 주춤거렸다.

"이걸 주마."

서랍에서 뭔가를 꺼낸 할아버지가 주먹 쥔 손을 아이에게 내밀었다. 아이는 궁금한 마음에 조금씩 다가갔다. 어느새 둘 사이의 거리가 1미터도 안 되게 좁혀졌다.

"그거 뭐예요?"

"손을 펴 보거라."

망설이던 아이가 할아버지의 주먹 아래로 손을 가져가자 할아버지가 주먹을 폈다. 곧 까칠한 촉감이 느껴졌다. 손바닥을 본 아이는 그 위에 놓인 다섯 개의 사탕에 눈이 동그래졌다. 딸기 맛, 박하 맛부터 사과 맛까지 아이가 좋아하는 사탕이 골고루 있었다.

"할아버지, 감사합니다!"

"오냐, 오냐."

할아버지가 아이의 머리를 쓰다듬어 주었다. 딸기 맛 사탕을 우걱우걱 씹어 먹는 아이를 할아버지가 흐뭇한 눈길로 바라봤다. 아이가 고개를 갸웃했다.

"할아버지는 왜 여기 온 거야?"

"할애비 말이냐? 허허."

할아버지는 병실에 있는 것이 즐거운 일이라도 되는 것처럼 웃었다. 그러나 아이는 곧 들려온 단어에 머리가 띵해졌다.

"폐암이란다."

"암? 그거 죽는 병 아니야?"

아이의 천진난만한 질문에 할아버지의 웃음소리가 높아졌다.

"옳지, 옳지. 잘 아는구나. 이 할애비는 살날이 얼마 안 남았어요."

아이는 할아버지의 태연한 모습에 어리둥절했다. 아무래도 할아버지가 자신을 놀려 주려고 거짓말한다는 생각이 들었다.

"뻥치지 마!"

"요놈 참 귀엽구나."

할아버지가 아이의 볼을 가볍게 꼬집었다. 아이는 까칠한 손의 촉감이 이상하면서도 기분이 그리 나쁘지만은 않았다.

그날 밤 할아버지가 피를 토하고 바닥에 쓰러졌다. 의사와 간호사들이 달려오는 것을 보고 아이는 깨달았다. 할아버지가 거짓말을 한 게 아니었다는 것을.

§

현우는 지하 2층의 음산한 어둠을 뚫고 앞으로 나아갔다. 방재실에 들어가 본 적은 없지만 위치는 잘 알고 있었다. 가운과 근무복을 맡기러 세탁실을 찾아갈 때 그 옆을 지나간 적이 있었다. 방재실이라는 이름만 들어서는 무엇을 하는 곳인지 감이 잘 안 오지만 우연히 그 정체를 알 기회가 있었다.

작년 중순, 수술실 남자 탈의실에서 도난 사건이 있었다. 당시 피해자였던 신경외과 레지던트가 방재실에서 CCTV를 확인하기 전에 시계를 자리에 돌려놓으라는 경고문을 탈의실 입구에 부착했다. 현우는 그때 비로소 의미를 알게 되었다.

방재실 앞에 멈춰 선 현우가 머뭇거리다 노크를 했다. 아무런 소리도 들리지 않았다. 잠긴 건지 확인하려고 문손잡이를 거칠게 돌렸는데 맥없이 쉽게 열렸다. 찰칵하는 커다란 소리가 지하 2층의 정적을 뚫고 복도 저편까지 질주했다.

안으로 들어선 그의 두 눈은 침침한 어둠에 적응하느라 몇 초를 허비해야 했다. 백여 개에 달하는 모니터들이 입구에서 멀리 떨어진 곳에 레고처럼 쌓여 있었다. 그 앞에는 다섯 개의 의자와 기다란 테이블이 배치되어 있었는데 텅 비어 있었다. 카지노 상황 통제실을 방불케 하는 압도적인 위용은 없었으나, 작은 화면들은 혜성대학교병원의 전 구역을 현미경처럼 세밀하게 포착해 냈다.

현우가 응급실 입구를 비추는 모니터를 들여다보는데 뒤에서 문이 열렸다. 돌아본 그의 입에서 단말마의 비명이 튀어나왔다. 문가에 서 있는 사람의 형상이 조명 때문에 기괴하게 보인 것이다. 털털한 웃음소리와 함께 다가온 사내의 모습이 뚜렷해지자 현우의 입에서 안도의 한숨이 새어 나왔다. 장발의 중년 사내가 누런 이를 활짝 드러내고 히죽히죽 웃고 있었다. 앞니가 하나 빠진 게 김이 끼어 있는 것 같았다.

"여긴 무슨 일인교?"

"불쑥 들어와서 죄송합니다. 알아보고 싶은 게 있어서요."

사내는 조금도 개의치 않는 표정이었다.

"후딱 먹고 올랬는데 그새 누가 올 줄은 몰랐제. 의사 선상인교?"

그가 현우의 가운을 물끄러미 보며 물었다.

"네, 외과 레지던트 1년차 이현우입니다."

"외과 선상님이 웬일로. 도난 사건인교?"

"아닙니다. 저…… 잠깐 시간 되시나요?"

사내의 웃음소리에 현우는 온몸의 털이 곤두섰다. 아무래도 사내의 목소리는 남들과 음역대가 현저히 다른 것 같았다.

"우리 같은 사람들은 남는 게 시간 아인교. 선상, 내가 소주 한잔 줄테니까 마시고 가그라."

그가 손에 든 편의점 비닐봉지를 높이 들어 올렸다. 현우는 정중히 사양했다.

"죄송해요, 제가 당직 근무 중이라서."

"의사 선상님들은 원래 이래 깐깐한교. 누가 보면 내만 근무 시간에 띵가띵가 놀고먹는 줄 알겠구만."

화가 난 목소리였지만 사내의 두 눈에는 장난기가 어려 있었다.

"그런 뜻이 아니라."

"빨랑 용건을 말해 보그라, 뜸들이지 말고."

"아, 네. 다름이 아니라, 작년 11월 CCTV 영상을 볼 수 있을까 해서요."

우스운 농담이라도 들은 사람처럼 사내가 또다시 킬킬거렸다.

"아이고, 선상님. 수술방에서 살다 보니까 세상 물정도 모르는교."

"네?"

"요즘 어떤 병원이 그렇게 오래된 CCTV를 남겨 두는교. 세 달 전 끼도 용량이 안 돼서 삭제해 부리는 마당에."

"제가 그런 쪽에는 문외한이라서요. 백업도 해 놓지 않나요?"

사내가 답답하다는 듯 혀를 찼다.

"백업 비용은 누가 대는교. 게다가 병원이 지 모가지 지가 죌 일 있어서 그런 데 돈 쓰겠나. 내 같아도 사고 친 흔적 안 남길라고 후딱 지울라 할 긴데. 아인교?"

"……."

예상치 못한 사내의 말에 현우는 얼떨떨했다. 대학병원급이라면 1년 치의 CCTV 기록 정도는 저장해 놓을 거라고 안일하게 생각했던 것이다. 그렇게 그날 밤의 CCTV로 사건을 단칼에 해결하겠다는 애초의 계획은 물거품이 되어 버렸다.

"아인교?"

사내가 멀뚱히 있는 그를 재촉했다.

"네, 맞습니다."

사내가 언제 꺼내 왔는지 소주잔을 내밀었다. 조그만 잔에서 투명한 액체가 소리 없이 찰랑거렸다.

"한 잔 쭉 들이키그라. 다 먹고살라고 내도 선상님도 이 엿같은 데서 일하는 거 아인교."

"네, 감사합니다."

현우는 허탈함에 사양하지 않고 그가 건네준 소주잔을 들이켰다. 목을 타고 넘어간 시원한 액체의 뒷맛이 썼다.

방재실을 나서 엘리베이터로 향하는 도중 사내의 말이 다시금 떠올랐다. 먹고살려고 하는 일, 어쩌면 그의 말이 옳을지도 모른다. 새벽에 잠을 설치면서까지 당직을 서는 것도 결국은 먹고살려고 하는 짓거리다. 그러나 현우는 수아를 위해 시작한 이번 일만큼은 그런 세속적인 것과는 관계없다고 생각했다.

외과 의국에 돌아왔을 때는 새벽 한 시가 가까워져 오고 있었다. 의국 안의 모습은 나가기 전과 달라진 것이 없었다. 책상에 놓인 종이컵에 채워진 커피의 양은 그대로였고, 누가 떨어뜨렸는지 몰라도 바닥에 나뒹구는 주사기도 그대로였다.

현우는 지독한 피로를 느꼈다. 육체적인 피로에 정신적인 피로, 거기에 감정적인 피로까지 겹쳐져 그가 감내할 만한 수준을 넘어서기 직전이었다. 이 순간에도 졸음이 자꾸만 눈꺼풀을 아래로 잡아당겼지만 수아와의 약속을 생각하면 눈을 붙일 수 없었다. 의자에 가까스로 앉은 그는 남은 커피를 들이켜고 OCS / EMR 프로그램에 로그인했다.

한재훈, 1975년 출생.

고인에 대해 아는 정보라고는 그 두 가지가 전부였다. 좌측 상단의 검색란에 환자의 이름을 입력하자 동명이인 20여 명이 일렬로 떴다. 그들 가운데 찾던 이를 발견하고 더블 클릭하자 모니터에 경고창이 떴다.

EMR 열람 접근이 제한된 특정과 환자를 선택하셨습니다. 열람하시고자 하는 사유를 선택하여 주시기 바랍니다. 선택한 환자 정보를 열람하시면 그 이력이 저장 · 보관됩니다.

선택 사유에는 환자 상담, 협진, 교육, 연구 등 여러 개의 항목이 나열되어 있었다. 고인의 정보를 열람한 이력이 기록에 남는 것이 신경에 거슬렸지만 그렇다고 여기서 멈출 수는 없었다.

잠시 망설인 끝에 현우는 연구 항목을 클릭했다. 이렇게 하면 의무기록팀 직원들의 눈을 피할 수 있지 않을까 하는 막연한 기대에서 비롯된 선택이었다. 어차피 그 직원들이 모든 환자의 열람 기록을 일일이 확인해 보지는 않을 것이다. 지금까지도 타과 환자의 기록을 보기 위해 아무렇게나 사유를 입력했지만 문제가 된 적은 없었다.

모니터를 가득 메운 입원기록지는 현우의 관심사가 아니었다. 그가 찾는 것은 사망진단서와 그날 밤의 간호기록지였다. 간단한 조작을 거치자 사망진단서가 입원기록지를 밀어내고 모니터를 메웠다. 그때 눈알이 터질 것같이 격렬한 통증이 밀려왔다. 현우는 눈을 감고 한참 엄지로 미간을 짓눌렀다. 자신의 몸에 누적된 피로를 무시하는 그에게 몸이 경고 시그널을 보내오는 듯했다.

"이것만 하고 자야겠다."

현우는 주문을 외듯 중얼거리면서 사망진단서를 확대했다.

2019년 11월 8일, 작성자 강나리.

작성자의 이름을 본 순간 그녀의 이름을 들었을 때의 충격이 되살아났다. 사망진단서의 성명, 주민등록번호, 주소 등 중요하지 않은 항목은 건너뛰었다. 현우는 짧은 시간에 핵심적인 사항을 일목요연하게 파악했다.

발병일시: 2019년 11월 8일 21시 18분

사망일시: 2019년 11월 8일 22시 05분

사망의 종류: 외인사

사망의 원인: 직접사인- 뇌내출혈, 선행사인- 두부 외상

사고 발생 장소 및 상황: 8층 복도에 쓰러져 있는 것을 간호사가 발견하였음.

고인에 대한 어떤 감정도 담겨 있지 않은 무미건조하고 형식적인 기록. 거기에 오류나 조작이 개입할 여지는 없어 보였다. 발병일시는 환자가 쓰러져 머리를 부딪친 시각이고 사망일시는 의사가 사망판정을 내린 시각이다. 직접사인인 뇌내출혈은 뇌 CT를 통해 진단되는 소견이고, 선행사인 역시 사고발생 장소나 상황을 고려하면 너무나 명징해서 뭐가 더 있을까 하는 게 솔직한 심정이었다.

문득 현우는 자신이 맹목적인 편견에 사로잡혔음을 알아차렸다. 대학병원에서 근무를 시작한 이래로 그의 머릿속에는 언제나 하나의 전제가 기저에 깔려 있었다. 바로 의무기록에 적힌 내용의 정확성에 의문을 가져서는 안 된다는 것이었다.

그 전제가 흔들리는 순간 의사는 망망대해를 떠다니는 종이배처럼 길을 잃고 방황한다. 눈앞의 환자가 당장은 멀쩡해 보일지라도 의무기

록에 간질 과거력이 있으면 의료진은 위급 상황에 대비할 수 있다. 의무기록에 적힌 한 줄의 문장 덕택이다.

현우는 그 전제를 깨부순 상태에서 사망진단서의 내용을 일일이 검증해 보기로 했다. 우선은 사망 당시의 상황에 대해 자세하게 파악할 필요가 있었다. 지금은 수아에게서 들은 말과 사망진단서에 적힌 한 줄을 통해 수박 겉핥기로 알 뿐이었다.

간호기록지 항목에 들어가 그날 하루의 기록을 처음부터 훑어 내렸다. 예상대로 특별한 내용은 없었다. 도뇨관 세척, 드레싱, 약물 투여 등 모든 처치가 루틴에서 벗어난 것이 없었다.

간호기록지에 변화의 조짐이 나타난 것은 21시 18분이었다. 이전까지 한두 시간 간격으로 작성되었던 간호기록지의 시간 간격이 급격히 줄어들었다. 분 단위로 기록된 간결한 문장에서 당시의 급박했던 분위기가 화면을 뚫고 고스란히 전해져 왔다. 작성자는 박다영 간호사였다.

21시 18분: 복도에 쓰러진 환자를 발견하고 Dr. 강나리 콜, 보호자 연락.

21시 20분: 의식 혼미, 혈압 120/82mmHg, 심박수 75회/분, 호흡수 10회/분, 산소포화도 90%.

21시 21분: 콜 받지 않아 원내 방송하였음.

21시 23분: 의식 혼수, 혈압 110/80mmHg, 심박수 60회/분, 호흡수 8회/분, 산소포화도 88%. Dr. 강나리 연결. 샘플 채혈, 혈당, 심전도 구두 처방. Dr. 심은호 콜.

21시 25분: Dr. 심은호 도착. 심전도 시행.

21시 28분: Dr. 강나리 도착. 기도 삽관 시행. 뇌 CT 검사 동의서를 위해 보호자 연락하였으나 연결되지 않음. CT실로 내려감.

22시 05분: 사망. 간호 종료.

'그날 나리 누나는 뭘 하고 있었던 걸까?'

그것이 간호기록지를 다 읽은 현우에게 가장 먼저 떠오른 의문이었다. 원내 방송까지 했음에도 듣지 못하고 콜을 한 지 5분이 지나서야 연결되었다. 병동에 도착했을 때는 다시 5분이라는 긴 시간이 흘러서였다. 고인이 뇌출혈로 혼수상태가 되었다는 점을 고려할 때 그것은 실로 중대한 과실이었다. 간호사들은 조급한 마음으로 의사가 오기만을 기다렸을 테고, 그러는 동안 고인의 소생 가능성은 급격하게 떨어지고 말았다.

나리 누나가 콜을 조금 더 일찍 받았다면, 병동에 조금만 더 일찍 도착했다면, 고인은 혼수상태에 이르지 않았을 뿐더러 수아의 가슴도 지금처럼 깊은 절망으로 멍들어 있지 않을지도 모른다. 그런 생각을 하자 이제껏 나리에 대해 한 번도 품어 본 적 없는 감정이 그의 가슴을 먼지처럼 뒤덮었다. 그것은 원망이었다.

'봤어요, 엄마랑 의사 선생님이 거래하는 장면을요.'

수아가 그렇게 말했을 때만 해도 현우는 그녀가 착각한 것이라고 생각했다. 사실 조금 전까지도 그렇게 믿고 있었다. 하지만 간호기록지를 확인한 이제는 더 이상 그런 믿음에 기댈 수 없었다. 그날 나리의 개인적인 사정과는 무관하게 고인의 죽음에 그녀가 어떤 식으로든 책임이 있다는 것은 명확해졌다.

그런데 한 가지 이해되지 않는 점이 있었다. 수아는 자신의 어머니가 나리 앞에서 무릎 꿇고 고맙다고 말하는 장면을 봤다고 했다.

'그건 왜일까?'

선뜻 그 이유를 추측하기 어려웠다. 나리가 늦게 병동에 도착한 것을 알게 된 수아 어머니는, 설령 고인이 죽기를 바랐더라도 감사하다고 말할 필요는 없다. 그저 가만히 있기만 하면 자신이 바란 대로 모든 일이 흘러가기 때문이다.

문득 현우는 그 조건을 충족시킬 수 있는 시나리오를 떠올렸다. 뒤늦게 도착한 나리가 복도에서 가운 차림의 부인이 목격되었다는 진술을 얻기라도 했다면 이야기가 달라진다. 순식간에 전세가 역전되어 수아 어머니는 살인 혐의를 받게 된다. 그런 상황이라면 나리의 앞에 그녀가 무릎을 꿇는 것도 그리 이상하지 않다.

'그렇게 된 걸까?'

현우는 고개를 갸웃하며 PACS의료영상 저장전송시스템에 로그인했다. 고인의 등록번호를 입력하고 엔터키를 누르자 뇌 CT 검사 결과가 화면에 나타났다. 판독 소견이 없어 어쩔 수 없이 직접 확인해야 했다.

마우스 스크롤을 굴려 뇌 슬라이스 이미지를 살피던 그의 안색이 차츰 어두워졌다. 인내심을 가지고 마지막 슬라이스까지 내려갔다가 다시 위로 올라갔다. 시간을 꽤 들여서야 좌측 측두엽에서 주변 뇌실질과 음영이 다른 영역을 발견했다. 그런데 어쩐지 개운치가 않았다. 전형적인 뇌내출혈 소견에 비해 음영과 형태가 애매모호했기 때문이다.

'아무리 봐도 모르겠는데.'

정신을 차렸을 때는 비상계단을 내려가는 중이었다. 뇌가 잠들어 있는 사이 본능이 그를 그리로 이끈 모양이었다. 이제 그는 자신이 어디로 향하는지 알았다. 1층 영상의학과 판독실. 고인의 심장이 멈춘 CT

실에서 불과 몇 미터도 떨어져 있지 않은 방이었다.

판독실 앞에서 노크를 해 봐도 대답이 없었다. 문을 열고 들어간 현우는 실내에 아무도 없는 것을 확인하고 문을 닫았다. 이럴 때 열에 아홉은 당직 레지던트가 응급 초음파 검사를 위해 초음파 검사실로 내려간 경우다.

5분간 기다려도 나타나지 않아 교환실에 전화를 걸려다 마음을 고쳐먹었다. 새벽만 되면 돌변해서 신경질을 부리는 영상의학과 당직 레지던트들을 자극하는 것은 어떻게든 피해야 했다. 현우가 만나는 것을 포기하고 복도를 가로지르던 그때 맞은편에서 영상의학과 레지던트 2년차 송은주가 걸어오는 게 보였다. 입을 헤 벌리고 눈을 감은 채 양손을 가운 주머니에 꽂아 넣은 모습이 유령보다 더 유령 같았다.

"저……."

가까이 다가오기를 기다렸다가 말을 꺼냈지만, 은주는 스르륵 그의 옆을 스쳐 지나갔다. 눈을 감고 다니는 사람치고는 밸런스가 잘 잡힌 걸음걸이였다. 현우는 어쩔 줄 몰라 멍하니 있다가 그녀의 뒤를 쫓았다. 그녀가 예민해져 있지 않기를 바라며.

몸속에 정밀한 센서라도 내장되어 있는지 은주는 정확히 판독실 앞에 멈춰 서서 문손잡이에 손을 가져갔다. 현우가 그때를 노려서 말했다.

"선생님!"

"으응?"

그제야 그의 존재를 인지한 은주가 천천히 고개를 돌렸다. 감겨 있던 두 눈에 미세한 틈이 생기더니 실눈으로 변했다. 그녀가 꿈꾸는 듯한 목소리로 물어 왔다.

"누구……세요?"

아직 잠이 덜 깬 듯 게슴츠레한 눈빛이었다. 현우가 목청을 가다듬고 말했다.

"안녕하세요, 외과 1년차 이현우입니다."

"아앗."

은주가 눈을 커다랗게 치켜떴다.

"뭐야, 언제 왔어요."

"방금요. 선생님, 피곤하신가 봐요."

학창 시절, 현우는 동아리도 향우회도 다른 은주와는 특별히 대화를 나눠 본 적이 없었다. 그렇지만 그녀가 윗 학번에서 말괄량이로 유명한 것은 익히 들어 알고 있었기에 지금의 모습이 크게 특이하다는 생각은 들지 않았다. 사람은 누구나 자신이 아는 범주에서 다른 사람을 판단하게 마련이다.

"오늘 쏘노초음파가 많았거든요. 안으로 들어와요, 얼른."

"네."

흐느적흐느적 연체동물처럼 걸어가던 은주가 의자에 몸을 파묻었다. 그곳이 영원한 보금자리라도 되는 듯 평온한 미소가 그녀의 얼굴에 떠올랐지만 그것도 잠시였다.

"애기들 찡찡대는 게 얼마나 짜증 나는지……."

"힘드시겠어요."

"이러다 수명 주는 거 아닌지 몰라."

현우는 문득 그녀가 자신이 외과 레지던트 1년차라는 사실을 잊은 게 아닌가 생각했다. 아무리 힘들어도 외과 앞에서 할 말은 아니지 않나요? 하고 쏘아 주고 싶은 것을 참고 비위를 맞춰 주었다. 신세타령이 끝난 것은 그로부터 5분이 지났을 때였다. 그제야 은주가 그의 방문에 호기심을 보였다.

"어머나, 내 정신 좀 봐. 쌤 여기 왜 왔었죠?"

"봐주셨으면 하는 게 있어서 왔습니다. 사망 환자 관련인데요."

"등록번호 불러 봐요."

고인의 등록번호를 부르자 은주가 키보드를 두드렸다. 모니터에 조금 전의 뇌 CT 검사 결과가 떠올랐다. 영상의 밝기를 조절하는 한편 마우스로 영역 확대, 축소를 쉴 새 없이 반복하는 그녀의 날렵한 손놀림은 프로게이머를 연상시켰다.

"이 환자 기저질환 뭐가 있었죠?"

"간경변증이 있고, 그것 외에는……. 죄송합니다."

"쌤, 장난해요? 판독 부탁하려면 그 정도 예의는 지켜야죠."

은주가 시선을 모니터에 못 박은 채 타박했다.

"죄송합니다, 선생님. 급하게 오느라 찾아보지 못했습니다."

"제대로 해요. 오늘은 나한테 걸려서 다행인 줄 알아요."

"네, 죄송합니다."

모니터를 들여다보던 은주가 그를 돌아봤다.

"쌤, 이분 사인이 뭐였는데요?"

"사망진단서에는 뇌내출혈로 나와 있었습니다. 그런데 제가 보기에는 애매한 부분이 있지 않나 해서요."

"사인이…… 뇌내출혈?"

은주가 기가 막힌 듯 코웃음을 쳤다. 그녀가 검사 날짜 항목을 클릭하더니 아래로 쭉 스크롤을 내렸다. 곧 화면에 다른 날의 뇌 CT 검사 결과가 띄워졌다.

'대체 뭘 하려는 걸까.'

그런 의문이 떠오른 지 몇 초도 안 돼서 현우는 입을 쩍 벌리고 있는 자신을 발견했다. 뇌내출혈의 전형적인 소견이 화면에 떠 있었기 때문이다. 화면 상단에 2010년 5월 15일이라는 날짜가 박혀 있었다.

"쌤, 10년 전에 출혈 생긴 환자잖아요. 지금 뭐 하자는 거예요!"

"아니, 그런……."

당황한 나머지 현우는 말을 잇지 못했다. 고인이 10년 전 뇌내출혈로 치료를 받았다는 사실은 입원기록지나 간호정보조사지에 기록되어 있을 터였다. 그것을 중요하지 않다고 생각해서 넘겨 버린 자신이 원망스러웠다. 은주가 따발총처럼 쏘아 댔다.

"CT에서 혈종 음영이 시간에 따라 어떻게 변하는지 몰라요? 공부를 어떻게 한 거야."

도무지 그런 내용을 강의 때 배운 기억이 나지 않아 현우는 입을 닫고 있었다. 그녀가 넌더리 난다는 투로 말을 이었다.

"하운스필드 유닛CT에서 각 화소 안에 포함된 숫자 정보로 조직의 밀도를 나타낸다. 알아요, 몰라요?"

"압니다."

"그럼 10년 후에 혈종 음영이 몇 하운스필드 유닛이 되죠?"

"……."

유급을 앞둔 학생을 대하듯 은주가 한숨을 내뱉었다.

"0에 수렴하잖아요. 그래서 물과 음영이 비슷해지고. 사망진단서 누가 작성한 거예요?"

"……."

차마 나리의 이름을 댈 수는 없었다. 머뭇거리는 그를 보고 은주가 짐작했다는 듯 웃었다.

"쌤이구나. 다음부턴 정신 똑바로 차리고 해요. 그거 잘못 작성했다가 골로 갈 수도 있어요."

"그런데……."

이왕 혼난 이상 마지막 가능성까지 배제하고 싶었다. 현우가 용기를 짜내어 물었다.

"이분이 머리에 외상 입은 직후에 혼수상태가 되셨거든요. 혈종이 같은 자리에 재발할 수는 없을까요?"

"답답하네. 쌤, 외상 직후라고 했죠? 직후라면 하운스필드 유닛이 최소 40 이상인데 어떻게 그러겠어요. 이거 봐요."

모니터에는 다시 고인의 사망 직전 CT 검사 결과가 떠 있었다. 하운스필드 유닛이 40 이상이라기에는 확실히 음영이 낮았다.

"죄송합니다. 덕분에 많이 배웠습니다."

"수술 들어가느라 시간 없겠지만 공부 좀 해요. 으휴."

현우가 인사를 하고 판독실을 나서는 순간까지 은주의 잔소리는 계속되었다.

*

현우는 아침 회진이 끝나고 수술실로 내려가기 전에 수아를 따로 불러냈다. 그는 한밤중에 알아낸 사실을 최대한 알아듣기 쉽게 전달했다. 이야기가 계속되는 동안 그녀는 침묵을 지키면서도 간간이 고개를 끄덕이며 주의 깊게 들었다. 그러나 점차 표정이 일그러지더니 결국 화를 내며 소리쳤다.

"말도 안 돼요!"

수아의 목소리가 비상계단에 울려 퍼졌다.

"소리 좀 낮춰."

현우가 재빨리 난간으로 다가가 위아래를 살폈다. 이곳은 엘리베이터를 기다리다 지친 교수나 레지던트가 사용하는 통로인 만큼 주의해야 한다. 잠시 귀를 기울이던 그가 인적이 없는 것을 확인하고 돌아섰다.

"누가 들으면 어쩌려고. 조심 좀 해 줘."

"그래두……."

수아는 현우의 침착한 태도가 마뜩잖은 눈치였다. 그녀는 당장이라도 쓰러질 것처럼 새파래진 얼굴로 링거대에 몸을 의지하고 있었다. 현우는 동요하는 그녀에게 한 걸음 다가갔다.

"괜찮아?"

"네, 그것보다……."

수아가 이마에 손을 얹었다가 내렸다.

"이해가 안 돼서요. 10년 전 교통사고 때 생긴 출혈을 어떻게 착각할 수가 있어요?"

전보다 목소리 톤은 낮아졌지만 거기에는 무엇으로도 숨길 수 없는 황당함과 분노가 깃들어 있었다.

"확실히 미심쩍은 구석이 있는 거 같아."

"사망진단서 작성한 분 누구예요?"

"당직 의사."

"강나리 선생님?"

"그래."

나리의 이름이 이런 불미스러운 일로 입에 오르내리게 될 줄은 몰랐다. 그러나 조사에 착수한 지 얼마 되지 않은 시점에서, 그날 밤 사건의 열쇠를 쥔 사람이 그녀라는 것은 더 이상 부정할 수 없었다. 현우는 그런 사실이 못내 안타까웠다.

"맞아. 그 선생님이 저한테 그랬어요. 아빠가 복도에서 넘어지는 바람에 머리를 부딪쳤고, 그것 땜에 출혈이 있었다구. 저한테 아빠가 어디서 넘어졌는지까지 보여 줬단 말예요."

현우는 격하게 말하는 수아를 더는 제지할 수 없었다. 그녀와 같은 상황에 놓였다면 그 역시 지금의 그녀처럼 화를 통제할 수 없을 테니. 이 순간만큼은 나리가 그녀의 모든 원망이 집중된 인물이었다.

"그런데 정작 CT에서는 옛날 흔적 말고 없었구요."

"……."

"그럼 뭐예요? 강나리, 그 선생님이 조작한 거예요?"

불꽃이 이글거리는 그녀의 시선을 피하며 현우가 말했다.

"아직은 확실히 모르겠어. 좀 더 알아봐야 해."

"엄마는 알겠죠, 그날 밤 무슨 일이 있었는지."

"어머님이 알면서 가만 있으셨을 리 없지, 안 그래?"

수아의 마음을 진정시키기 위해 꺼낸 말이었다. 하지만 그것은 현우의 희망사항일 뿐이었다.

“아뇨, 보나 마나 뻔하죠. 안 그럼 무릎 꿇고 그럴 게 뭐가 있겠어요.”

“…….”

어느덧 수아의 눈에서 화염을 내뿜던 불길은 이슬로 바뀌어 있었다. 흐느끼던 그녀가 입을 연 것은 잠시 후였다.

“선생님, 꼭 좀 부탁드려요. 억울하게 돌아가신 아빠 생각만 하면…… 가슴이 찢어질 거 같아요.”

“그래, 네가 퇴원하기 전까지는 진실을 알 수 있도록 최선을 다할게.”

그녀의 어깨를 다독이며 현우가 덧붙였다.

“꼭 알게 될 거야.”

*

[코드블루, 코드블루. 8병동, 8병동. 코드블루, 코드블루. 8병동, 8병동.]

스피커를 통해 울려 퍼지는 원내 방송이 외과 의국의 서늘한 공기를 데웠다. 테이블에 앉아 짜장면을 먹던 레지던트 2년차 정태형이 연극투의 어조로 한탄했다.

“아아, 오늘도 시작이구나.”

모니터로 한재훈 환자의 기록을 훑던 현우가 말했다.

“내과 선생님들 고생 많으시겠어요.”

“그러게, 점심도 못 먹고 무슨 개고생이냐.”

태형이 불쌍하다는 듯 혀를 차고 짜장면을 흡입했다. 병동에서 심정지 환자가 발생하면 분주해지는 쪽은 내과 레지던트와 내과 인턴이다. 그들이 땀을 흘리며 심폐소생술을 하는 동안 다른 과 사람들은 팔짱만 끼고 방관할 뿐이다. 그러면서도 그 환자가 소생해서 중환자실로 내려갔는지, 세상을 떠났는지에 대한 소식에는 예민하다. 대학병원에서 공통의 관심사로 코드블루만 한 것도 없다.

출력 버튼을 누르자 프린터에서 알림 음이 울렸다. 그리로 다가간 현우는 출력된 여러 장의 종이를 꺼냈다. 한재훈 환자의 입원기록지, 사망진단서, 간호기록지 등이 포함된 기록 뭉치였다. 남은 짜장면 그릇에 밥을 붓고 숟가락으로 휘젓던 태형이 호기심을 보였다.

"그거 뭔데?"

"찾아볼 게 있어서요."

당황한 것과 달리 그의 입에선 침착한 목소리가 흘러나왔다. 태형이 시원시원한 웃음을 터뜨렸다.

"이현우가 점심시간에 공부를 다 하고, 대단한데?"

현우가 태연하게 자리에 앉았다.

"레지던트한테 점심시간이 어디 있어요."

"그래, 생각 잘했다. 다음 북 리뷰 때 털리지 말아야지."

"네, 그래야죠."

현우의 입가에 쓴웃음이 번졌다. 오늘 아침 김태주 교수의 집중 포화에 정신을 못 차리고 휘둘리던 자신의 모습이 떠올랐다. 어젯밤만 해도 그는 태주의 질문 세례에 공략당하지 않으리라는 자신감에 차 있었다. 그러나 예상치 못한 일들이 연달아 일어나며 결국 예행연습을 하지 못했고, 결과는 참혹함 그 자체였다.

"현우야, 형이 한 가지 물어봐도 될까?"

"말씀하세요."

태형이 의심스러우면서도 재미있다는 표정으로 입을 열었다.

"이름이 뭐더라, 네가 맡은 아빠 환자 말인데."

"누구 말씀이신지."

그가 맡은 급성 충수돌기염 환자만 해도 열 명에 가까웠다.

"그 왜, 대학생 여자애."

태형의 눈에 희미한 의구심이 떠올랐다. 그 눈빛이 현우에게 왠지 모를 불안감을 심어 주었다.

"수아요?"

"그래. 너 인마, 설마 해서 그러는데 걔한테 흑심 있는 건 아니지?"

순간 현우는 가슴이 철렁 내려앉았다.

"그런 말 농담이라도 하지 마세요. 저도 히포크라테스 선서는 졸업식 때 읽었어요."

목소리에 힘을 실어서인지 예상외로 큰 소리가 입 밖으로 나왔다.

"그런 거 안 끌고 와도, 의사랑 환자 사이는 연애 감정이 끼어들면 안 돼. 무슨 뜻인지 알지?"

말 한마디 한마디가 묵직하게 현우의 가슴에 꽂혔다. 갑자기 무슨 일로 그가 그런 얼토당토않은 의심을 하게 된 건지 이유가 궁금할 따름이었다. 태형의 커다란 입술 주위에 능글맞은 미소가 떠올라 있었다. 현우가 손사래를 쳤다.

"걱정 마세요."

"내가 들은 게 있어서 그래. 새벽에 그 애랑 휴게실에 있었다며?"

현우는 비로소 태형이 의심하게 된 계기를 알아차렸다. 나이트 번 간호사들 가운데 입이 싼 누군가가 귀띔해 준 모양이었다.

"그건……. 그럴 일이 있었어요."

"우리 병원 어떤 덴지 잘 알잖아. 아무도 안 보는 거 같아도 너 지켜보는 사람 많다는 거, 항상 기억해."

태형의 말에는 반박하지 못하게 하는 강력한 힘이 배어 있었다. 어젯밤의 일에 대해 변명을 늘어놓을수록 구차해지는 것은 자신이라는 생각에 현우가 담담히 말했다.

"네, 알겠습니다."

수술 후 항암치료를 위해 입원한 환자들은 8병동에 몰려 있다. 치료계획에 대한 설명을 마친 현우가 간호 스테이션으로 향하는데 오열이 뒤섞인 여자의 목소리가 들려왔다.

현우는 굳게 닫힌 처치실의 문을 보고 8병동에서 심정지 환자가 발생했음을 상기했다. 결국, 심장이 원래대로 돌아오지 않은 모양이었다. 간호사들의 표정이 평소보다 무거워 보였던 이유가 이제야 이해되었다.

처치실과 맞닿은 스탠딩 컴퓨터에 다가서자 내부의 소리가 생생하게 전달되었다. 세상을 잃어버린 것처럼 처절하게 울부짖는 보호자에게는 어떤 위로도 소용없을 것이다. 현우가 고인의 평안을 위해 묵념하던 그때 익숙한 이름이 들려왔다.

"우리 슬기……."

문득 불길한 예감이 그의 머리를 스쳐 지나갔다. 설마 슬기가? 하는 마음과 잘못 들었겠지 하고 가볍게 넘기려는 마음 두 가지가 앞을 다퉈

몰려왔다. 그러고 보니 안에서 들려오는 울음소리는 슬기 어머니의 음색과 닮은 것 같기도 했다. 아침에 그가 들렀을 때만 해도 별다른 문제없이 현상 유지를 하던 슬기였다.

현우는 문을 열려고 손잡이에 손을 가져갔다가 이내 자제력을 발휘해 문가에서 떨어졌다. 어쭙잖은 생각으로 열었다간 두 사람의 마지막 시간을 방해할지 모른다는 노파심에서였다.

처방을 내리다 말고 컴퓨터에서 물러났다. 이런 상태로는 더 이상 업무에 집중할 수 없었다. 간호사에게 사망한 환자가 누군지 물어볼 수도 있었지만, 마음의 준비가 되어 있지 않았다.

801호 병실에 가까워질수록 심장 고동이 빨라졌다. 가슴이 터질 것 같았다. 조금 전의 울음소리가 두개골 안에서 파문을 그리며 울려 댔다. 현우가 욱신거리는 이마를 손으로 감싼 채 걸어가던 그때, 가까운 병실의 문이 열리더니 내과 레지던트 3년차 강나리가 나타났다. 건전지가 떨어진 장난감처럼 현우의 움직임이 순간적으로 멈췄다. 나리는 아직 그를 발견하지 못하고 클립보드에 끼워진 서류에 뭔가를 써넣고 있었다.

발레를 하는 무용수 못지않은 길쭉하고 가는 다리, 여성스러움이 강조된 우아한 곡선에 현우는 잠시 넋을 잃고 그녀를 바라봤다. 동아리에서 처음 봤을 때도 지금과 별반 다르지 않았다. 이성이 아닌 친한 선후배로 남기로 마음을 다잡은 지도 꽤 되었지만, 말초감각이 그녀에게 쏠리는 것만은 의지로 어떻게 할 수 없었다.

"누나, 바빠 보이시네요."

"어? 현우야."

보석처럼 아름다운 나리의 눈이 반짝였다. 오늘따라 그녀의 표정이 예사롭지 않다고 현우는 생각했다. 웃고 있는 입술과 달리 눈가에 슬픔 한 점이 보푸라기처럼 매달려 있었다. 학생 때부터 알아 온 지도 8년째. 눈빛만 보고도 그녀의 기분이 좋은지 나쁜지 알아맞히는 건 일도 아니었다.

"무슨 일 있어요?"

그렇게 물으면서도 현우는 자신의 뇌리에 떠오른 한 가지 가능성이 맞아떨어지지 않기를 바랐다. 제발 그것만은.

"아직 못 들었구나."

고개를 떨어뜨리는 나리의 동작에는 뭐라고 형용할 수 없는 상실감이 배어 있었다.

"방송…… 들었지?"

불길한 예감은 언제나 맞아떨어지는 법이다. 얼음송곳에 심장을 찔린 것처럼 현우의 온몸에 냉기가 퍼져 갔다. 그는 그저 네, 하는 짧은 대답만 내뱉었다.

"슬기……였어."

나리가 간신히 말하고는 벽에 등을 기대었다. 이번 일로 상당한 기력을 소비한 것 같았다. 예전부터 그녀는 타인에게 일어난 비극도 제 일처럼 슬퍼하는 여린 마음의 소유자였다. 갑자기 찾아온 정적 속에서 현우는 자신의 마음속에 쌓여 있던 무언가가 소리 내며 움직이는 것을 느꼈다.

"저는."

현우가 억지로 목구멍 밖으로 단어들을 밀어냈다.

"이해가 안 돼요. 몇 시간 전에는 괜찮았는데."

"오늘 찾아갔었니?"

"아침에요."

나리가 가만히 고개를 끄덕였다.

"다행이다."

"네?"

슬픔으로 얼룩진 나리의 입가에 희미한 미소가 어렸다. 그녀는 더 이상 그쪽을 보고 있지 않았다. 그녀가 초점이 맞지 않는 눈으로 801호 병실을 응시하며 속삭이듯 말했다.

"슬기 떠나는 날까지…… 곁에 있어 줬잖아. 그거면 돼. 우리가 할 수 있는 건…… 그게 전부야."

"그래도 의사인데……."

나리가 살포시 고개를 저었다.

"의사라고 모든 환자를 살릴 수 있는 건 아니잖아. 너도 주치의 하면서 느꼈겠지만."

"……."

"우리는 그저 의학이라는 학문이 허용하는 울타리 안에서만 환자를 살려 낼 수 있어. 슬기는 그 울타리 바깥에 있었던 거고."

현우는 조금씩 몸이 따스하게 데워지는 것을 느꼈다. 나리에게서 배어 나오는 온기가 그를 감싸는 듯했다.

"이제 아주머니는 어떻게 살아가실까요."

현우는 홀로 남아 버린 슬기 어머니가 가여워서 한 말이었지만 나리의 대답은 의외였다.

"나는…… 그분을 위해서 잘된 거라고 생각해."

"왜요?"

현우는 그녀가 말실수를 했다고 생각했다. 그런데 그게 아니었다.

"슬기…… 우리끼리 하는 말이지만 가망은 없었잖아. 만약 눈을 떴더라도 두 사람을 기다리는 건…… 지옥이었겠지."

"……."

그를 바라보는 나리의 눈이 너도 같은 생각이잖아, 라고 말하는 것 같았다.

"나 갈게. 동의서가 산더미야."

멀어져 가는 나리의 뒤에다 대고 현우가 외쳤다. 어젯밤 수아 아버지와 관련해서 물어봐야 할 게 남아 있었기 때문이다.

"누나, 잠깐만요."

"왜?"

돌아선 나리가 그를 똑바로 바라봤다가 눈길을 아래로 떨어뜨렸다. 그녀의 눈에서 맑은 무언가가 갑작스럽게 넘쳐흘렀다. 놀란 현우가 다가가자 그녀가 손을 들어 괜찮다는 표시를 했다.

"나 왜 이러니. 주책이다, 그치?"

"누나……."

눈물이 글썽한 눈을 닦아 내고 나리는 빠른 걸음으로 멀어져 갔다. 현우는 유유히 복도를 지나 모퉁이에서 가운을 펄럭이며 사라지는 그녀의 모습을 끝까지 지켜본 뒤에야 돌아섰다. 그의 마음속에 부드러운 슬픔이 날개를 접고 내려앉았다. 문득 그는 그녀에게 수아 아버지에 대한 일을 물어보지 않았다는 것을 깨달았다. 하지만 이 순간 그런 것은 아무래도 상관없었다. 그는 수아가 말한 대로 자신 역시 어쩔 수 없는 의사들의 편이라는 것을 새삼스레 느꼈다.

침울한 기분을 떨쳐 내려고 로비로 간 그는 의외의 광경과 맞닥뜨렸다. 황기영 환자가 처음 보는 할머니 환자의 손을 잡고 복도를 거닐고 있었던 것이다. 이틀 전만 해도 병원에서 수십 년 만에 만난 사이였는데 어느새 급속도로 진전된 모양이었다. 현우는 오랜 세월 엇갈리기만 했던 두 사람의 사랑이 이루어지려는 순간을 마음속으로 축복하면서도 자꾸만 슬기의 얼굴이 떠올라서 괴로웠다.

'인생이란 무엇일까?'

그 질문에 대한 대답을 현우는 이번 생에서 알아낼 자신이 없었다.

*

대장항문외과 부교수 김태주.

휘황찬란한 금박으로 둘러싸인 그 문구에는 사람의 기분을 좋아지게 하는 오묘한 힘이 있다. 몇 년 전 부교수로 승진 발령이 난 뒤로 태주는 하루도 빠짐없이 그것을 보며 자신의 위치를 돌아보는 한편, 자신을 기다리고 있을 화려한 미래를 그렸다.

그런데 오늘은 달랐다. 진료실 한가운데 서서 최면에 걸린 듯 꼼짝 않고 명패를 쳐다봤지만, 기분이 좋아지기는커녕 알 수 없는 불안감이 마음 한쪽에서 기지개를 켰다.

밀려오는 답답함과 불안을 어찌할 수 없어 냉장고로 다가갔다. 냉수를 몇 번이나 들이마셔도 마음을 뒤덮은 불길한 기운은 쓸려 내려가지 않았다. 망막의 잔상에 남아 있는 그 이미지는 눈을 도려내지 않는 한 지울 수 없을 것 같았다.

모든 문제의 근원은 조금 전 보았던 어떤 장면이었다. 점심 식사를 마치고 에스컬레이터를 타고 올라가던 그때, 태주는 상상조차 하기 싫은 장면을 목격하고 말았다. 환자복 차림의 두 노인이 손을 잡고 로비를 거닐고 있었다.

동료 교수들은 보기 좋다는 식으로 말했으나 태주는 벙어리처럼 입을 다문 채 한마디도 내뱉지 못했다. 노인의 얼굴을 확인한 순간 머리에 구멍이 뚫린 것처럼 멍해졌기 때문이었다. 그 노인은 태주가 담당한 환자로 이름은 황기영이었다.

기영에게는 보호자가 없다. 그것은 태주에게 안도감을 주는 일종의 마지막 보루였고, 그 때문에 그동안 걱정하지 않았다. 아끼는 후배이자 영상의학과 임상조교수인 유정훈이 앞으로의 계획을 물어볼 때도 그의 조급한 태도를 웃어넘겼다. 그런데 일이 이렇게 꼬여 버릴 줄이야. 이렇게 되면 이야기가 완전히 달라질 수도 있었다. 태주는 나란히 걷던 두 사람의 관계가 미칠 듯이 궁금했다.

PACS에 로그인한 태주는 떨리는 손으로 기영의 등록번호 아홉 자리를 눌러 검사 결과를 띄웠다. 그날 이후 키보드가 닳도록 같은 번호를 입력하는 바람에 이제는 손가락이 한 치의 오차도 없이 숫자를 기억했다. 곧 올해 초 촬영한 복부-골반 CT 검사 결과가 화면에 떠올랐다. 수술이 종료된 후 시행된 검사였다.

코멘트 란에는 정훈의 판독 소견이 기재되어 있었다. 몇 줄에 걸쳐 상세하게 나열된 판독의 요지는 수술 후 암이 완전히 제거되었다는 것이었다. 그 판독 소견이 조작되었다는 것을 아는 이는 현재로써는 태주와 정훈 두 사람뿐이었다.

떨리는 손으로 마우스를 움켜쥐고 커서를 내리던 태주의 눈이 뭔가를 포착했다. 기영의 몸속에 남아 있는, 주변부와는 현저히 음영이 다른 조직. 그것을 본 그의 기분이 무겁게 가라앉았다. 그러다 갑자기 미칠 듯이 우울해지더니 어느새 불안하고 초조한 기분이 그를 덮쳤다. 문득 시커먼 예감이 가슴에 번져 왔다.

의사 인생을 파멸에 이르게 할 수 있는 저주 덩어리가 그곳에서 싹을 틔우고 있었다. 태주는 할 수만 있다면 검사 결과 자체를 프로그램에서 삭제해 버리고 싶었다. 발작적으로 삭제 버튼을 누르고 또 눌러도 달라지는 건 아무것도 없었다. 의식하지 못한 사이 그의 입에서 분노에 찬 고함이 튀어나왔다. 짐승의 울음소리를 연상케 하는 끔찍한 소리였다.

*

물품 창고에서 다음 수술에 쓸 보비 플레이트와 포타월을 가지고 나왔다. 수술실 중앙통로를 가로지르는 현우의 앞을 간호사 장미가 막아섰다. 마스크를 쓴 순한 눈빛에 간절함이 담겨 있었다. 숨을 헐떡이는 것을 보니 꽤 뛰어다닌 모양이었다.

"쌤, 쌤, 찾느라 애먹었네."

"왜 그래요?"

"마취과 스테이션 가 봐요, 어떤 선생님이 찾으시던데."

"누군데요?"

"저도 처음 보는 분이라서 몰라요. 얼른 나가 보세요."

"알았어요."

3번방에 물품을 놔둔 뒤 마취과 스테이션으로 향했다. 자동문이 열리고 발을 들여놓기 무섭게 현우는 누가 자신을 찾았는지 알아차렸다. 모두가 수술복 차림인 그곳에 한 남자만이 근무복 위에 하얀 가운을 걸친 상태였다. 수다를 떨던 마취통증의학과 레지던트가 현우를 손가락으로 가리키자 남자가 몸을 돌렸다.

내과 레지던트 3년차 우철호였다. 얼굴 전체에 여드름이 흉하게 번진 그의 얼굴에서 살기에 가까운 무언가가 느껴졌다. 현우는 그가 왜 굳이 이곳까지 자신을 찾아왔는지 알 수 없었다. 철호가 오라는 손짓을 하더니 뒤도 돌아보지 않고 커피 자판기로 걸어갔다. 현우가 그의 뒤를 따라가며 조심스럽게 말을 붙였다.

"선생님, 제가 수술 준비 때문에."

"야, 내가 열라 빡쳐 있으니까 똑바로 말해라, 알았어?"

철호가 말을 끊고 들어왔다. 거친 말투에서 현우는 자신이 조금 전 느꼈던 살기가 틀리지 않았음을 깨달았다.

"네."

"의무기록팀에서 전화 왔거든? 왜 왔을 거 같냐?"

"……."

망했다는 생각에 고개가 저절로 숙여졌다. 한밤중에 수아 아버지의 의무기록을 보기 위해 열람 신청을 한 것이 당시 주치의였던 철호에게 통보가 간 모양이었다. 현우는 괜스레 의무기록팀이 원망스러웠다. 평소에는 아무것도 안 하는 것처럼 보이는데 이럴 때 보면 그 부서도 나름대로 일을 하는 모양이었다.

"우리 과에 입원했던, 그것도 사망한 환자 의무기록을 니가 열람했다더라. 그거, 니가 본 게 아니라고 말할 셈이냐?"

"죄송합니다. 찾아볼 일이 생겨서."

철호의 입가가 비뚤어졌다. 험한 소리가 쏟아져 나왔다.

"찾아볼 일? 이 또라이 새끼야, 내가 너희 과에서 사망한 환자 기록 뒤지고 다니면 기분 좋겠냐? 사람이 생각을 처하고 댕겨야 할 거 아냐. 내 말 틀렸어?"

"죄송합니다."

"야, 그리고 내 전화 아까 왜 씹었냐?"

"그건……."

어느새 구경꾼들로 북적거렸다. 간호사와 레지던트들이 좋은 구경거리가 생겼다는 듯 숨죽이고 둘을 지켜보고 있었다. 그들의 눈길이 불편해서 현우가 탈의실로 향하는 통로로 발을 내딛자 철호가 툭 뱉었다.

"어디 가냐?"

"수술 준비하느라 받지 못했습니다."

철호가 눈을 부라렸다.

"사람 구실도 못 하는 새끼. 앞으로 한 번만 또 내 귀에 이상한 소리 들리면 교수님께 과 차원에서 항의한다. 알아서 잘 처신해라."

"……."

그런 말을 듣고도 태연한 표정을 지을 수 있는 사람은 없을 것이다. 그때까지 참고 또 참았던 현우도 그 말에는 평정심을 잃었다. 두 손이 부들부들 떨리는 것을 느끼고 한쪽 팔로 다른 팔을 붙들었지만 진정되기는커녕 더 심하게 경련이 일었다.

"비켜, 인마!"

철호가 어깨를 밀치고 가는 바람에 한순간 현우의 몸이 균형을 잃고 휘청거렸다. 커피 자판기 옆의 정수기를 붙들고 겨우 몸을 일으켰을 땐 철호는 이미 사라진 뒤였다. 분한 마음에 욕설을 중얼거리며 고개를 돌리자 주변이 부산스러워졌다. 3번방으로 걸음을 옮기는 동안 누구도 그에게 말을 걸어 오지 않았다.

현우는 주체할 수 없는 분노를 어디에 쏟아내야 할지 몰랐다. 조금 전 철호의 강압적이고 폭력적인 행동은 그의 마음속 작은 불씨에 기름을 부어 버린 격이었다. 소시민적이고 안정적인 삶을 추구하는 그였지만 지금만큼은 완전히 다른 사람이 된 것처럼 분노하고 있었다.

그조차 이런 자신의 변화가 완전히 이해되지 않았다. 여느 때 같으면 그런 험한 말에 기가 죽고 위축될 법도 한데 지금은 전혀 아니었다. 오히려 될 대로 되라는 식의 반발감이 고개를 쳐들었다.

수술 준비를 끝마치고 김태주 교수를 기다리는 동안 현우는 어렴풋이 그 이유를 깨달았다. 이전의 그와 지금의 그에게 있어 결정적인 차이가 하나 있었다. 이대로 그가 철호의 강압에 눌려 주저앉는다면 앞으로 수아는 영원히 어머니를 원망하며 살게 된다. 어떻게든 그녀의 오해를 풀어 주고 그날 밤의 진실을 사소한 의문도 남기지 않고 파헤쳐야 했다.

현우는 수술이 끝나는 대로 8병동 간호사 박다영을 만나야겠다고 생각했다. 수아 아버지의 간호기록지를 작성한 그녀에게서 실마리를 얻을 수 있을지 모른다는 기대감에서였다.

"그만해, 그만."

806호 병실 앞을 지나가는데 안에서 노인 환자의 커다란 비명이 들려왔다. 저승사자에게 끌려가기라도 하는 것처럼 비통한 소리에 현우는 걸음을 멈췄다. 무슨 일이 벌어지고 있는 걸까. 호기심에 살며시 문을 연 그는 곧 소리의 정체를 알아냈다. 한 간호사가 팔을 탁탁 두드리며 바늘을 찔러 넣고 있었다. 되바라진 비명이 병실에 쩌렁쩌렁하게 울렸다.

"나 죽는다, 죽어."

그가 환자도 간호사도 안됐다고 생각하며 문을 닫으려는데 간호사의 뒤태가 어딘지 익숙했다. 이윽고 허리를 곧게 편 간호사의 옆얼굴이 드러났다. 광대뼈가 튀어나와 있고 턱이 동글동글한 그녀는 다영이었다. 그녀가 토니켓지혈대을 풀고 바늘을 빼냈다. 울상이 된 그녀가 호소하는 눈빛으로 간절히 사과의 말을 전했다.

"할아버지, 죄송해요. 아프시죠."

보호자가 입에서 뭉게구름이 나올 듯이 한숨을 내쉬었다.

"그만하고, 딴 간호사 부르든지 아님 오늘은 검사 안 해도 되니까 넘어가 주세요."

"그게, 제가 이 병실 담당이라서……."

두 손을 앞으로 모은 다영이 조심스럽게 말했지만, 보호자의 단호한 의지에 가로막혔다.

"됐으니까, 얼른 나가 주세요."

"다영 쌤, 제가 할게요."

보다 못한 현우가 나섰다. 다영의 곁으로 가서 트레이에 든 실린지의 포장을 재빨리 뜯고 알코올 솜과 토니켓, 실린지를 한곳에 모아 두었다.

"현우 쌤? 쌤이 여긴 어떻게……."

"지나가다 봤어요. 제가 해 볼게요."

"정말요? 저야 감사하지만……."

다영의 얼굴에 웃는 것 같기도 하고 우는 것 같기도 한 표정이 떠올랐다. 예상치 못한 시점에 찾아온 구세주의 등장에 감정이 벅차오르는 듯했다.

현우는 숙련된 동작으로 노인 환자의 팔 위쪽을 토니켓으로 묶고 정맥을 촉지했다. 주치의가 된 후로는 좀처럼 할 일이 없었던 술기를 오랜만에 해서인지 낯설었다. 피부도 약하고 혈관이 자꾸 달아나는 바람에 긴장했지만, 다행히 첫 시도 만에 바늘을 제대로 찔러 넣었다. 이번에는 아무런 고함도 들려오지 않았다. 라인을 연결하고 수액조절기를 열자 수액이 뚝뚝 떨어져 내리기 시작했다. 곁에 서 있던 보호자의 표정이 밝아졌다.

"고맙습니다. 진즉에 선생님이 하셨어야지."

"아니에요, 우리 간호사 선생님이 살짝 긴장하셨나 봐요."

민망한 듯 다영은 엉거주춤 서 있었다.

"현우 쌤 덕에 살았어요. 옆에서 할망구가 어찌나 쪼던지."

병실을 빠져나오자마자 다영이 홀가분한 표정으로 말했다. 조금 전까지 눈물을 흘릴 것만 같던 눈꼬리에는 어느덧 생기가 돌아와 있었다. 현우는 가만히 웃기만 했다.

"근데 제가 알던 현우 쌤이 아닌 거 같은데요? 인턴 때는 간호사 못

살게 굴기로 유명했잖아요."

뜨끔한 현우가 얼버무렸다.

"제가 언제요……."

갑자기 걸음을 멈춘 다영이 야릇한 눈으로 현우를 뚫어져라 봤다. 그 시선이 부담스러워서 현우는 창문 너머로 시선을 돌렸다.

"솔직해져요. 저한테 뭐 바라는 거 있죠?"

"네? 아, 그게……."

"말해 봐요. 제가 또 빚지고는 못 사는 성격이잖아요."

머뭇거리던 현우가 입을 열었다.

"쌤한테 물어볼 게 있어요."

"저한테요?"

다영의 입가에 의미를 알 수 없는 미소가 달라붙어 있었다.

"알겠다. 우리 병동 애들 중에 맘에 드는 애 있죠?"

"그런 게 아니고, 한재훈이라는 환자 기억나세요?"

그녀의 표정이 일순 굳었다.

"그 환자는 갑자기 왜요?"

"그분이 돌아가신 날 병실 담당이더라고요. 간호기록지에서 봤어요."

온순하게만 보이던 다영의 눈이 갑자기 어두운 빛을 내뿜기 시작했다.

"그래서, 저한테 원하는 게 뭔데요?"

부드럽지만 독을 품은 목소리였다.

"그날의 상황을 자세히 듣고 싶어요."

"한수아, 그 환자 때문인가요?"

잠시 숨 막힐 듯한 침묵이 둘의 주변을 에워쌌다. 그 침묵을 깬 것은 현우였다.

“쌤이…… 어떻게 아세요?”

“우연히 봤어요, 수술 명단에서.”

“수아가 부탁했어요. 그날의 진실을 알고 싶어 해요, 수아는.”

현우는 아무렇지 않게 말하려 했지만 목소리가 갈라져 나왔다.

“간호기록지 봤으면 아시겠네요. 거기 있는 게 팩트고 특별한 건 없어요.”

“제가 확인해 보니까…….”

다영이 말을 끊었다.

“더 이상 할 말 없으니까 갈게요.”

단호한 말투에 현우는 입을 다물었다. 대화로 풀어 나갈 수 있는 단계는 이미 넘어섰다.

다영이 가 버린 뒤 꺼림칙한 생각이 그의 머릿속에 똬리를 틀었다. 그녀의 단호한 반응은 순간적으로 나온 것이 아니었다. 마치 특정 주제에 대해 몇 번이고 마음을 통제하는 연습을 한 사람만이 보일 법한 반응이었다.

나리가 그랬다면 현우도 어느 정도 이해할 수 있었다. 그녀도 분명 그때의 일에 대해 죄책감을 느끼고 있을 것이고, 다시는 그날의 실수를 반복하지 않으려 노력했을 것이기에. 그런데 다영이 그러는 이유는 도무지 짐작이 가지 않았다.

아리송한 의문에 잠겨 있던 현우에게 30분 후 전화가 걸려 왔다. 액정 화면에 뜬 이름을 본 순간 안 좋은 일이 벌어졌다는 예감이 밀려들었다.

대장항문외과 외래 대기석에는 소수의 환자만이 앉아 있었다. 외래가 끝나 갈 시간이라 그런지 카운터에는 한산한 기운이 맴돌았다. 접수 담당 간호조무사 김채연이 현우를 발견하고 가볍게 눈썹을 움직였다.

"쌤, 무슨 일?"

"김태주 교수님이 부르셔서. 안에 계시지?"

"응, 근데 좀 전에 한 분 들어가셨어."

"그분 나오시면 바로 들어갈게."

"알았어. 기다리고 있어 봐."

안에서 젊은 남자가 진료를 마치고 나왔다. 채연이 진료실에 들어가더니 금방 나왔다.

"들어오라셔."

"고마워."

진료실에 들어선 현우는 심장이 쪼그라들 것 같았지만 애써 담담하게 걸음을 옮겼다. 다가가는 동안 김태주 교수는 아무 반응도 없었다. 숨소리마저 소음으로 느껴질 듯 엄숙하고 고요한 공기가 그를 옥죄어 왔다. 책상 앞에 다다른 그가 두 손 모으고 머리를 조아렸다. 태주가 말했다.

"앉지 않고 뭐 하나."

여전히 시선은 모니터에 고정된 채였다.

"네, 교수님."

현우는 비참한 마음을 뒤로하고 물러서서 의자에 걸터앉았다. 그렇게 또 시간이 흘러갔다. 그쪽은 쳐다보지도 않고 키보드를 두드리던 태주가 그제야 그의 존재가 생각난 듯 말했다.

"자네 말이야, 내가 왜 불렀는지 알겠나?"

"잘…… 모르겠습니다."

어렴풋이 짐작은 갔다. 그렇다고 그런 얘기를 스스로 꺼내는 것은 위험 부담이 컸다. 현우는 제발 다른 일 때문이었으면, 하고 속으로 빌었다. 태주가 그의 얼굴을 탐색하듯 보더니 고개를 저었다.

"1년차한테 뭘 기대하겠나마는 이현우 선생은 일찍이 봐온 전공의들이랑은 다른 거 같아."

"……."

태주가 돌아봤다. 정색한 그의 얼굴에서 아량은 찾아볼 수 없었다.

"이현우 선생, 솔직히 말해 봐. 자네, 진로에 대해서 회의를 갖고 있지는 않나? 외과 생활은 어떤가. 만족스러운가?"

현우는 이런 질문까지 들어야 하는 자신의 처지가 안타까웠다.

"네, 학생 때부터 써전이 되는 걸 꿈꿔 왔기에 어떤 후회도 없습니다."

태주가 건성으로 말했다.

"그래, 그렇다고 치지. 얼마 전에도 한소리 했었지."

"네, 그때 일은 진심으로 반성하고 있습니다."

"아냐, 아냐, 반성할 거까지는. 어차피 이현우 선생이 나랑 평생 볼 사이도 아니고, 내가 자네 지도 교수도 아니고."

극도의 긴장감이 팽팽하게 날을 세웠다.

"그보다 내가 누누이 말했지. 다른 과 사람들이랑 충돌하지 말라고. 그런데 이현우 선생은 이번에도 내 말을 무시해 버렸어."

"……."

"우철호 선생이 나를 찾아와서 항의했네. 이현우 선생, 자네 혹시 사디스트인가? 남들이 하지 말라는 짓을 하면 쾌감 같은 것을 느끼고 그러나? 진지하게 궁금해서 묻는 거네."

기어이 말했구나, 하는 생각에 허탈했다. 철호에 대한 현우의 원망은 곧 촉새처럼 철호에게 그 사실을 알렸을 다영에게로 옮아갔다. 그러나 원망과 후회는 이 상황에서 아무런 도움이 되지 못했다.

"이현우 선생, 오늘 당직이 누구지?"

"정태형 선생님입니다."

태주가 억양이 없는 차디찬 목소리로 말했다.

"지금 가서 말하게. 오늘 당직은 자네라고 말이야."

"저는 내일……."

생각할 틈도 없이 현우의 입에서 그 말이 반사적으로 튀어나왔다. 울컥한 마음이 치밀어 올라왔지만 포커페이스를 유지해야 했다.

"이현우 선생이 오늘, 내일 당직이야. 요 며칠간 있었던 불미스러운 일에 대해 선생이 어떤 식으로든 책임을 지는 게 맞는 것 같아서 그러네. 왜, 당직 서기 싫은가?"

"그게……."

현우는 가슴속에서 비명을 지르고 싶은 충동이 샘솟는 것을 겨우 억눌렀다. 이대로 오늘까지 당직을 서게 된다면 안 그래도 부족한 잠이 더 부족해져서 쓰러질지도 모른다. 그럼에도 교수에게 아무 말도 할 수 없는 자신의 처지가 한심스러웠다.

"알아서 해. 자네가 오늘 병원을 뛰쳐나가든 말든, 나는 어떤 식으로든 징계 내릴 테니까."

태주가 더는 말할 가치가 없다는 투로 내뱉고는 자리에서 일어나 세면대로 다가갔다. 현우가 체념하는 데는 오랜 시간이 걸리지 않았다.

“교수님 말씀 따르겠습니다. 죄송합니다.”

그렇게 말하고 진료실을 나왔다. 척추를 타고 기어 올라온 좌절감에 현우는 무기력하게 어깨를 떨구었다.

*

노을 진 하늘은 핏빛으로 물들어 있다. 혈관 안에서 혈류를 타고 적혈구가 옮겨 다니듯 각기 다른 형태의 구름이 하늘을 둥둥 떠다닌다. 옥상 정원의 벤치에 누운 현우는 이 순간만큼은 모든 마음의 짐을 던져버리고 하늘을 가만히 응시하고 있었다. 눈을 감으면 그대로 곯아떨어질 것 같아 핏발이 설 만큼 두 눈을 부릅뜬 상태였다.

오른쪽 시야 구석에서 조그만 점들이 줄지어 나타나더니 이내 하늘을 가득 메웠다. 이름 모를 새들이 무리 지어 날아가는 평온한 광경이었다. 문득 그 새들의 모습이 자신을 비롯한 동료 의사들을 본뜬 것만 같아 현우의 입가에 미소가 피어올랐다. 입학과 동시에 모두에게 주어진, 유급을 피하고 경쟁에서 밀리지 않아야 한다는 한 가지 목표. 오로지 그것을 위해 청춘을 쏟아부어야 하는 동료들의 모습이 한 방향으로 날아가는 새들과 다를 바 없어 보였다.

새들이 하나둘씩 멀어져 가던 그때 기다란 막대기가 하늘을 가로질렀다. 급히 자리에서 일어나 앉은 현우가 그 정체를 알고 웃었다. 수아가 캔 커피를 그쪽을 향해 내밀고 있었던 것이다. 뽀얗고 조그만 그녀의 손이 노을빛을 받아 아름답게 번들거렸다.

"왜 그렇게 빤히 봐요?"

수아가 어색한 공기를 슬그머니 밀어냈다. 볼에는 깊은 보조개가 패어 있었다.

"아냐, 잘 마실게. 고마워."

현우가 캔 커피를 받아서 가만히 손에 쥐었다. 금방 자판기에서 뽑았는지 손바닥이 얼어붙을 듯한 냉기가 전해져 왔지만 손에서 놓지 않았다. 수아에게서 받은 선물인 만큼 내색하지 않고 뚜껑을 따서 단숨에 다 마셨다. 그 모습을 신기한 듯 바라보던 수아가 입을 열었다.

"의사 선생님들은 하루 종일 병원에만 계세요? 어제도 당직, 오늘도 당직?"

현우가 냉소 어린 미소를 머금었다. 내일도 당직이라고 말하려다 관뒀다.

"그런 셈이지……."

수아가 이마를 가린 머리카락을 손으로 쓸어 넘겼다. 시선은 그에게서 반쯤 사선으로 고정된 채였다.

"이 세상 의사들, 선생님 반만이라도 닮았으면 좋겠어요."

"응?"

현우는 수아의 말을 제대로 이해할 수 없었다. 여전히 눈을 마주치지 않고 그녀가 말을 계속했다.

"선생님 같은 의사는…… 없었어요. 처음엔 다들 웃어 주지만 나중엔 하나같이 무뚝뚝하고. 질문하면 귀찮아하고. 근데…… 선생님은 달라요."

현우는 김태주 교수와의 대화가 떠올랐다. 의지와는 상관없이 쓴웃음이 새어 나왔다.

"안 그래도 다르다는 소리 들어."

"전 다른 게 좋은걸요."

천천히 고개를 돌린 수아의 두 눈이 반짝였다. 현우는 자기도 모르게 그 눈빛에 빨려 들어갈 듯한 기분에 휩싸였다. 문득 그녀가 어딘가로 걸음을 옮겼다. 종잡을 수 없는 그녀의 움직임에 그는 그저 넋을 놓고 바라보기만 했다. 옥상 난간에 다다른 수아가 갑자기 난간을 붙들더니 몸을 붕 띄웠다. 그제야 위험을 감지한 그가 자리를 박차고 일어나 달려갔다.

"수아야!"

가까스로 수아를 붙들었다.

"위험하잖아!"

자신의 목소리임에도 현우는 거기서 묻어 나오는 애틋한 감정을 절실히 느낄 수 있었다. 아무 말 없이 자세를 낮춘 그녀가 땅에 발을 디디고 돌아섰다.

"제가 왜 옥상에 오는지 아세요?"

"공기가 좋아서?"

수아가 가만히 고개를 젓더니 한 지점을 손가락으로 가리켰다.

"저기 보세요."

그녀가 가리키는 곳에는 바다가 넓게 펼쳐져 있었다. 노을빛이 반사되어 유리처럼 눈부신 해수면에는 고무 튜브로 보이는 물체 몇 개가 둥둥 떠다녔다. 혜성대학교에 입학했을 때만 해도 그런 풍경은, 그때까지 바다 구경조차 제대로 해 보지 못한 현우에겐 경이롭기까지 한 광경이었다. 그러나 이곳에서 학교를 졸업하고 인턴을 거쳐 레지던트를 하다 보니 이제 예전과 같은 감회는 없었다. 그것은 지역 주민인 수아에게도 마찬가지일 터였다.

“새삼스럽게 바다 가지고. 집에서도 매일 볼 수 있잖아.”

수아의 두 눈이 영롱하게 빛났다.

“예전엔 바다 냄새만 맡아도 싫었어요. 애들이 학교 마치고 놀러 갈 때도, 저는 모래랑 물 묻히기 싫어서 집에 혼자 오구 그랬어요.”

“그런데 왜…….”

수아의 입가에 짧게 미소가 스쳐 지나갔다. 보는 사람의 마음을 슬프게 하는 미소였다.

“아직두 저 바다에 아빠의 영혼이 떠다니고 있는 거 같거든요.”

“…….”

“장례식 끝나고 저기서 아빠를 보낸 뒤로는…… 하루가 멀다 하고 바다에 갔던 거 같아요. 혹시 모르잖아요, 아빠 영혼이 깃든 바닷물이 돌고 돌아서 제 발을 적실지.”

“…….”

마음이 무거워진 현우는 더는 입도 뻥긋할 수 없었다. 수아에게 도움을 줄 수 있을지 장담할 수 없는 막막한 상황이기 때문이었다.

‘이렇게 아버지를 그리워하는데…….’

옥상 정원에 있는 사람들 가운데 침묵을 지키는 이는 둘뿐이었지만 현우는 알고 있었다. 두 사람 사이에 말로는 표현할 수 없는 무언가가 오가고 있다는 것을.

*

젊은 여자의 애처로운 목소리가 잠을 깨웠다. 눈을 뜨지 않은 채 돌아누운 현우는 소리의 정체를 곰곰이 생각해 보았다. 어두운 물속에서 울려 퍼지는 듯한 목소리에는 사람의 애간장을 태우는 무언가가 있었다.

'누구지? 아는 사람인데.'

목전에 두고도 사물의 이름을 떠올리지 못할 때의 느낌. 답답함과 상실감이 가슴에 사무치던 그때 이 상황을 설명해 줄 수 있는 한 가지가 떠올랐다.

'꿈이구나.'

현우는 꿈에서 벗어나기 위해 발버둥 치기 시작했다. 헤엄치듯 침대 위를 허우적거리던 그의 손끝에 딱딱한 물건이 만져졌다. 그와 동시에 감겨 있던 두 눈이 떠졌다. 급하게 몸을 일으키려다 천장에 머리를 부딪치며 꽝 소리가 났다. 망치로 얻어맞은 듯 정수리 쪽이 지잉 울렸다.

욕설을 내뱉으며 2층 침대에서 빠져나온 현우는 애꿎은 침대를 발로 걷어찼다. 그러는 동안에도 가까이에서는 아이유의 애절한 노래가 울려 퍼지고 있었다. 핸드폰을 붙든 그가 통화 버튼을 누르자 간호사의 앙칼진 목소리가 고막을 때렸다.

[현우 쌤, 왜 이제 받아요!]

"죄송해요."

현우는 자신의 목소리에 묻어난 잠기운을 떨쳐 내려 목에 힘을 주었다.

"무슨 일인데요?"

[한수아 환자가 사라졌어요!]

"수아가요?"

생각지도 못한 이름에 당황한 현우는 병동으로 내려가겠다는 말을 전하고 곧장 달려갔다. 7병동 간호 스테이션에서는 담당 간호사 은채가 어쩔 줄 몰라 발을 동동 구르고 있었다. 그를 발견한 그녀가 빠른 걸음으로 다가왔다.

"현우 쌤, 어떡해요."

"연락해 봤어요?"

"했죠. 핸드폰 전원이 꺼져 있어요."

"어디 간다는 말 없었고요?"

"전혀요."

"잠깐 밑에 내려간 거 아닐까요?"

"아니에요. 벌써 두 시간이 넘었어요. 그때는 잠깐 내려갔다 온대서 그런가 보다 했는데……."

이제 어떡해요? 라고 묻는 듯한 은채의 시선이 그에게 고정되었다.

"제가 찾아볼게요."

현우는 그 말만을 남기고 간호 스테이션을 나섰다. 7병동 여자 화장실에 수아가 없는 것을 확인하고 그녀의 병실을 찾아갔다. 일단은 조금 더 기다려 봐야 할 것 같았다.

'어디로 간 걸까?'

침대에 걸터앉아 수아를 기다리는 동안 현우에게 떠오른 생각은 그뿐이었다. 처음에는 그저 다른 층의 화장실이나 편의점에 간 것이려니 하며 불길한 생각을 떨쳐 내려 했지만, 8을 가리키던 시침이 어느덧 9까지 바짝 다가선 것을 보자 마음이 조급해졌다.

20분이 넘도록 수아가 돌아올 기미는 없었다. 병실 문이 열리는 소리가 들릴 때마다 불에 덴 것처럼 심장이 뜨거워졌다가 곧바로 식어 버렸고, 또다시 그녀가 들어오기만을 기다리며 가슴 졸이는 시간이 이어졌다. 그게 세 번 정도 반복되어서야 현우는 결국 기다리는 것을 단념하고 병실을 빠져나왔다.

편의점, 로비, 병원 뒤뜰, 산책로, 수아가 있을 만한 장소는 모조리 뒤져 봤으나 어디에도 없었다. 실낱같은 희망을 품고 마지막으로 향한 옥상 정원에도 수아는 없었다. 벤치에 앉은 환자들이 수색하듯 돌아다니는 그를 이상한 눈빛으로 쳐다봤다.

이리저리 뛰어다니다 지친 현우가 난간에 기대어 숨을 헐떡이던 그때, 광활한 바다와 고층 건물이 시야에 들어왔다. 달빛에 물든 해안가가 연출해 내는 장관은 보는 이로 하여금 기묘한 아름다움에 젖어 들게 했다. 아름다움에 흠뻑 빠져 있던 그의 머릿속에 수아의 목소리가 몽롱하게 울렸다.

'아직두 저 바다에 아빠의 영혼이 떠다니고 있는 거 같거든요.'

현우는 직감적으로 수아가 어디에 있는지 알아챘다.

헤드라이트가 칠흑 같은 어둠을 갈랐다. 쏴아, 하고 경쾌한 파도 소리가 들리는 해안가에 이르자 속도를 낮추고 창문을 열었다. 소금기 섞인 바다 냄새가 창문 틈으로 들어와 후각 세포를 적셨다. 수술복 위에 가운만 걸쳐서인지, 꽃샘추위가 기승을 부리는 밤이라 그런지 몰라도 몸이 싸늘했다. 신호 앞에 멈춰 선 그는 은채에게서 받은 수아의 번호를 입력하고 전화를 걸었다. 여전히 전원은 꺼진 상태였다.

간간이 켜진 가로등의 불빛이 바닷가를 거니는 사람들을 비췄다. 익숙한 옷차림이 그의 눈에 포착된 것은 잠시 후였다. 숨은그림찾기에서도 난이도 하에 해당할 정도로 환자복 차림의 수아는 다른 사람들 가운데서 돋보였다. 팔짱을 낀 그녀는 연약한 새처럼 오들오들 떨며 모래 위를 느릿느릿 걷고 있었다.

문을 열고 나온 현우가 서둘러 가운을 벗어 수아에게로 다가갔다. 모래 위에 포개어지는 발소리를 듣고 수아가 돌아봤다. 그녀의 두 눈이 슬픔을 머금은 별처럼 어둠 속에서 반짝였다.

"선생님!"

현우는 콜록콜록 기침하는 수아의 어깨에 가운을 걸쳐 주었다.

"수아야, 걱정했잖아. 적어도 나한테는 여기 올 거라고 알려 줬어야지."

"말하면 못 가게 할 거 같아서요. 잠깐 있다 가려고 했는데, 죄송해요."

그녀의 잔기침이 계속되었다.

"감기 들겠다. 돌아가자."

"네에……."

차로 걸어가면서도 수아는 미련이 남는지 자꾸만 바다 쪽으로 고개를 돌렸다. 찾을 수 없는 무언가를 찾는 듯한 그녀의 눈빛이 안타까워 현우는 가슴이 타들어 갈 것 같았다.

해안가의 적적한 풍경이 빠르게 스쳐 지나갔다. 옆자리에 앉은 수아는 말없이 창밖을 바라보고 있었다. 굳게 앙다문 그녀의 입 속에 맴도는 말을 너무나 잘 알았기에 현우는 말을 걸지 않았다. 창문 너머로 들려오는 파도 소리가 배경 음악처럼 깔린 차 안에서 두 사람은 조개처럼 입을 꾹 다물고 있었다.

어, 하는 소리가 들린 건 그때였다. 뒤를 돌아보는 수아는 적잖이 당황한 모습이었다.

"왜 그래?"

"이상하다."

수아는 이제 완전히 몸을 반대로 돌려 뒤를 보고 있었다. 현우가 백미러를 봤지만 차 뒤편에 특별히 눈에 띄는 것은 없었다. 현우는 브레이크를 밟았다.

"거기 뭐가 있어?"

"엄마가……."

"어머님이?"

"집에 간다고 했는데……."

수아가 혼잣말하며 차 문을 열고 내렸다. 따라 내린 현우가 얼른 그녀에게로 다가갔다. 그의 기척을 감지한 수아가 손가락으로 넌지시 앞을 가리켰다. 멀어서 자세히 보이지는 않았지만 푸른색 재킷과 하얀색 치마를 입은 여자가 눈에 들어왔다.

"어머님 확실해?"

"네, 얼굴 똑똑히 봤어요."

고개를 끄덕이고는 수아가 발걸음을 재촉했다. 그녀와 걷는 속도를 맞추며 현우가 물었다.

"이런 야밤에 어딜 가시는 걸까?"

"보나 마나죠. 남자 만나러 가는 거예요."

눈보라처럼 매서운 눈빛으로 수아가 말했다.

"설마, 어머님이 그럴 리가 있겠어?"

수아가 고개를 저었다.

"분명해요. 귀찮은 딸 병원에 맡겨 두고 은밀한 생활 하는 거예요."

"그건 지나친 생각이야."

안타까운 마음이었지만 현우는 그 말밖에 할 수 없었다. 한 걸음 한 걸음 거리가 좁혀질수록 앞에 있는 여자가 수아 어머니일 가능성도 조금씩 커졌다. 이럴 줄 알았으면 차를 타고 따라갈걸, 하는 후회가 일었지만 이미 늦었다. 계속되는 미행에 긴장이 풀린 현우가 딴청을 부리는데 옆에서 수아가 팔을 잡아당겼다.

"선생님, 이리 와요."

"응?"

영문도 모르고 이끌려 간 곳은 전봇대 뒤였다. 고개를 빼꼼 내밀고 앞을 바라보는 수아는 중대한 작전에 투입된 첩보 요원을 연상시켰다. 시선을 돌린 현우는 비로소 그녀가 왜 그렇게 민감하게 행동했는지 알게 되었다. 신호등을 기다리던 여자가 옆으로 방향을 튼 것이다. 특유의 길쭉한 눈초리가 돋보이는 옆모습에서 그 여자가 수아의 어머니라는 짐작은 사실로 판명되었다. 그녀는 꽃다발을 양손으로 꼭 붙들고 있었다.

"왜 바다를……."

수아는 믿을 수 없다는 표정이었다. 현우 역시 뭐가 어떻게 돌아가는지 이해할 수 없었다. 두 사람은 그녀를 적당한 간격을 두고 쫓아갔다. 이제 현우는 영화 속 배우처럼 미행하는 자신의 역할에 완전히 몰입한 상태였다. 가는 동안 걸려온 콜은 다행히 응급 상황이 아닌 터라 당직 인턴에게 처리하도록 지시해 두었다.

세차게 밀려오는 파도가 간헐적으로 불어오는 바람과 섞여 비현실적인 음향을 만들어 냈다. 현우는 입을 틀어막고 기침하는 수아의 모습에 연민을 느껴 그만 돌아가자고 어르고 달랬지만, 그녀는 어머니가 뭘 하는지 두 눈으로 확인해야겠다며 한사코 거절했다.

수아 어머니가 향하는 방향에는 가파른 절벽이 버티고 서 있었다. 절벽으로 천천히 올라가는 그녀의 모습은 보는 것만으로도 아찔했다. 위험을 감지한 현우가 앞으로 뛰쳐나가려는데 수아의 손길이 제지했다. 그가 흥분해서 뒤를 돌아봤다.

"저러다 큰일 나면 어쩌려고!"

수아의 반응은 의외로 침착했다.

"그런 거…… 아니에요."

처음부터 그리로 향할 것을 알고 있던 눈치였다. 절벽의 끄트머리에 이르러서야 수아 어머니는 안고 있던 꽃다발을 바닥에 내려놓더니 그 옆에 천천히 걸터앉았다. 어리둥절한 마음에 수아와 어머니를 번갈아 바라보는 현우의 귀에 노랫소리가 들려왔다. 바람에 섞여 또렷하게 들리지는 않지만 부드러우면서도 심장을 꿰뚫는 기묘한 목소리였다.

노래가 흘러나온 뒤로 고개를 숙인 채 미동도 없던 수아가 문득 바위에 기대더니 그대로 무너지듯 주저앉았다. 양손으로 얼굴을 가리고 깊은 한숨을 내쉰 그녀가 이윽고 입을 열었다.

"제가 어렸을 적에, 저기서 엄마가 발을 헛디뎌서 떨어졌어요."

"정말?"

"다신 엄마 못 보는 줄 알구 울고 있는데…… 아빠가 바다로 뛰어들었고 기절한 엄마를 안고 육지로 왔어요. 지금 여기로……."

"……."

그녀가 손을 아래로 떨어뜨리자 붉게 물든 눈가가 드러났다.

"태어나서 처음이었어요, 아빠를 멋진 사람이라고 생각한 건. 엄마 입에 대고 울부짖으면서 인공호흡하는 아빠가…… 멋져 보였어요. 그때까지 제가 좋아했던 아이돌, 피겨 선수, 학교 선생님보다 훨씬."

"……."

슬픔의 그림자가 짙게 드리워진 그녀의 목소리에 현우는 쉽사리 대답할 말을 찾지 못했다. 때로는 가만히 듣고 있는 것이 최선임을 알고 있었기에 침묵을 지켰다. 흘러나오는 눈물을 손등으로 닦아 가며 그녀가 말을 이었다.

"어쩌면 그래서 제가 아빠를 잊지 못하는 건지도 몰라요. 시간이 지나면 아빠에 대한 그리움도 썰물처럼 빠져나갈 거 같았는데, 저는 오늘도…… 우네요. 아빠 생각만 하면…… 바보처럼 이렇게 돼요."

그녀의 눈에 또다시 눈물이 맺혔지만 수아는 더 이상 닦으려 하지 않고 뜨거운 이슬이 뺨을 타고 흘러내리도록 내버려 두었다. 현우는 그녀를 당장 안아 주고 싶어 손을 뻗었다가 거둬들였다. 흐느끼는 그녀의 몸이 부스러질 것처럼 가냘프고 연약해 보였기 때문이다. 가만히 그녀의 어깨에 손을 얹는 것으로 마음을 대신 전달하고 입을 열었다. 조금이나마 힘이 돼 주고 싶다는 속마음에서 우러나온 말이었다.

"너희 아버지, 참 멋진 분이셨구나. 자기 목숨을 걸고 다른 사람 구하는 거…… 아무나 할 수 있는 일이 아니거든."

"……."

그때 강렬한 파도 소리가 세상의 모든 소리를 집어삼켰다. 앉아 있는 두 사람의 신발이 밀물에 흠뻑 적셔지는데도 그들은 피하지 않았다. 저 바다로부터 부드럽게 밀려와 발에 닿는 파도, 흘러내리는 눈물이 그 파도를 이룰 정도로 수아는 울음을 멈출 줄 몰랐다.

"아버님은 지금도 보고 계실 거야."

"……."

"저기 하늘 위에서 말은 못 해도 항상 너 지켜보고 계셨을 거야. 너한텐 안 보이겠지만, 나는…… 알 수 있어."

"선생님이 그런 걸 어떻게 알아요?"

"정말이야. 오늘 우리가 여기 온 거…… 우연이 아닐 거야. 분명 아버님이 우리를 이곳으로 이끈 거야."

"……."

"수아가 어머님 미워하는 거 보고, 하늘에서 가슴 아프셨을 거야. 그래서 오늘 이렇게 만나도록."

수아가 현우에게로 고개를 돌리더니 말없이 오래도록 쳐다보았다. 유리구슬처럼 공허한 그녀의 새카만 눈동자에서는 아무런 감정도 읽히지 않았다.

"그만 가요."

수아가 자리에서 일어났다. 현우가 그녀의 팔을 살며시 붙들고 말했다.

"어머님한테 가자. 저렇게 그리워하시는데…… 네가 생각하는 그런 일 없었을 거야, 분명히."

수아의 팔에 순간적으로 힘이 실리더니 그를 밀쳐 냈다.

"그건 모르는 거죠. 아빠 배신하고 나서 죄책감 땜에 저러는 걸 수도 있구."

"그럼 가서 물어보자. 지금이 좋은 기회잖아."

"가려면 선생님 혼자 가세요. 전 돌아갈 거니까."

단호한 목소리였다. 수아가 홱 돌아서더니 빠른 걸음으로 멀어져 갔다. 현우는 한동안 가만히 서 있었다. 깊은 어둠의 나락으로 추락하는 기분이었다. 절벽에 걸터앉은 수아 어머니를 망연히 바라보다가 이내 마음을 굳히고 수아를 뒤따라갔다.

차창 밖을 내다보는 수아의 두 눈은 언뜻 보면 바다 너머를 향해 있는 것처럼 보이지만 실은 마음속에 묻어 둔 행복의 기억을 되새기고 있는 것임을, 이제 현우는 알고 있었다. 차에 타기 전만 해도 점점이 떨어지던 빗방울이 곧 우레와 같은 소리를 내며 쏟아져 내리기 시작했다. 어쩌면 하늘에서 지켜보던 수아 아버지의 눈물일지도 모르겠다고, 그는 생각했다.

병동으로 돌아가는 길에 퇴근하는 8병동 간호사들과 마주쳤다. 두 사람을 본 다영과 민지가 자기들끼리 야단법석을 떨었고, 주희는 야릇한 미소를 띤 채 곁눈질을 하며 지나갔다. 수아는 별다른 내색을 하지 않았지만 현우는 왠지 모르게 어깨에 힘이 들어가는 것을 느꼈다.

*

베개에 머리를 붙인 지도 벌써 30분이 지났다. 오늘따라 이상하게 잠이 오지 않았다. 침대 위에서 데굴데굴 구르던 수아가 움직임을 멈추고 이불을 걷어냈다. 잠이 안 오는 이유는 누구보다 그녀 자신이 잘 알고 있었다.

침대 구석에 쪼그려 앉은 그녀의 시선이 커튼에 가려진 창문가로 향했다. 그쪽을 내다보고 싶은 마음이 솟구칠 때마다 두더지 잡기를 할 때처럼 뿅망치로 콩콩 내리찍었다. 누가 알면 바보 같다고 생각할 그런 행동을, 그녀는 바다에서 돌아온 뒤로 계속하고 있었다.

소나기인 줄 알았던 비는 그칠 기미가 없었다. 창문에 말발굽 소리를 내며 떨어지는 빗방울의 횡포는 점차 심해졌다. 모두가 잠든 한밤중에 쏟아지는 빗소리는 깊은 곳에 내재한 공포를 건드리기에 안성맞춤이었다.

'이젠 갔겠지?'

끓어 넘치는 호기심을 이기지 못하고 수아가 몸을 일으켰다. 슬리퍼에 발을 끼우고는 소리가 나지 않게 조심조심 창문가로 다가갔다. 30분 전 바깥을 봤을 때는 여전히 해안 절벽에 어머니로 보이는 사람이 정물화의 모델처럼 같은 자리에 있었다.

커튼을 걷자 창문에 떨어지는 빗소리가 확성기를 통해 전해지듯 크게 울렸다. 수아는 잠들어 있는 다른 환자들이 깰까 봐 커튼 속에 몸을 숨기고 창밖을 바라봤다. 해안 절벽이 있는 쪽으로 자연스럽게 눈길이 가 닿은 그때 두 눈이 휘둥그레졌다. 아까와 같은 자리에 있는 사람의 모습이 등대 불빛에 어렴풋이 보인 것이다. 멀어서 확실하지는 않지만 그곳에 누군가 있는 것은 분명했고, 어머니 말고 다른 사람이 거기에 있는 건 상상할 수 없었다.

심란한 나머지 수아는 창문 앞을 쉽사리 떠나지 못했다. 이제껏 갖고 있던 어머니에 대한 증오와 원망을 되새기고 침대로 돌아갔다가도, 궁금한 마음에 몇 분이 채 안 되어 창문으로 다가가기를 반복했다. 시계를 보니 한참 전에 자정을 넘어섰다.

어제는 부모님의 결혼기념일이었다. 수아가 간호사들의 눈을 속여 병원을 빠져나간 것도 그 때문이었다. 아버지의 영혼이 섞여 있을지도 모르는 바닷물에 발을 적시며 수아는 자신만의 방식으로 그날을 기렸다. 그날이 없었다면 그녀는 태어나지 않았을 테고, 지금의 그녀도 존재할 수 없으니까.

수아는 부모님이 결혼기념일을 제대로 기리는 모습을 본 적이 없었다. 아버지가 기념으로 외식이나 하자는 말을 꺼내도 어머니는 새삼스럽게 왜 그런 걸, 이라며 뭉개 버렸었다. 그런 두 사람의 모습에 섭섭했던 그녀이기에 병원으로 돌아오던 차 안에서 어머니를 발견했을 때는 분노가 휘몰아쳤다.

'그런데…… 그런데…….'

수아는 더 이상 자신의 판단에 확신이 서지 않았다. 그동안 가슴속에서 키워 왔던 어머니에 대한 증오는 너무나 커져서 감당하기 어려울 만큼 부풀어 있었다. 엄마를 절대 용서하지 않을 거야, 라는 생각으로 지난 몇 개월을 버텨 온 그녀였다. 그렇게 확고했던 생각이 지금은 갈 곳을 잃고 방황하고 있었다.

"만약 엄마가 그런 게 아니라면……."

그녀가 중얼거렸다.

"그날 밤, 무슨 일이 일어났던 걸까?"

불현듯 슬픔이 쓰나미처럼 무시무시하게 밀려와 그녀를 덮쳤다.

*

의국에 돌아온 현우는 한동안 2층 침대에 멍하니 앉아 있었다. 수아와 함께했던 순간이 머릿속을 비집고 들어와 지독할 정도로 생생하게 반복해서 재생되었기 때문이다. 그녀의 새하얀 얼굴과 목, 슬픔에 젖은 눈빛, 앙증맞은 입술, 구슬처럼 맑은 목소리. 이 모든 것이 꿈결처럼 스멀스멀 밀려왔고, 그는 봄날의 꿈에서 헤어 나오지 못하고 결국 침대 위에 드러눕고 말았다. 엘리베이터 앞에서 헤어지며 그녀가 마지막으로 했던 말이 귓가에 맴돌았다.

'선생님, 오늘 고마웠어요. 진심으로 감사해요.'

수아의 목소리를 떠올리는 것만으로도 가슴속이 기쁨으로 젖어 들었다. 오늘 수아를 찾으러 나서기 전까지만 해도 현우는 그녀에게 이성으로서의 감정이 없다고 생각했다. 구박하는 레지던트 선배에게도 터무니없는 소리 말라며 큰소리친 그였다. 그랬던 자신의 변심을 그는 도저히 태연하게 받아들일 수 없었다.

현우는 배가 고파서 편의점으로 향했다. 오늘은 이런저런 일들 때문에 저녁을 못 먹어 배가 출출했다. 샌드위치를 물색하는데 누가 그중 하나에 손을 뻗었다. 털로 뒤덮인 손등이 익숙해 고개를 돌린 그는 자신의 직감이 틀리지 않았음을 깨달았다. 황기영 환자가 푸근한 미소로 그를 내려다보고 있었다. 언제나처럼 태평한 얼굴은 웬일인지 평소보다 젊어 보이기까지 했다.

"이게 누꼬, 현우 선생님 아이가."

"어르신, 아직 안 주무시네요."

"뱃가죽 등가죽 달라붙어 뿌이까 잠이 안 온다카이."

기영이 방금 집은 샌드위치를 흔들며 털털한 목소리로 말했다.

"선생님도 골라 봐라 마. 이럴 때 아이면 언제 내가 사겠노."

"에이, 안 그러셔도 돼요."

기영이 단호하게 고개를 저었다.

"선생님, 자꾸 이러믄 내 섭섭하대이. 내 때매 이리 고생하시는데 한 번 사야재."

"정 그러시면……."

더 이상 사양하기도 뭐해서 현우는 샌드위치 한 개를 골랐다. 편의점 밖 테이블에 마주 보고 앉은 기영은 며칠 전보다 건강을 포함한 모든 것이 좋아 보였다. 물론 현우는 그 원인이 어디에 있는지 잘 알았다.

"어르신, 저 오늘 그분 봤어요. 잘 어울리시더라고요, 두 분."

그 말에 기영이 어린아이처럼 수줍어하더니 이내 호탕하게 웃었다.

"내 미안하대이. 선생님한테도 언제 소개해야 될 낀데. 어디서 봤노?"

"1층요. 제가 인사드렸어야 하는데 멀어서……."

"아이다, 마. 퇴원하는 날 혜림이랑 같이 올 테이까 기다려야 된대이. 알았재?"

"네, 기다리고 있을게요. 정말 부러워요, 어르신."

기영이 커다란 손을 휘저었다.

"내는 선생님이 부러워 죽겠다카이. 아직 팔팔한 20대 아이가. 맞재?"

"네, 20대 후반이에요."

기영이 크으, 추임새를 내고는 아련한 눈빛으로 현우의 어깨 너머를 바라봤다. 그 시절의 자신을 회상하는 듯했다.

"이 황기영이가 충고 하나 해도 괜찮겠나. 아이다, 충고가 아이라 더 많이 산 인생 선배의 조언이재."

"저야 감사하죠."

샌드위치를 우물우물 먹으며 기영이 이야기를 시작했다.

"내가 살아 보이까, 후회를 안 하는 게 중요한 기라. 우리 동네 아들 이제 내 빼고 다 저세상 가 삐렸는데 금마들 하나같이 하는 말이 지가 다시 태어나믄 뭘 할 끼고, 이건 안 할 끼고 다들 이칸다 아이가. 그란데 그게 무슨 소용이고. 진작에 그랬어야재. 안 그러나?"

오랜 노동으로 거칠어진 그의 얼굴을 푸근한 미소가 데웠다.

"어르신은 후회하시는 거 없으세요?"

"내라꼬 와 없겠노. 그래도 이제는 마, 혜림이 이렇게 만나 봤으이 내는 죽어도 여한이 없다."

"……."

기영은 지금까지 봐온 그 어느 때보다 행복해 보였다. 아무런 거리낌 없이 사적인 이야기를 하는 그에게 현우는 불쑥 솔직한 감정을 털어놓고 싶은 충동에 사로잡혔다.

"저, 어르신……."

"와 그라노."

현우가 머뭇거리다 말고 차분한 어조로 말을 꺼냈다.

"오랜만에, 정말 오랜만에 가슴이 뛰는 상대가 생겼을 때, 어르신이라면…… 어떡하시겠어요?"

"이제 보이까 선생님 숙맥이구마이. 물불 가리지 말고 일단 들이대라카이. 얼굴도 곱상하이 잘생깄구만 와 걱정을 사서 하노."

기영이 침을 튀겨 가며 말했다. 현우가 말을 이었다.

"그 상대가…… 제가 담당한 환자거든요."

그의 말에 기영이 허, 하고 한숨을 내뱉더니 표정이 무거워졌다. 일반인의 기준에서도 역시 쉽게 받아들일 수 있는 상황은 아닌 모양이었다. 현우가 화제를 돌리려 하는 그때 기영이 입을 열었다. 전의 따스한 미소가 입가에 걸려 있었다.

"아따, 하도 심각하길래 그란 줄 알았네. 환자인 게 맘에 걸리뿌믄 퇴원하고 만나면 된다 아이가."

"네?"

"퇴원하믄 환자도 뭐도 아이다 아이가. 그때 데이트 신청을 하든가 해야재. 엉뚱한 머시마가 가로채기 전에 빨랑 해야 된다카이."

퇴원 이후의 일은 생각조차 하지 않았던 현우에게 그 말은 메마른 땅에 내리는 단비와도 같았다. 지금까지는 담당 환자가 퇴원하는 순간이 이별의 시간이라고만 생각했다. 그런데 기영의 말을 듣고 보니 그것은 마음먹기에 따라 얼마든지 달라질 수 있었다.

퇴원하는 순간이 이별이 아닌 진정한 만남의 시작이 될 수 있을지도 모른다. 그런 생각을 하자 마음에 일시적인 평온이 찾아왔다. 현우가 입가에 싱그러운 미소를 띠고 말했다.

"감사해요. 제가 왜 그렇게 간단한 걸 생각 못 했을까요."

"선생님 맘에 들 정도면 미스코리아 빰 치겠구마이."

현우가 아무 말 없이 웃자 기영도 따라 웃었다.

4장

§

그날 이후 아이에게는 새로운 친구가 생겼다.

"할아버지, 안녕하세요."

"꼬마 왔구나."

학교를 마치고 돌아온 아이를 할아버지는 매번 반갑게 맞아 주었다. 멀뚱멀뚱 천장만 보는 아빠와 달리 할아버지는 아이가 올 때마다 맛있는 걸 잔뜩 내주었다. KFC 할아버지랑 닮아서 치킨을 좋아할 줄 알았는데 의외로 그런 음식은 안 먹었다. 폐암 때문에 몇 달 전부터 기름진 음식을 끊었다는 할아버지의 말에 아이는 안됐다는 생각이 들었다. 치킨을 못 먹는 것이 병실에 입원해 있는 것보다 불쌍했다.

"할아버지, 오늘은 피 안 났어?"

"그럼, 괜찮으니 걱정 안 해도 된단다."

그날 밤 쓰러진 할아버지의 모습은 아이에게 엄청난 충격이었다. 아이는 언제 또 그런 일이 일어날지 모른다는 마음에 학교가 끝나자마자 병원으로 달려갔다. 다행히 할아버지는 그날 이후로는 피를 토하지 않았다.

할아버지를 볼 때마다 아이는 궁금했다. 폐암이라는 무시무시한 병을 앓으면서도 어떻게 아무렇지 않은 걸까. 어느 날 호기심을 견디지 못한 아이가 물었다.

"할아버지?"

"으음?"

스케치북 위에 연필을 내려놓으며 할아버지가 눈을 깜빡였다. 입원 전에는 화가로 활동했던 할아버지는 창밖의 풍경을 그리는 것이 일과였다.

"폐암, 안 무서워?"

"하하, 이 할애비는 그런 거 안 무서워."

할아버지는 농담이라도 들은 사람처럼 웃다가 기침을 했다. 피는 나오지 않았다. 할아버지의 웃음에도 아이는 잔뜩 긴장해 있었다.

"죽으면…… 어떡해?"

"우리 꼬마, 아직 모르는 게 많구나."

스케치북을 내려놓은 할아버지가 아이에게로 몸을 돌렸다. 학교에서 담임 선생님이 중요한 내용을 설명할 때처럼 눈빛이 진지해졌다.

"할애비는 죽는 게 하나도 겁 안 나요."

"왜?"

"먼저 간 할멈이 기다리고 있는데 겁날 게 뭐가 있겠냐."

할아버지는 아이에게 지금까지 하지 않았던 이야기를 시작했다. 할머니가 병으로 떠난 뒤로 매일같이 할아버지는 술과 담배에 찌들어 살았다. 그러던 어느 날 꿈에 할머니가 나타나서 자기는 하늘에서 잘 지낸다며 걱정하지 말라고 했다. 조만간 하늘에서 보자는 말을 하며 환하게 웃었다고.

"이걸 보렴."

할아버지가 스케치북을 집어 들더니 아이에게 내밀었다. 고개를 갸웃하는 아이에게 할아버지가 스케치북을 한 장씩 넘기며 보여 주었다. 지금까지는 단순히 창밖 풍경만 그리는 줄 알았는데 그게 아니었다. 거기에는 한 할머니의 그림이 있었다. 주름살이 가득하면서도 인정 넘치는 얼굴, 의자에 앉아서 먼 곳을 바라보는 모습 등 수십 개의 그림이 있었다.

"할머니야?"

"……."

아이의 말에 할아버지는 대답 없이 고개를 끄덕였다. 한참 스케치북을 넘기다 고개를 든 할아버지는 평소의 환한 모습과는 달라 보였다. 조그맣고 툭 튀어나온 두 눈에는 어느덧 눈물이 글썽거렸다.

"어서 만났으면 좋겠구나."

할아버지의 목멘 소리에 아이는 기분이 묘해졌다. 언제나 걱정 없어 보이던 할아버지가 우는 모습은 의외였기 때문이다. 같은 병실의 환자들이 그런 할아버지를 이상한 눈빛으로 바라봤다.

다음 날 학교를 마치고 병실로 온 아이는 할아버지가 사라진 것을 알아차렸다. 아빠의 맞은편에는 원래 아무도 없었던 것처럼 텅 비어 있었다. 멍하니 그쪽을 바라보는 아이에게 한 아저씨가 다가오더니 할아버지가 새벽에 갑자기 돌아가셨다고 말했다. 충격을 받고 주저앉은 아이의 어깨를 아저씨가 토닥여 주었다. 자고 있던 와중에 갑자기 심장이 멈췄는데 신기하게도 미소 짓고 있었다는 그의 말에 아이가 확 돌아봤다.

"정말이야?"

"꿈이라도 꾸고 있었나 봐. 그 노인네, 아주 행복해 보였다니까."

오랜만에 할머니랑 만나서 신나게 이야기하는 할아버지의 모습이 떠올랐다. 다행이다. 비로소 아이는 무거운 슬픔을 가슴속에서 덜어 낼 수 있었다.

§

잠에서 깬 수아는 자리에서 일어났다가 균형을 잡지 못해 다시 침대에 걸터앉았다. 시간이 어느 정도 흐르자 머릿속에 피가 돌면서 기운을 되찾았다. 밤새 제대로 자지 못한 탓에 몸 상태가 엉망이었다.

새벽에 어머니가 절벽에 없는 것을 확인하고 눈을 붙이려 했지만 쉽지 않았다. 눈을 감을 때마다 머릿속에 촉수를 뻗는 작년의 기억 때문에 뜬눈으로 밤을 지새워야 했다. 비를 흠뻑 맞으며 집으로 돌아갔을 어머니가 걱정되는 것도 사실이었다.

'설마…… 그건 아니겠지?'

욱신거리는 머리를 감싼 수아에게 본능적인 공포가 찾아왔다. 입원해 있는 동안 잊고 있었는데 어느새 그날이 일주일 앞으로 다가온 것이다. 생리가 시작되기 며칠 전부터 머리가 아프고 아랫배가 불편해지는 게 보통인데 이번에는 그 시기가 앞당겨졌을지도 모르겠다.

수아는 남아 있는 생리대가 없다는 것을 떠올리고 핸드폰을 열었다. 조만간 생리대를 사 두자고 메모하던 그때 병실 문이 열렸다. 분주한 발소리와 비닐봉지 소리로 그쪽을 보지 않고도 누구인지 알아차렸다.

"수아야, 엄마 왔다."

수아는 나쁜 짓을 하다 들킨 사람처럼 동작을 멈추고 딴청을 피웠다. 태연한 척했지만, 자신을 습격한 거센 마음의 동요로 숨이 막혔다. 그녀는 어젯밤의 일을 절대 입 밖에 내지 않기로 마음먹고 고개를 천천히 돌렸다.

어느 틈에 다가온 어머니가 침대 발치에서 간이 책상을 꺼내 펼쳤다. 입가에는 따스하면서도 슬픈 미소가 배어 있었다. 도시락을 꺼내 책상에 놓은 어머니가 콜록콜록 기침을 하고는 웃었다.

"밀린 작업, 마저 하느라 그런지…… 컨디션이 꽝이네."

'거짓말, 어제 바다에 있었으면서!'

수아는 그렇게 소리치고 싶었다. 아무 일 없었다는 듯 어머니는 물병을 꺼내 책상에 올렸다. 그날 이후 수아는 어머니가 차려 준 밥을 거의 먹지 않았지만 어머니는 오늘도 포기하지 않고 그녀를 위해 도시락을 싸 온 것이다.

생각해 보면 그녀를 대하는 어머니의 태도에는 변함이 없었다. 변한 사람은 수아 자신뿐이었다. 둘만 있는 집에서 벗어나기 위해, 어머니의 곁에서 탈출하기 위해 몸부림치고 악을 바락바락 쓰는 그녀를 어머니는 기다려 주었다.

문득 수아의 가슴속에서 뜨뜻미지근한 것이 소용돌이치기 시작했다. 수개월 동안 어머니 앞에서 느끼지 못했던 감정이 북받쳐 오르려 했다. 눈을 마주치지 않으려고 수아는 급히 눈길을 내리깔았다. 이상한 기운을 감지한 듯 어머니가 허리를 굽혔다.

"잠 못 잤니?"

"빗소리 땜에."

어머니가 입을 가리고는 기침을 했다.

"집에서도 시끄럽더라."

'또 거짓말!'

수아는 어머니를 슬쩍 노려봤다.

"밥은?"

수아가 고개를 저었다. 수술받은 뒤로 식욕이 떨어져 병원에서 주는 밥은 거의 먹지 못하고 남기는 상태였다. 어머니가 혀를 끗끗 찼다.

"그럴 줄 알고 전복죽 해 왔어."

어머니가 도시락 뚜껑을 열자 탐스럽게 담긴 전복죽이 눈에 들어왔다. 김이 모락모락 피어오르는 도시락을 보니 수아는 자신의 마음에서도 덩달아 김이 올라오는 것 같았다. 그녀의 앞에 숟가락을 놓은 어머니가 기대에 부푼 목소리로 말했다.

"식기 전에 먹자, 응?"

수아는 한동안 숟가락을 들지 않고 멀뚱히 죽을 바라봤다. 속에서는 배가 고프니 아무거나 넣어 달라고 재촉하고 있었다. 그때 어머니가 또 다시 기침을 했다. 수아는 자신도 모르게 짜증을 냈다.

"기침 좀 하지 마, 더럽게."

그 말을 내뱉자마자 마음속에 후회가 일었다. 왜 그렇게밖에 말할 수 없는 걸까, 하고 자책하면서도 어머니에게 미안하다는 말은 꺼내지 않았다. 그렇게 하는 건 자존심이 허락하지 않았다. 그녀는 자신에 대한 혐오감을 되새기며 손을 뻗어 숟가락을 밀쳐 냈다.

*

정체를 알 수 없는 물고기가 박경옥 환자의 배 아래쪽에서 입을 벌리고 있다. 분홍빛이 감도는 입술 밖으로 액체가 조금씩 역류하더니 이내 흘러넘친다. 거기에는 토사물처럼 분변 찌꺼기가 군데군데 섞여 있다.

복벽을 뚫고 모습을 드러낸 구불결장의 점막, 그것을 본 현우는 구역질이 올라오는 것을 간신히 견뎌 냈다. 몇 번만 결장루$_{인공항문}$를 보면 눈과 뇌가 그런 장면에 순조롭게 적응할 수 있으리라 생각했다. 그런데 그게 아니었다. 익숙해지기는커녕 말로 형용할 수 없는 불쾌함에 휩싸였다. 아니, 그것은 공포에 가까웠다.

인턴 시절 그는 결장루를 세척하기 위해 주사기로 생리식염수를 주입한 적이 있었다. 단 한 번이었지만 그때 분수처럼 흘러나온 점액질의 액체에 침대 시트와 가운이 적셔진 기억은 머릿속 깊이 뿌리내렸다.

간호사로부터 니들홀더를 전달받은 김태주 교수가 피하층 봉합을 시작했다. 그의 손은 한 치의 오차도 허용하지 않는 로봇처럼 정밀하면서도 일정 속도 이상의 템포를 유지했다. 그의 눈빛에서는 눈앞의 환자에 대한 어떤 감정도 느껴지지 않았다. 연민, 슬픔, 안타까움과 유사한 이름을 붙일 수 있을 만한 감정이라고는 찾으려야 찾을 수 없었다. 그에게는 이 모든 것들이 밥을 먹고 양치를 하는 것처럼 무의미한 일상일 터였다. 태주가 피하층의 봉합을 마무리하던 그때, 수술실 문이 열리고 누군가 달려 들어왔다.

"이현우 선생님!"

현우가 소리가 들려온 방향으로 고개를 돌리자 아담한 체격의 간호사가 눈에 들어왔다. 조그만 몸집과는 대조적으로 얼굴이 가분수였다.

"회복실로 전화 왔어요, 선생님이 콜을 안 받으신다고."

"무음으로 해 놨거든요."

가까이에서 태주의 가시 돋친 목소리가 귀에 꽂혔다.

"컷."

아차, 하며 현우는 재빨리 들고 있던 시저로 매듭 위를 잘랐다. 태주의 심기를 건드렸을지도 모른다는 불안감에 그가 눈치를 살피며 대화를 이어 갔다.

"그래서, 무슨 일인데요?"

"선생님 환자, 어레스트 났대요."

[코드블루, 코드블루. 8병동, 8병동. 코드블루, 코드블루. 8병동, 8병동.]

그녀의 말이 끝나자마자 불길하게 울려 퍼지는 원내 방송이 극적인 분위기를 연출했다. 현우는 지옥 밑바닥으로 추락하는 기분이었다. 최근 수술받은 환자들의 상당수가 8병동에 입원해 있었기 때문이다. 그들 가운데 갑작스러운 심정지가 온 사람이 누군지 짐작조차 가지 않았다. 벌써부터 자신의 멱살을 붙잡고 침을 튀겨 댈 보호자에 대한 걱정이 앞섰다.

"환자분 이름 기억하세요?"

"뭐였더라. 황……기영?"

"황기영 님요?"

현우는 자신도 모르게 들고 있던 시저를 떨어뜨렸다. 태주가 쌀쌀맞게 내뱉었다.

"수술 중인 거 안 보이나?"

"이현우 선생님이 주치의셔서……."

'뭔가 잘못된 게 분명해.'

간호사가 이름을 잘못 들었을 거라는, 확신에 가까운 것이 그에게는 있었다. 아침 회진을 돌 때의 기영은 당장 퇴원해도 좋을 만큼 생기가 넘쳤다. 혜림과 함께 산책할 점심시간을 손꼽아 기다리던 그의 모습은 나이에 어울리지 않게 풋풋한 느낌마저 들었다. 그런 그의 심장이 갑자기 멈췄을 리 없다. 이런 일은 일어나서는 안 된다.

얼마나 오랜 시간이 흐른 걸까. 현우는 복부를 덮친 극심한 통증에 발판 위에서 휘청거렸다. 겨우 균형을 잡고서야 무슨 일이 터졌는지 알아차렸다. 맞은편에서 태주가 그를 잡아먹을 듯한 눈길로 노려보고 있었고, 그의 발치에는 리트랙터수술 시야를 넓히는 기구가 떨어져 있었다. 그 두 가지 단서가 무엇을 의미하는지 파악하는 데는 별다른 노력이 필요하지 않았다.

"죄, 죄송합니다, 교수님."

"본인 일이나 똑바로 하지, 이현우 선생."

심정지가 온 자신의 환자를 내버려 두고 무슨 일을 하라는 걸까. 차마 반박할 수 없어 더 이상 말대꾸하지 않고 마무리에 전념했다. 언제 나갔는지 아담한 간호사는 보이지 않았다. 피하 봉합을 마친 태주가 수술 필드에서 물러나며 말했다. 독기 어린 눈빛이었다.

"이현우 선생, 모두 자네 책임이야."

"예?"

"그런 환자는 미리 디엔알 동의서를 받아 놨어야 할 거 아닌가. 자네 한 사람 때문에 얼마나 많은 동료가 고통받을지 생각해 봤나?"

"……."

비인간적이고 냉혹한 목소리였다. 도저히 가망 없는 환자들의 경우 불필요한 연명치료에 따른 환자 본인과 보호자의 부담을 줄이기 위해,

심정지가 왔을 때 심폐소생술을 하지 않는다는 동의서를 작성하고는 한다.

그러나 기영은 거기에 부합하는 조건이 아니었다. 석 달 전 대장암으로 수술받은 이후 항암치료를 착실하게 받고 있었고, 이제는 혜림이라는 새로운 삶의 목표가 생긴 상태였다. 방금 전 태주의 언행은 명백히 의료윤리에 위배되는 것일 뿐만 아니라 환자의 인격과, 이 순간에도 환자를 살리기 위해 전력을 다하는 의료진의 열정을 모독하는 처사였다.

봉합을 마치고 환자가 마취에서 깨어나기를 기다리는 동안에도 현우의 눈길은 시계에 머물러 있었다. 마음은 이미 멀리 8병동의 처치실에가 있는데 몸은 수술실에 있으니 초조해지는 것이 당연했다.

애써 평정심을 유지하려 했지만 이 순간 현우의 가슴속은 어떤 생명체가 들어가서 발버둥 치는 듯 사정없이 요동치고 있었다. 하지만 현재의 그에게 중요한 것은 기영이 아닌 눈앞의 환자였다. 기영은 동료 의사들의 손에 의해 무사히 살아날 수 있을 것이다. 그렇게라도 믿지 않으면 미쳐 버릴 것 같았다.

회복실로 환자를 옮기자마자 현우는 탈의실을 박차고 들어가 가운을 걸쳤다. 모자와 마스크를 벗는 것도 잊어버리고 전속력으로 달려갔다. 원내 방송을 들은 지 어느새 30분이 훌쩍 넘어섰다. 어쩌면 모든 게 끝났을지도 모른다. 머릿속을 잠식한 불길한 예감이 들어맞지 않기를 바라며 달리고 또 달렸다.

엘리베이터를 기다리다 말고 비상계단으로 들어선 현우는 조급한 마음에 계단을 한 번에 세 개씩 뛰어 올라갔다. 착지하는 과정에서 무릎에 손상을 입고 몸의 균형이 흐트러져 계단을 구르기도 했지만 1초도 지체할 수 없었다.

'제발, 제발.'

뭐라고 딱 부러지게 설명할 수 없는 죽음의 기운이 층을 오를수록 농도가 짙어졌다. 8층으로 통하는 마지막 계단에 진입한 현우는 있는 힘을 모두 짜내어 네 계단을 점프한 뒤, 재난 영화에 나오는 배우처럼 몸통 박치기로 문을 열어 젖혔다. 커다란 소리와 함께 등장한 그를 환자들이 질책하는 눈길로 돌아봤으나 잠시도 망설이지 않고 복도를 가로질렀다.

거침없이 달려가던 현우의 발걸음을 느리게 만든 것은, 간호 스테이션을 에워싼 음산한 분위기였다. 모니터 앞의 지혜를 비롯한 간호사들은 약속이라도 한 듯 입을 다문 상태였다. 테이블에 덩그러니 앉은 주희는 눈물을 찔끔찔끔 흘리고 있었다.

몇 센티미터가량 열린 문의 틈새로 들려오는 간곡한 목소리는 여기 있는 간호사 모두의 내면을 대변하는 듯했다. 주저하면서도 현우는 그리로 다가가려는 자신의 본능을 억제할 수 없었다.

처치실의 문틈을 벌린 현우의 눈에 한 노인의 초라한 뒷모습이 들어왔다. 인기척을 느낀 그녀가 고개를 돌린 순간, 시야가 흐려지고 목이 뜨거워져 목소리조차 제대로 나오지 않았다. 짐작할 수 없는 오랜 삶의 흔적이 담긴 맑고 사려 깊은 눈빛이 그에게 머물렀다가 흩어졌다. 눈을 마주친 시간은 꽤 길었으나 두 사람은 아무 말도 하지 않았다. 눈빛만으로도 그들은 서로의 마음을 알 수 있었다.

'퇴원하는 날 혜림이랑 같이 올 테이까 기다려야 된대이. 알았재?'

구수한 사투리로 그렇게 말하던 기영의 모습이 눈에 선했다. 혜림의 곁으로 다가간 현우가 가만히 기영의 손을 쥐었다. 오랜 노동으로 단련된 그의 투박한 손에는 더 이상 온기가 남아 있지 않았다. 혜림이 있는 이승에 미련이 남아 아직도 이곳에 머물 만도 한데, 그의 몸은 타 버리고 남은 재처럼 차가웠다.

침대에 누운 기영의 모습은 처참함 그 자체였다. 단추가 풀린 환자복의 틈으로 보이는 가슴은 심폐소생술 시 뿌려 댄 젤 성분의 액체로 반들거렸고, 살집이 적어 갈비뼈가 여실히 드러난 빈약한 상체는 대장암의 무서운 폐해를 보여 줬다. 흉부를 압박하는 과정에서 부러진 갈비뼈가 육안으로도 명확히 보였다. 그렇다고 이러한 책임을 누구에게 전가한다는 것은 이치에 맞지 않았다. 의료진은 그들이 해야 할 일을 했을 뿐이다.

누군가 들어오는 소리가 들렸다. 돌아본 현우는 자신의 눈을 믿을 수 없었다. 남자 인턴 하나가 드레싱 카트를 끌고 서슴없이 들어오다가 그를 발견하고 꾸벅 인사했다. 카트 위에는 거즈 팩 하나와 글러브, 수처 세트까지 마련되어 있었다.

"무슨 일이시죠?"

"사후처리하러 왔습니다."

그렇게 말하고 인턴이 그의 반대편으로 카트를 끌고 갔다. 글러브를 낀 인턴이 기영의 가슴에 박힌 중심정맥관으로 손을 뻗었다. 현우가 언성을 높였다.

"인턴 선생님!"

"네?"

"여기 보호자분도 계시고 저도 있잖아요. 사후처리를 꼭 지금 해야겠어요?”

손을 거둔 인턴이 두 손을 앞으로 모으고 쭈뼛거렸다.

“죄송합니다. 생각이 짧았습니다.”

“나가 봐요.”

인턴이 거듭 고개를 숙이며 처치실에서 물러났다. 현우도 언성을 높인 것에 대해 미안한 마음이 없는 건 아니었으나 어쩔 수 없었다. 그저 혜림이 기영의 마지막을 함께할 수 있는 시간을 조금이나마 더 주고 싶은 마음, 그뿐이었다.

현우는 다음 수술 준비를 위해 수술실로 돌아갔다. 모니터에 환자의 CT 검사 결과를 띄우고 수술대의 방향을 리모컨으로 조절하며 분주히 움직였다. 그렇게 하면 마음 한쪽을 잠식해 오는 우울한 감정을 떨쳐 낼 수 있으리라 생각했다. 그러나 모든 준비를 끝마치고 빈손이 되었을 무렵 그때까지 하중을 견디고 있던 감정의 둑이 터지고 말았다.

아무것도 하기 싫다. 수술복과 모자, 마스크를 다 던져 버리고 이 지긋지긋한, 죽음이 도사리는 공간에서 벗어나고 싶다. 그런 생각을 하면서도 결국 그러지 못할 자신이라는 것을 알기에 괴로움은 배가되었다. 절망에 사로잡혀 있던 그때, 그의 머릿속에 한 가지 심상치 않은 의혹이 번뜩이고 지나갔다.

현우는 알 수 없는 힘에 이끌려 회복실의 노트북 앞에 앉았다. OCS / EMR 프로그램에 로그인하고서야 무슨 생각으로 로그인했는지 잊어버렸음을 깨달았다. 머릿속에 흐릿한 안개가 낀 기분이었다. 다음 수술 예정인 환자가 병동에서 내려오고 있고 그 환자의 동의서와 프리메드

용지는 이미 출력했다. 그런데 왜 로그인한 걸까.

그는 모니터에 해답이 적혀 있기라도 하듯 들여다보다가 몸을 떨었다. 머릿속을 우중충하게 만들었던 안개가 순식간에 개고 한 가지 의혹이 솟구쳤다. 도저히 기영의 죽음을 납득할 수 없다는 강렬한 의혹이.

주치의를 맡은 환자 20여 명의 명단을 훑어봤지만 황기영이라는 이름은 어디에도 없었다. 그러다 생각난 것이 있어 퇴원 환자 명단으로 옮겨 갔다. 그곳에 있었다. 빨간색으로 굵게 표시된 기영의 이름이. 자동화된 시스템에 의해 그리로 옮겨졌겠지만, 사망한 지 한 시간도 채 안 된 그를 한시라도 빨리 다른 환자들에게서 멀찌감치 떨어뜨려 놓으려는 것처럼 느껴져 씁쓸했다. 기영이 이곳 혜성대학교병원의 환자였다는 흔적은 이제 빨간색의 세 글자로밖에 남아 있지 않았다.

불현듯 안타까움과 절망이 뒤죽박죽되어 눈물샘이 터질 것 같았다. 감정의 파도에 휩쓸려 무너져 내릴지도 모른다. 경각심에 현우는 잠시 마우스를 놓고 천장을 올려다보았다. 가슴속은 슬픔이니 그리움이니 하는 화학물질로 넘쳐흘렀지만, 그와 대조적으로 머릿속은 어느새 차분함을 되찾았고, 심지어 냉철해지기까지 했다.

심정지를 유발하는 요소에는 여러 가지가 있다. 대표적인 것으로는 저체온, 저혈당, 저칼륨혈증 또는 고칼륨혈증, 긴장성 기흉, 외상, 약물 등을 꼽을 수 있다. 이러한 요소들 가운데 하나가 기영의 심장을 영원히 멈추게 했다. 그것을 알아내는 것이 현우가 할 일이었다.

간호기록지상에서 사인을 짐작하는 데 도움이 될 만한 정보는 없었다. 한 가지 의외인 점은 기영을 최초로 발견한 사람이 담당 간호사가 아닌 혜림이라는 것이었다. 로비로 내려오지 않는 기영을 찾으러 병실에 갔는데 숨이 멎어 있었다는 그녀의 진술이 건조하고 간결한, 병원에서의 문체로 기록되어 있었다.

담당 간호사인 민지가 살아 있는 그를 마지막으로 확인한 것은 오전 여덟 시 반, 수액을 교체하러 갔을 때였다. 그때부터 혜림이 병실에 찾아온 열한 시까지의 기록은 완전한 공백이었다. 죽음의 손길이 기영의 심장을 움켜쥔 시각은 그사이일 것이다.

현우는 주저 없이 검사 결과를 화면에 띄웠다. 사망 직전 시행된 검사에서 정상 범주에 속하지 않는 항목은 열 손가락으로 헤아리기 어려울 정도로 많았다. 백혈구, 적혈구, 헤모글로빈, 헤마토크릿부터 빌리루빈과 각종 전해질 수치까지. 차라리 정상인 항목을 세는 편이 수월해 보였다. 80대의 노인 환자인 만큼 당연하다고 할 수 있는 결과였지만 변수가 늘어나는 것은 어쩔 수 없었다.

현우로서는 2천 피스짜리 퍼즐을 눈앞에 둔 기분이었다. 게다가 지금은 시간제한마저 있었다. 이 상태로 다음 수술에 들어가면 어시스트를 서는 내내 기영의 사인에 대한 의문으로 눈앞의 환자에 집중하지 못한다. 거기에 생각이 닿자 침묵을 지키고 있던 전두엽의 뇌세포가 깨어나기 시작했다. 그는 이전의 검사 결과를 한눈에 파악하기 위해 배열 방식을 바꿨다. 그러자 사망 직전뿐 아니라 이전에 시행되었던 검사 결과가 떴다. 표는 낮은 수치를 나타내는 파란색, 높은 수치를 나타내는 붉은색으로 알록달록했다.

'이건 뭐야.'

현우의 눈길을 끈 것은 칼륨 수치였다. 정상 범주가 3.5-5.5mmol/L인 칼륨이 사망 직전 6.2mmol/L로 치솟아 있었다. 불과 네 시간 전 시행된 아침 정규 검사에서는 4.5mmol/L로 정상이었다. 입원 후 시행된 검사에서 칼륨이 최대치를 넘어선 것은 사망 직전, 한 번뿐이었다.

고칼륨혈증은 심정지를 유발하는 요소 중 하나다. 그것이 기영을 죽음으로 몰아넣은 걸까. 몇 시간 만에 비정상적으로 상승한 칼륨 수치를 보면서도 현우는 그 원인을 선불리 추측할 수 없었다. 이처럼 단시간에 환자의 전해질 수치가 변하는 경우는 드물었다.

고칼륨혈증을 부작용으로 가진 몇몇 약물에 대해서 배운 적이 있었다. 수많은 약물을 일일이 기억하지는 못했지만 대표적인 이름은 읊을 수 있었다. 안지오텐신 전환효소 억제제, 베타차단제, 스피로노락톤. 고혈압과 당뇨를 비롯해 온갖 지병을 짊어지고 살았던 기영은 분명 그런 약물에 피가 절어 있는 상태였을 테고, 그중 하나가 칼륨 수치를 상승시켰을 수 있다.

하지만, 하고 현우는 중얼거렸다. 평소 그런 약물들을 복용 중이었다면 오늘에야 그 부작용이 나타난 건 왜일까. 그가 기억하는 한 아침 회진이 끝나고 기영에게 뭔가를 처방한 적은 없었다. 김태주 교수가 특별한 지시를 내리지 않은 게 이유라면 이유였다.

처방 내역으로 들어간 현우는 머리가 빙글빙글 도는 기분을 느꼈다. 영문 명칭이 붙은 다양한 주사약과 수액이 화면을 가득 메우고 있었기 때문이다. 선배에게서 인계받은 루틴 세트를 긁어 처방하는 것에 익숙한 그로서는 당황스러웠다. 수술 후 항암치료를 받는 환자의 처방 세트에 이만큼 다양한 게 포함된 줄은 몰랐다. 기영이 입원한 그날, 그는 당일부터 퇴원 예정일까지의 처방을 미리 해 두었다. 이후 특별한 증상을 호소하는 경우에만 상황에 맞게 추가 처방을 하는 식이었다.

처방 내역에는 의사가 처방을 입력한 시간이 옆에 표기된다. 그 특성을 이용해 현우는 오늘 아침 기영에게 특별한 처방이 내려졌는지 쉽게 확인할 수 있었다. 그중에 한 가지 약물이 눈에 들어왔다.

디클로페낙, 1일 1회 2앰플

다른 처방이 모두 기영이 입원한 직후 입력된 것과 달리, 그 약물에 대한 처방은 사흘 전인 4월 6일 밤 11시 무렵에 내려져 있었다.

왠지 모를 공포에 현우는 온몸에 소름이 끼쳤다. 그는 전날과 그저께의 처방 내역도 확인했다. 거기에도 디클로페낙이 있었다. 모두 사흘 전에 내려진 처방이었다. 그가 기억하는 한 기영에게 디클로페낙을 처방한 적은 없었다.

비스테로이드성 소염진통제의 일종인 그것은 통증을 줄여 주는 한편, 하루에 2앰플에 해당하는 150mg의 고용량을 사용할 경우 심근경색과 뇌졸중의 위험을 높여 사용에 유의해야 하는 약물이었다. 특히 수십 년 전부터 심장질환을 앓은 기영에게는 금기였다. 게다가 이미 그에게는 페치딘 패치마약성 진통제의 일종를 처방해 둔 상태여서 따로 약물을 추가로 처방할 필요가 없었다.

'누가 이런 걸 처방한 거야!'

현우는 정신 나간 의사의 소행이라는 것을 확신하고 처방 의사의 이름에 시선을 던졌다. 그것을 본 순간 머리에 큼지막한 구멍이 뚫린 것처럼 아무 생각도 나지 않았다.

이현우

그의 이름 석 자가 화면에 박제돼 있었다.

텅 빈 탈의실의 벽에 기댄 채 현우는 핸드폰을 귀에 바짝 가져갔다. 언제 누가 들어올지 몰라 시선은 입구에 못 박아 둔 상태였다. 연결 음이 몇 번 울리더니 무미건조한 목소리가 핸드폰 너머에서 흘러나왔다.

[정보관리팀 계장 최철민입니다.]

“안녕하세요, 외과 레지던트 이현우라고 합니다.”

[무슨 일이시죠?]

“다름이 아니라, 총무과에 연락해 보니 여기서 전산 프로그램을 관리한다고 해서요.”

[그런데요?]

성가셔하는 말투에서 그가 이 상황을 그리 달가워하지 않는다는 것이 느껴졌다. 그렇다고 현우도 물러날 생각은 없었다.

“누가 제 아이디로 처방을 내린 거 같아서요.”

[선생님의 아이디로요?]

“예, 얼마 전에 알았습니다.”

핸드폰 너머에서 숨을 들이쉬는 소리가 들렸다.

[흔치 않은 일이군요.]

당연히 그럴 것이다. 그도 이런 일이 다른 동료에게 일어났다는 말은 들어 보지 못했으니까.

[선생님의 개인정보를 누군가 악용했다는 말씀인데, 짐작 가는 인물

은 있습니까?]

"제 건 외과 사람들만 알고 있습니다. 저는 잘 모르겠습니다."

아이디와 비밀번호는 외과 의국 내에서 자유롭게 공유된다. 물론 그것은 업무상의 편의를 위해서일 뿐 다른 목적이 있어서가 아니다. 게다가 처방이 내려진 사흘 전은 현우가 야간 당직을 선 날이었다. 그날 그가 아닌 누군가가 오후 열한 시경에 처방을 내렸다는 것은 말도 안 되는 일이었다. 외과 레지던트 모두 퇴근해서 병원에 남아 있지 않았고, 병원 외부에서는 OCS / EMR 프로그램에 접속이 차단되기 때문이다. 환자들의 처방을 확인할 수 있는 모바일 앱이 핸드폰에 깔려 있지만 그것은 열람용일 뿐 처방은 불가능하다.

현우는 문득 인턴 때 인계장에 레지던트의 아이디와 비밀번호가 적혀 있었던 게 기억났다.

"잠깐만요, 인턴도 알고 있습니다."

그러나 현우는 도무지 그 괴상한 행동에 대한 합리적인 이유를 생각해 낼 수 없었다. 최철민 계장이 짧게 한숨을 쉬더니 입을 열었다.

[저희가 한번 알아보겠습니다.]

"감사합니다. OCS / EMR에 접속한 기록이 남아 있을까요?"

[누가 열람했는지는 물론이고, 아이피 주소를 통해 병원 내 어느 위치에서 그랬는지도 알 수 있습니다. 선생님을 제외하고는 궁금해하신 분이 안 계셔서, 막상 찾아본 적은 없군요.]

"네, 정말 감사합니다."

[선생님 아이디를 불러 주시죠.]

현우가 아이디를 또박또박 말해 주었다. 마우스가 딸깍거리고 키보드 두드리는 소리가 나더니 그의 목소리가 들려왔다.

[대략적인 시간대를 말씀해 주세요.]

"4월 6일 오후 11시쯤이었습니다."

[…….]

머뭇거리는 그의 태도에 현우는 목이 타는 듯한 갈증을 느꼈다. 이윽고 상대가 입을 열었다.

[선생님 말씀이 맞네요. 오후 10시 56분에 접속한 기록이 남아 있습니다. 종료는 11시 6분에 돼 있는데, 이때 선생님이 사용한 게 아니란 말씀이시죠?]

"네."

빨라져 오는 심장 고동 소리에 현우는 더 이상 똑바로 서 있을 수 없었다. 탈의실의 소파 한쪽에 걸터앉아 마음을 단단히 먹었다. 설령 아는 사람의 이름이 나온다고 해도 절대 놀라지 말자고.

[확실히, 이전과 이후에 접속한 아이피 주소랑은 다르군요. 숫자를 알려 드려도 모르실 테니 컴퓨터 위치를 추적해 보겠습니다. 잠깐만 기다려 주세요.]

"네, 감사합니다."

조마조마했다. 핸드폰을 붙든 현우는 혹여 대답을 놓칠세라 귀를 쫑긋 세웠다. 또다시 키보드 두드리는 소리가 났고 잠시 후 핸드폰 너머가 고요해졌다. 계장이 전화를 끊은 게 아닌가 싶어 액정 화면을 봤지만 여전히 통화 중으로 되어 있었다. 지나치게 오래 지속되는 비정상적인 침묵에서 뭔가 의외의 사실이 나왔을지 모른다는 직감이 들었다. 이윽고 계장의 사무적인 목소리가 고요한 공기를 갈랐다.

[별관 연구동입니다. 외과 김태주 교수님의 연구실 컴퓨터인데요.]

"……."

그 이름을 듣자 호흡이 불규칙해졌다. 현우는 어느 때보다도 필사적으로 머리를 굴렸다. 김태주 교수가, 그것도 자신의 아이디를 도용해 황기영 환자에게 디클로페낙을 처방해야 할 이유가 있는 걸까. 현우는 문득 자신에게 원한을 품은 누군가가 악질적인 장난을 치는 게 아닌가 싶었다. 그러나 교수 연구동의 모든 연구실에 비밀번호가 설정되어 있는 것을 고려하면 가능성은 제로에 수렴한다. 그런 위험을 감수하면서까지 할 만한 일이라는 생각은 들지 않았다.

[선생님? 이현우 선생님?]

"네, 죄송합니다."

[이상하네……. 시스템에 에러가 났을지도 모르겠군요.]

김태주 교수가 했을 리 없다는 듯 태연한 말투였다. 전화를 끊은 뒤 현우는 불길한 기운이 고개를 쳐들고 마음 구석구석을 뒤흔들어 놓고 있음을 알아차렸다. 원인은 한 가지였다. 태주의 이름을 들은 뒤부터 그의 험악한 얼굴이 머릿속에 선명히 각인되어 떠나가지 않았기 때문이다.

현우는 이러다 어느 순간 의국 침대에서 잠에서 깨어나는 건 아닐까 생각했다. 지금 일어나는 일들 전체가 기묘한 꿈만 같았다.

여전히 고칼륨혈증의 원인은 뚜렷하게 밝혀지지 않았다. 물론 디클로페낙 역시 고칼륨혈증을 부작용으로 가지고 있다는 점에서 의심해 볼 수는 있다. 그러나 처방 내역을 다시 확인한 결과 한 가지 문제가 발견되었다. 그날 아침 디클로페낙의 처방은 접수나 실시가 아닌 발행 상태였다. 즉, 처방만 내려졌을 뿐 약물의 투여는 되지 않은 것이다. 문제는 원점으로 돌아갔다.

현우는 간호기록지를 다시 훑었다. 그러다 한 줄의 기록을 보고 모골이 송연해지는 것을 느꼈다. 담당 간호사 최민지가 수액을 교체하러 온 게 오전 여덟 시 반이었다. 도저히 이때가 아니고서는 불가능하다는 생각이 들었다. 조금 전에는 왜 눈치 못 챘는지 답답할 지경이었다.

처방 내역에 따르면 교체한 수액은 0.9% 염화나트륨, 즉 생리식염수였다. 그러나 수액 팩에 담겨 있었던 수액의 실제 성분은 그게 아니었을 수 있다. 희박한 확률로 수액의 라벨링이 잘못되었거나 이물질이 혼합되어서 병동으로 올라올 수 있다는 것을, 현우는 잘 알고 있었다.

그런 한편으로 머릿속에서는 어떤 가능성이 불쑥 고개를 내밀었는데, 그것이 너무나 끔찍한 생각이어서 도저히 사실이라고는 믿을 수 없었다. 입 밖에 내기도 어려운 그 생각을 떨쳐 내려 머리를 흔들면서도, 그는 어쩌면 그것이야말로 기영의 죽음과 밀접한 연관이 있는 게 아닌가 하는 의문에 사로잡혔다.

'누군가 수액에 조작을 가했을 가능성은 없을까?'

4.5mmol/L에서 6.2mmol/L로 급격히 증가한 혈중 칼륨 수치가 그런 의문을 부채질했다. 설령 라벨링이 잘못되어 생리식염수가 아닌 염화칼륨 수액이 기영에게 투여되었다고 해도, 단시간에 그 정도 수치의 변화는 비현실적이었다. 이런 변화를 일으키려면 고농도 칼륨 용액의 투여가 필수적이었다.

현우는 문득 수액을 조작하는 것만큼 환자의 상태를 손쉽게 악화시키는 방법도 없다는 생각이 들었다. 수액 팩의 용기에 쓰인 성분명을 하나하나 의심하는 사람은 없다. 그런 식으로 의심을 하기 시작하면 병원 생활에 적응할 수 없기 때문이다. 악의를 품은 누군가가 그런 환자와 의료진의 심리를 역으로 이용한다면 어떻게 될까. 현우는 상상만으로도 가슴이 뒤틀리는 것 같았다.

예전에 어느 뉴스에서 본 적이 있었다. 계면활성제를 수액에 주입해 불특정 다수의 입원 환자를 살해한 사건이었는데, 그때는 외국에서 일어난 일이라 먼 나라 얘기로 치부하고 더는 관심을 두지 않았다.

병원 밖에서 누군가 예기치 않게 사망하는 경우에는 부검을 시행한다. 그러나 병원 안에서 환자복을 입은 누군가가 사망하는 경우에는 특별한 상황이 아닌 이상 병사 처리된다. 경찰 측에서도 건드리지 않는다. 병원에서 세상을 떠나는 환자들의 사인을 일일이 확인하려면 업무 강도가 만만치 않게 높아지기 때문이다. 병원이야말로 살인을 꿈꾸는 자들에게는 안성맞춤인 장소인 것이다.

수액에 조작을 가하는 것은 주사기만 가지고 있으면 누구나 할 수 있는 일이다. 그런 만큼 용의자를 의료진만으로 한정하기에는 무리가 있었다. 현우는 수액 팩이 어떤 식으로 관리되는지 정확하게 알지 못했다. 평소 그런 걸 알아야 하는 이유도, 알고 싶은 마음도 없었다. 다만 그는 약제팀에서 마련된 수액 팩이 각 병동의 물품 보관실로 옮겨지고 이후 환자에게 제공되는 방식일 거라 추측하고 있었다.

따라서 조작은 세 곳에서 이뤄질 수 있었다. 약제팀, 물품 보관실, 환자들의 병실. 앞의 두 곳에서 조작이 일어났다면 약사나 의료진의 소행이고, 병실에서 조작이 일어났다면 환자나 보호자도 용의자다. 보는 눈이 많은 병실은 가능성이 다소 떨어지기는 하지만 말이다.

현우는 외과 레지던트 1년차다. 수액의 조작이 어디서 일어났는지 CCTV로 직접 확인하기에는 시간이 턱없이 부족했다. 게다가 지금은 정말로 조작이 있었는지 사건성 유무조차 백 퍼센트 장담할 수 없었다. 확인하려면 기영을 담당했던 민지에게 수액의 보관 방식 등을 자세히 물어보는 것이 가장 좋겠지만, 그랬다가 그가 이상한 걸 묻고 다닌다는 소문이라도 떠돌면 난감해진다. 게다가 간호사야말로 수액을 조작하기에 가장 손쉬운 위치에 있는 만큼 기분 나빠할 수도 있다.

'어르신, 죄송해요…….'

어쩌면 기영의 사인을 알아낼 수 없을지 모른다는 생각에 현우는 죄책감을 느꼈다. 남아 있는 일이 산더미처럼 쌓여 있는 마당에 언제까지 여기에 매달려 있을 순 없었다. 마음의 짐을 떨쳐 내려는 요량으로 그는 커서를 움직여 퇴원 환자 목록의 날짜를 일주일 전으로 설정했다. 그런 다음, 과를 외과에서 전체로 바꿔 설정했다. 그러자 일주일간 퇴원한 200여 명의 명단이 떴다. 그 가운데서 이름에 붉은 표시가 되어 있는 사람들은 열 명도 채 되지 않았다. 일주일간 사망한 사람 숫자치고는 적었다.

만약 수액의 조작이 일어났다면, 기영뿐 아니라 다른 환자들에게도 유사한 변화가 나타났을지 모른다. 그런 생각으로 현우는 일주일간 사망한 환자들의 검사 결과를 살펴보기로 했다. 여기서 아무런 이상이 없다면 더는 의심하지 말고 관두자는 생각이었다. 어떤 면에서는 자신에게 면죄부를 쥐어 주려는 자기합리화이기도 했다.

처음 일곱 명의 환자에서는 혈중 칼륨 수치 변화가 거의 없었다. 스크롤 바를 내리던 그의 눈에 아는 이름이 들어왔다.

윤슬기

한 번도 인사조차 나눠 보지 못하고 떠나보낸 그 아이를 이런 식으로 다시 마주하게 될 줄은 몰랐다. 현우는 씁쓸한 마음에 한숨을 내쉬며 검사 결과를 화면에 띄웠다. 무심코 칼륨 수치를 바라본 그의 입술이 천천히 벌어졌다.

대학병원 주치의에게 내과 의사는 하늘과 같은 존재다. 환자의 상태가 급변할 때 가장 먼저 찾게 되는 이가 그들이기 때문이다. 그런 면에서 내과 의국은 신전이라고 부를 수 있다. 다른 과는 범접할 수 없는 신성하고 고고한 분위기가 실내에 흐른다. 학구적인 열정과 함께 사람을 살리는 과라는 자부심이 가득한 레지던트들이 밤낮을 가리지 않고 일한다.

내과 의국 앞에 선 현우는 목욕재계하는 기분으로 심호흡을 했다. 외과 의국보다도 많이 드나들어 집 같은 안락함을 느낄 법도 한데 좀처럼 익숙해지지 않았다. 노크하고 들어가자 눈에 불을 켜고 일에 집중하는 내과 레지던트들이 시야에 들어왔다. 의무기록을 작성하거나 처방을 내리는 그들 가운데 한 사람도 그를 돌아보지 않았다.

그중 나리가 있었다. 다들 숨 쉬는 걸 잊었는지 숨소리조차 들리지 않는 신전에서 현우는 발소리가 나지 않도록 조심스럽게 다가갔다. 그의 기척을 느낀 듯 모니터에 박혀 있던 그녀의 시선이 그에게로 옮겨졌다.

"현우네?"

"네, 누나. 저…… 보여 드릴 게 있는데요."

"뭔데?"

현우는 말없이 책상에 종이 한 장을 살며시 내려놓았다. 미리 출력해 둔 슬기의 혈액검사 결과였다. 그걸 집어 들고 들여다보던 나리가 상냥한 미소를 머금고 고개를 갸웃거렸다.

"이걸 왜 보여 주는지 잘 모르겠는데. 뭔지 설명해 줄래?"

"슬기가 죽기 직전에 시행한 검사예요."

나리의 얼굴이 급격히 어두워졌다. 종이를 두 손으로 든 그녀가 채점된 시험지를 막 받아 든 학생처럼 주위를 힐끔거렸다. 무의식적으로 그녀의 눈길을 따라간 현우의 등골이 서늘해졌다. 수십 개의 눈이 그들을 차갑게, 비난하듯 쳐다보고 있었다. 그녀가 가운을 걸치며 자리에서 일어났다.

"나가서 말하자."

"네."

의국 문을 닫고 돌아선 현우는 상상도 못 한 장면을 맞닥뜨렸다. 눈을 매섭게 치켜뜬 나리가 종이를 구겨 버린 것이다. 그는 자신의 두 눈을 믿을 수 없어 멍하니 바라보기만 했다. 어금니가 딱딱 부딪치는 소리가 나고 두 팔은 막대기처럼 경직되었다. 이토록 거친 반응은 평소의 그녀와는 어울리지 않았다.

"이현우."

"네, 누나."

나리의 딱딱한 말투에서 따스함이라고는 손톱만치도 느껴지지 않았다. 현우는 자신이 뭔가 단단히 착각하고 있었다는 것을 깨달았다. 슬기의 검사 결과에 이상한 점이 있다는 걸 알려 주면 함께 의견을 교환해 이 사태를 파헤쳐 나갈 수 있으리라 생각했다. 그런데 그것은 그의 희망일 뿐 그녀에게는 다시 떠올리고 싶지 않은 기억일 뿐이었나 보다.

"너 나 엿 먹이려고 온 거야? 응? 그런 거야?"

얼굴이 새빨개진 나리가 소리를 죽여 외쳤다. 동아리 시절 현우가 크고 작은 실수를 했을 때도 가만히 웃으며 위로해 주던 그녀였다.

"누나, 그런 게 아니고요."

"현우야, 내가 너를 얼마나 아꼈는데, 너는……."

몸에 징그러운 거미라도 달라붙은 듯 나리의 몸이 부들부들 떨렸다. 현우 역시 그녀의 예민한 반응에 당혹감을 감추지 못했다. 하지만 그는 애써 차분한 어조로 설명했다.

"누나, 진정하세요. 저는 누나랑 의논하려고 온 거예요. 우리 병원에서 일어나고 있는 살인 사건에 대해서요."

"뭐? 살인 사건? 그게 무슨 소리야?"

나리의 눈꺼풀이 파르르 떨렸다. 그녀의 우아한 얼굴은 분노와 황당함으로 일그러진 상태였다.

"슬기의 혈중 칼륨이 높아진 거…… 누나도 알고 계셨죠?"

"그게 어쨌다는 건데?"

나리가 기막히다는 듯 그를 바라봤다.

"사망진단서에는 병사라고 기재돼 있어서요. 저는 누나가 혹시 착각……."

나리가 그의 말을 끊었다.

"무슨 착각? 칼륨이 높아지면 병사가 아니라고 누가 그래?"

"아침까지만 해도 칼륨 수치가 멀쩡했는데 몇 시간 만에 1.8mmol/L가 높아졌어요. 그럼 당연히……."

또다시 그의 말이 중간에 끊어졌다.

"뭐가 당연해. 너는 그게 누가 약물을 주입해서라는 거야? 참, 웃긴다. 현우야, 다른 이유는 얼마든지 있어. 수혈을 받다가 그렇게 될 수도 있고, 근육이 조금만 파열돼도 그럴 수 있어."

"그럼 슬기는 왜……."

"스트레스로도 혈중 칼륨 수치는 높아져. 슬기, 걔가 우리한테 말은 못 해도 얼마나 답답하고 스트레스받았겠어. 왜 그걸 멋대로 생각해서 소설을 쓰는지, 난 잘 모르겠어."

"누나, 실은 그런 분들이 더 계세요. 오늘 돌아가신 황기영 님도 그렇고요. 또."

눈을 질끈 감은 나리가 양손으로 귀를 틀어막았다. 더 이상의 대화는 거부한다는 강력한 의지가 담긴 행동이었다. 무기력해진 현우는 말을 중단했다. 잠시 후, 눈을 뜬 그녀가 그를 똑바로 바라보고 결심한 듯 입을 열었다.

"현우야, 이 말은 안 하려고 했는데, 요즘 너…… 옛날의 너답지 않다는 얘기가 들려와. 가끔은 진짜 딴사람처럼 보인다더라. 나도 그렇게 느꼈고."

"……."

눈을 내리깐 나리가 냉정하게 그를 스쳐 지나갔다. 누나, 하고 부르는 현우의 외침에는 전과 달리 그녀를 돌아보게 하는 힘이 없었다.

나리의 말에도 일리는 있었다. 환자의 죽음에 얽힌 진실을 파헤치는 것은 그답지 않은 행동이었다. 이전의 그라면 생각조차 하지 못했을 일이다. 늘 안정을 추구하고 변화나 모험을 피해 왔던 그의 삶에서 지금의 행동은 엄청난 일탈에 속했다.

현우는 병원에 입사한 뒤로 이처럼 비참하고 고립된 느낌이 든 적이 없었다. 학생 때부터 변함없이 신뢰를 주고받던 나리와의 관계가 틀어진 지금, 그는 소중한 사람에게 상처를 줬다는 슬픔과 죄책감으로 마음이 불편했다. 갑자기 어둡고 칙칙한 것이 머릿속으로 기어들어 왔다. 이번 사건을 수월하게 해결할 수 있으리라는 기대는 이미 달아나 버린 상태였다. 그는 자신을 둘러싼 상황이 이전과는 비교할 수 없을 만큼 급속도로 나쁜 방향으로 치닫는 듯한 불안감에 휩싸였다.

가장 먼저 떠오른 사람은 수아였다. 어젯밤 헤어지기 전까지도 어머니에 대한 의심을 내려놓지 않았던 그녀에게 새로운 사실을 알려 주고 싶었다. 그녀가 오랜 시간 떠안았던 공포와 두려움, 배신감, 이 모든 것을 단번에 날려 버릴 수 있는 정황 증거가 그의 손아귀에 있었다.

나리를 찾아가기 전의 일이었다. 현우는 기영과 슬기에게서 공통적으로 나타난 혈중 칼륨의 변화에서 단서를 얻어 다른 피해자가 있는지 확인하는 작업에 몰두했다. 기간을 한 달 전으로 확대해 사망 환자들의 의무기록을 몇 개 훑었지만, 양적으로 많아 일일이 확인하기에는 시간이 부족했다. 당직 시간에 여유가 생기면 찾아보려다 혹시 모른다는 생각에 수아 아버지의 의무기록을 다시 열어 보았다.

처음에는 주의 깊게 살펴보지 않아 놓쳤던 부분이 이번에는 명확히 보였다. 앞선 두 환자와 달리 한재훈 환자는 혈중 칼륨이 아닌 나트륨의 농도가 비정상적으로 상승했다. 사망 당일 오후에 143mmol/L이던 혈중 나트륨이 사망 직전 검사에서는 147mmol/L로 증가한 것이다. 칼륨이 아닌 나트륨이라는 점은 다르지만 본질적으로는 같은 문제라고 현우는 생각했다. 수액에 투여한 용액의 종류가 다를 뿐 병동의 누군가가 수액에 용액을 주입한 것은 이제 부정할 수 없는 사실이었다.

그러나 지금의 현우에게 중요한 것은 누가 그랬느냐가 아니었다. 수아의 오해만 풀 수 있다면 범인이 누구든 상관없었다. 이 시점에서는 수아의 어머니가 범인이 아니라는 것, 그 사실만이 중요할 뿐이었다.

우습게도 그는 수아가 대학생이라는 사실을 잊어버리고 있었다. 병실에 들어선 현우는 노트북으로 작업하는 그녀를 보고서야 자신이 그녀에 대해 아는 게 터무니없이 적다는 것을 깨달았다. 대학교에서 무엇을 전공하는지, 어떤 취미를 가졌는지, 좋아하는 가수는 누구인지, 최근 재밌게 본 영화는 무엇인지. 소개팅에서 만났다면 몇 분도 걸리지 않고 알아냈을 사소한 정보들을 현우는 전혀 알지 못했다. 그녀에 대해 아는 거라고는 아버지가 혜성대학교병원에서 돌아가셨고, 그날 이후로 어머니를 증오하게 된 것 정도가 전부였다.

현우는 그녀에 대한 기본적인 정보도 알지 못하고 지나치게 사적인 영역에 발을 담근 이 상황이 신기하기도 했고, 그럼에도 자꾸만 그녀에게로 기울어 가는 자신의 마음이 부끄럽기도 했다. 그러나 지금 그녀를 도울 수 있고, 그녀의 곁에서 힘이 되어 줄 수 있는 이는 그뿐이었다. 그 이유만으로도 현우는 그녀의 곁에 있어 주는 것을 포기할 수 없었다.

현우의 기척을 느낀 수아가 고개를 들었다.

"선생님!"

희미한 미소가 그녀의 한쪽 뺨에 새겨졌다.

"기침은 좀 어때?"

"괜찮아요."

그 한마디로 수아가 어젯밤의 일에 대해 얘기하고픈 생각이 없다는 것을 알 수 있었다. 초면이지만 술기운에 젖어 밤새도록 수다를 떨던 사람들이 잠에서 깨어나면 어색해하는 것과 마찬가지였다. 어젯밤의 일은 두 사람을 급속도로 가까워지도록 촉매의 역할을 해 준 한편, 수아로서는 감추고 싶은 비밀을 공유한 것이기에 둘의 관계를 언제든 소원하게 만들 수 있었다.

"과제 하는 거야?"

"네, 다음 주 월요일까지 낼 리포트예요."

수아의 퇴원 예정일은 내일이다. 그런 만큼 이곳에 있는 동안 잃어버린 시간을 메우기 위해 노력하는 것은 당연했다. 현우는 씁쓸한 마음을 속으로 삼킬 수밖에 없었다. 그녀가 퇴원하기 전에는 어떻게든 아버지의 죽음에 대한 진실을 알려 주겠다고 호언장담했기 때문이었다.

"얘기할 게 있어서 왔어. 잠깐 밖으로 갈래?"

"어떤……."

말끝을 흐린 수아가 네, 라는 말과 함께 자리에서 일어났다. 그의 눈에서 발산되는 진지한 기운이 전달된 듯했다. 둘은 일정한 간격을 두고 떨어져서 복도를 걸어갔다. 병원 내 온갖 루머의 진원지인 간호사들의 레이더망에 걸려들지 않으려면 그 방법이 최선이었다. 비상계단에 이르자마자 누가 먼저랄 것도 없이 입을 열었다. 있잖아, 하는 현우의 말이 수아의 들뜬 목소리에 묻혔다.

"뭔가 알아내셨어요?"

그렇게 묻는 수아의 눈에는 기대의 빛이 어려 있었다. 현우는 계단 위아래를 살펴 아무도 없는 것을 확인한 다음 조심스럽게 이야기를 시작했다.

"오전에 한 분이 돌아가셨어. 8병동에 계시던 분이었는데……."

현우의 말이 이어지는 동안 수아는 간간이 고개를 끄덕이는 것 외에는 입도 뻥긋하지 않았다. 햇살만큼이나 밝던 그녀의 얼굴은 이야기가 계속될수록 어두워지더니 끝날 때가 되어서는 급기야 청색증이 온 것처럼 창백해지고 두려움과 공포로 물들었다. 그가 제시한 가설이 그녀에게 상상하기조차 싫은 악몽을 선사한 게 분명했다. 현우는 그런 그녀를 걱정스러운 눈빛으로 바라봤다.

"괜찮아?"

"아…… 선생님."

수아의 눈에 고통의 구름이 짙게 드리웠다. 그녀는 더 이상 서 있는 것조차 힘에 부치는지 비틀거리다가 문에 등을 기댔다. 링거대를 붙잡은 그녀의 손이 반쯤 풀린 채 덜덜 떨렸다.

현우는 괜한 이야기를 꺼낸 걸까 하는 후회가 밀려왔다. 아버지의 죽음에 어머니는 무관하다는 것을 강조하려는 의도였는데 그 예상이 보기 좋게 빗나갔다. 누구의 눈에도 띄지 않고 병동을 돌아다니는 살인마가 있고, 그 살인마가 아버지도 죽였을지 모른다는 생각은 그녀가 감당하기에 버거우리라는 것을 간과해 버렸다.

"이거 다른 분들도 아세요?"

경악의 빛이 떠오른 수아의 눈동자가 사태의 심각성을 드러냈다. 그가 제기한 의문을 단칼에 잘라 버린 나리와는 대조적이었다.

“알렸는데…… 그렇게 생각하는 내가 이상하대.”

“그럼 경찰에 신고해야 하는 거 아니에요?”

“아직은 일러. 지금은 합리적 의심 단계고, 좀 더 알아봐야 해.”

“잠깐만요.”

수아가 말을 멈추고는 그를 바라보더니 시선을 딴 데로 돌렸다. 뭔가 말하고 싶은 게 있는데 망설이는 눈치였다. 그녀가 주저하듯 입을 열었다.

“그럼, 엄마는…….”

수아는 더 이상 말을 잇지 못했다. 이제야 그녀도 어머니가 아버지의 죽음과 관계없다는 명백한 사실을 알아차린 모양이었다.

“엄마는 왜, 그날…….”

혼란스러워하는 수아의 모습은 길을 잃은 미아를 연상케 했다. 사정없이 흔들리는 그녀의 마음이 현우에게는 손에 잡힐 것처럼 느껴졌다. 그날 밤 병원 로비에서 마주쳤던, 어머니를 닮은 의사는 누구였을까. 그녀의 마음에도 그런 의문이 떠오른 게 분명했다. 그는 그 질문에 대한 적절한 대답을 찾아낼 수 없었다.

아마 네 착각이었을 거야, 라는 말이 혀끝에서 맴돌다가 사라졌다. 현우는 아무 말 없이 수아의 어깨에 손을 얹었다. 그렇게 하면 그녀의 슬픔을 나눠 가질 수 있기라도 하듯.

현우는 8병동 간호 스테이션을 정면으로 바라보고 섰다. 고함지르는 환자와 보호자, 정신없이 돌아다니는 간호사들 때문에 동물원에 온 기분이었다. 최민지 간호사는 새로 입원한 노인 환자의 키와 체중 측정을 마치고 문진하고 있었다. 그녀의 비쩍 마른 얼굴에서 평소와 다른 기미는 느껴지지 않았다. 불안감이나 이상한 기운 같은 것도 없었다. 아침에 자신이 교체했던 수액이 기영에게 어떤 결과를 초래했는지에 대해서는 꿈에도 모르는 낌새였다.

현우는 이곳에 도착하면 바로 민지에게 수액에 관해 단도직입적으로 물어보려고 했다. 그러나 태연한 그녀의 표정을 보자 그런 마음은 금세 자취를 감췄다. 역시 그녀는 아무것도 모른다는 생각이 들었기 때문이다. 괜히 수액에 대해 자세히 물었다가는 좋지 않은 소문이 퍼질 위험이 있었다. 특히 입이 가볍고 발랄한 성격의 민지는 간호사들 사이에서 수다의 중심에 있기에 더욱 위험했다.

현우는 간호 스테이션 주위를 돌아다니며 정찰했다. 우선 CCTV가 어디에 있는지부터 알아내고 싶었다. 중앙복도에서 병동으로 들어오는 출입문 근처, 병실과 간호 스테이션 사이 복도, 간호 스테이션 내부에 하나, 이렇게 총 세 개가 있었다. 물품 보관실의 내부에는 예상대로 CCTV가 없었다. 그리로 향하는 사람의 얼굴은 식별할 수 있을 테지만 안에서 무슨 일이 일어났는지 확인할 길은 없을 터였다.

현우는 수액이 정확히 어디에 보관되어 있는지 확인하기 위해 물품 보관실로 들어가 보았다. 예상대로 수액 팩은 수납장 안에 수북이 쌓여 있었다. 각종 처치용 약물 앰플도 작은 서랍에 들어 있었는데, 혈중 칼륨 농도를 높일 수 있는 염화칼륨도 거기에 있었다. 심지어 찾기 쉽게 각 서랍의 앞에 약물의 이름을 기입한 라벨이 붙여진 상태였다. 확실히 누구나 마음만 먹으면 들어와서 조작할 수 있을 만큼 물품 보관실은 위험에 무방비 상태로 노출되어 있었다.

무거운 발걸음으로 간호 스테이션을 나선 현우는 모퉁이를 돌다가 백주희 간호사와 맞닥뜨렸다. 그를 알아본 그녀가 앗, 하는 소리를 내며 걸음을 멈췄다. 현우도 놀라서 몸을 움찔했다. 하마터면 부딪칠 뻔했다는 생각에 아찔했다. 그녀가 여느 때와 같은 소심한 눈빛으로 머뭇거리며 인사했다.

"현우 쌤, 안녕하세요."

아무리 평범한 말도 그녀의 입에서 나오면 어색하게 느껴진다. 현우도 멋쩍게 웃으며 가볍게 인사를 날렸다.

"네, 안녕하세요."

그렇게 더 이상의 대화 없이 지나가려던 순간, 몇 시간 전에 보았던 광경이 그의 머릿속을 스쳤다. 스테이션의 테이블에 홀로 앉아 눈물을 흘리던 주희의 모습. 자신이 담당한 환자가 아님에도 슬퍼하던 그 모습이 현우의 마음을 끌어당겼다. 문득 그는 주희야말로 속을 터놓을 수 있는 상대가 아닐까 생각했다. 평소 말수가 적고 간호사들 사이에서 겉도는 느낌의 그녀라면, 특별히 소문이 날 염려 같은 건 하지 않아도 될 것 같았다. 그가 지나가는 투로 넌지시 물었다.

"주희 쌤, 8병동은 요즘 특별한 일 없어요?"

"네? 무슨 일 말씀이신지……."

주희가 고분고분하게 두 손을 앞으로 모은 채 말했다.

"물품 보관실 말인데요."

"네……."

주희가 그의 의중을 모르겠다는 듯 고개를 기울였다. 현우는 더 이상

변죽을 울리지 않기로 마음먹었다. 어차피 한 번은 넘어야 할 산인 만큼 그녀에게 묻는 것이 지금으로써는 최선이었다.

"낯선 사람이 들어간다거나, 약물이 없어진다거나 그런 거요. 본 적 없어요?"

"네에?"

주희의 눈이 동그래졌다. 어이가 없다는 표정이었다.

"저는…… 무슨 말씀이신지 잘……."

현우는 그녀가 이상하게 생각하지 않도록 미끼를 던졌다. 아무래도 그런 은밀한 정보를 자신에게 알려 주기는 쉽지 않을 거란 생각이 든 것이다.

"딴 병동에서는 종종 그런 일이 있다더라고요. 아까도 9병동 쌤한테 들었거든요."

"아아, 네……."

주희가 뭔가를 생각하는 듯하더니 고개를 갸우뚱했다.

"저희는 그런 일…… 없었던 거 같아요."

현우도 더는 캐묻지 않고 그녀의 말을 받아들였다. 주희의 초롱초롱한 눈빛에서 그녀가 사실만을 말한다는 게 전해져 왔다.

"알았어요. 고마워요."

현우는 그 말만을 남기고 비상계단으로 향했다.

*

오후 회진은 별 탈 없이 무사히 마쳤다. 회진 때마다 폭격기처럼 질문을 쏴 대는 태주의 공격도 오늘은 큰 위기 없이 막아 냈다. 취약 지점에 대한 방어 전략을 조기에 잘 수립해 놓은 것이 주효했다.

태주를 엘리베이터 앞까지 에스코트하던 그때 현우의 머릿속에서 희미한 기억이 꿈틀거렸다. 깊은 곳에 있던 기억이 표면으로 떠오른 것과 동시에 그는 8병동 처치실로 돌아가 있었다. 기영의 차가운 손, 메마른 육체, 부러진 갈비뼈, 반들거리는 가슴, 공허한 눈동자. 의식과 무의식의 경계에서 유영하던 그를 의식의 세계로 끌어당긴 것은 태주의 호통이었다.

"자네, 지금 뭐 하나?"

정신을 차린 현우는 몇 미터 앞에서 험악한 눈길로 쳐다보는 태주를 발견했다. 모든 것을 꿰뚫는 듯한 눈빛에 온몸의 세포가 투명해진 기분이었다. 결국, 그는 충동을 이겨 내지 못하고 그 이름을 입 밖에 냈다.

"황기영 님에 대해 여쭙고 싶은 것이 있습니다."

"갑자기 그 환자는 왜……. 아무튼 말해 보게."

태주의 날카로운 눈빛이 그를 향했다.

"황기영 님이 돌아가시기 직전 시행된 검사에서 혈중 칼륨 수치가 높게 나왔습니다. 아침 정규 검사에서는 정상이었던 수치가 6.2mmol/L로 증가했습니다."

"그래서?"

"실수했을지 모른다는 생각에 처방 내역을 확인했습니다. 거기에…… 디클로페낙이 있었습니다."

"……."

태주의 얼굴에 동요하는 기색이 역력했으나 그런 표정도 곧 가면 뒤로 숨어 버렸다. 현우가 말을 이었다.

"누가 제 아이디로 처방을 내렸더라고요. 제 기억에는 없던 일이어서 정보관리팀에 문의했습니다. 거기서 별관……."

순간 태주가 그의 말을 끊고 신랄하고 매몰찬 어조로 받아쳤다.

"이현우 선생, 나를 심문하는 건가? 그래, 내가 디클로페낙을 처방했네. 회진 때 누차 말해도 자네가 말귀를 못 알아먹어서 내가 했어. 그게 잘못됐나?"

현우는 교묘하게 책임을 전가하는 그의 위선에 치가 떨렸다. 그가 기억하기로 태주가 회진에서 디클로페낙을 처방하라는 말을 한 적은 없었다. 그러나 태주가 그런 말을 했다고 주장하면 거짓말을 한 사람은 현우가 되어 버린다. 일개 레지던트가 교수와의 싸움에서 이기는 것은 불가능하다. 그 명백한 사실을 알면서도 그는 다시 입을 열었다. 확인하고 싶은 게 남아 있어서였다.

"제 아이디로 처방하신 이유가…… 궁금합니다."

"선생한테 망신 주고 싶지 않았네. 전화를 걸어서 왜 똑바로 하지 않았냐고 문책할 수도 있었지만 그러지 않았어. 자네가 나중에라도 내 이름을 보고 얼마나 놀랄지 생각하니 마음이 약해지더군. 이봐, 선생은 나한테 감사하다는 말은 못 할망정 어떻게 이럴 수 있나? 배은망덕도 유분수지."

"……."

혀를 차는 태주를 보며 현우는 분노에 가까운 감정을 느꼈다. 자신이 회진 때 정말로 그의 말을 제대로 듣지 못했거나 태주의 말이 거짓이라는 것, 둘 중 하나는 명백한 사실이었다.

"사람은 고쳐 쓰지 않는다는 말, 들어 봤나?"

"예, 교수님."

"그건 자네를 두고 한 말이네."

가차 없는 그의 독설이 현우의 가슴에 비수처럼 꽂혔다. 부당하다는 반발심이 고개를 치켜들었지만 이내 시든 꽃처럼 아래로 기울었다.

"선생은 날 실망시켰어. 내 기대를 밟아 버렸단 말일세."

태주가 과장된 제스처로 열변을 토했다.

"나 때는 말이야, 전공의나 펠로우가 감히 교수랑 눈도 못 마주쳤네. 요즘은 세상이 평등, 권리 이딴 말을 지껄여서 교수 권위가 말이 아니게 돼 버렸어. 전공의란 놈들은 하나같이 로딩이 많다, 주 80시간을 지켜야 한다, 이런 시시껄렁한 변명을 늘어놓으면서 어떻게든 일을 적게 하려고 하지. 컨퍼런스 준비는 대충 해 놓고 교수가 질문하면 잘 모르겠습니다, 이딴 뻔뻔하고 염치없는 말을 죄책감 없이 한다 이 말이야."

태주의 뻣뻣한 목 위로 혈관이 튀어나왔다.

"선생, 내 말 알아듣겠나?"

"네, 교수님."

"이현우 선생은 왜곡된 사고방식을 가진 거 같아. 자네의 본분은 외과 레지던트로서의 일을 하는 거야. 그런데 뭘 했는가 곰곰이 생각해 보게. 컨퍼런스에 지각하고, 북 리뷰 준비를 하지 않았어. 회진은 주먹구구식으로 대충 넘어갔고, 그것도 모자라 타과 환자의 의무기록을 열람하다 적발됐지. 회진 때 내 말을 흘려듣고 처방에 구멍을 냈어. 기껏 도와줬더니 한다는 짓이, 정보관리팀에 연락한 거야. 그것도 업무 시간에 말이지."

"……."

"선생을 어떻게 하면 좋을까? 일단 자네 의견이 궁금한데."

팔짱을 낀 태주가 비꼬는 어조로 말했다. 현우는 묵묵히 입을 다물고만 있을 뿐 더 이상 대꾸하지 않았다.

"말로 하는 것에도 한계가 있어. 내일이 무슨 날인지는 자네도 알겠지."

"네, 알고 있습니다."

매주 금요일 아침, 별관 화상회의실에서는 Surgical Grand Round, 줄여서 SGR이라고 불리는 좌담회가 열린다. 대장항문외과를 비롯한 외과의 모든 세부 전공 사람들이 모인 앞에서 연사가 특정 주제에 대해 발표하는 형식으로 진행된다.

"내일 이현우 선생에 대한 논의가 이뤄질 걸세. 아무래도 안 되겠어. 요 며칠 사이 자네가 나한테 지적받은 걸 생각해 보게. 하나하나가 대수롭지 않게 넘기기에는 크단 말이야. 이 나이쯤 되면 후배들이 어떤 의사가 될지 눈에 훤히 보여. 자네는…… 써전이 되기에는 싹수부터 글러 먹었어. 자네 같은 전공의는 차라리 없는 게 나아. 그게 나의 생각이네."

"……."

무지막지한 충격에 입도 뻥긋할 수 없었다. 현우는 태주가 쏟아 내는 분노에 완전히 압도당했다.

"오늘 선생이 했던 말…… 두고두고 후회하게 해 주지."

그 말을 남기고 돌아선 태주는 뒤도 돌아보지 않고 엘리베이터로 걸어갔다. 흔적도 없이 증발해 버리고 싶다. 현우의 머릿속은 온통 그 생각뿐이었다.

의국으로 돌아온 현우는 조금도 지체하지 않고 모니터 앞에 앉았다. OCS / EMR 프로그램에 로그인한 그는 황기영 환자를 목록에서 찾아내 검사 결과를 화면에 띄웠다. 혈관을 따라 퍼진 피로가 온몸을 점령한 상태였지만 그를 방해하기에는 역부족이었다. 지금의 그를 움직이는 동력은 어설픈 정의감이나 분노가 아니었다. 생존에 대한 본능적인 위기감이었다.

SGR에서 현우의 거취에 대해 논의할 것이라는 태주의 말은 단순한 허세가 아니었다. 그는 다른 외과 교수들 앞에서 현우를 형편없는 1년차로 깎아 내린 다음 대장항문외과에서 축출할 생각이었다. 현우는 입국식 때 들었던 한 선배의 전철을 자신이 밟게 되리라고는 꿈에도 생각하지 못했었다.

현우의 계획은 교수의 권위에 도전하는, 일종의 항명이었다. 평소라면 결코 하지 못했을 이런 행동이, 지금은 생존에 대한 공포로 다른 감정이 마비된 상태여서 가능했다. 그는 기영과 태주가 어떤 식으로든 연결되었을 거라는 강한 확신을 가지고 있었다.

미필적 고의.

어떤 행위로 범죄 결과가 발생할 가능성이 있음을 알면서도 그 행위를 행하는 심리 상태.

디클로페낙이 실제로 투여되지는 않았으니 기영이 사망한 것은 그 때문이 아니다. 그럼에도 태주에게 미필적 고의가 있었다는 점은 부정하기 어려웠다. 태주는 뻔뻔할 정도로 얼굴을 붉히고 항변했으나 현우의 눈에 그것은 변명이고 기만이었다. 언제든지 심장에 무리를 줄 수 있는 고용량의 디클로페낙을 매일 처방해 놓은 데는 뚜렷한 의도가 있다고밖에 볼 수 없었다.

'그런 환자는 미리 디엔알 동의서를 받아 놨어야 할 거 아닌가. 자네 한 사람 때문에 얼마나 많은 동료가 고통받나.'

오늘 수술실에서 그 말을 들었을 때 현우는 그리 깊게 생각하지 않았다. 그러나 이제 와서 돌이켜 보면 그의 태도에는 분명 모순적인 데가 있었다. 태주는 4월 첫날 컨퍼런스에서 이런 말을 했었다.

'나는 자네가 디엔알 동의서를 쓸 일이 없기를 바라네. 그런 위험이 있는 환자는 내과로 보내 버려.'

골치 아픈 환자는 내과로 전과시킴으로써 책임을 내려놓으려는 속셈이었다. 기영은 태주가 생각하는 그런 위험이 상당하다고 할 수 있는 환자였다. 비록 수술을 무사히 마치고 원활한 회복의 길을 걸어오고 있었지만, 다양한 지병과 나이를 고려했을 때 위험의 가능성은 언제나 존재했다.

그런 기영을, 태주는 전과시킬 생각조차 없었다. 환자 나이가 70대만 되어도 별의별 이유를 붙여 전과시키라고 압박하던 그가 이상하게도 기영만큼은 전과를 지시하지 않았다. 한 번은 현우가 기영을 전과시키는 게 어떠냐고 물어보기도 했다. 그러나 그에게서 돌아온 반응은 냉소적이었다. 현우는 기영을 전과시키지 않고 끝까지 외과에서 진료받게 한 이유가 무엇인지 궁금했다.

틀림없이 태주는 뭔가 의도를 가지고 그런 행동을 했을 것이다. 태주의 관심사는 오로지 수술 그 자체일 뿐, 환자에 대한 인간적인 관심이 결핍되어 있다는 건 동료들 입에 심심치 않게 오르내리는 이야기였다. 그런 그가 야밤에 연구실에서 환자들의 처방을 일일이 훑어봤다는 것은 난센스였다. 그게 현우가 내린 결론이었다. 하지만 그 동기가 무엇인지 쉽사리 추측할 수 없었다. 다른 사람도 아닌, 대장항문외과 교수가 환자에게 위해가 될 수 있는 처방을 내릴 이유가 있을까.

기영의 의무기록을 눈앞에 두고도 현우는 무엇을 해야 할지 알 수 없어 시간을 흘려보냈다. 그는 답답한 마음에 책상에 놓인 빈 종이컵을 찌그러뜨렸다. 예사롭지 않은 의혹이 꼬리에 꼬리를 물고 찾아와 그를 괴롭혔다. 그때 까마득하게만 느껴지던 아득한 길에 한 줄기 빛이 드리웠다.

'어르신이 김태주 교수의 약점을 가지고 있었다면?'

그것은 충분히 있을 법한 상황이었다. 그동안 현우는 태주를 대하는 기영의 태도에서 별로 이상한 느낌을 받아 본 적이 없었다. 오히려 기영은 지역 사회에서 명의로 명성이 높은 태주를 언제나 입에 침이 마르도록 칭찬했었다. 현우는 기영이 태주의 약점을 가지고 있다는 것을 몰랐던 게 분명하다고 확신했다. 반면 권력욕이 강하고 승부사 기질을 지닌 태주는 아무리 사소한 약점이라도 자신에게 치명적으로 돌아올 것을 염두에 두고 행동에 나설 가능성이 있었다.

그 약점은 사적인 것이 아닌 수술과 연관된 게 분명했다. 기영은 올해 초 태주에게서 수술을 받았다. 그 수술에서 무슨 문제가 있었던 걸까. 현우는 태주가 기영을 내과로 전과시키지 않은 이유를 어렴풋이 알 것 같았다. 내과 교수의 손에 환자가 넘어가면 자신의 약점이 탄로 날 거라고 생각한 게 아니었을까.

언젠가 그는 수술실에서 일어나는 실수를 다룬 기사를 읽은 적이 있었다. 거기에서 상위권을 차지한 게 실로 황당했는데, 환자의 몸속에 거즈나 수술 도구를 놔둔 채 봉합하는 경우였다. 수술 시작 전과 후로 스크럽 간호사가 거즈와 수술 도구의 개수를 세지만 사람이 하는 일인지라 백 퍼센트 확실할 순 없는 모양이다. 그때만 해도 그는 그렇게 생각했다.

마우스를 움켜쥔 현우의 손이 분주하게 움직였다. PACS에 로그인하자 마지막으로 시행한 검사 결과가 화면을 메우고 각종 영상 검사의 목록이 일렬로 나열되었다. 2015년부터 기영이 혜성대학교병원에서 시행받은 검사 항목이 떴다. 뇌 MRI, 뇌 CT부터 흉부 엑스선까지 50여 개에 달할 정도로 많았다. 그중에서도 그가 주목한 것은 복부-골반 CT였다.

현우는 수술 직후인 1월 초에 촬영된 사진을 띄웠다. 영상의학과 임상조교수 유정훈의 판독에 따르면 특이 소견이 없었다. 그럼에도 현우의 직감은 그것이 사실이 아닐 수 있음을 가리켰다. 여기서 아무런 이상이 없다면 김태주 교수가 무언가를 두려워할 이유도 없다. 그런 생각으로 키보드 방향키를 눌러 가며 모니터에 떠오른 사진을 관찰했다.

평소 영상의학과 의사의 판독에만 의존해 온 그로서는 수백 개의 이미지를 놓치지 않으려고 집중해서 보는 것만으로도 굉장한 체력이 소모되었다. 예전 영상의학과 강의에서 배운 대로 주변 조직의 음영과 다른 부분을 찾는 것에 초점을 맞췄다.

'잘못 짚은 건가.'

봐야 할 이미지들이 절반도 안 남자 막다른 골목에 다다른 기분이었다. 아무것도 발견할 수 없을 거라는 불안감이 뭔가를 발견할지 모른다는 기대를 넘어선 그때였다. 그의 두 눈이 미세한 저음영의 병변을 포착해 낸 것은.

현우는 며칠 전 회진에서 있었던 의아한 일을 되짚어 보았다. 대장암의 재발 판정에 이용되는 암배아항원은 수술 후 2년간 3~6개월마다 측정하고 이후 3년간은 6개월마다 측정한다. 기영이 입원한 당일, 현우는 통상적으로 3개월마다 암배아항원 수치를 체크한다는 인계를 받고 그렇게 처방을 내렸지만, 회진에서 태주가 처방을 빼라고 해서 군말 없이 그의 말을 따랐었다. 그때는 다음번에 하면 된다는 말에 이상하게 여기지 않았는데, 이제 보니 처음부터 철저하게 계산된 의도적인 행동이었다는 생각이 들었다.

태주의 끔찍한 생각을 떠올리는 것만으로도 현우는 부아가 치밀어 올랐다. 그는 어떤 식으로든 태주의 위선을 모두의 앞에서 폭로하기로 결의를 다졌다. 환자의 생명을 가지고 장난치는 김태주 교수를 이대로 가만히 놔두는 것은 양심이 허락하지 않았다.

사망진단서가 공식 문서인 반면, 사인검토 보고서는 병원 내부에서만 공유되는 비공식 문서다. 주치의들은 자신이 담당한 환자가 사망하는 경우 사망진단서는 물론 사인검토 보고서를 작성한다. 담당 교수의 결재를 거쳐 사인검토 위원회에서 논의 후 매달 초에 열리는 모털리티 컨퍼런스사망자 증례회합 상정 여부가 결정된다.

기영의 사망진단서를 작성하는 과정에서 현우는 오랜 고심 끝에 기타 또는 불상에 체크했다. 외인사라는 확신이 있었으나 명확한 증거가 없었기 때문이다. 그러나 지금 모니터에 떠 있는 사인검토 보고서에서는 그런 신중을 기해야 할 필요가 없었다.

현우의 담당 교수는 김태주 교수다. 하지만 그는 이것을 태주가 아닌 위장관외과 정덕현 교수에게 제출할 생각이었다. 출신 학교와 수련병원이 다른 두 사람이 서로를 싫어한다는 것은 병원 전체에 널리 퍼진 이야기였다. 그는 오늘이나 내일 중 태주에 대한 새로운 사실을 정덕현 교수에게 제보하기로 결심했다. 그것은 현우 자신과 정덕현 교수 둘 모두에게 이득이 되는 거래가 될 것이었다.

현우는 모니터에 뜬 사인검토 보고서 양식을 차례대로 채워 나갔다. 담당 전공의와 담당 교수의 이름, 환자의 개인 정보부터 사망 경위, 건의 사항까지 손에 자석이 달린 듯 술술 써졌다. 이윽고 사인검토 보고서를 완성해 바탕 화면에 저장한 그때, 한여름의 공기처럼 눅눅하고 불쾌한 감각이 온몸에 들러붙었다. 이제껏 중요한 것을 빠뜨려 놓고 있었다는 자각이 그를 찾아왔다.

현우는 일순 아드레날린이 솟구치는 것을 느꼈다. 불과 몇 초도 지나지 않아 아드레날린은 폐를 거쳐 좌심실 수축력의 도움을 받아 몸 구석구석으로 퍼져나갔다. 무엇을 잊었는지 간신히 생각났을 때쯤 그는 비상계단을 빠른 걸음으로 오르고 있었다.

현우의 발길이 멈춘 곳은 내과 의국 앞이었다. 저녁 시간이라 그런지 복도에는 유독 환자들이 많이 나돌아 다녔다. 그는 가볍게 노크하고 문을 열고 들어갔다. 살얼음판을 걷는 기분이었다. 당직을 제외하고 모두 퇴근한 의국에서는 전처럼 열기가 느껴지지 않았다. 그를 발견한 내과 레지던트 1년차 고광수가 코맹맹이 소리로 말했다.

"감히 어딜 들어와."

"하이."

운이 좋게도 광수를 제외하면 의국은 비어 있었다. 현우가 나리를 만나러 왔을 때와 분위기가 많이 다른 것은 광수 때문인 듯했다. 곤두서 있던 그의 신경이 느슨해졌다. 팬더를 떠올리게 하는 귀염상의 광수를 유혹하는 데는 간식이 최고였다.

"너 주려고 가져왔다."

현우는 가운 주머니에 넣어 놓은 비상용 초콜릿을 광수에게 건네고 옆자리에 앉았다. 거친 입과 어울리지 않게, 먹을 것만 보면 사족을 못 쓰는 광수는 그가 옆에 있다는 걸 의식하지 않고 게걸스럽게 먹기 시작했다. 초콜릿의 바닥이 드러날 때쯤 현우가 속내를 드러냈다.

"우철호 선생님 컴퓨터 어디냐?"

"철호 형은 왜?"

"컨설트 부탁드린 게 있는데, 바탕 화면 어디 파일에 놔뒀다더라."

현우가 능청스럽게 말했다. 그의 연기에 광수는 쉽게 속아 넘어갔다. 세 칸 떨어진 컴퓨터를 가리키며 광수가 말했다.

"저쪽에. 철호 형 싸가지는 알아줘야지."

"고맙다."

컴퓨터가 켜지기를 기다리는 동안 현우는 이대로 무사히 빠져나갈 수 있기를 간절히 빌었다. 모니터 위를 마우스 커서가 빠른 속도로 움직였다. 바탕 화면에 깔린 수십 개의 파일을 위에서부터 아래로 차례대로 클릭해 가던 그때 한 파일에서 커서가 멈췄다. 파일명이 사인검토 보고서였다.

현우는 기대에 부풀어 파일을 더블 클릭했다. 거기에는 연도별로 또 다른 파일로 분류되어 있었다. 그중에서 현우가 클릭한 것은 2019년 파일이었다. 그 안에서 11월 파일을 찾아 들어간 순간 열다섯 개의 한글 파일이 정렬되어 나타났다. 그 가운데 눈에 띄는 이름이 있었다.

한재훈

현우는 자신도 모르게 숨을 들이마셨다. 이메일 창을 열고 내게 쓰기로 파일을 전송한 다음 태연한 척 광수에게 인사를 건네고 내과 의국을 빠져나왔다. 비상계단에서 내과 레지던트 한 명과 마주쳤다. 그래도 운이 좀 따르는 날이라고, 그는 생각했다.

사망진단서와 사인검토 보고서에 작성된 내용이 다를 수 있다. 자신의 경험에서 그것을 깨달은 현우는 뒤늦게야 수아 아버지의 사인검토 보고서가 어딘가에 따로 존재할 거라는 데 생각이 미쳤다.

사망진단서는 당직 의사였던 나리가 작성했지만, 사인검토 보고서는 주치의인 철호의 몫이었다. 근무 중이 아니었던 그는 나리에게서 사건에 관한 내용을 인계받아 작성할 수밖에 없었을 것이다. 같은 내과 의국 동료들끼리는 어떤 은폐도 없이 사건의 내막을 공유할 거라는 기대가 있었다.

외과 의국에 돌아와 의자에 걸터앉은 현우는 흡족한 마음으로 이메일에 접속해 자신에게 보냈던 한글 파일을 열었다. 화면에 간략하게 채워진 사인검토 보고서가 띄워졌다. 철호는 거친 성격대로 보고서도 고작 몇 줄로 성의 없게 써 놓았다. 침을 꿀꺽 삼키고 유심히 화면을 바라보던 그의 얼굴이 일그러졌다. 사망경위에서 유독 눈에 띄는 용어가 있었다.

Osmotic demyelination syndrome.

이해가 되지 않아 저절로 고개가 모로 삐딱하게 기울었다. 분명히 아는데 병원에 들어와서는 통 들어 본 적이 없는, 낯설면서도 익숙한 병명이었다. 망설이지 않고 구글에 검색한 결과 현우는 학창 시절에 배운 내용을 떠올릴 수 있었다.

다른 말로 삼투성 탈수초 증후군이라 불리는 그것은, 저나트륨혈증을 수액을 통해 빠르게 교정하려다 10mmol/L/24hr의 제한속도를 넘길 때 뇌세포 위축이 일어나 발생하는 신경학적 질환으로, 발작과 의식혼탁 등을 유발하는 것은 물론이고 호흡 기능 저하로 진행되는 무서운 질환이었다.

수아 아버지의 검사 결과가 뇌리에 되살아났다. 혈중 나트륨 수치가 상승한 것을 보고, 현우는 그저 고농도의 나트륨 용액이 수액에 주입된 것이라고 생각했다. 그런데 진실은 아무래도 그게 아닌 모양이었다. 누군가 수액의 주입 속도를 빠르게 했고, 그것이 뇌세포 위축을 일으켰다. 처음부터 뇌출혈과는 아무런 관계도 없었다. 그저 의료진이 자신들의 잘못을 감추기에 급급했던 것이다.

시간을 확인한 현우는 재빨리 8병동으로 향했다. 늦지만 않으면 수아 아버지를 죽음에 이르게 한 범인을 만날 수 있을 터였다. 수아의 아버지를 죽인 사람은…….

인수인계를 앞둔 8병동 간호 스테이션은 장날의 시장 한복판과 비교해도 뒤지지 않을 정도로 북적였다. 간호사들 모두가 같은 유니폼을 입은 데다 체격도 비슷해 누가 누구인지 한눈에 식별할 수 없었다. 여느 때라면 몇몇이 그를 발견하고 가볍게 인사를 건네거나 투덜거렸겠지만, 이맘쯤에는 마음에 여유가 없어 시야가 좁아지게 마련이다.

간호사들의 틈을 뚫고 앞으로 향하는 현우로서는 미로 속을 헤매는 기분이었다. 좁은 스테이션 안을 뛰어다니는 그들과 부딪치지 않기 위해 그는 몸을 왼쪽으로 비틀었다 오른쪽으로 비틀었다 했다.

다영이 나타난 것은 한참이 지나서였다. 검체 박스를 든 그녀가 동료들에게 장난스럽게 눈을 찡그리며 다가왔다. 마지막 검체를 진단검사의학과에 접수하고 돌아오는 모양이었다. 현우를 발견한 다영의 표정이 굳어졌다. 오지 마, 라고 그녀의 냉정한 눈빛이 말하는 듯했지만 발이 저절로 앞으로 움직였다. 다영의 바로 앞에 다가선 현우는 숨이 턱 밑까지 차오른 상태였다. 그럼에도 잠시도 주저하지 않고 말했다.

"다영 쌤, 잠깐 시간 내줄 수 있어요?"

"네?"

뒤에서 오오, 하며 비아냥거리는 소리가 들려왔지만 그런 걸 신경 쓸 겨를은 없었다. 다른 이들의 눈치를 살피기에는 남아 있는 시간이 부족했다. 당장 내일 퇴원하는 수아에게 진실을 알려 주기 위해서라면 현우는 무엇이든 할 수 있었다.

"하나만 물어볼 게 있어서요."

얼굴이 붉어진 다영의 두 눈이 방황하다가 이내 제자리를 되찾았다. 그녀가 한숨을 내쉬고 말했다.

"알았어요. 가요."

누구의 방해도 받지 않고 대화를 나눌 수 있는 공간으로는 배선실만 한 데가 없었다. 환자와 보호자가 먹을 것을 채워 넣은 대형 냉장고 앞에서 현우가 몸을 돌렸다.

"이제 말해도 돼요. 다 알고 왔어요."

"……."

다영의 눈에서는 한 조각의 감정도 느껴지지 않았다. 그가 추궁하러 올 것을 미리 알고 있기라도 한 듯 덤덤한 표정이었다.

"그럼 제가 말할게요. 그날 밤, 수아 아버님은 뇌출혈로 사망한 게 아니었어요. 의식을 잃은 채로 바닥에 쓰러진 거였죠."

"……."

무덤덤한 다영의 모습에 마음의 추가 완전히 확신으로 기울었다. 역시 그녀도 모든 걸 알고 있었던 것이다.

"그분이 의식을 잃은 채로 발견됐을 때, 방울주입방에서 수액이 엄청난 속도로 떨어지고 있었을 거예요. 그걸 발견한 누군가가…… 수액조절기를 닫았겠죠. 자신의 실수를 감추기 위해서. 그 사람이…… 가장 먼저 발견했던 다영 쌤이었고요."

위압적인 어조에도 다영의 자세는 흐트러짐이 없었다.

"계속해 보세요."

지나치게 태연한 다영의 말에 현우는 이상한 감정을 느꼈다. 그가 말을 이어 나갔다.

"당직이었던 강나리 선생님도 거기에 동참했어요. 콜을 받고 한참이 지나서야 병동에 나타났으니 자기 책임이 크다는 걸 알았겠죠. 그래서 다영 쌤과 협력하기로 한 거예요. 어떤 법적 책임도 지지 않기 위해서요."

현우가 호흡을 가다듬고 내뱉었다. 수아의 몫까지 원망의 마음을 끌어모아서.

"대체 왜 그랬어요. 환자분, 그리고 가족들한테 미안하지도 않아요?"

"……."

다영이 무표정으로 그를 바라봤다. 현우는 그녀가 무슨 말이라도 꺼내기를 기대하며 더 이상 입을 열지 않았다. 얼마간 침묵을 지키던 그녀의 표정에 변화의 물결이 일었다. 입술이 씰룩이더니 동굴 같은 눈빛에서 슬픔의 기운이 배어 나왔다. 이윽고 그녀의 입에서 떨리는 목소리가 튀어나왔다.

"현우 쌤이…… 잘못 알고 있어요."

"그게 무슨 말씀이시죠?"

"그거……."

다영이 체념하듯 눈을 지그시 감고 말했다.

"수아가 그런 거예요."

"바, 방금 뭐라고…… 했어요?"

"수아가 그랬다고요. 고등학생이었던 한수아, 그 애가요."

처음에는 당혹스럽기만 했던 감정이 점차 분노로 바뀌었다. 현우는 화가 머리끝까지 치밀어 오른 나머지 머리가 어질어질했다. 자신도 모르게 손이 떨리더니 격한 목소리가 새어 나왔다.

"너무하시네요. 어떻게, 아무것도 모르는 수아한테 책임을 떠넘길 수 있어요?"

현우가 가운 주머니에서 핸드폰을 꺼냈다.

"제가 지금 수아한테 물어볼 건데, 아까 한 말 책임질 수 있어요? 자꾸 거짓말할수록 불리해지는 건 쌤이란 거 알아 두세요."

그리고 수아의 연락처를 찾아 통화 버튼을 누르려는데 다영이 손으로 제지했다.

"전화하지 마요."

"자신 없으신가 보네요."

현우의 비아냥거림에도 다영은 꿋꿋이 말을 이어 갔다.

"수아 어머니가…… 강나리 선생님한테 부탁하셨어요, 그날 밤에."

"네?"

문득 수아가 했던 말이 그의 뇌리를 스쳤다.

'똑똑히 들었어요. 엄마가 여자 의사 앞에서 무릎 꿇고 감사하다고 하는걸요.'

'그래서…… 설마 그래서…….'

현우는 자신의 몸을 지탱하고 있던 무언가가 휘익 하고 빠져나가는 것을 느꼈다. 축축하고 두꺼운 뱀 한 마리가 심장을 옥죄어 오는 기분이었다.

"수아가 그랬단 거 꼭 숨겨 달라고…… 자기가 무슨 짓을 했는지 평생 모르고 살아가게 해 달라고."

"……."

"강나리 선생님이 간호기록지에 수아 이름을 넣지 말라고 했어요. 당직 교수님한테 따로 컨펌받겠다면서. 저는 그 말을 따른 것뿐이고요."

그녀에게서 거짓말을 하는 기색은 찾아볼 수 없었다. 폭풍처럼 휘몰아치는 충격에 현우는 제대로 서 있을 수 없었다. 후들거리는 다리를 진정시키기 위해 무릎에 두 손을 얹었다.

“솔직히 생각도 못 했어요. 수액이 풀 드랍최대 속도로 떨어지는 것돼 있어서 속도를 맞추기만 했죠. 일단 환자분을 처치실로 옮겨야 해서 정신이 하나도 없었어요.”

“…….”

“강나리 선생님이 나중에 저를 불러서 물어보셨어요. 처음 발견했을 때 특별한 점은 없었는지. 저는 제가 기억하는 그대로 말했어요. 수액에 대한 말을 꺼냈을 때…… 선생님의 표정이 바뀌었어요.”

“…….”

“저보고 수액을 빨리 틀어 놨냐고 물어보셔서 아니라고 했죠. 그런 멍청한 실수를 하는 간호사가 어디 있겠어요.”

“그럼…… 어떻게.”

“처음엔 환자 본인이 잘못 만졌을지 모른다고 생각했죠. 자세히 알아보려고 병실로 갔는데 거기 있던 환자분들이 알려 주셨어요, 수아가 만지는 걸 봤다고요.”

“…….”

“그날 수아가 찾아왔었거든요. 수액이 잘 안 떨어지는데 어떻게 해야 할지 묻는 그 아이한테 말했어요. 수액조절기를 열면 잘 떨어질 거라고. 그땐…… 바빠서 별생각 없이 그랬는데, 이렇게 될 줄 알았으면…….”

“정말…… 그게 사실일까요? 혹시 모르잖아요. 다른 사람이 그랬을지도 모르고.”

이대로 수아의 잘못으로 결말이 나는 것만큼은 피하고픈 희망에서 나온 말이었다. 그러나 다영은 실낱같은 그의 마지막 희망마저 날려 버렸다.

"현우 쌤은 안 믿고 싶겠지만 방금 말씀드린 게 사실이에요. 진실이란 말이에요. 정 못 믿겠으면 그때 같은 병실 환자분들 연락처라도 드릴까요? 그럼 속이 시원하겠어요?"

북받쳐 오르는 다영의 눈이 당시의 감정을 고스란히 드러냈다. 그때 간호 스테이션에서 그녀를 찾는 소리가 들려왔다. 배선실 안으로 간호사가 고개를 들이밀었다.

"다영아, 인수인계 시작했어. 빨리 와."

"알았어, 바로 갈게."

그쪽으로 발길을 옮기면서도 다영의 시선은 현우에게서 떨어지지 않았다. 그녀가 나가기 전에 한숨을 내쉬더니 안타까운 눈빛으로 말했다.

"힘내세요."

"……."

그녀가 나간 뒤로 현우는 한참을 제자리에 붙박인 채 움직이지 못했다. 밑도 끝도 없는 늪의 바닥으로 가라앉는 기분이었다. 걸음을 옮기려 해도 무거운 납덩이가 매달린 듯 발이 떨어지지 않았다. 의식하지 못하는 사이 가슴속에 쌓여 있던 뭔가가 와르르 무너져 내렸다. 동시에 한 줄기 눈물이 뺨을 타고 흘러내렸다.

현우의 머릿속에 수많은 잔상들이 스쳐 지나갔다. 수액조절기를 여는 수아, 의식을 잃고 쓰러지는 수아 아버지, 진실을 알고 나리의 앞에 무릎 꿇은 수아 어머니, 뒤늦게 달려와 울음을 터뜨리는 수아. 이 모든 것이 직접 보지 않았음에도 마치 언젠가 봤던 것처럼 생생한 이미지로,

맹렬히 달려들었다. 가슴속에 묻어 두었던 오래전의 슬픔이 그 틈새로 고개를 들어 올렸지만, 진실을 알고 슬픔과 절망의 나락에 빠질 수아를 떠올리자 모든 상념들이 마법처럼 증발했다.

현우가 떨리는 목소리로 중얼거렸다.

"수아가…… 알아서는 안 돼, 절대로."

*

밤은 언제나 차갑다. 양손을 가운 주머니에 꽂아 넣은 현우가 횡단보도에 발을 내디뎠다. 쏜살같이 질주하는 차들의 틈바구니에서 그는 좌우를 살필 생각도 않고 걸음을 옮겼다. 망막에 맺힌 신호등 빨간불의 이미지가 시신경을 타고 뇌로 와서, 더 이상 나아가지 말라는 신호를 보냈지만 소용없었다. 지금의 그를 막을 수 있는 건 아무것도 없었다.

도로 건너편에서 입을 벌리고 바라보는 몇몇 사람들을 지나쳐 좁은 골목으로 들어갔다. 평소라면 쓰레기 더미에서 나는 악취 때문에 발도 들여놓지 않을 곳인데, 후각 세포가 마비된 건지 아무런 냄새도 나지 않았다.

골목 편의점에서 캔 맥주 하나를 산 현우는 공원의 벤치에 걸터앉아 벌컥벌컥 들이마셨다. 슬픔, 절망 등의 부정적인 감정으로 중추신경계는 엉망이 되어 있었다. 마음이 부서지는 듯한 고통을 견딜 수 없어 그대로 벤치에 누워 버린 그는 눈을 감은 채 가쁜 숨을 몰아쉬었다. 용암처럼 끓어오르는 몸의 열기를 식히기 위해 한동안 그대로 있었다.

이대로 잠이 들었다가 다시 눈을 떴을 때 전날로 돌아가 있다면 얼마나 좋을까. 희미한 의식의 틈새로 그런 생각이 솟구쳤다. 밤하늘을 매섭게 노려보며 현우는 원망 섞인 고함을 지르고 또 질렀다.

정신을 차렸을 때는 오후 열 시가 넘어 있었다. 인적 없는 공원을 터덜터덜 빠져나온 현우는 혜성대학교병원을 향해 비틀거리며 걸어갔다. 그사이에 온 콜이 열다섯 개가 넘었다.

7병동 간담췌외과 환자의 직장수지검사에서 흑색변 소견이 관찰되었다. 상부위장관내시경 검사를 의뢰하고 엘리베이터로 무기력하게 걸어가던 그때 수아가 그의 눈에 들어왔다. 뾰족한 바늘로 찌르는 듯한 날카로운 긴장이 순간 온몸을 파고들었다. 현기증을 느낀 현우가 벽을 한 손으로 짚었다. 손바닥을 통해 빠르게 뛰는 맥박이 전해져 왔다.

복도 의자에 앉아 TV를 보는 수아의 다소곳한 옆모습이 처연한 분위기를 발산했다. 화면의 불빛에 따라 파랗게 물들었다 노랗게 물드는 그녀의 얼굴은 색다른 아름다움을 선사해 주었다. 현우는 그런 그녀에게 다가가지 못하고 바라보기만 했다. 비참함. 현우의 심정은 그 단어 하나로 요약할 수 있었다.

고개를 돌리다 그를 발견한 수아가 살며시 웃었다. 서글픈 기운이 감도는 맑은 눈이 투명하게 빛났다.

"선생님……."

그녀의 목소리를 듣는 순간 눈물이 차오르는 것을 느꼈다. 현우는 제자리에서 한 걸음도 떼지 않고 가만히 고개를 숙였다. 차라리 이대로 시간이 멈춰 버렸으면 좋겠다. 연기처럼 사라지고 싶다. 그런 바보 같은 생각만이 머릿속을 표류했다. 멀뚱히 바라보던 수아가 아이처럼 고개를 갸웃하고는 싱긋 웃었다.

"선생님, 왜 그래요. 어디 아프세요?"

아무렇지 않은 척해야 한다. 그런 생각으로 현우는 한 손으로 이마를 매만지며 앞으로 걸어 나갔다.

"미안, 술을 마셨더니…… 머리가 아프네."

"그래도 돼요?"

"마실 일이 좀 있었거든."

그가 의자에 털썩 앉자 수아가 코를 찡그리며 손을 부채처럼 펄럭였다.

"냄새! 얼마나 마신 거예요. 이러다 의료사고 내서 뉴스 나오는 거 아니에요?"

"겨우 캔 맥주 하난데 뭘. 어차피 응급도 없을 거 같고. 괜찮겠지, 뭐."

이제 현우는 될 대로 되라는 마음이었다. 미소가 번져 있던 수아의 얼굴에 문득 씁쓸한 기운이 감돌았다.

"난 또. 그 정도 가지고 머리가 아프세요? 술도 약하면서 왜 마셨대요."

"그러게."

현우가 허탈한 미소를 지었다.

"아 참, 오늘이…… 저희 마지막 날이네요."

"왜?"

"내일 아침에 저 퇴원인 거 잊었어요? 너무해."

수아가 장난스럽게 눈을 빛내며 입을 삐죽 내밀었다.

"맞다, 맞다. 미안. 내가 정신이 없어서……."

현우가 고개를 푹 숙였다. 마음만 먹으면 그녀의 앞에서 아무 일 없는 것처럼 연기할 수 있다고 생각했다. 그러나 그게 아니었다. 지금 생각나는 단어는 하나뿐이었다.

"미안해……. 수아 너한테 미안해."

"캔 맥주 하나에 많이 취하셨네. 제가 부축해 드릴게요."

수아가 뻗은 손의 촉감이 어깨에 느껴졌다. 그녀의 손을 떨쳐 내고 현우가 말했다. 가슴속에 들끓는 복잡한 감정 때문인지 목소리의 떨림이 가라앉지 않았다.

"나름 노력했는데, 미안해…… 아무 도움도 못 줘서. 능력도 없는 놈이 괜히 그런 약속 해서. 기다렸을 텐데…… 정말 미안해."

"괜찮아요, 선생님. 저…… 이제 엄마 원망 안 하기로 했어요. 진짜예요, 뻥 아니고."

의외의 말에 현우가 수아를 바라봤다. 빛나는 그녀의 눈에 눈물이 맺혀 있었다.

"그동안 마음속에…… 거대한 성벽이 있었어요. 엄마가 조금이라도 오르려고 하면 떨어뜨리고, 겨우 벽을 타 넘고 저한테 오려고 하면 또 다른 성벽을 쌓고. 항상 그런 식이었어요, 저는……. 사실, 어쩌면…… 엄마한텐 잘못이 없을지도 모르겠다고 생각했어요."

수아가 어깨를 들썩였다.

"그런데, 그런데……."

현우가 그녀의 어깨에 손을 얹었다.

"제 자존심 땜에 자꾸만…… 밀어냈던 거 같아요. 이제 와서 엄마한테 웃어 주면…… 저 스스로가 저를 용서 못 할 거 같았어요. 그럼 그동안의 시간은 어떻게 되는 거예요. 엄마를 원망하고 저주했던 시간은 다 어디로 가는 거예요. 전 제 생각이 틀렸을지도 모른다는 걸…… 인정하기 싫었던 거예요. 아니, 아빠의 죽음에 대해서…… 누군가 책임질 희생양이 필요했던 거예요."

"……."

"그 희생양이…… 엄마였구요."

현우가 수아를 포근하게 안아 주었다. 두근거리는 그녀의 심장 박동이 몸으로 전해져 왔다.

"어머님은…… 언제나 수아 편이었어. 언제나 널 사랑하셨어. 과거에도, 현재도, 미래에도 어머님한테 가장 소중한 사람은…… 수아, 너야."

"……."

"어머님은 포기하지 않고 수아 네가 예전의 모습으로 돌아오기만을 기다렸어. 네가 아무리 짜증 내고 욕해도, 어머니는 묵묵히 널 기다렸어. 네가 아무리 밀어내도…… 어머님은 혼자 눈물 삼키면서 너한테 다가가는 걸 포기하지 않았어. 이제…… 수아 네가 가까이 다가갈 차례야. 어머님은 항상 있던 그 자리에 계실 거니까…… 너만 한 걸음 두 걸음 그리로 걸어가면 돼."

"……."

"그렇게…… 할 수 있지?"

수아가 천천히 고개를 끄덕였다. 현우의 입가에 미소가 떠올랐다. 은은한 달빛이 두 사람을 아름답게 물들였다. 포근한 밤의 온기가 둘을 감쌌다.

*

'엄마, 미안해…… 정말 미안해…….'

수아는 좀처럼 잠들지 못했다. 그칠 줄 모르고 흘러내리는 눈물로 침대 머리맡이 축축했다. 눈물을 한 방울 흘릴 때마다 영혼이 조금씩 빠져나가는 느낌이었다. 베개에 얼굴을 파묻고 있던 그녀가 몸을 뒤집어 천장을 바라봤다. 어두운 천장을 응시하고 있으려니 눈꺼풀을 깜빡이는 소리까지 들리는 것 같았다.

닫힌 커튼 사이로 새어 들어오는 달빛은 오늘따라 유독 밝았다. 아름답다는 형용사가 이보다 잘 어울릴 수 없는, 마음이 녹아내릴 것 같은 밤이었다. 이런 밤이면 기분이 좋아야 하는 게 정상이다. 하지만 지금 수아의 가슴에 자리 잡은 감정은 그런 것과 거리가 멀었다.

아까 현우와 했던 얘기 때문만은 아니었다. 그와 마주치기 전부터 그녀는 혼란스러운 기분에 잠겨 있었다. 복도에 나왔다가 우연히 TV에서 어떤 다큐멘터리를 본 뒤로 내내 그랬다. 수험생 학부모의 이모저모를 다룬 그 프로그램은 수능을 며칠 앞둔 절의 풍경을 담아냈다. 아무 생각 없이 화면을 바라보던 그녀가 눈을 치켜뜬 건 그로부터 얼마 지나지 않아서였다. 불상 앞에서 백일기도를 드리는 학부모들 가운데 익숙한 얼굴이 보였다.

"엄마?"

자리에서 일어난 수아는 그대로 TV 앞으로 다가갔다. 다른 환자들의 따가운 시선이 등 뒤로 느껴졌지만 상관없었다. 배경이 된 절은 집에서 버스를 타고 20분 정도 가야 하는 산속에 있었다. 어머니는 바닥에 무릎을 꿇고 엎드렸다가 일어나기를 쉴 새 없이 반복했다. 그런 그녀의 모습이 너무 낯설어 수아는 화면에서 눈을 뗄 수 없었다. 그때 날짜를 표기한 자막이 눈에 들어왔다.

2019년 11월 8일

그것이 의미하는 바를 깨달은 순간 온몸의 피가 빠져나가고 가죽만 남은 기분이었다. 수아는 석상이 되어 버린 듯 그 자리에서 꿈쩍도 할 수 없었다.

'말도 안 돼.'

회사에 남아서 일할 거라고 말했던 어머니가 향한 곳은 집도 병원도 아닌 절이었다. 그녀는 한 번도 어머니에게서 절에 간다는 말은 들어본 적이 없었다. 그것이 심리적 부담을 느낄 자신을 위한 것이었다는 데 생각이 미치자 뜨거운 감정이 일었다.

수아는 견딜 수 없어졌다. 어머니를 의심했던 못된 마음, 어머니를 향해 쌓아 온 증오, 쓸데없는 자존심, 이 모든 것을 날려 버리고 예전의 관계로 돌아가고 싶었다. 그러나 핸드폰을 쥐고 어머니의 번호를 누르려는 순간 깨달았다. 그러기에는 이제 너무 멀리 와 버렸다는 것을. 자신에게는 그럴 만한 용기가 없다는 것을.

어머니는 희생양일 뿐이었다. 아버지의 갑작스러운 죽음에 대해 화풀이할 수 있는 유일한 대상. 그런데 알고 보니 어머니한테는 아무 잘못도 없었다. 범인은 따로 있었던 것이다.

'나쁜 놈!'

수아는 자신이 터뜨린 예기치 못한 분노 앞에서 몸이 얼어붙었다. 밤이 이슥해지며 환자들이 하나둘 병실로 돌아갔지만 그녀는 복도를 떠나지 못하고 멍하니 TV를 보고 있었다. 어머니와의 관계를 회복할 수 있는 방법을 생각하면서. 술에 취한 현우를 마주친 것은 그런 상황에서 일어난 일이었다.

한참 잠을 설친 끝에 수아가 침대에서 몸을 일으켰다. 머리맡의 베개는 땀으로 흠뻑 젖어 있었다. 그녀는 눈을 감고 가슴속의 응어리를 부드럽게 어루만졌다. 아버지, 그리고 어머니를 생각하면서.

문득 한 가지 의아한 점이 기억에 되살아났다. 수아는 그날 밤 자신이 보았던 여자 의사의 얼굴을 다시 떠올리려고 온 신경을 바짝 끌어모았다. 1층 로비를 달려가던 그때 스쳐 지나갔던 여자 의사. 몇 번을 생각하고 또 생각해도 그녀는 어머니를 쏙 빼닮았다. 자신이 착각해서 잘못 봤다고 하기에는 너무 뚜렷한 이미지로 머릿속에 남아 있었다. 다시 침대에 드러누우며 수아가 작게 중얼거렸다.

"그 사람은 누구였을까?"

5장

§

아이는 밤이 무서웠다. 밤만 되면 창문을 두드리는 바람 소리보다 침대에서 들려오는 소리가 더 무서웠다. 아빠의 끊임없는 중얼거림은 아이의 신경을 극도로 날카롭게 했다.

일을 마친 엄마가 데리러 올 때까지 아이는 아빠의 곁을 지켰다. 여전히 아빠의 말은 거의 알아들을 수 없었다. 마치 아빠로 변장한 외계인이 침대에 누워 있는 기분이었다.

아빠를 제외한 병실 환자들은 며칠 간격으로 바뀌었다. 아이는 매번 아빠가 답답해하지 않게 커튼을 열어 두고 병실을 나섰다. 그러나 학교에서 돌아오면 커튼은 빈틈없이 닫혀 있었다. 아이는 누가 그랬는지 잘 알았다.

"꼬맹아, 시끄러우니까 커튼 닫아라."

그렇게 말하는 아저씨의 볼에는 길쭉한 상처가 있었다. 그 무섭게 생긴 아저씨의 말에 아이는 어쩔 수 없이 커튼을 닫았다. 시키는 대로 하지 않았다가는 아저씨가 홧김에 무슨 짓을 할지 몰랐기 때문이다.

오늘 밤도 아이는 커튼으로 둘러쳐진 좁은 공간에서 아빠와 밤을 같이 보내고 있었다. 보조 의자에 누워 그림 숙제를 하던 아이는 가까이에서 나는 이상한 소리에 몸을 일으켰다. 그러고 보니 조금 전까지 들려오던 아빠의 코 고는 소리가 멈췄다. 침대에 무릎을 얹고 아빠에게 귀를 가까이 가져가자 무슨 소리인지 알아들을 수 있었다.

"무…… 무울."

"물?"

"무……울."

이가 보일락 말락 아빠의 입술이 움직였다. 물병으로 쏠린 두 눈은 터질 것처럼 혈관이 부풀어 있었다. 오싹한 공포가 아이를 감쌌다.

"알았어, 아빠. 물 줄게."

수납장에 놓인 물병을 가져오다 안에 걸쳐 둔 주사기를 떨어뜨렸다. 아이가 놀라서 주사기를 집어 들었지만 먼지로 지저분해져 있었다. 아이는 울상을 지으며 주사기를 수납장에 도로 올려놓았다. 아무리 그래도 이런 주사기로 아빠에게 물을 줄 수는 없었다. 아빠는 여전히 코에 달린 기다란 줄로 밥을 먹었다. 그런 와중에도 아빠는 계속해서 소리를 냈다. 혀를 날름거리는 모습이 기괴해 보였다. 아니나 다를까, 아저씨의 거친 욕설이 들려왔다.

"씨발, 시끄러워 죽겠네. 야! 니네 아빠 좀 어떻게 해 봐."

"네……."

잔뜩 겁먹은 아이가 재빨리 물병을 콧줄 가까이 가져갔다. 엄청난 압박감에 숨도 못 쉴 지경이었다. 당황해서 간호사를 부를 생각도 못 하고 얼른 이 상황에서 빠져나가고 싶은 마음뿐이었다. 아이가 콧줄의 뚜껑을 열고 물병을 갖다 댔지만 코로는 들어가지 않고 이불에 떨어지기만 했다.

'어떡하지.'

조마조마해하던 그때, 아이는 보았다. 금붕어처럼 뻐끔거리는 아빠의 입을.

'절대 입으로는 뭘 먹게 하면 안 됩니다.'

손가락을 치켜들고 엄마에게 당부하던 빼빼 마른 간호사의 얼굴이 떠올랐다. 커튼 너머에서 다른 환자들까지 시끄럽다고 불평했다. 아이는 더욱 당황하며 갈팡질팡했다.

'물이니까 조금은 괜찮겠지?'

아이는 고통스러워하는 아빠의 건조한 입술 사이로 물병을 들이밀었다. 아빠는 눈을 깜빡이며 빠르게 마시기 시작했다.

'으잉? 마실 수 있네? 간호사가 거짓말한 거잖아.'

행복해하는 아빠의 모습이 기뻤던 아이는 물을 쭉쭉 입에 넣어 주었다. 아빠는 수영장에 빠진 사람처럼 캑캑거리며 입에 머금은 물을 삼켜 댔다. 그러다 입이 반쯤 열린 아빠가 갑자기 돌처럼 굳어지더니 두 눈을 부릅뜨고 아이를 노려봤다. 순간, 아이는 뭔가 단단히 잘못되었다는 것을 알 수 있었다. 따뜻한 액체가 다리를 타고 흘러내렸다. 아이의 비명이 고요한 밤을 뒤흔들었다.

§

외과 교수는 성격이 이상하다. 다른 병원은 몰라도 혜성대학교병원의 외과 교수들은 하나같이 그 조건을 충족한다. 외과 교수라서 성격이 이상한 건지, 성격이 이상해서 외과 교수가 되는지는 확실하지 않다. 언젠가 그 상관관계를 연구해 보는 것도 가치 있는 작업이 될 거라고 현우는 늘 생각해 왔다.

위장관외과 부교수 정덕현 역시 그 조건에서 벗어나지 않는 인물이었다. 무기력하고 자신감 없는 표정, 이마를 떠날 줄 모르는 팔자 주름과 축 늘어진 어깨. 병동에서 그를 마주칠 때마다 현우는 그리스 신화에 나오는 시시포스를 떠올렸다. 영원히 산 정상으로 바위를 밀어 올리는 형벌에 처해진 듯 절망적이고 우울한 얼굴은 주변 사람의 기분까지 끌어내렸다. 김태주 교수가 그를 싫어하는 것에는 그런 감정적인 요인도 섞여 있는 게 분명했다. 출신 학교와 수련 병원이 다르다는 이유만으로 구박하는 것보다는 그쪽이 현실적으로 보였다.

“저, 1년차 선생님.”

특유의 소심함이 묻어난 목소리에 현우가 뒤를 돌아보았다. 교수 탈의실이 있는 통로에서 당직 교수 정덕현이 나타났다. 언제나처럼 세상 짐을 전부 떠안은 얼굴이었다. 현우가 허리 굽혀 인사했다.

“수고하셨습니다, 교수님.”

“환자분은 깼나요?”

외과 교수 중 레지던트에게 존댓말을 하는 사람은 그뿐이었다.

"네, 회복실에 계십니다."

헝클어진 머리카락을 한쪽으로 넘기며 덕현이 네, 하고 말했다.

현우가 콜을 받은 것은 새벽 두 시가 넘어서였다. 흑색변으로 상부위장관내시경을 시행하기로 결정된 7병동 환자에 대한 호출이었다. 상부위장관내시경이 응급으로 내시경실에서 진행되었고 그 과정에서 천공이 발생했다. 마침 위장관외과 정덕현 교수가 당직이어서 곧장 수술이 결정되었다. 현우는 그 수술의 어시스트를 담당했다.

수술 내내 현우는 김태주 교수에 대한 이야기를 꺼내고 싶어 입이 근질근질했다. 미필적 고의에 대한 덕현의 의견을 듣고 싶었으나 결국 한 마디도 하지 못했다. 그의 소극적인 성격 때문에 얘기를 꺼낼 의욕이 한풀 꺾인 것이다. 그에게 말해 봤자 전면에 나서 주지 않을 거라는 불안감이 마음 한쪽에 있었다.

"환자분한테 문제 있으면 연락 주세요. 제 번호 아시죠?"

"네, 알고 있습니다."

"좋아요……. 1년차 선생님도 쉬시죠."

어리숙한 말투로 그렇게 말하고 덕현이 돌아섰다. 멀어져 가는 그의 뒷모습이 어딘가 쓸쓸해 보였다. 오른쪽으로 무게 중심이 기울어져 절뚝이는 모습에서는 측은함마저 느껴졌다. 현우가 모든 일을 털어놓기로 결심한 것은 그때였다.

한순간 굳어진 마음을 현우는 스스로도 잘 이해할 수 없었다. 그러나 그에게는 확신 비슷한 것이 있었다. 이 사람이라면 온전히 믿고 얘기해도 괜찮겠다는 확신. 외과 교수들 가운데 내 말을 진지하게 들어 줄 수 있는 이는 정덕현 교수뿐이다. 그런 생각이 들자 저도 모르게 절박한 외침이 새어 나왔다.

"교수님!"

돌아보는 덕현의 이마에 난 팔자 주름이 현우의 눈에 들어왔다.

"네? 무슨 일이시죠?"

"말씀드리고 싶은 게 있습니다."

"저한테요?"

덕현은 어리둥절한 표정이었다.

"네, 김태주 교수님에 대한 제보입니다."

"김 교수님?"

두꺼비처럼 맹한 눈에 스파크가 일었다. 순간 현우는 자신이 상대를 잘못 찾아오지 않았음을 확신했다. 의기소침하고 소심한 그이지만 잠재의식 속에는 태주에 대한 반감이 코브라처럼 웅크리고 있었던 것이다. 현우는 그 반감을 바깥으로 끄집어 낼 수 있을 것 같았다.

"김태주 교수님의 의료과실에 대한 이야기입니다."

"아……, 그렇군요. 그런 일이……. 일단 한번 들어 볼까요."

덕현의 눈이 호기심으로 빛났다.

*

> 선생님, 저 수아예요. 지금 주무세요?

문자가 온 것은 새벽 네 시가 넘어서였다. 침대에 누워 있던 현우는 벌떡 몸을 일으키곤 홀린 듯이 핸드폰을 들여다봤다. 이런 야심한 시각에 수아가 자신에게 문자를 보낸 이유가 궁금했다.

심장이 두근거리기 시작했다. 현우는 수아에게 전화번호를 가르쳐 준 적이 없었다. 며칠 전 사라진 그녀를 찾느라 한 차례 전화를 걸기는 했지만 그때는 전원이 꺼져 있었다. 걸려왔던 전화번호를 봤을 가능성도 있지만, 그게 그의 번호라는 것을 수아는 알았던 걸까.

현우는 두 발을 바닥에 내려놓고 한동안 생각에 잠겼다. 그가 답장을 보내기로 결심한 것은 10분이 지나서였다.

깨어 있어.

어느새 손바닥에 땀이 송송 배어 있었다. 현우는 수아가 문자를 보낸 이유에 대해 깊이 생각하지 않기로 했다. 오래 걸리지 않아 답장이 왔다.

지금 잠깐 만날 수 있어요?

그래.

자세한 이유는 만나서 들으면 된다. 어쩐 일인지 수아는 병실이 아닌 1층 로비에 있다고 했다. 현우는 그리로 가겠다고 문자를 보내고는 가운을 걸쳤다.

엘리베이터에서 내린 현우는 재단 설립자의 흉상을 지나쳐 로비를 걸어갔다. 광활한 로비에서 수아를 단번에 찾기란 쉽지 않은 일이었다. 깊은 밤인데도 적지 않은 이들이 단란한 시간을 보내고 있었다. 불 꺼진 커피숍 앞에서는 핑크빛 소문이 무성한 남자 교수, 여자 펠로우 커플이 손을 맞잡고 있었다. 설마 했는데 소문이 사실이었네. 현우는 애써 그쪽을 못 본 척하고 반대편으로 걸음을 옮겼다.

수아의 모습은 좀처럼 눈에 띄지 않았다. 가운 주머니에서 핸드폰을 꺼내 들려는데 아이의 울음소리가 들려왔다. 현우는 소리가 난 방향으로 고개를 돌렸다. 화장실 앞에 주저앉아 엉엉 우는 여자아이와 곤혹스럽게 내려다보는 어머니. 그때 두 사람 너머로 환자복 차림의 여자가 모습을 드러냈다. 수아였다.

화장실에서 나오다 말고 그녀가 걸음을 멈췄다. 현우가 손을 흔들었지만 수아는 미동조차 하지 않았다. 현우는 그녀가 눈앞에 있는 모녀를 뚫어져라 보고 있다는 것을 알아차렸다. 아이의 울음소리는 그칠 기미 없이 높아져만 갔다.

모녀를 바라보는 수아의 눈길에서 어느 한 가지 감정만을 추출해 낼 수는 없었다. 거기에는 여러 가지 복합적인 감정이 혼합되어 있었다. 문득 현우의 가슴 밑바닥 웅덩이에서 뜨끈뜨끈한 무언가가 넘실거리더니 어떤 이미지가 눈앞에 나타났다. 바닥에 엉덩이를 깔고 앉은 여자아이는 어린 시절의 수아로, 달래는 여성은 수아의 어머니로 바뀌어 있었다. 현우는 수아에게 보이는 광경도 이와 다르지 않을 거라 생각했다. 순간 눈물이 핑 돌았다.

"선생님."

수아의 말 한마디가 현우를 현실 속으로 불러들였다. 모녀는 이미 사라지고 없었다.

"아까는 미안했어."

수아가 작게 웃었다. 보조개 팬 볼이 봉숭아 빛으로 물들었다.

"미안하다는 말, 그만 좀 하세요. 어제부터 백 번도 더 들은 거 같아요."

"아, 내가 그랬나?"

현우는 미안해, 라고 하려다가 급하게 입을 잠갔다. 언젠가부터 그녀만 보면 미안하다는 말이 반사적으로 튀어나왔다. 현우는 그 말을 자꾸만 할 수밖에 없는 자기 자신이 답답하고 한심했다. 수아는 잠시 아무 말도 없이 그를 바라봤다. 어떻게 말해야 할지 고민하는 것 같았다. 이윽고 희미하던 그녀의 눈에 빛이 돌아왔다.

"저야말로 이 시간에 문자 보내서 죄송해요."

"새벽도 낮이랑 다를 게 없어, 당직한테는."

현우는 조금 전부터 궁금했던 것을 물어보았다.

"그런데 내 번호는 어떻게 안 거야?"

"간호사 선생님한테 물어봤죠."

"그랬구나."

괜스레 섭섭한 기분이 들었다. 그날 전화한 게 그라는 사실을 수아는 아직 모르는 눈치였다. 그런 그의 기분을 전혀 눈치채지 못한 듯 그녀가 심각한 어조로 말했다.

"선생님, 부탁할 게 있어요."

어젯밤 나란히 기대어 앉아 눈물 흘리던 연약한 소녀의 모습은 어디에도 없었다. 현우는 그녀를 위로하며 안았을 때 느낀 심장 박동과 따스한 온기가 떠올랐다.

"뭔데?"

"여기…… 며칠만 더 있어도 될까요?"

수아의 눈빛은 어느 때보다도 절실해 보였다.

"오늘 퇴원이잖아."

"그래서 이렇게 부탁드리는 거예요."

"그럼 뭐 때문인지 말해 줄 수 있어?"

현우는 그녀가 무슨 생각으로 그런 부탁을 하는지 이해할 수 없었다. 수아가 흐트러짐 없는 시선으로 그를 똑바로 바라봤다.

"우리 아빠를 그렇게 만든 사람…… 누군지 알고 싶어요."

"……."

"알기 전에는…… 여기서 못 나가요."

타는 듯한 그녀의 눈빛에 현우는 입을 다물었다. 그제야 수아가 아버지의 죽음에 얽힌 진상을 여전히 모른다는 사실이 피부로 느껴졌다. 그녀는 모른다. 자신의 사소한 행동이 아버지를 영원한 안식의 세계로 이끌었다는 것을.

"엄마가 안 그랬단 건 알겠어요. 하지만 꼭 알고 싶어요. 아빠를 죽이고 우리 가족을 이렇게 엉망진창으로 만든 사람이 누군지요."

"……."

"게다가 다른 환자한테도 그랬다면서요. 그럼 만사 제쳐 두고 범인부터 찾아야 하는 거 아니에요?"

"지금 그렇게 생각하는 건 나뿐이고, 증거도 아직……."

"저도 있잖아요, 희생자 가족인 저도요. 그 사람은 아빠를 죽인 원수라구요."

원한 맺힌 수아의 눈길이 그의 가슴에 비수처럼 꽂혔다. 퇴원 전에는 무슨 일이 있어도 진실을 밝혀내겠다고 호언장담한 그였다. 이제 그 빌어먹을 진실은 부메랑이 되어 수아 본인에게 위협으로 돌아오고 있었다. 모든 진실을 털어놓았을 때 그녀가 느끼게 될 엄청난 고통을 떠올리는 것만으로도 현우는 가슴이 찢어질 듯했다.

무엇보다 수아의 아버지가 일련의 연쇄적인 사건과 연관이 없다는 것을 현우는 잘 알고 있었다. 어떻게든 그녀를 이번 사건에서 멀리, 손이 닿을 수 없는 곳까지 떨어뜨려 놓고 싶었지만 그것이 어렵다는 게 문제였다. 그녀와는 무관한 사건에까지 수아를 끌어들일 수밖에 없는 이 상황이 안타깝고 답답했다. 곰곰이 생각하던 현우가 가까스로 입을 열었다.

"나도 네가 여기 있었으면 좋겠어. 그런데…… 교수님께서 허락하실지 모르겠다. 적정 입원기간이 있어서 그걸 넘으면 안 좋아하시거든."

"환자한테 문제가 발생한다면…… 다르겠죠?"

"그게 무슨 뜻이야?"

"배가 아프다고 할 거예요."

"뭐?"

현우가 기가 막힌 표정으로 수아를 바라봤다. 그녀가 그런 생각을 떠올릴 거라고는 예상하지 못했다. 수술 후 복통을 호소하면 몇 가지 검사를 필수적으로 시행해야 한다. 그러려면 합병증을 경계하는 김태주 교수의 성격상 퇴원은 며칠 뒤로 자연스럽게 미뤄진다. 분명 괜찮은 방법이었지만 비양심적이었다. 단칼에 거절하려고 눈을 마주친 그때 현우는 그것이 소용없다는 것을 깨달았다. 결의에 찬 수아의 눈빛에서 그녀가 한 발짝도 물러설 생각이 없다는 것을 느꼈기 때문이다.

"그래도 되는 거죠? 대답해 줘요."

"……알았어."

"정말이죠? 선생님 짱!"

수아가 어린아이처럼 손뼉을 치며 좋아했다. 오랜만에 그녀의 눈에 기쁨의 빛이 반짝였다. 그 모습을 보자 남아 있던 일말의 찜찜한 기분이 눈 녹듯 말끔하게 사라졌다. 현우는 그녀의 말과 행동에 일희일비하는 자신이 한심했지만 기분 나쁘지는 않았다. 오히려 어느 때보다도 유쾌하고 살아 있는 느낌이 들었다.

"선생님, 언제 시간 되세요? 그때 배 아프다고 간호사 선생님한테 알릴게요."

게임을 하고 있기라도 하듯 장난기 넘치는 눈동자였다. 현우가 핸드폰으로 시간을 확인했다.

"프리라운딩을 여섯 시쯤 도니까, 그때가 좋겠다."

"좋아요."

"이제 슬슬 올라갈까?"

"네, 가요."

엘리베이터에 탄 뒤로 둘 사이에 어색한 침묵이 흘렀다. 수아는 거울에 비친 모습을 들여다보며 옷매무새를 다듬었고, 현우는 앞으로 어떻게 할 건지 나름대로 고민에 빠졌다. 외과 의국이 있는 10층 버튼을 누르려던 그의 손이 멈칫했다. 7층과 8층 버튼에 불이 들어와 있었기 때문이다. 당황한 그의 귀에 수아의 목소리가 들려왔다.

"제가 눌렀어요."

"8층은 왜?"

"생각난 김에 가 보시는 게 좋잖아요. 같은 병실 분들은 뭔가 봤을지도 모르니깐."

수아가 그의 반응을 살피며 갈색 머리카락을 귀 뒤로 넘겼다. 그 모습에 현우는 자신도 모르게 입가에 미소가 번졌다.

"고마워."

수아가 말없이 윙크했다. 그녀의 눈빛이 전하는 메시지는 분명했다. 시간이 지나 흔적이 희미해지기 전에 한시라도 빨리 범인을 잡아야 한다는 것이었다. 현우도 그 뜻에 동감했다.

그녀를 7층에서 먼저 보내고 8층에 도착하자마자 서둘러 복도로 발을 내디뎠다. 갑자기 알 수 없는 감정이 엄습해 왔다. 병동 출입문 앞에 다가서서야 현우는 그 감정이 무엇인지 알아차렸다. 그것은 두려움이었다. 정체를 모르는 누군가에 대한 두려움.

현우는 간호 스테이션을 지나쳐 휴게실 앞으로 걸어갔다. 각 병동에 있는 스무 개의 병실은 휴게실을 기준으로 정확히 반으로 나뉘었다. 문득 현우는 기영이 있었던 병실을 기억하지 못하는 자신을 발견했다. 하지만 컴퓨터의 도움을 받을 필요까지는 없었다. 병실이 남자 화장실 맞은편이어서 냄새가 난다고 기영이 투덜거렸던 게 떠오른 것이다.

812호 병실 앞에서 걸음을 멈춘 현우는 벽에 부착된 환자 배치도를 통해 새로운 환자가 기영이 있던 침대를 쓰고 있음을 파악했다. 병실에 들어가기에 앞서 그는 어떤 식으로 질문할지 신중히 고민했다. 기영에 대해 묻는 그를 환자들이 이상하게 생각할지도 모른다. 그 점은 각오하고 있었다. 그보다 더 조심해야 할 것은 간호사들의 눈이었다. 그가 수액에 대해 캐묻고 다닌 걸 알면 불쾌하게 여길 게 뻔했다. 주치의를 맡은 다른 환자가 이 병실에 있었다면 좀 더 수월하게 접근할 수 있었겠지만 아쉽게도 그런 행운은 없었다.

현우는 복도에 간호사가 없는 것을 확인하고 병실 문을 열었다. 늦은 새벽, 병실의 분위기는 정중동이라는 단어로 표현할 수 있었다. 모든 환자가 잠에 빠져 움직임이 없는 것 같으면서도 조금씩 꿈틀거리는 게 느껴졌다. 겨울잠을 자던 곰들이 기지개를 켜기 전의 순간을 접한 기분이었다. 적어도 한 분 정도는 깨어 있을 줄 알았는데 그 기대는 빗나가고 말았다.

나중에 다시 와야겠다고 생각하며 문을 향해 발길을 돌린 그때, 복도로부터 들어온 불빛이 병실 안의 어둠을 몰아냈다. 서글서글한 인상의 중년 남자가 세면도구를 들고 안으로 들어왔다. 현우는 그가 기영의 맞은편에 있던 환자라는 것을 기억해 냈다. 병실에 들를 때면 기영과 화투를 치거나 농담을 주고받는 등 죽이 잘 맞았다.

"아버님, 벌써 깨셨네요."

"나야 뭐, 원체 새벽잠이 없어서."

남자가 웃었다.

"선생님은 이 시간에 무슨 일인데?"

"여쭤보고 싶은 게 있어서요. 실례지만 밖에서 잠깐……."

남자가 고개를 끄덕이더니 손에 쥔 세면도구를 들어 보였다.

"이거 놔두고 올게."

"네."

잠시 후, 다시 문이 열리고 남자가 나타났다. 주변을 눈으로 훑는 행동이 그 역시 일상적이지 않은 대화가 오갈 것을 직감한 듯했다.

"나한테 물을 게 있다고?"

"네, 아버님."

현우가 무심한 말투로 운을 띄웠다.

"어제 아침에는 많이 놀라셨겠어요."

"허…… 그 영감이 그렇게 가 버릴 줄은 몰랐지."

남자가 회한에 젖은 눈으로 병실 쪽을 바라봤다.

"특히 아버님께서 많이 놀라셨을 거 같아요, 평소에 친하셨으니."

"그러니까 인생이란 게 아무도 모르는 거요. 그제만 해도 멀쩡하게 외출하시던 분이, 참."

혀를 차는 그의 눈에 아련한 그리움 같은 것이 감돌았다. 문득 그의 입가가 씰룩였다.

"선생님 그거 아셔? 그 할아범 병원서 애인까지 만들었잖아."

기영이 병실에서 그 이야기를 안 했을 리 없었다.

"알고 있습니다."

현우는 옅은 미소를 머금고 가만히 고개를 끄덕였다. 갑자기 가슴이 먹먹해졌다. 어제 처치실에서 마주한 혜림의 얼굴이 떠올랐기 때문이다. 지금 그녀가 어떤 심정일지 생각하려다 고개를 흔들어 떨쳐 냈다. 한없이 깊고 어두운 상념 속에 빠지고 싶지 않았다.

"그래서, 선생님이 궁금한 게 뭔데."

"네, 사실은……."

변죽을 울렸다가는 불필요한 의심을 살 수 있다. 현우는 변화구 대신 직구를 던졌다.

"제가 주치의여서 사망진단서를 작성해야 하거든요. 그런데 그게 좀 쉽지 않아서요."

"뭐가 어려워. 심장마비, 네 글자만 적으면 되는 거 아니여?"

남자의 구수한 말투에 현우는 어깨에 뭉친 긴장이 풀리는 느낌이었다.

"그러면 얼마나 좋겠어요. 근데 그렇게 간단하지가 않아요."

현우가 비장의 카드를 꺼냈다. 환자들의 의심을 받지 않으면서 원하는 것을 얻어 낼 수 있는 절묘한 방법.

"저희는 사인을 검토할 때 모든 가능성을 떠올려요. 열 개면 열 개, 스무 개면 스무 개, 우선 생각해 놓고 하나씩 배제하는 거죠."

"의사 선생님들, 참말로 피곤하게들 사시네. 수고 많으셔."

그가 어처구니없다는 듯 고개를 저었다. 현우가 어색한 미소를 지으며 말을 이었다.

"예를 들면요, 이건 말도 안 되는 얘기긴 하지만 수액 팩에다 누가 못된 짓을 하는 가능성도 생각해요. 의사인 척 병실에 들어와서 주사기로 약물을 넣을 수도 있으니까요."

"선생님, 괜히 그런 말 하지 마쇼. 나 같은 사람은 어디 무서워서 살 수나 있겠어?"

그가 오싹한 듯 눈을 질끈 감았다. 현우가 웃으며 말을 이었다.

"혹시 또 모르죠, 어제 그 어르신이 주무시는 틈에 누가 그랬을지. 안 그래요?"

"허튼소리 마. 선생님, 내 별명이 뭔지 알아?"

"아뇨."

"광어여, 광어. 머리 뒤에도 눈이 달렸다 이 말씀이여."

그의 독특한 표현에 현우는 웃음이 나왔다.

"그러니까 걱정 붙들어 매셔. 기영 할아범은 그냥 명이 돼서 편히 가셨어. 암, 그렇고말고."

남자가 힘차게 고개를 끄덕였다. 굳건한 믿음이 깃든 눈빛이었다. 여느 때라면 현우도 그 말에 맞장구쳤겠지만 지금은 그럴 수 없었다. 동의하는 것도 아니고 그렇다고 반대하는 것도 아닌 어중간한 어조로 대꾸했다.

"그러셨……겠죠."

"할아범, 지금쯤 어디 있으려나."

"……."

"염라대왕 앞에서 담배 연기 뻑뻑 뿜어 대는 거 아닌지 몰라. 그렇게 좋아하는 담배 피운다고 잔소리하는 사람도 없겠다. 살판났겠어, 아주."

두 사람의 눈이 얽혔다. 그들은 서로를 바라보며 조용히 웃었다. 현우는 문득 죽는다고 해서 그 사람의 존재가 함께 사라지는 건 아니라는 생각이 들었다. 자신을 기억해 주는 누군가의 마음속에서 여전히 살아 움직인다. 인생의 궤적에서 어느 순간 만났던 이들의 마음속에 어떤 형태로든 남아 있는 것이다. 마음속 어딘가에서 기영이 들켰구마이, 하고 멋쩍게 웃는 소리가 들려오는 듯했다.

어둠의 고요 속에서 감각은 이상할 만큼 예민해진다. 커다랗게 입을 벌린 어두컴컴한 복도 한가운데서 현우는 뒤늦게 실수를 알아차렸다. 수아가 8층 버튼을 누르는 바람에 엉겁결에 기영의 병실로 떠밀려 갔다. 그러나 처음부터 거기에 갈 필요는 없었다. 병실에서 수액 팩의 조작이 일어났을 가능성은 희박했다. 조금 전만 해도 아무 생각 없이 그리로 향했지만 이제는 달랐다. 잠겨 있던 뇌세포가 하나둘씩 생기를 되찾고 활발하게 움직이기 시작했다.

현우는 전날 자신이 논리적으로 추론한 부분을 다시 되짚어 봤다. 머리로 향하는 다양한 뇌혈관과 분지들의 혈류가 빨라지는 것이 느껴졌다. 최대한 그때의 기억을 그대로 떠올리기 위해 머리를 부둥켜 쥐었다. 효과는 몇 초 뒤에 나타났다.

약제팀에서 마련된 수액 팩이 각 병동의 물품 보관실로 옮겨지고 이후 각 환자에게 제공된다. 따라서 조작은 세 곳에서 이뤄질 수 있다. 약제팀, 물품 보관실, 병실. 그중에서도 약제팀에서 조작이 일어난 경우에는 피해자가 하나에서 끝나지 않고 여러 명이 발생할 가능성이 크다. 그런 생각으로 어제 현우는 일주일 전까지 기간을 확장해서 환자 명단을 살펴봤다. 그 결과 기영뿐 아니라 슬기의 혈액 검사에서도 칼륨 수치의 변화를 확인했다.

수액에 조작이 일어났다면 가장 유력한 후보는 약제팀이다. 각 병동의 물품 보관실은 그다음이다. 엘리베이터에서 내린 현우는 구내식당과 편의점을 지나 지하 1층을 가로질렀다. 곧 불이 켜진 약제팀의 모습이 눈에 들어왔다. 신참으로 보이는 간호사 두 사람이 창구 앞에서 대기하고 있었다. 당직을 서다 편의점을 들를 때면 보게 마련인 익숙한 풍경이었다. 왼쪽 구석에 실내로 통하는 문이 보였지만 선뜻 그리로 발이 움직여지지 않았다.

약제팀은 의사에게는 미지의 정글과도 같다. 의과대학에 입학한 뒤로 본과 실습, 인턴, 레지던트, 펠로우를 거칠 때까지 약제팀에 들를 일이 없기 때문이다. 의사가 약을 처방하면 약제팀에서 약을 조제하고, 조제된 약은 간호사가 수령해서 병동으로 올라간다. 이런 방식이 유지되는 한, 의사는 약사와 말을 섞을 필요가 없다.

설령 약의 처방에 대해 물어볼 게 있어도 약사는 의사가 아닌 병동 간호사에게 연락한다. 말을 섞으면 큰일 나기라도 할 것처럼 의사와 약사는 수화기를 통해서도 자신을 노출하지 않는다. 그들은 오직 컴퓨터 모니터 속에서만 소통한다. 그것도 의사로부터 약사로만 흐르는 일방 통행이다.

현우는 한참을 약제팀 입구에서 서성거렸다. 창구 앞의 간호사가 그를 이상한 눈길로 쏘아봤다. 그는 여자 화장실 앞에서 안을 훔쳐보다 들킨 것처럼 무안했다. 발을 들여놓아서는 안 되는 은밀한 장소에 있는 기분이었다.

'들어가도 되는 걸까.'

그가 안을 기웃거리고 있는데 발소리가 가까워지더니 한 여자가 안에서 나타났다. 수수한 외모에 하얀 가운 차림이었다. 약사라는 인상이 단정한 옷차림에서 풍겨 나왔다. 사소한 실수도 놓치지 않고 모두 잡아낼 것 같은 꼼꼼하고 세심한 느낌. 기분 탓인지 몰라도 현우는 약 냄새가 어른거리는 것 같기도 했다. 그를 발견한 여자가 미심쩍은 눈길로 쳐다봤다.

"누구시죠?"

"안녕하세요, 외과 레지던트 이현우입니다."

"아, 네. 여긴 어쩐 일로……."

그녀는 자신의 이름을 알려 줄 생각이 없어 보였다. 현우가 그녀의 가운 앞주머니에 눈길을 던지자 이름이 보였다.

약사 정연재

멸종 위기에 처한 희귀종을 보듯 그녀가 현우를 뚫어져라 바라봤다. 그럴 만도 했다. 그녀가 약사 생활을 하는 동안 약제팀 입구에서 의사를 마주친 적은 없었을 테니 말이다. 그는 자신이 이곳에서 결코 환영받지 못하리라는 것을 직감했다. 하지만 더는 시간을 지체할 수 없었다. 어떻게든 약제팀의 내부로 들어가야 했다. 뜸을 들이다 말고 그가 입을 열었다.

"알아보고 싶은 게 있어서 왔습니다."

"그게 뭐죠?"

"수액에 관한 건데요. 어떤 식으로 관리되는지 궁금합니다."

"수액요?"

찬물을 끼얹은 것처럼 두 사람을 둘러싼 공기가 급격히 싸늘해졌다. 현우는 그녀의 저변에서 끓어오르는 경계심을 느꼈다. 감사를 나온 공무원도 아니고 의사가 이런 질문을 하는 경우는 없을 터였다.

"그게 왜 궁금한데요?"

째려보는 눈빛이 말하는 바는 명확했다. 약제팀에서 무슨 실수라도 했냐고 항의하는 것이었다. 현우도 자신의 질문에 담긴 함축적인 의미를 아는 바라 그녀의 심정을 이해했다. 둘 사이를 가로막은 팽팽한 긴장감을 어떻게든 해소하는 것이 우선이었다. 상대는 약사다. 조금 전 환자에게 써먹었던 수법은 먹히지 않을 공산이 컸다. 그는 다른 방식으로 접근하기로 했다.

"교수님이 시키셨거든요, 저한테."

"교수님이요?"

연재의 표정이 누그러졌다. 조금 전의 경계하던 모습은 온데간데없었다. 현우는 자신의 예측이 적중했음을 알아차렸다. 대학병원에서 교수보다 위력적인 단어는 없다. 그 단어가 만들어 낸 마법 같은 광경에 현우는 새삼 교수의 권위를 실감했다.

"네, 어제 저보고 알아보라 하셨거든요. 약제팀에서 어떤 식으로 관리하는지 궁금하다면서. 잊고 있다가 지금 기억나서 왔어요."

"교수님 성함이……."

"김태주 교수님요."

입에 담기도 싫은 이름이지만 어쩔 수 없었다. 현우는 그를 싫어하면서도 필요할 때는 이용하는 자신이 우습게 느껴졌다.

"아아, 네."

연재가 입을 헤 벌린 채 멍하게 고개를 끄덕였다. 현우는 그녀가 김태주 교수를 모른다는 것을 확신했다. 그녀의 의심에 쐐기를 박기 위해 태연함을 가장하고 말했다.

"그 교수님 성깔 아시잖아요, 별거도 아닌 일로 레지던트 뺑뺑이 돌리고."

"네에."

"힘들어요, 정말."

"네, 힘드시겠어요."

연재가 영혼 없는 목소리로 그렇게 말했다. 더 이상 저항의 기운은 느껴지지 않았지만 현우는 그녀가 여전히 머뭇거리고 있다는 느낌을 받았다. 핸드폰으로 시간을 확인하며 서두르는 티를 냈다.

"수액 만드는 곳을 볼 수 있으면 좋겠는데……."

"안내해 드릴게요. 그것만 확인하시면 돼요? 다른 건 알아볼 것 없고?"

"네, 없습니다."

"따라오세요."

"네."

현우는 앞서가는 연재에게 뒤처지지 않으려 나란히 보조를 맞췄다. 탕탕, 하고 대리석을 쪼개는 듯한 청명한 소리가 귀를 간질이더니 점차 커졌다. 약제팀에 들어선 현우는 곧 소리의 정체를 알아냈다. 육중한 체격의 약사가 조그만 그릇에 든 뭔가를 엄지 크기의 절구로 찧고 있었다. 그의 시선을 알아차린 듯 그녀가 넌지시 말했다.

"소아 산제 분포하는 거예요."

"아, 네."

현우는 가이드를 따라 여행 온 관광객이 된 기분이었다. 약제팀의 이방인인 그로서는 현지 가이드의 뒤를 졸졸 따라다닐 수밖에 없었다. 이윽고 두 사람은 약제팀에서도 가장 외진 곳에 다다랐다. 거기에는 관계자 외 출입금지 팻말이 붙어 있었고, 이제까지와 달리 어두운 조명이 안을 비춰 음침한 기운마저 감돌았다. 현우는 문득 생각난 것이 있어 등을 돌리고 사방을 두리번거렸다. 정확히 이쪽을 포착하는 카메라가 두 개 있었다. 주기적으로 붉은빛을 깜박이는 카메라에서 강력한 위압감이 느껴졌다.

"여기가 무균 조제실이에요."

그 말에 현우는 연재 쪽으로 시선을 옮겼다. 현우는 그녀가 자신의 어깨 너머로 눈길을 던지는 것을 알 수 있었다. 카메라를 바라보는 장면을 들킨 모양이었다.

"환자에게 들어가는 수액은 전부 여기서 만들어지나요?"

"그건 아니죠. 항암제나 TPN경구 섭취가 어려운 환자에게 중심정맥을 통해 영양소를 공급하는 방법만 여기서 만들어서 병동에 올려요."

"다른 건요?"

"단순 주사제는 바이알이나 앰플째로 병동에 보내면 간호 쌤들이 알아서 믹스해요."

그런 것까지 설명해 줘야 하냐고 구박하는 눈빛이었다. 현우는 내색하지 않고 질문을 이어 나갔다.

"예를 들어 제가 0.9% 생리식염수를 처방했다고 쳐요. 그럼 약제팀에서는 어떤 프로세스를 거치나요?"

그녀가 당혹감을 감추듯 어색한 미소를 보였다.

"방금 생리식염수라고 했어요?"

"네."

"선생님, 모르셨구나."

'뭘 모른다는 걸까.'

현우는 점점 복잡한 미로 속으로 걸어 들어가는 기분이었다. 그녀의 얼굴에는 의미를 알 수 없는 미소가 떠올라 있었다.

"그건 저희 업무가 아닌데. 저 따라오세요."

"네."

연재가 빠른 걸음으로 입구 쪽으로 다가갔다. 현우는 그림자처럼 그녀의 뒤를 쫓을 뿐이었다. 잠시 후, 바닥에 쌓인 여러 개의 박스가 눈에 들어왔다. 그 앞에서 그녀가 걸음을 멈추고 뒤를 돌아봤다.

"보시다시피 여기 이렇게 있어요. 기본적인 수액 팩은 저희가 안 만들어요."

현우는 한 방 먹은 기분이었다. 불현듯 주변의 소음이 잦아들고 와장창하는 소리가 이명처럼 들려왔다. 머릿속에 있던 무언가가 부서지는 느낌이었다.

"물류 업체에서 저희한테 납품해요. 기초 수액은 사용 빈도가 잦아서 한번 공급할 때 수백 개가 들어와요. 저희는 그걸 병동별로 분류해서 나눠 주고요."

혹시나 하는 마음에 현우가 물어보았다.

"미리 박스를 열어 보지는 않고요?"

"당연하죠. 언제 그걸 일일이 꺼내서 확인해요. 수액 팩 바코드 말씀하시는 거라면, 저희 사정도 좀 생각해 주세요. 안 그래도 로딩이 만만치 않은데, 저것까지 하면 우린 죽어요. 아님 직원을 더 뽑아 주든가."

팔짱을 낀 채 연재가 계속해서 투덜거렸다. 현우는 아무런 대꾸도 하지 못했다. 수액의 유통 방식을 잘못 알았다는 데서 나온 허망함이 그를 짓누른 것이다. 보는 눈이 많은 이곳에서 밀봉된 박스를 뜯는 것은 너무나 무모한 행동이다. 즉, 약제팀에서는 수액 팩의 조작이 일어날 수 없다. 그 명확한 사실이 암시하는 바는 하나였다. 수액 팩의 조작이 일어날 만한 곳은 단 한 군데, 병동의 물품 보관실이었다.

*

어느새 수아와의 약속 시간이 바짝 다가와 있었다. 오전 여섯 시가 된 것을 확인한 현우는 출력해 둔 수술계획표와 입원 환자 명단을 클립보드에 끼우고 나섰다. 문 앞에서 사복 차림의 레지던트 2년차 정태형과 마주쳤다. 가려운지 머리를 박박 긁던 그가 현우를 보고 손을 아래로 내렸다.

“형, 안녕하세요. 오늘은 좀 늦으셨네요.”

태형은 보통 오전 다섯 시 반에 출근한다. 회진 준비를 물샐 틈 없이 꼼꼼하게 하는 철두철미한 성격 때문이었다.

“어, 밥 먹고 와서. 넌 어디 가냐?”

“프리라운딩 돌아야죠.”

현우가 손에 쥔 클립보드를 들어 올렸다. 태형의 입가에 야릇한 웃음이 스쳤다.

“너, 좀 수상한데.”

“뭐가요?”

“회진 준비하러 가는 사람 얼굴이 아니잖아.”

정곡을 찔린 현우는 애써 담담한 표정을 지으려 노력했다. 설레는 마음을 티 안 내려 했지만 잘되지 않았나 보다. 다른 사람의 눈에는 자신이 애인이라도 만나러 가는 사람처럼 보인다고 생각하니 귀까지 벌게졌다. 태형이 재미있다는 듯 눈을 굴리더니 툭 내뱉었다.

“이현우, 응원한다.”

“네? 그게 무슨 말씀…….”

어떻게든 아닌 척하고 싶어 현우가 그렇게 말했지만 소용없었다. 때마침 가운 주머니에서 전화벨 소리가 들리자 태형이 씨익 웃고 의국으로 들어갔다. 핸드폰을 꺼내 보니 7병동에서 온 콜이었다. 전화를 받기도 전에 현우는 간호사가 호출한 이유를 알 수 있었다.

병실에 들어서자 신음 소리가 들렸다. 소리가 나지 않게 문을 닫고 현우는 조심스럽게 안으로 걸음을 옮겼다. 커튼 너머에서 간헐적으로 들려오는 가냘픈 음성에 웃음이 나오는 걸 겨우 참았다. 새삼 수아의 연기력이 보통이 아니라고 생각했다. 사정을 모르는 이들이라면 감쪽같이 속아 넘어갈 정도로 그녀의 연기는 훌륭했다.

현우가 커튼을 열어젖히자 이불을 덮은 채 옆으로 돌아누운 수아가 보였다. 인기척을 느낀 그녀가 고개를 돌렸다. 허공에서 둘의 눈길이 교차했다.

"선생님, 너무 아파요."

"……."

식은땀을 흘리는 수아의 모습에 당황한 현우는 아무 말도 못 했다. 그녀가 실제로 아픈 건지 연기를 하는 건지 순간 구분이 가지 않았기 때문이다. 그녀가 손가락으로 입술을 가리키며 주위를 두리번거렸다. 환자들이 의심하니 빨리 말하라는 무언의 압박이었다. 그제야 현우는 자신의 역할이 생각났다.

"언제부터 이런 거야?"

"조금 전에요."

현우는 침대 주위로 커튼을 둘러쳤다. 외부의 시선에서 자유로워진 그는 수아의 침대에 걸터앉았다. 그러고는 그녀에게 손 하나 안 대고 입만 뻥긋거렸다.

"옷 좀 올려 볼까?"

"네."

수아 역시 상황에 몰입한 여배우처럼 신음 소리를 내는 데 충실하면서도 눈에는 장난기가 어려 있었다. 이런 걸 범죄라고 할 수 있을지는 모르겠지만 이 순간 두 사람은 공범이나 다름없었다. 현우는 가상의 신체 진찰을 마치고 침대에서 일어났다. 자신의 연기력이 수아에게 턱없이 못 미친다는 것을 충분히 실감한 상태였다.

"CT 찍어 봐야겠다. 기다리고 있어."

"네."

"진통제는 필요 없고?"

"주세요, 얼른."

마지막까지 수아는 혼신의 연기를 펼쳤다.

현우는 간호 스테이션으로 돌아와 추가 검사를 처방하고 담당 간호사에게 CT실에 연락할 것을 지시했다. 그러고 나서 의국에서 확인하지 못한 환자들의 타과 협진 결과를 기록했다. 며칠 전 시행되었던 조직검사 결과도 빠짐없이 훑었다. 그런 다음 프리라운딩을 위해 엘리베이터로 향했다. 그가 시간을 확인하려고 핸드폰을 집어 드는데 우연히 수아에게서 온 문자가 눈에 들어왔다.

선생님 고마워요 :) 그 일은 어떻게 됐어요?

조금 전에는 보는 눈이 많아서 물어볼 수 없었으리라. 현우가 답장을 보냈다.

특별한 건 없었어. 수술 틈틈이 CCTV도 확인해 보고. 내 선에서 할 수 있는 건 다 해 볼게. 걱정 마.

핸드폰을 도로 가운에 넣을 틈도 없이 답장이 날아왔다.

선생님!!

난데없는 느낌표에서 그녀의 목소리가 들려오는 듯했다.

범인이 있다고 가정해 봐요. 그 사람은 왜 환자들의 수액에 이상한 걸 넣었을까요?

글쎄.

이건 범인의 동기에 해당해요. 설마 이런 위험한 행동을 아무 이유 없이 하진 않았을 거 아녜요.

문자일 뿐이지만 수아의 말투는 어느새 형사 같은 말투로 바뀌어 있었다. 그의 생각을 읽기라도 했는지 연달아서 문자가 왔다.

제가 그런 쪽 드라마를 좋아하거든요. 시그널, 비밀의 숲. 보셨어요?

수아가 언급하는 드라마들의 이름은 그도 들어 본 거였다. 보지는 않았지만.

아니.

세대차이 ㅋㅋ

변명하자면 나이와는 무관했다. 동기들 중 일부가 그런 드라마에 꽂혀 열광할 때도, 헤어진 여자 친구가 재미있다며 보라고 할 때도 그는 보지 않았다. 현우에게 있어 드라마는 허구의 세계였다. 자신이 몸담은 현실이 아닌 다른 세계에 대해서는 시간을 투자해야 할 가치를 느끼지 못했고, 호기심도 없었다. 그때 메시지 수신음이 그의 상념을 걷어 냈다.

돌아가신 분들의 공통점이 뭐예요?

공통점?

범인에게 환자를 선택하는 방식이 있는 건 아닐까요??

현우는 그녀가 진심으로 이런 말도 안 되는 걸 믿는지 궁금해졌다.

어쨌든! 저는 아빠까지.

문자가 끊긴 채로 왔다. 한동안 핸드폰이 잠잠했다. 현우는 엘리베이터가 도착한 것을 깨닫고 안에 올라탔다. 12층 버튼을 누르고 액정 화면을 다시 내려다봤다. 수아의 생각이 전혀 일리 없다고 할 수는 없었다. 그러나 동기라든가 선택하는 방식 같은 것은 도무지 짐작할 수 없었다.

잠시 후, 엘리베이터 문이 열렸다. 내리는 것도 잊고 문자를 보던 그는 몸이 붕 뜨는 느낌에 전광판을 바라봤다. 12에서 11로 바뀐 숫자를 보고 다급하게 10층 버튼을 눌렀다. 간신히 10층에 내린 현우는 비상계단으로 걸음을 옮겼다. 그가 생각해도 어리석은 실수였다. 12병동에 입원한 환자들의 상태를 점검하고 불편한 점은 없는지 회진 전 마지막으로 확인했다. 일을 마친 그가 계단을 내려가는데 문자가 왔다.

이제 씨티 끝났어요.

수고했어.

아빠까지 세 분이라고 하셨죠?

현우는 잠시 망설이다가 답장을 보냈다.

아직 확실하진 않아. 더 있을지도 몰라.

얼른 조사해 보세요. 그러다 보면 공통점도 나올 거예요.

그녀의 의견에 회의적이었지만 내색하지는 않았다. 현우는 알겠다는 문자를 남기고 11층으로 향했다. 아침 일정을 고려하면 시간이 촉박했다. 잠시 후, 7병동 간호사로부터 전화가 왔다. 수아가 CT 검사를 끝내고 병실로 돌아왔으니 결과를 확인해 보라는 연락이었다. 전화를 끊은 그의 입가에 미소가 피어났다.

*

외과 인턴과 레지던트뿐인 별관 회의실에는 적막한 기운이 감돌았다. 현우는 운명의 시간이 다가오는 것을 느꼈다. 가슴속에는 생전 겪어 보지 못한 감정의 폭풍이 휘몰아치고 있었다. 한 시간 후면 모든 것이 결정된다고 생각하니 제대로 숨조차 쉬기 어려웠다. 째깍, 째깍 시간이 흐를수록 그는 자신의 내부에서 어떤 예감이 포악하게 몸을 비트는 것을 감지했다. 동료들 앞에서 공개적으로 모욕을 당할지도 모른다는 불길한 예감이 날파리처럼 달려들었다.

오전 일곱 시가 가까워지자 외과 교수들이 속속 모습을 드러내기 시작했다. 현우를 비롯한 레지던트, 인턴 일동은 그때마다 기립해서 인사했고, 교수들은 ㄷ자 모양으로 배치된 기다란 책상에 나란히 착석했다. 거침없이 들어서는 발소리에 자리에서 일어나던 그는 김태주 교수의 얼굴을 발견하고 멈칫했다. 정체를 알 수 없는 무언가가 아래로 끌어당기는 기분이었다. 인사할 필요 없으니 자리에 앉으라고 명령하는 소리가 어딘가에서 들려오는 듯했다.

태주의 그림자는 한순간도 그의 시야에서 벗어나지 못했다. 이 순간 온몸에 곤두선 세포는 태주의 사소한 변화도 놓치지 않기 위해 극도로 예민해져 있었다. 도시락의 포장을 뜯는 모습에서 어쩌면 이미 화가 풀렸을지도 모른다는 희망을 품었다가, 고개를 가로젓고 코를 찡그리는 모습에서는 세상이 끝나 버릴 듯한 절망에 빠졌다.

도시락을 먹는 태주의 눈길이 서서히 자신에게 옮겨 오자 현우는 얼른 시선을 내리깔았다. 어젯밤부터 뒤따라 다니던 불안과 초조는 극에 달한 상태였다. 어느 정도 시간이 흘러 현우가 다시 고개를 들었을 때 둘의 눈길이 허공에서 부딪쳤다. 그 짧은 순간 현우는 그의 눈 속에서 발산되는 짙은 적개심을 발견했다. 그 눈빛이 오늘부로 너는 끝장이야, 라고 말하는 것 같았다. 깊은 곳에서 잠시나마 일었던 희망이 늪 속으로 가라앉았다.

오전 일곱 시가 다 되었을 무렵 정덕현 교수가 들어섰다. 그를 본 순간 현우는 앞으로 뛰쳐나가고 싶은 충동을 가까스로 자제했다. 마지막이자 유일한 희망, 전 재산을 박은 경주마가 레이스를 시작하기 전의 기분이 아마 이럴 거라는 생각이 들었다. 그에게 있어 덕현은 구세주나 다름없었다.

지난밤 얘기를 나누며 느꼈던 태주에 대한 그의 반감은 오늘도 코브라처럼 조용히 웅크리고 있었다. 불편한 다리를 이끌며 걸어가던 그는 김태주 교수와 의자 하나를 사이에 두고 떨어져 앉았다. 힐끔 태주를 보는 덕현의 눈길에는 가시가 박혀 있었다.

외과 과장 하석천이 강단에 올랐다. 그는 외과의 전반적인 상황을 훑었다. 3월에 비해 줄어든 정규 수술 숫자로 교수진을 질타하고, 조만간 도입될 새로운 유형의 복강경 기구에 대한 의견을 교수들에게 물어보았다. 그러고는 두 달 전 수술실에서 발생한 사망 사고에 대한 의료분쟁조정중재원의 감정 결과를 알렸다. 의료진의 과실이 인정되지 않았다고 말하는 그의 얼굴에는 승리의 빛이 떠올라 있었다.

하석천 과장이 강단에서 인사를 하고 내려왔다. 실내를 밝혀 주던 전등이 모두 꺼지고 정면의 커다란 슬라이드만이 프로젝트 빔의 불빛을 받아 냈다. 비로소 4월 둘째 주 SGR의 서막이 올랐다. 첫 번째 연사는 레지던트 3년차 최준호였다. 위장관 기질종양의 쐐기절제술 이후 발생한 성인호흡곤란증후군에 대한 케이스 발표였다.

발표가 진행되는 동안 현우는 한시도 긴장의 끈을 놓을 수 없었다. 그의 시선은 자꾸만 태주와 덕현에게로 향했다. 그건 단순한 호기심에서 비롯된 행동은 아니었다. 머지않은 미래에 이곳에서 벌어질 격전에 대한 불안감 때문이었다. 슬그머니 의자에 등을 기대고 곁눈질로 두 교수의 동향을 살폈지만, 방 안을 적신 어둠 때문에 제대로 확인할 수 없었다. 다만 덕현이 한 손을 쥐었다 폈다 반복하는 동작에서 팽팽한 긴장감을 느낄 수 있을 뿐이었다. 발표 내용은 하나도 귀에 들어오지 않았다.

이윽고 케이스 발표가 끝났다. 현우는 자세를 가다듬고 초조하게 앞을 주시했다. 다음은 정덕현 교수 차례였다. 그가 자리에서 일어난 순간 거친 목소리가 실내를 울렸다.

"잠시만요."

김태주 교수였다. 한 손을 든 그가 좌중을 둘러보며 동의를 구하는 동작을 취했다. 현우는 심장이 격렬하게 두방망이질 치는 것을 느꼈다. 가슴속에 고여 있던 것들이 활활 타오르는 기분이었다. 무엇 때문일까. 사실은 그렇게 묻는 그 자신이 누구보다 그 이유를 잘 알고 있었다.

"무슨 일입니까?"

외과 과장 하석천이 어리둥절한 표정으로 물었다. 덕현은 앞으로 가지도 앉지도 못하고 의자를 붙든 채 어정쩡하게 서 있었다. 그 모습이 외과에서의 그의 입지를 나타내는 듯했다.

"오늘 이 자리에서 존경하는 교수님들과 논의하고 싶은 게 있습니다."

"뭡니까?"

"전공의 교육에 관한 사항인데요. 모두의 앞에서 저희 과의 자세한 상황을 말씀드리는 게 맞는 것 같아서요."

책상을 둘러싼 10여 명의 교수가 서로 눈길을 교환했다. 현우는 올게 왔다는 생각에 저절로 고개가 숙여졌다. 두려움으로 머리부터 발끝까지 온몸이 떨려 왔다. 현우는 두 손을 깍지 끼고는 거기에 이마를 댔다. 떨림을 가라앉히기 위해서는 그 방법뿐이었다.

'오늘 선생이 했던 말…… 두고두고 후회하게 해 주지.'

태주의 목소리가 그의 머릿속에 파문을 일으켰다. 태주의 말대로 현우는 어느 때보다 후회하고 있었다. 자존감은 이미 무참히 짓밟힌 상태였다. 그를 기다리는 것은 파멸뿐이었다. 이제 그는 대장항문외과에서 축출된다. 모두가 보는 앞에서 부적합자로 낙인찍히고 병동에는 그에 대한 온갖 소문이 파다할 것이다.

"김태주 교수."

"네, 과장님."

"저기 보세요, 정덕현 교수 서 있는 것 안 보입니까? 아까부터 저러고 있어요. 김 교수 때문에요. 말씀하신 게 분초를 다투는 일입니까?"

뿔테안경 너머로 과장의 두 눈이 매섭게 번뜩였다. 머뭇거리던 태주가 목례를 했다.

"아닙니다. 죄송합니다."

"알았으면 그 얘기는 발표 후에 하고 앉으세요. 정덕현 교수, 좋은 강의 부탁합니다."

"예."

애매하게 서 있던 덕현이 그제야 걸음을 뗐다. 현우는 자신이 상황을 지나치게 낙관하고 있었음을 깨달았다. 강단으로 절뚝이며 걸어가는 그의 모습에서는 어떠한 의지도 느껴지지 않았다.

강단에 오른 덕현이 컴퓨터에 USB를 꽂았다. 대형 화면에 파일이 띄워졌다. 거기에 지난 밤 현우가 증거로 제출한 태주에 대한 자료가 있으리라. 현우는 두 눈에 잔뜩 힘을 주고 앞을 노려봤다. USB에는 일곱 개의 파일이 담겨 있었지만 그중 그가 찾는 제목은 없었다. 토막토막 불길한 생각들이 그의 머리를 밟고 지나갔다. 어느새 겨드랑이와 이마는 식은땀으로 축축하게 젖어 있었다.

'교수님은 처음부터 얘기할 생각이 없었던 걸까?'

SGR에서 김태주 교수의 악행을 폭로하겠다던 덕현의 당당한 모습이 이제는 환상 속의 그림처럼 느껴졌다. 현우는 그 역시 태주와 같은 교수라는 사실을 뒤늦게 깨달았다.

덕현이 무심하게 프레젠테이션 자료를 더블 클릭했다. 위장관 기질종양이라는 제목의 파일이었다. 현우가 실낱같이 품고 있던 희망이 부스러기가 되어 사방으로 흩어졌다. 모든 자신감은 자취를 감추고 진한 허무만이 마음속에 밀려왔다. 그는 계속 이 자리에 앉아 있기가 괴로웠다.

"어…… 위장관 기질종양은 위장관 벽 근육층의 Cajal 간질세포에서 기원하는 육종인데 KIT 또는 PDGFR-α 수용체의 돌연변이로, 이를 통한 세포 내 신호전달체계의 이상을 특징으로 하는 것…… 아니, 병이 되겠습니다."

덕현이 슬라이드에 떠 있는 문장을 토씨 하나 틀리지 않게 읊었다. 그가 답답한 듯 넥타이를 만지작거리며 말을 이었다.

"이게 좀 말이 어려울 텐데 그…… 다음 슬라이드부터 차근차근 말씀드리도록 하겠습니다."

다음 슬라이드로 넘어갔다. 남은 슬라이드의 개수는 스물아홉 개. 현우에게는 그것이 자신의 종말을 알리는 카운트다운처럼 느껴졌다. 그는 최대한 숫자가 천천히 줄어들기를 빌었다. 발표가 늦게 끝날수록 태주가 발언할 수 있는 시간도 줄어드니 말이다.

"이 GIST가 기원하는 세포가 Cajal 세포라고 말씀을 드렸는데, 이 Cajal 세포가 무엇이냐……를 먼저 말씀드리겠습니다."

슬라이드에는, 이름은 낯설지만 유명 인사일 게 분명한 인물의 흑백 사진이 있었고, 옆에는 근육 세포와 위장관 점막을 단순하게 나타낸 모식도가 있었다. 덕현은 일관된 톤으로 설명을 이어 갔다.

"이 Cajal이란, 사람 이름이 되겠습니다. 이분이 1800년대 말에 당시 현미경으로 위장관을 들여다보면서 어떤 세포를 발견하게 됩니다. 그게 이……."

덕현의 우울한 목소리가 회의실의 어두운 조명과 더해 음침한 분위기를 만들었다. 현우의 귀에 강의 내용은 더 이상 들어오지 않았다. 시간은 야속하게 자꾸만 흘러갔다.

"정덕현 교수, 질문이 있습니다."

현우는 태주의 신경질적인 목소리에 눈을 떴다. 덕현을 바라보는 그의 얼굴에서 강한 불만이 느껴졌다. 그는 전혀 그것을 숨기려는 기색도 없이 당당한 태도를 유지했다. 그가 하고 싶은 말이 강의 내용에 대해서인지 또는 덕현에 대해서인지 알 길은 없었다. 하지만 현우는 이 자리에 있는 모두가 같은 생각을 하리라 짐작했다.

덕현에 대한 태주의 공격은 예정된 수순이나 다름없었다. 두 사람의 관계가 악화일로를 걷고 있다는 것은 현우도 의국에 들어오기 전부터 익히 들어 알고 있었다. 덕현이 강단에 오르는 날이면 태주는 어김없이 대답하기 곤란하고 난해한 질문을 던지기 일쑤라고. 그 광경을 처음으로 직접 보게 된 것이다.

"네? 김 교수님."

덕현이 꺼벙한 표정으로 대답하자 태주가 그와는 대조되는 뚜렷한 어조로 말했다.

"말씀해 주신 돌연변이율 말인데요. 유전자 돌연변이가 KIT 수용체의 엑손 11번에서 대부분 발생하는 이유가 궁금합니다. 진화론적 측면에서 어떤 이득이라도 있는 걸까요."

"그…… 그건."

덕현의 얼굴이 보기 안쓰러울 정도로 굳었다. 현우가 집중하지 않은 사이 슬라이드는 어느새 열일곱 개가 남아 있었다. 화면에는 위장관 기질종양의 스위치 역할을 하는 KIT, PDGFR-α 수용체와 세포막의 모식도가 있었다. 거기에 유전자 돌연변이의 비율이 기입돼 있었는데, 전체 돌연변이율인 87.4% 중 67.5%가 KIT의 엑손 11번에 집중되어 있었다. 태주가 질문한 건 그 부분이었다.

"KIT의 엑손 9번, 11번, 13번, 17번을 보면……."

덕현이 한동안 말을 잇지 못하고 모니터만 뚫어져라 바라봤다. 시간이 지날수록 그의 안색에 패배의 기운이 짙어졌다. 그가 안타까운 한편으로 현우는 그런 류의 질문을 한 태주가 잔인하게 느껴졌다. 엑손 11번에서 대부분 발생하는 이유, 그것은 수많은 실험을 통계적으로 분석한 결과일 뿐 특별히 심오한 이유 같은 게 있을 리 없었다. 태주도 그 점을 노리고 질문했을 터였다. 이유를 설명하려고 하면 커다란 벽과 맞닥뜨리고, 이유 같은 건 없고 실험적인 결과라고 설명하면 체면이 서지 않으리라.

실습을 돌 무렵 케이스 발표는 떼려야 뗄 수 없는 일상이었다. 발표할 때마다 교수들은 말의 꼬투리를 잡고 인용한 자료의 정확성에 의문을 제기하며 출처를 요구했다. 어떤 때는 전혀 생각지도 못한 방향으로 기습 공격을 감행하기도 했다. 그때마다 현우는 머릿속이 새하얘지면서 우물쭈물하고는 했다. 지금 덕현의 모습이 정확히 그랬다.

"제가 좀 더 알아보고…… 나중에 알려 드리겠습니다."

"정 교수님, 앞으로 제대로 준비합시다."

"네."

절망적인 기분으로 정덕현 교수를 바라보던 현우가 움찔한 것은 그 때였다. 아주 짧은 순간의 일이었지만, 그는 덕현의 입가에 얼핏 미소에 가까운 무언가가 스치고 지나가는 것을 놓치지 않았다. 희미하게나마 한 줄기 희망이 가슴속에서 샘솟았다.

시간은 하염없이 흘러갔다. 슬라이드가 한 장씩 줄어들 때마다 현우는 조바심에 덕현의 얼굴을 살폈지만 반격의 기미는 보이지 않았다. 현우는 차라리 시간이 멈춰 버렸으면 좋겠다고 생각했다. 이 순간 그의 마음은 희망과 절망 사이를 수도 없이 옮겨 다니고 있었다.

어느새 마지막 슬라이드만 남았다. 지루한 어조로 강의를 이어 가던 덕현이 헛기침을 하고 말했다.

"이상으로 위장관 기질종양의 외과적 치료에 대한 설명을 마치겠습니다."

결국, 기적은 일어나지 않았다. 사무치는 좌절감에 현우는 고개를 떨어뜨렸다. 이제 와서 전세를 바꾸기에는 역부족이었다. 자신이 직접 저 강단에 오르는 것도 생각해 봤지만, 그건 앞으로 외과 의국에서의 생활을 고려하면 절대 해서는 안 되는 일이었다. 의사로서의 경력을 이어 가려는 일개 레지던트로서 그것은 반역 행위기 때문이었다.

현우는 자신을 향해 빠른 속도로 달려오는 비참한 운명을 맞아들일 마음의 준비를 했다. 모두가 보는 앞에서 눈물을 흘려서는 안 된다. 쪽팔리니까. 앞으로는 물의를 일으키지 않겠다는 반성의 말도 잊어서는 안 된다. 다른 교수에게까지 찍혀서는 안 되니까. 그런 식으로 생각을 정리했다.

발표가 끝난 회의실에 세상의 모든 소리가 빨려 들어간 듯한 정적이 내려앉았다. 들리는 거라고는 마우스 클릭하는 소리뿐이었다. 탁한 마찰음이 멀리서 들려왔다. 누군가 의자를 박차고 자리에서 일어난 모양이었다. 현우는 돌아보지 않아도 그가 태주라는 것을 짐작할 수 있었다. 현우는 죽음을 기다리는 투병 환자처럼 눈을 감고 두 손을 모았다. 지금 할 수 있는 건 그것뿐이었다.

"정덕현 교수, 그게 뭡니까?"

고막을 뚫고 들려온 과장의 목소리에 현우는 고개를 치켜들었다. 무심하면서도 호기심 어린 눈빛으로 석천이 강단을 바라보고 있었다. 나란히 앉은 교수들의 시선도 강단에 쏠린 상태였다. 홀로 일어선 태주는 불안한 눈빛으로 앞을 응시하고 있었다. 그의 얼굴 전체가 당혹감과 두려움으로 출렁거리는 듯했다.

현우는 그들이 보고 있는 게 무엇인지 알 것 같았다. 그럼에도 슬라이드에 시선이 닿은 순간 전율이 온몸을 훑고 내려가는 것을 느꼈다. 마지막 슬라이드를 장식한 것은 틀림없는 황기영 환자의 CT 검사 결과였다. 그가 오늘 내내 그토록 보기를 갈망했던 바로 그것.

"얼마 전 익명의 제보를 받았습니다."

덕현의 표정은 법정에서 공소장을 읽어 내려가는 검사의 그것처럼 엄숙했다. 조금 전의 어설프고 투박한 모습은 사라지고 없었다.

이제 승부는 끝났다. 현우는 그렇게 생각하며 모으고 있던 두 손을 풀었다. 그는 영화관에 온 관객의 기분으로 눈앞에서 벌어지는 일을 감상하기 시작했다. 흥미로운 시간이 될 것 같은 예감이 강하게 들었다.

*

회의실에서 나온 뒤로 어느새 두 시간이 넘게 흘렀다. 거기서 있었던 모든 일들이 지금은 그저 꿈만 같았다. 오랜만에 찾은 옥상 정원은 아늑한 분위기를 연출했다. 팔베개를 하고 벤치에 누운 현우는 눈을 감고 달콤한 봄바람을 음미했다. 바람에 섞여 날아오는 바다 냄새와 벚꽃 향기가 마음을 부드럽게 적셨다. 봄기운이 물씬한 이곳은 혜성대학교병원이 아닌 다른 세계에 속한 것 같았다.

이런 그의 모습을 보고 의아하게 여기는 동료도 있을 것이다. 이 순간에도 3층 수술실에서는 김태주 교수의 수술이 한창이었다. 그런 만큼 그가 여기서 빈둥거리는 건 있을 수 없는 일이었다. 무엇보다 옥상 정원은 외과 레지던트에게 있어서는 사치스러운 공간이었다.

애써 태연한 척했지만 사실 현우는 난처한 입장에 처해 있었다. 이 순간 그의 마음은 어디로 튈지 모르는 탱탱볼처럼 방향을 잃어버린 상태였다. 그가 외과 과장 하석천에게 연락을 받은 것은 첫 번째 수술 준비를 끝마친 무렵이었다. 석천은 엄숙한 목소리로 오늘부로 그를 대장항문외과의 업무에서 배제한다고 통보해 왔다. 교수 회의에서 결정이 내려지기 전까지 병원 내에서 대기하라는 말만 남기고 석천은 전화를 끊었다.

현우가 어쩔 줄 몰라 수술실을 떠나지 못하고 있는데 문이 열리더니 태주가 들어섰다. 분노로 얼굴이 보랏빛으로 물든 그가 냉혹한 목소리로 외쳤다.

"나가, 새끼야!"

그때 현우는 몸속에서 피가 뜨겁게 달아오르는 것을 느꼈다. 태주는 광견병에 걸린 개처럼 얼굴이 험악하게 뒤틀려 있었다. 각오했던 일이지만 막상 현실로 닥쳐오니 기분이 좋지 않았다. 두려움에 감히 태주와 눈길을 마주칠 수도 없었다.

오전의 발표에서 제보자의 정체에 관한 말은 없었다. 그럼에도 태주는 현우의 소행이라는 것을 알아차린 눈치였다. 사실 기영의 주치의인 그가 의심받는 건 어쩌면 당연한 일이었다. 태주의 입장에서 그는 반동분자나 다름없을 터였다. 생존을 위해 교수를 헐값에 팔아 버린 양심 없는 레지던트. 현우는 그가 자신을 어떤 식으로 생각하는지 충분히 마음을 읽을 수 있었다. 그럼에도 양심의 가책은 느껴지지 않았다.

대장항문외과 업무에서 배제된 탓에 그의 환자 스무 명이 인턴에게 넘어갔다. 그로 인해 병동에서 혼선이 빚어졌다. 현우가 자신에게 콜을 해 달라고 당부까지 했지만, 간호사들 모두 약속이라도 한 듯 그에게 연락하지 않았다. 김태주 교수나 과장으로부터 하달받은 지시가 따로 있는 모양이었다.

수술복을 벗어 던지고 의국으로 돌아왔지만 아무것도 손에 잡히지 않았다. 외과 치프 최준호가 그의 면전에서 호통을 쳤다. 준호가 한 말이 아직도 그의 귓전을 울렸다.

'오죽했으면 김태주 교수님이 그러셨겠냐. 너 같은 놈 하나 땜에 우리 의사들이 욕 처먹는 거야. 책임감도 없어, 사명감도 없어, 의지도 없으면서 의사는 왜 하냐?'

현우는 그의 앞에서 머리를 숙인 채 찍소리도 하지 못했다. 자신으로 인해 로딩이 산더미처럼 늘어난 인턴에게 미안할 따름이었다. 동료들이 있는 곳을 피해 다니다 보니 자연히 갈 곳은 옥상 정원뿐이었다.

문득 어둠 속에서 하나의 형상이 떠올랐다. 한 여자의 실루엣이었다. 현우는 자신의 가슴속에 수아에 대한 미안함과 부끄러움이 종양처럼 자리 잡고 있음을 알아차렸다. 그는 창피한 마음에 차마 그녀에게 문자를 보낼 수 없었다. 교수에게 낙인찍혀 주치의 업무에서 배제된 것은 의사로서 수치스러운 일이었다. 어떤 식으로든 알게 되는 순간 그녀가 서운해할지, 비웃을지, 황당해할지 그로서는 알 길이 없었다.

허전한 마음에 어젯밤 그녀와 함께했던 순간을 생각하다 보니 자꾸만 비참한 현실이 교차되어 우울해졌다. 숟가락 같은 걸로 가슴속의 우울을 바깥으로 덜어낼 수 있다면 얼마나 좋을까. 그런 생각에 잠겨 있던 그때 수아가 보낸 문자가 떠올랐다.

아빠까지 세 분이라고 하셨죠?

얼른 조사해 보세요. 그러다 보면 공통점도 나올 거예요.

현우는 벤치에서 몸을 일으켜 앉았다. 비로소 지금이 더할 나위 없이 좋은 기회임을 깨달은 것이다. 어제 시간이 없어 찾아보지 못했던 다른 사망자들의 명단도 이참에 조사해 볼 시간적 여유가 생겼다. 교수 회의에서 통보가 오기 전까지 그는 병원 내에서 대기만 할 뿐 수술실에 들어가지도, 주치의를 맡지도 않는다.

그렇다면 몇 시간 후가 될지는 모르지만, 적어도 그때까지는 오로지 수아를 위해서 시간과 힘을 온전히 쏟을 수 있다. 그런 명확한 사실에 생각이 닿자 이제까지 낭비한 시간이 무척이나 아깝게 느껴졌다. 어느새 현우는 외과 의국이 있는 10층으로 달리고 있었다.

시간은 그의 편이었다. 텅 빈 의국에는 그에게 잔소리를 할 사람이 없었다. OCS / EMR 프로그램에 접속한 현우는 일주일씩 범위를 늘려가며 사망한 환자들의 혈중 칼륨 수치를 빠르게 확인해 나갔다. 물론 모든 환자의 검사 결과를 확인할 순 없는 노릇이었다. 절대적인 숫자도 많을뿐더러 의무기록을 열람한 흔적이 남기 때문에 성깔 더러운 레지던트가 담당한 환자는 일부러 열람하지 않았다. 모든 환자의 기록을 열람하지 않더라도 자신이 원하는 표본을 얻을 수 있으리라는 확신이 그에게는 있었다.

작성을 하면서 절로 한숨이 새어 나왔다. 다람쥐 쳇바퀴 도는 것만큼이나 이 모든 행동이 무의미하게 느껴졌기 때문이다. 그럴 때마다 현우는 수아의 당부를 곱씹으며 마우스를 움켜쥔 손의 움직임을 멈추지 않았다. 3월 둘째 주에 사망한 환자 가운데 사망 직전 혈중 칼륨이 증가한 것을 발견했을 때는 저도 모르게 환호성을 지르기도 했다. 자신이 나아가는 방향이 옳다는 믿음이 꺼져 가던 의지의 불씨를 되살려 주었다.

이윽고 현우는 기영과 슬기 외에도 의문의 죽음을 맞이한 네 명의 환자를 찾을 수 있었다. 그는 환자들의 이름뿐 아니라 사망 날짜, 병실, 주치의 등 단서가 될 만한 것을 일일이 종이에 기록했다. 수아가 제기한 의문에 대해 나름대로 고민해 보려는 시도에서였다.

얼핏 보기엔 공통점이 없는 것 같지만 어쩌면 한눈에 띄지 않는 뭔가가 있을지 모른다. 누군가 의도적으로 환자들의 수액에 이물질을 주입했다면 선별하는 기준이 있으리라. 현우는 그런 믿음을 가지고 환자들의 정보를 빠짐없이 옮겼다. 수아 아버지는 어제와 달리 해당 사항이 없었지만 포함시켰다. 추후 수아에게 종이를 보여 줄 때를 대비해서였다. 아버지가 여느 피해자들과 사인이 다르다는 것을 그녀가 알아차리지 못하게 해야 했다. 그러기 위해서 그는 뭐든 할 각오가 되어 있었다.

황기영, 82세. 남성. 812호. 2020년 4월 9일. 외과. 이현우. 대장암.

윤슬기, 12세. 여성. 801호. 2020년 4월 8일. 내과. 강나리. 뇌사.

김숙자, 79세. 여성. 711호. 2020년 3월 10일. 외과. 정태형. 췌장암.

박해로, 68세. 남성. 918호. 2020년 2월 10일. 신경외과. 김수환. 고혈압성 뇌출혈.

주은정, 85세. 여성. 705호. 2020년 1월 20일. 산부인과. 최수민. 전이성 자궁경부암.

김계황, 90세. 남성. 902호. 2019년 12월 24일. 내과. 강나리. 백혈병.

한재훈, 45세. 남성. 810호. 2019년 11월 8일. 내과. 우철호. 간경변증.

여기까지 기록을 끝냈을 무렵 현우는 몸이 땅속으로 녹아들 것처럼 피곤해졌다. 단시간에 엄청난 집중력을 발휘해 모니터를 보다 보니 눈알이 빠져나올 듯하고 머리가 욱신거렸다. 결국, 그는 여기서 사망자 명단을 들추는 것을 관두고 지금까지 수중에 들어온 정보를 바탕으로 추론해 보기로 했다. 사망자를 몇 명 더 알게 된다고 해서 달라지는 것은 없으리라는 생각이었다. 문득 한 가지 불길한 생각이 그의 머리를 툭 치고 지나갔다.

'공통점이라고 할 만한 게 있을까?'

"공통점, 공통점, 공통점."

현우는 강박적으로 같은 단어를 웅얼거리며 명단에 시선을 고정했다. 수아 아버지를 제외하면 여섯이었다. 그들을 하나의 그룹으로 묶어줄 수 있는 특징. 현우는 학생 때로 돌아가 시험을 치르듯 필사적으로 생각했다. 시속 120킬로미터로 머리를 굴렸지만 들리는 건 단조로운 공회전 소리뿐이었다.

이름, 나이, 성별, 병실, 날짜, 진료과, 주치의, 병명.

들여다보면 볼수록 아무것도 찾아낼 수 없을 것이라는 무력감이 밀려왔다. 아니, 어쩌면 애초에 공통점이란 건 없었을지 모른다. 모든 건 수아의 탐정놀이에서 비롯된 어처구니없는 가설일 뿐이다. 정답이 없는 시험 문제는 건너뛰는 것이 상책이다.

단순 문제 오류. 현우는 공통점을 찾는 것을 포기했다. 그는 이어서 수아가 언급했던 동기로 관심을 돌렸다. 당장 떠오르는 것이라고 해 봐야 평소 뉴스에서 봤던 살인 사건의 동기였다. 금전적 문제, 치정 문제처럼 진부하고 보편적인 것. 그러나 이처럼 연약한 환자들을 죽인 이에게는 특이한 동기가 있을 거라는 생각이 들었다.

누군가의 얼굴이 머리에 떠오른 순간 목덜미에 소름이 돋아났다. 10여 년 전 전국을 공포의 도가니로 몰아넣은 연쇄 살인마. 세상에 대한 분노로 타인에 대한 살육을 시작했다던 범인의 진술은 당시 중학생이었던 현우를 공포에 떨게 했다. 설마, 설마 하면서도 그런 이유를 제외하면 병동에 입원한, 아무 죄 없는 환자들을 죽이는 범죄자의 심리를 추측할 수 없었다.

아무것도 보이지 않는 어둠 속에서 퍼즐을 맞추는 기분이었다. 생각을 정리할 겸 출출한 배도 채울 겸 현우는 의국을 나섰다. 침울하고 무거운 공기가 감도는 복도를 지나 비상계단에 접어들었다.

구름 위를 걷는 것처럼 둥실둥실한 기분이었다. 발이 땅에 닿는지 안 닿는지도 의식 못 하고 계단을 내려가던 현우는 막다른 구석에 다다랐다. 하나뿐인 출입문을 열자 분주하게 움직이는 원무과 직원들이 눈에 들어왔다. 언제 자신이 10층에서 1층까지 내려온 건지 알 수 없었다.

머릿속에서 기억의 가닥이 뭉텅이째로 뽑혀 나간 느낌이었다. 지하 1층으로 이어진 에스컬레이터에 올라 난간에 몸을 기댔다. 맞은편 에스컬레이터에는 그와 반대로 지상으로 향하는 이들이 탑승했다. 가까워졌다가 멀어지는 이들의 얼굴을 멍하니 바라보던 현우가 눈을 커다랗게 떴다. 방금 막 교차한 여자 의사의 뒤통수를 보며 그는 미묘한 위화감을 느꼈다.

길쭉하게 찢어진 눈, 뭉툭한 코. 어디서 본 것 같으면서도 어디서 봤는지 기억나지 않았다. 몇 초 만에 간격은 수 미터로 벌어졌다. 그의 시선은 그녀의 하얀 가운에 고정된 상태였다. 무엇보다 그를 혼란스럽게 하는 것은 조금 전에 본 여자 의사의 이름을 자신이 모른다는 것이었다. 인턴과 레지던트를 거치다 보면 병원 안의 의료진, 특히 의사들의 이름은 외우고 싶지 않아도 뇌리에 단단히 박힌다. 하지만 그녀의 이름은 도무지 떠오르지 않았다. 얼굴은 낯설지도 않고 오히려 눈에 익기까지 했다.

맞은편으로 뛰어간 현우가 1층으로 향하는 에스컬레이터에 몸을 실었다. 어느새 그녀는 지상에 다다르기 직전이었다. 그는 뒤에서 누가 쫓아오기라도 하듯 엄청난 속도로 에스컬레이터를 올라갔다.

그녀의 얼굴과 이름을 두 눈으로 똑똑히 확인하고 싶다는 욕구, 그것이 녹초가 된 그를 움직이는 동력이었다. 현우는 이제야 자신이 그녀에게 민감한 반응을 보인 이유를 알아차렸다. 헤어스타일은 달랐지만 그녀는 수아 어머니를 닮았다. 그것 때문에 위화감이 든 것이다. 그는 에스컬레이터에서 내리자마자 발꿈치에 힘을 주어 스퍼트를 올렸다. 여자 의사는 ATM 기계가 있는 쪽으로 걸어가는 중이었다. 다급한 마음에 온 힘을 짜냈다.

"저기요!"

그가 부르는 소리를 듣고 여자 의사가 몸을 돌렸다. 길쭉한 눈초리에는 당혹감이 묻어 있었다. 그녀는 30대 중반의 나이로 보였다.

"왜 그러시죠, 선생님?"

"……."

현우는 턱밑까지 숨이 차올라 제대로 말이 나오지 않았다. 헐떡이면서도 그녀의 얼굴을 미세한 부분도 놓치지 않고 담아내려 애썼다. 이윽고 현우는 중요한 사실을 깨달았다. 헤어스타일만 뽀글뽀글한 파마머리로 바꾸면 영락없는 수아의 어머니라는 것을. 그날 밤 수아가 로비에서 보았다는 여자가 그녀인 걸까. 그런 생각을 하자 심장이 펄떡거리기 시작했다. 터질 듯한 가슴을 쓸어내리며 현우가 말을 꺼냈다.

"성함이…… 어떻게 되세요?"

"네?"

그녀가 어처구니없는 표정을 지었다.

"갑자기 왜요?"

"그게……."

무거운 침묵이 둘 사이를 비집고 들어왔다. 그때 현우의 눈에 무언가 들어왔다. 그녀의 가운 앞주머니에 적힌 소속과 이름이었다.

사회사업팀 임하연

그걸 본 순간 현우는 다리에 힘이 풀려 하마터면 그녀 앞에 무릎을 꿇을 뻔했다. 하연이 길거리의 걸인을 보는 것처럼 눈살을 찌푸렸다. 현우는 쥐구멍에라도 들어가서 숨고 싶었다. 가운을 입은 것만으로 그녀를 의사로 넘겨짚은 자신이 창피해졌다.

사회사업팀은 경제적 형편이 어려운 환자들이 재정적인 도움을 받을 수 있도록 지원하는 부서다. 현우도 주치의로서 형편이 어려운 환자를 그 부서에 두어 번 문의한 적이 있는데 그때는 다른 직원이 병동으로 올라왔었다. 그렇기에 그녀를 마주친 적 없는 게 이상한 일은 아니었다. 단순히 기회가 없었던 것뿐이었다.

"하실 말씀 없으면 전 가 볼게요."

매정한 목소리였다. 돌아서서 몇 걸음 걸어가는 그녀를 현우가 선생님, 하고 다시 불러 세웠다.

"또 왜요?"

현우는 그녀의 눈동자에 일렁이는 감정을 알아보았다. 그것은 불쾌함이었다. 그가 자신에게 찝쩍댄다고 생각하는 모양이었다. 어쩔 수 없는 일이었다. 현우는 오해를 풀기 위해 수아의 슬픈 사연을 구구절절 늘어놓고 싶지는 않았다.

"작년 11월에 말인데요……."

"네?"

그녀의 질책하는 눈빛에도 그는 주저하지 않고 마저 말했다.

"이 병원에 계셨나요?"

"그럼요."

"그때, 머리는…… 파마하셨었죠?"

"그걸…… 어떻게."

그녀의 얼굴이 새하얗게 변했다. 현우는 흡족한 기분에 미소가 우러나왔다. 그는 열정적으로 고개를 끄덕이며 감사하다는 말을 남기고 돌아섰다. 그녀의 눈에 자신이 스토커처럼 비쳤을지도 모르겠다는 생각이 들었다. 아무래도 상관없는 일이지만.

현우는 여름방학을 앞둔 학생처럼 기분이 날아갈 듯했다. 그날 밤의 슬픈 진실을 마주한 뒤로 마음속에 찝찝한 것이 모래알처럼 깔려 있었다. 수아가 로비에서 봤다는, 어머니를 닮은 여성은 그녀의 착각으로만 치부하기에는 석연찮은 부분이었다.

조금 전의 놀라운 발견으로 그때의 일은 단순한 착각의 영역에서 벗어났다. 그날 수아가 그녀를 발견한 것은 운명의 장난으로 생각할 수밖에 없었다. 로비에서 마주친 여자의 얼굴을 되짚어 보며 밤마다 악몽에 시달렸을 그녀가, 그럴수록 어머니에 대한 의심과 증오를 키워 왔을 그녀가, 현우는 가련했다.

조금이라도 빨리 수아에게 이 소식을 알려 주고 싶었다. 가운 주머니에서 핸드폰을 꺼내 연락처를 찾는 짧은 시간이 그에게는 영원처럼 느껴졌다. 전화번호를 찾아 통화 버튼을 누르자 얼마 안 있어 그녀의 목소리가 귓가에 와 닿았다.

[선생님?]

왜인지는 몰라도 말끝이 유달리 떨렸다. 현우가 감정에 북받쳐서 말했다.

"수아야, 나 지금 1층인데, 방금 누구 봤는지 알아?"

[그 여자분요?]

"……."

수아가 불쑥 쿡쿡거리며 웃었다. 그 웃음의 의미를 깨달은 현우가 주위를 두리번거렸다. 숨어서 두 사람을 지켜보고 있었던 걸까. 하지만 아무리 둘러봐도 그녀의 모습은커녕 그림자조차 없었다. 이윽고 찾는 것을 단념한 현우가 무심코 위를 올려다봤다. 2층 난간에서 누군가 손을 흔드는 게 보였다. 수아였다.

"결국, 제 착각이었네요."

수아가 바닥이 꺼져라 깊은 한숨을 내쉬었다. 현우는 그런 그녀를 착잡하게 바라보다 핸드폰 쥔 손을 천천히 내렸다. 액정 화면에는 사회사업팀 임하연의 직원용 사진이 떠 있었다.

현우는 조금 전 만난 여직원에 대해 그녀에게 알려 주었다. 처음 그 말을 들었을 때만 해도 수아는 인정하려 들지 않았다. 하연이 그녀를 등지고 선 채 이야기를 나눠 얼굴을 보지 못한 것이다. 현우가 모바일 앱 직원 조회로 찾아낸 하연의 사진을 보여 주자 수아는 시간이 정지된 것처럼 동작을 멈췄다.

"이 여자 맞아?"

"네……."

수아가 애틋한 눈빛으로 힘없이 고개를 끄덕였다. 현우는 가슴을 쥐어뜯고 싶었다. 오랜 시간 자신을 따라다닌 악몽의 정체를 알게 됐음에도 그녀의 마음은 편해지지 않는 듯했다. 그날의 악몽을 단순히 과거의 일로 넘기긴 어려운 모양이었다.

"다 제 잘못이었어요."

깊은 슬픔에 젖은 목소리였다. 가까이 다가간 현우가 그녀의 둥근 어깨에 손을 얹었다.

"그런 실수는 누구나 할 수 있어. 나부터도 그 사람이 의사인 줄 알고 따라갔는걸. 네가 착각한 건 어쩔 수 없었어."

"그래두요. 저 때문에 엄마는……."

수아가 참지 못하고 흐느끼기 시작했다. 그런 그녀를 현우는 가만히 바라볼 뿐이었다. 현우는 그녀에게서 슬픔이 썰물처럼 빠져나가기만을 기다렸다. 한참을 손등으로 눈물을 닦아 내던 그녀가 이윽고 고개를 들었다.

"선생님."

"응?"

수아의 시뻘건 눈가를 보는 것만으로도 가슴이 퍼렇게 멍들었다. 현우는 눈을 마주치지 않으려 애써 시선을 피했다. 그녀가 물기를 머금은 목소리로 말을 이었다.

"그건…… 어떻게 된 거예요?"

"그거라니."

"아까 들었어요, 간호사 선생님한테. 그런데 이유는 끝까지 말씀을 안 해 주셨어요."

"그게 말이지……."

올 게 왔다는 생각에 현우는 고개를 떨어뜨렸다. 이미 그녀의 귀에까지 그에 대한 좋지 않은 소문이 들어간 것이 분명했다. 수아의 호기심 어린 눈빛이 그를 향했다. 대답을 들을 때까지 놓아 줄 생각이 없어 보였다. 현우는 차마 자신이 처한 상황을 가감 없이 그녀에게 알려 줄 순 없었다. 그녀에게만큼은 치부를 드러내 보이고 싶지 않은, 자존심이라고 해야 할까, 그런 것들이 그의 입을 무겁게 만들었다.

"아무튼 그렇게 됐어."

"말씀 안 해 주셔도 괜찮아요. 복잡한 문제가 있었겠죠, 뭐."

"……."

수아의 두 눈에 서운한 기색이 감돌았다.

"이제…… 아침마다 못 보겠네요, 다른 선생님이 주치의니까."

"그래도 종종 찾아갈게."

현우는 애써 덤덤한 어조로 말했지만 그녀의 말이 옳았다. 주치의가 아닌 다른 의사가 병실에 찾아가는 것만으로도 병동에 입소문이 금방 퍼지고, 그는 환자에게 연정을 품은 비윤리적인 의사로 낙인찍혀 조리돌림 당할 것이다.

자신을 기다리는 암울한 미래에 생각이 닿자 현우는 무엇에도 자신감을 가질 수 없었다. 지금 이렇게 그녀와 마주 보고 이야기하는 것도 오늘로써 끝이 아닐까, 하는 막연한 불안감이 들었다. 그저 그 예감이 현실로 닥쳐오지 않기만을 바랄 뿐이었다. 조금 전 그의 말에 안심한 듯 수아의 표정이 한결 가벼워졌다. 그녀가 눈빛을 반짝이며 말했다.

"제가 말씀드렸던 공통점…… 알아보셨어요?"

"그럼, 알아봤지."

현우는 주머니를 뒤져 메모해 둔 환자들의 명단을 찾아냈다.

"이렇게 정리해 봤는데…… 지금 단계에서는 잘 모르겠어."

종이를 건네받은 수아는 조금 전까지 슬픔에 잠겨 있던 사람답지 않게 매서운 눈으로 그것을 응시했다. 그녀의 모습에서 무엇으로도 움직일 수 없는 단호한 의지가 느껴졌다. 눈길을 거둔 그녀가 종이를 가만히 현우에게 내밀었다.

"머리 아프네요. 저도 잘 모르겠어요."

"처음부터 동기라든가 선택하는 방식 같은 건 없었을지도."

"그럼……."

"이번 사건은 상식적인 걸 떠올리면 안 될 거 같아. 너도 알지? 연쇄살인마가 어떤 이유로 사람을 죽이는지."

수아는 상상만으로도 끔찍하다는 듯 눈을 질끈 감았다.

"저도 방송에서 봤어요. 단순히 쾌락 때문에 그런 짓을 저지른 사람도 있었고, 누가 자기를 기분 나쁘게 했다고 죽인 사람도 있었죠."

"그래, 나도 그런 이유라는 생각이 들어. 보편적인 동기는 아닐 거 같아."

수아가 말없이 고개를 끄덕였다. 그녀의 진지한 얼굴에는 비장함마저 감돌았다. 잠시 후 그녀가 아리송한 듯 고개를 연신 갸웃거렸다. 뭔가 이해되지 않는 모양이었다.

"선생님, 저번에 수액 팩에 약물을 넣으려면 세 곳에서 가능하다고 하셨죠?"

"그랬지."

"약국에서 그랬을까요?"

"약제팀은 아닌 거 같더라."

수아가 엄지를 접었다.

"병실도 안 되구요?"

"그래."

이번에는 검지를 접었다.

"그럼 남은 건……."

"물품 보관실이지, 각 병동에."

"거기는 알아보셨어요?"

기대에 부푼 그녀의 눈길을 본 현우는 마음이 천근만근 무거워졌다.

"아니, 그동안 시간이 없었어. 이따 CCTV 확인해 보려고."

가벼운 실망의 빛이 스치고 지나갔지만 이내 그녀의 얼굴에 미소가 돌아왔다. 현우는 가슴속에서 뜨거운 게 솟구치는 것을 느꼈다.

"항상 바쁘시니 어쩔 수 없죠."

"……."

수아가 짐짓 아무렇지 않은 듯 고개를 떨어뜨리고 애꿎은 바닥을 신발코로 툭툭 찼다. 그 행동에서 현우는 그녀가 느끼고 있는 서운함을 감지했다. 그녀의 마음을 충분히 이해할 수 있었다.

"맞다. 선생님, 이제…… 제 주치의가 아니네요."

"……."

"더 이상 부탁하기도 미안하네요, 선생님한테."

"그럴 필요 없어."

수아가 체념 어린 얼굴로 그를 바라봤다.

"이제 그만 푹 쉬세요, 힘드실 텐데."

그녀가 맑은 미소를 머금고 그렇게 말했다. 그러나 그런 행동도 눈에 고여 있는 슬픔을 완전히 몰아내지는 못했다. 그녀의 눈빛이 현우의 감정을 마구 휘젓기 시작했다. 그녀의 눈동자 속에서 길을 잃고 헤매던 그가 결심을 굳힌 건 잠시 후였다.

"그런 말 하지 마. 내가 더 알아볼게."

"정말요?"

"그럼, 한번 주치의면 영원한 주치의지."

수아의 얼굴에 끼어 있던 먹구름이 순식간에 흩어졌다. 구름이 걷힌 그녀의 얼굴에서 화사한 빛이 뿜어져 나왔다. 기분이 좋아진 현우가 입가에 미소를 띠고 고개를 끄덕였다. 현우는 그녀의 표정 변화에 일희일비하는 자신이 우스우면서도 어쩔 수 없다는 것을 인정했다. 그녀를 앞에 두고 냉정한 태도를 유지하는 건 어렵다는 것을 깨달았다. 이미 그에게 수아는 단순히 한 명의 환자가 아니었다.

"나한테 맡겨 줘. 나, 믿어 줄 거지?"

"네, 믿을게요."

그녀의 투명한 목소리가 고요한 마음속에 메아리쳤다.

*

현우는 수아와 헤어지자마자 지하 2층으로 향했다. 복도는 언제나처럼 음산한 분위기에 둘러싸여 있었다. 혜성대학교병원에 귀신이 출몰한다면 여기보다 적합한 데는 없을 거라고, 그는 생각했다. 지하 2층은 그가 입사했을 때부터 궁금증을 유발한 장소였다. 방재실을 비롯해 전기실, 기관실, 사이클로트론실입자가속기가 있는 핵의학과의 시설 등 병동 업무와는 거리가 멀어 보이는 시설들이 밀집해 있기 때문이었다.

현우가 조심스럽게 방재실의 문을 열고 들어가자 알코올 냄새가 코를 찔렀다. 오랜만이라기에는 얼마 되지 않았지만 체감상으로는 이곳에 온 게 몇 달 전 같았다. 그래서였을까, 장발의 중년 사내를 발견했을 때는 고향에 온 듯한 정겨움마저 느껴졌다.

레고처럼 쌓인 모니터 앞에서 사내는 꾸벅꾸벅 졸고 있었다. 책상에는 빈 소주병 두 개가 뒹굴었다. 코 고는 소리로 채워진 실내를 현우는 발소리가 나지 않게 걸어갔다. 하지만 그런 노력은 몇 초 뒤 허사로 돌아가고 말았다. 그의 가운 주머니에서 벨소리가 시끄럽게 울려 퍼진 것이다. 허겁지겁 자리에서 일어난 사내가 책상에 놓인 자신의 핸드폰을 집었다가 망연히 그 쪽을 쳐다봤다. 현우는 재빨리 볼륨을 낮추고 사과의 말을 전했다.

"죄송합니다. 이렇게 또 불쑥 찾아왔네요."

"아저씨, 누구신교?"

사내는 여전히 꿈결에 젖은 표정이었지만 현우를 알아보기까지는 얼마 걸리지 않았다. 사내가 누런 이를 드러내고 이죽거렸다.

"외과 선상님 아인교?"

"맞습니다. 며칠 전에 왔었죠."

"고럼. 내가 선상님을 잊을 리가 있는교, 소주도 같이 마셨는데."

"네, 그때 잘 마셨습니다."

사내가 책상에 놓인 소주병을 집어 들고 흔들더니 체념한 듯 내려놓았다. 이미 거나하게 취한 상태였다. 지난번에는 밤이어서 그러려니 했는데 낮 시간에도 마실 줄이야. 대단한 애주가라는 생각이 들었다. 그가 입을 열 때마다 소주 냄새가 진하게 풍겨 나왔다.

"우짜노, 선상하고 마실 소주가 없구먼."

"괜찮습니다, 저는."

"의사 선상, 이번엔 또 무슨 일로 왔는교? 내 보고 싶어서 온 건 아닐 테고."

현우가 멋쩍게 웃어 보이고는 본론으로 들어갔다.

"CCTV를 확인하러 왔습니다."

"아, 이 선상님 증말로 말귀를 못 알아먹는구먼. 백업 안 돼 있다고 말했다 아인교?"

사내의 낯빛이 붉으락푸르락했다. 현우가 오해를 풀기 위한 제스처를 취했다.

"그게 아니라 어제 영상이 필요해서요."

"어제라고 말했는교. 아 선상님, 뭔 일 땜시 이러는지 들어 봐야겠어."

"……."

"무슨 일인교. 사실대로 말하그라."

사내가 우락부락한 눈을 치켜뜨고 그를 노려봤다. 현우는 머릿속이 공백이 되어 아무 말도 떠오르지 않았다. 발에 접착제를 발라 놓은 듯 바닥에서 발을 떼지 못했다. 병동에서의 일을 사실대로 털어놓을지, 약간의 각색을 거친 이야기를 할지 망설여졌다. 거짓말하는 것을 그가 알아차리지 못할 거라는 생각은 하지 않았다. 닳고 닳은 그의 눈을 속일 수 있을 만한 말주변이 현우에게는 없었다.

이윽고 괴상한 웃음소리가 터져 나왔다. 현우는 온몸의 털이 곤두서는 것을 느꼈다. 저번에도 느낀 거지만 사내의 목소리는 보통 사람과 다른 음역대에 있었다. 당황한 그의 눈길이 사내의 얼굴에 꽂힌 채 움직이지 않았다.

"선상님, 괜찮은교? 내가 말이 좀 심했재."

"아닙니다. 무리한 부탁 해서 죄송합니다. 정말 죄송합니다."

"떽, 그런 말은 내 앞에서 하지 말그라. 내한테 죄송은 무슨. 퉤퉤 뱉그라."

"……."

현우는 사내의 손아귀에서 꼭두각시처럼 놀아나는 기분이었다. 사람을 다루는 데 있어서 사내는 급 자체가 달랐다. 사내가 진지한 얼굴로 재촉했다.

"안 뱉고 뭐 하는교. 퉤퉤, 하그라, 어서."

끝없는 재촉에 현우는 그의 소원대로 퉤퉤, 하고 외쳤다. 그제야 사내의 얼굴에 흡족한 표정이 떠올랐다.

"이유는 눈감아 주는 기라. 알았는교?"

"감사합니다."

"시간과 장소를 대그라."

최민지 간호사가 수액을 교체하러 기영의 병실에 간 게 오전 여덟 시 반이었다. 현우는 그전의 한 시간에 초점을 맞추기로 했다. 조작이 그 이전에, 어쩌면 하루도 전에 일어났을 가능성을 배제할 순 없었다. 그렇다고 스물네 시간 동안 모니터 앞에 앉아서 화면만 보고 있을 수도 없는 노릇이었다. 한 시간 전, 그것이 현실적으로 타협한 결과였다.

"어제 오전 일곱 시 반, 8병동 간호 스테이션입니다."

"하하, 선상님, 진즉 안 알려 주고 뭐 했는교."

헤벌쭉 웃는 사내의 모습이 능글맞아 보였다. 다음 순간, 현우는 사내가 무슨 생각을 하는지 깨달았다. 그의 얼굴이 붉게 달아올랐다.

"그런 거 절대 아닙니다."

"남자는 다 그런 기라. 자, 자, 보자……."

사내가 컴퓨터 모니터 앞으로 의자를 당겨 앉았다. 마우스를 조작하는 그의 표정이 여느 때와 달리 진지했다. 집중해서 모니터를 바라보는 그는 이전의 그와 같은 사람이라고 생각할 수 없을 정도로 낯설었다.

"보고 있는교?"

"예."

모니터 우측 하단에 2020년 4월 9일 07:30이라는 표시가 있었다. 카메라는 이른 아침의 간호 스테이션을 정면으로 담아냈다. 당시 근무하던 민지를 비롯한 세 명의 간호사가 나란히 앉아 있었다. 화질이 좋지 않아 표정까지는 알아보기 어려웠다. 스테이션 뒤쪽의 처치실과 물품 보관실, 간호사 휴게실은 화면에 나오지 않았다. 이래서는 소용이 없었다.

"다른 각도에서 보이는 건 없을까요?"

"이거보다 잘 보이는 화면이 있겠나. 여기 봐라, 아가씨 셋이 다 참한데 누군교."

"그게……."

"이 아가씨 아인교?"

사내의 손가락이 가장 왼쪽에 앉은 민지를 가리켰다. 현우가 손사래를 치자 사내가 킬킬거리며 손가락을 옆의 두 간호사에게 차례로 옮겨 갔다. 현우에게서 반응이 없자 그가 혼자서 고개를 끄덕였다.

"여기 없구먼. 다른 걸 봐야겠어."

"네, 감사합니다."

"요걸 누르면, 딱!"

사내가 커서를 움직여 버튼을 클릭하자 화면이 깜박이더니 탁 트인 복도가 나타났다. 현우는 긴가민가했지만 오른편에서 튀어나온 간호사를 보고 8병동 복도라는 것을 알아차렸다. 정확하게는 간호 스테이션과 병실 사이의 복도였다. 이 화면이라면 복도에서 간호 스테이션으로 향하는 누군가를 포착해 낼 수 있을 터였다. 그러나 여전히 아쉬운 부분이 있었다. 물품 보관실로 통하는 통로, 즉 간호 스테이션 내부를 볼 수 있는 화면이 필요했다.

"죄송합니다만, 스테이션 안쪽의 CCTV를 보고 싶습니다."

"선상님."

사내가 눈을 희번덕거리더니 침을 튀기며 말했다.

"요즘 세상이 얼마나 뒤숭숭헌데 이러는교."

"예?"

그가 손가락으로 현우에게 삿대질을 했다.

"조심하는 게 좋을 기요. 내는 입 다물 거니까 선상님도 조심하고."

"생각하시는 그런 게 아니고요. 실은……."

"어허, 선상님, 그러다간 우리 둘이 좆될 일만 남는교."

"……."

"그 안이 아가씨들 옷 갈아입는 데 아인교."

간호사들의 탈의실이 스테이션 내부에 있는 것은 맞았다. 그렇다고 카메라가 그 안의 모습을 포착할 리는 없었다. 현우는 그가 지나치게 과장된 반응을 보인다고 생각했다.

"아인교?"

"네, 그렇긴 한데."

"알았으면 조심 좀 하그라."

공기가 순식간에 싸늘하게 얼어붙었다. 현우의 머릿속에서 복잡한 생각들이 소용돌이쳤다. 이 상황을 재치 있게 넘어갈 수 있는 방법이 떠오르지 않았다. 그렇다고 관계자도 아닌 그에게 수액 팩에 대한 의혹을 털어놓을 순 없었다.

"조심하겠습니다."

"어쩔 겨? 이대로 가는교?"

고심 끝에 현우가 대답했다.

"아닙니다. 이걸로 보면 됩니다."

"잘 생각했어. 일곱 시 반부터면 되는교?"

"네, 1.2배속으로 틀어 주시면 감사하겠습니다."

"그려."

이제 그에게 남아 있는 배는 한 척뿐이었다. 현우는 이 영상에 모든 것을 걸어 보기로 했다. 이번 사건에 범인이 존재한다면 이 카메라에 포착될 가능성이 컸다.

간호사들은 일반적으로 수 개월간 한 병동에서만 근무한다. 이번처럼 7, 8, 9병동에서 피해자가 발생한 경우 각 병동 간호사들은 용의선상에서 제외된다.

중앙 복도에서 간호 스테이션으로 들어오는 모습이 보이기는 해도, 간호사들의 눈을 피해 그리로 들어가기는 어렵다. 범인 입장에서도 상당한 위험을 감수하는 일이다. 따라서 간호 스테이션을 정면으로 포착한 첫 번째 카메라를 살피는 건 효율적인 방법이 아니다.

"언제 끝나는교. 이걸 다 봐야 하는 기가."

"조금만 보면 될 거 같아요. 죄송합니다."

"찾으면 얘기하그라."

"넵."

사내가 투덜거리며 자리에서 일어나더니 어딘가로 사라졌다. 의자에 앉은 현우는 사소한 것도 놓치지 않겠다는 일념으로 모니터를 지켜봤다. 모니터에는 다양한 이들의 모습이 고스란히 담겨 있었다. 소변통을 들고 화장실로 향하는 간병인, 링거대를 끌고 다니는 환자, 아침부터 분주하게 움직이는 인턴과 레지던트. 어딘가에서 지켜보는 눈이 있다는 것을 의식하지 않고 모두 자유롭게 움직였다.

그들 가운데 카메라를 의식하며 은밀하게 움직이는 이가 있다. 그런 생각을 하자 싸늘한 소름이 온몸을 휘감고 지나갔다. 현우는 계속해서 초조한 마음으로 모니터를 들여다봤다. 그러는 동안 시간은 무의미하게 흘러갔다. 화면 속에서는 수십 명의 교수와 레지던트가 복도를 빠른 걸음으로 지나갔고, 그중 일부가 간호 스테이션으로 들어갔다가 나왔다. 거기에는 현우 본인도 포함되어 있었다.

화면 하단의 시각은 어느덧 오전 여덟 시를 넘어섰다. 지금까지 간호 스테이션에 들어갔다 나온 사람은 일일이 열거하는 게 무의미할 정도로 많았다. 회진 전 스테이션의 컴퓨터에 모여 환자 브리핑을 하는 몇몇 교수의 특성상 어쩔 수 없는 일이었다.

정확히 오전 8시 28분 32초에 민지가 수액 팩이 담긴 금속 트레이를 들고 스테이션에서 나왔다. 기영의 병실로 향하는 발걸음은 몇 시간 후 들이닥칠 비극의 전조라기에는 너무 가벼웠다. 그녀도 자신의 손에 들린 것이 비극을 잉태하는 씨앗이 될 거라고는 생각지 못했을 것이다. 물론 지금도 그 사실을 모르겠지만.

뒤에서 사내의 걸쭉한 목소리가 들려왔다. 어둠 속에서 그가 걸어오는 기척이 느껴졌다. 현우가 돌아보니 그가 러닝셔츠 차림으로 조그만 방으로 들어가려 했다. 목에는 수건이 둘러져 있었다. 샤워를 하려는 모양이었다.

"선상님, 아직 멀었는교?"

"조금만 더 하면 됩니다."

"하고 있그라. 내는 씻을 테니께."

"예."

문 닫히는 소리가 나더니 사내가 덧붙였다.

"아가씨들 훔쳐보면 지옥 떨어지는교."

"명심하겠습니다."

킬킬거리는 소리가 울려 퍼지더니 이내 시끄러운 물소리로 뒤덮였다. 돌아본 현우는 굳게 닫힌 문을 확인하고 일말의 망설임도 없이 행동에 착수했다. 방금 사내가 한 말이 그에게 영감을 준 것이다.

스테이션 내부에 설치된 카메라를 보지 않고는 한 걸음도 나아갈 수 없는 상황이었다. 그는 사내에게 미안함을 무릅쓰고 마우스를 움켜쥐었다. 커서를 옮겨 하단의 버튼을 클릭하자 화면이 전환되었다. 카메라는 간호 스테이션의 가장 깊숙한 곳에 위치해 있었다. 스탠딩 컴퓨터와 테이블을 비롯해 공간의 절반이 모니터에 나타났고, 처치실과 간호사

탈의실, 간호사 휴게실로 통하는 문 역시 시야에 들어왔다.

최적의 위치이기는 했지만 아쉬운 점이 있었다. 카메라가 비출 수 없는 사각지대에 물품 보관실이 포함돼 있었던 것이다. 그리로 다가가는 이들을 포착할 순 있었지만, 들어갔다 나오는 모습을 포착할 수 없었다.

문제의 시각보다 한 시간 전으로 조정했다. 현우는 본격적인 태세를 갖추고 재생을 시작했다. 샤워실 안에서는 사내가 오래전의 유행가를 목청이 터져라 불러 대고 있었다. 그 곡이 끝나지 않기를 바라며 현우는 키보드 방향키를 눌러 앞부분을 건너뛰었다. 새로운 인물이 나타날 때마다 화면을 정지하고 1배속으로 늦춰 천천히 재생시켰다. 20분이 넘도록 물품 보관실에는 한 사람도 접근하지 않았다.

화장실의 물줄기는 점차 기세가 잦아들고 있었다. 부정맥이 온 것처럼 현우의 심장 박동이 불규칙해졌다. 다급한 상황에서 긴장감이 눈보라처럼 휘몰아쳤다. 이대로 있다가는 아무런 소득도 없이 돌아갈 것이라는 막막함에 마우스에 손을 가져갔다. 키보드로 스킵하는 것보다 마우스로 클릭하는 편이 더 효율적일 것 같았다.

그때 모니터 속에서 예사롭지 않은 움직임을 발견한 그가 재생을 정지시켰다. 한 여자 의사가 카메라 쪽을 바라보는 모습이 보였다. 그녀가 나리라는 것을 알아차리기까지는 시간이 얼마 걸리지 않았다. 여느 때 같았으면 무용수를 연상시키는 우아한 몸매에 정신이 팔렸을 것이다. 그러나 지금의 현우는 달랐다. 시간을 10여 초 전으로 돌려 그녀의 행동을 유심히 관찰하기 시작했다.

사내의 흥얼거리는 노랫소리가 멎었다. 다행히 물줄기는 그치지 않았다. 현우는 1배속으로 설정하고 모니터 속에 빨려 들어갈 만큼 자세히 들여다봤다. 나리가 간호 스테이션에 모습을 드러낸 것은 오전 7시 52분 40초였다. 스탠딩 컴퓨터에 다가가기까지는 모든 게 자연스러웠다.

문제는 그다음이었다. 키보드를 두드리던 나리가 갑자기 몸을 돌려 두리번거렸다. 식별은 불가능하지만 조심스럽게 고개를 돌리는 것이 눈치를 살피는 기색이 역력했다. 모니터에 보이는 사람은 그녀를 제외하면 태형 한 사람뿐이었다. 간호사들이 쓰는 컴퓨터 앞에서 그는 뭔가를 종이에 적고 있었다. 나리는 태형을 힐끔거리면서 두 번이나 뒤를 돌아봤다. 모니터에는 잡히지 않지만 아마 그쪽에 간호사들이 앉아 있는 모양이었다.

현우는 한시도 모니터에서 눈길을 뗄 수 없었다. 이 순간 온몸의 신경이 눈에 집중된 느낌이었다. 나리가 저런 행동을 보이는 이유가 이해되지 않으면서도 어쩌면, 하고 속으로 생각했다. 그는 자신이 떠올린 가능성이 빗나가기를 간절히 빌었다.

어느새 물줄기 소리는 완전히 멎어 있었다. 안에서는 사내가 수건으로 몸을 닦고 있을 터였다. 1분 1초가 급했다.

오전 7시 53분 14초.

카메라를 응시하던 나리가 발걸음을 뗐다. 그녀는 주머니에 양손을 꽂아 넣은 채 규칙적인 걸음걸이로 카메라를 향해 다가왔다. 고개를 돌리지는 않았지만 그녀가 옆쪽에 신경을 바짝 쓰는 것을 느낄 수 있었다. 태형은 자신의 뒤에서 벌어지는 일을 전혀 눈치채지 못했다.

오전 7시 53분 18초.

시야에서 나리가 완전히 사라졌다. 어느 정도 예상한 일이었지만 막상 현실로 다가오자 기분이 이상했다. 현우는 마지막까지 희망의 끈을 놓지 않았다.

'아직은 모르는 일이잖아, 아직은.'

오전 7시 53분 22초.

모니터가 나리의 뒷모습을 포착했다. 카메라에서 멀어져 가는 그녀의 걸음걸이에서 불안한 기운은 느껴지지 않았다. 주머니에 꽂아 넣은 양손은 들어갈 때와 변함없었다. 그녀가 스탠딩 컴퓨터에 다다른 것과 동시에 오른편에서 내과 레지던트 철호가 모습을 드러냈다. 합류한 두 사람이 모니터 앞에 서서 뭔가에 대해 얘기를 나누기 시작했다.

물품 보관실에 들어갔다 나오기까지 걸린 시간은 4초. 그 시간 안에 수액 팩에 조작을 가하는 일이 가능한지 현우는 고심했다. 수액장을 열어 수액 팩을 꺼낸 다음, 미리 준비한 고농도의 칼륨 용액을 마개에 꽂아 투여한다. 그다음 원래의 위치로 수액 팩을 옮겨 둔다. 이 모든 과정을 4초 안에 완료해야 한다. 고심 끝에 현우는 쉽지 않지만 불가능하지도 않다고 생각했다. 숙달된 사람이라면 충분히 그 정도 시간의 벽은 넘을 수 있을 것 같았다.

그때 등 뒤에서 문 열리는 소리가 들렸다. 재빨리 이전 화면으로 전환시킨 현우가 마우스를 꼭 감싸 쥐었다.

"조금만 하면 된다 안 했는교."

"다 끝났습니다."

사내가 만면에 미소를 드리운 채 다가왔다. 아직도 알코올 냄새가 희미하게 풍겼다. 크게 웃을 때마다 눈에 띄는 목의 주름이 선명해졌다.

"간호사 아가씨는 찾았는교?"

"네, 찾았습니다. 덕분에요."

"선상님, 끝내주는구먼. 상남자 아인교."

사내가 낄낄거리며 그의 등을 툭 쳤다. 현우는 아무 말 없이 웃기만 했다. 스스로가 생각해도 어색하기 짝이 없는 웃음이었다.

*

방재실을 나와 옥상 정원에 온 지도 어느덧 한 시간이 넘었다. 구름 사이로 쏟아져 내리는 햇살이 현우의 얼굴을 따스하게 감싸 주었지만, 이 순간 그의 우울한 기분까지 몰아낼 수는 없었다.

'누나, 거기는 왜 들어간 거야? 대체 왜.'

핸드폰을 쥔 현우의 손이 바들바들 떨렸다. 아까부터 몇 번이나 전화를 걸려고 시도해 봤으나 그럴 때마다 보이지 않는 힘이 그를 가로막았다.

'너 나 엿 먹이려고 온 거야? 응? 그런 거야?'

새빨개진 얼굴로 나리가 그렇게 말했을 때는 현우도 미처 알아차리지 못했다. 그저 자신이 담당했던 환자의 죽음을 들쑤시는 게 불편해서라고만 생각했다. 이제 와서 되짚어 보면 분명 의미심장한 일이었다. 크고 작은 실수에도 관대하던 그녀가 유독 그 문제에 민감하게 반응했다는 사실은, 그 이면에 상상하기 어려운 무언가가 자리하고 있음을 암시하고 있었다.

기억의 하류에서부터 거슬러 올라가는 과정에서 현우는 깨달았다. 나리를 지목하는 단서들은 처음부터 눈앞에서 속살을 드러내고 있었다는 것을. 며칠 전 슬기가 세상을 떠난 뒤 그녀가 한 말이 뇌리를 스치고 지나갔다.

'나는…… 그분을 위해서 잘된 거라고 생각해.'

'슬기…… 우리끼리 하는 말이지만 가망은 없었잖아. 만약 눈을 떴더라도 두 사람을 기다리는 건…… 지옥이었겠지.'

처음에는 그저 단순한 말실수라고 생각했다. 그러나 이제 와서 돌이켜보면 그녀의 입장에서 그 말들은 진심이었다. 그랬다. 나리는 언제나 자신의 진심을 말로든 행동으로든 표현해 왔다. 그것을 미리 알아차리지 못한 쪽은 현우였다. 그는 메모한 종이를 다시 꺼내 보았다.

황기영, 82세. 남성. 812호. 2020년 4월 9일. 외과. 이현우. 대장암.

윤슬기, 12세. 여성. 801호. 2020년 4월 8일. 내과. 강나리. 뇌사.

김숙자, 79세. 여성. 711호. 2020년 3월 10일. 외과. 정태형. 췌장암.

박해로, 68세. 남성. 918호. 2020년 2월 10일. 신경외과. 김수환. 고혈압성 뇌출혈.

주은정, 85세. 여성. 705호. 2020년 1월 20일. 산부인과. 최수민. 전이성 자궁경부암.

김계황, 90세. 남성. 902호. 2019년 12월 24일. 내과. 강나리. 백혈병.

한재훈, 45세. 남성. 810호. 2019년 11월 8일. 내과. 우철호. 간경변증.

맨 아래의 수아 아버지를 제외하면 여섯 사람이었다. 현우는 수아가 새벽에 보낸 문자를 토씨 하나 틀리지 않고 그대로 기억하고 있었다.

범인이 있다고 가정해 봐요. 그 사람은 왜 환자들의 수액에 이상한 걸 넣었을까요?

돌아가신 분들의 공통점이 뭐예요?

현우는 명단을 작성할 때만 해도 이런 짓은 무의미하다고 여겼다. 하지만 이제는 수아가 던진 질문에 대한 해답을 어느 정도 찾아낸 것 같았다. 여섯 사람에게서 눈에 띄는 공통점은 없었다. 이름, 나이, 성별부터 병명까지 모든 항목이 달랐다. 그들을 하나로 묶어 줄 수 있는 점이라면 질병의 종류는 제각기 다르지만 모두 치료의 예후가 좋지 못하고 가시밭길이 기다리고 있다는 것, 그뿐이었다.

나리는 자기만의 방식으로 가망이 없어 보이는 환자들에게 평온한 안식을 선물해 준 걸까. 누구도 의혹을 제기하지 않는 죽음, 환자와 보호자 모두에게 이득이 될 수 있는 죽음.

현우는 그녀가 어떤 생각으로 그런 행동을 했는지 어렴풋이 이해할 수 있었다. 봉사 동아리 시절에도 그녀는 타인의 조그만 아픔에도 눈물을 글썽이고는 했다. 모든 것은 그 착한 심성에서 비롯된 일이었다. 그 의도는 충분히 이해했지만, 사람의 죽음에 직접 개입하는 것은 별개의 일이다. 세상은 그것을 법으로 금지하고 있다.

스위스서 죽음 기다리고 있는 한국인 107명, 그들은 왜?

현우가 슬기의 병실에 들어갔다가 발견했던 기사의 제목이었다. 종이를 감추던 아주머니의 당황한 얼굴이 그의 눈에 선했다. 직접적으로 말은 꺼내지 않았으나 안락사에 대한 생각은 늘 그녀의 머리를 떠나지 않았을 것이다.

우리나라와 달리 안락사가 합법적으로 시행되는 스위스에서는 슬기도 더 이상 고통에 시달리지 않고 평온한 안식을 맞을 수 있다. 그건 슬기 어머니뿐 아니라 모든 의료진도 다 아는 사실이었다. 그럼에도 누구의 입에서도 그런 말은 나오지 않는다. 우리나라의 의료 체계에서 안락사라는 용어는 금기시되어 있기 때문이었다. 모두가 생각하면서도 결코 입 밖에 내지는 않는 이상한 용어, 그것이 안락사의 현재였다.

나리 역시 병실에 들렀다가 기사를 발견한 게 틀림없었다. 그전까지 잠들어 있던, 슬기를 편안하게 해 주고 싶다는 욕망의 도화선에 불이 붙은 건 그때였으리라. 현우는 그렇게 확신했다. 시간을 들여 고심에 고심을 거듭한 끝에 그는 자신의 논리에 두 가지 취약점이 있음을 알아차렸다.

첫 번째, 나리 자신이 담당한 환자는 그렇다고 쳐도 나머지 네 명의 환자와는 어떤 식으로 알게 된 건지 알 수 없었다. 적어도 그가 아는 선에서 나리가 기영과 이야기를 나누는 모습은 본 적이 없었다. 그건 전혀 이상한 일이 아니었다. 현우를 비롯한 대부분의 의사들은 자기 환자를 제외한 타과 환자에 관심이 없다. 정확히 말하면 관심이 없는 게 아니라 관심을 기울일 시간적 여유가 없었다. 그 역시 슬기를 제외하면 특별히 알고 지낸 타과 환자는 없었으니까.

두 번째, 보다 근본적인 것으로 지금까지 구축해 온 논리가 통째로 흔들릴 수 있는 문제였다. 물품 보관실에서 수액 팩을 조작한 게 나리일 가능성이 높은 것은 의문의 여지가 없었다. 문제는 방식이었다. 그런 식으로 조작한 수액 팩이 목표로 하는 환자에게 정확히 전달될 수 있는가 하는 것이었다. 병동에 있는 수많은 환자의 수액이 교체되는 시점을 추측하고 간호사가 가지러 갈 타이밍을 계산하는 것은 슈퍼컴퓨터가 아니고서는 어려운 일이다.

문득 섬뜩한 생각이 그의 머릿속을 훑고 지나갔다. 첫 번째 문제는 오리무중이었지만 두 번째 문제에 대해서는 어쩐지 그 방식을 알 것 같다는 생각이 들었다.

수액 팩의 교체가 필요한 경우 간호사는 주치의에게 그 사실을 알리고, 주치의는 그대로 처방하게 마련이다. 그 과정에서 간호사가 누군가와 이야기하는 내용을 엿듣는다면 어떨까. 그러면 굳이 슈퍼컴퓨터처럼 두뇌를 풀로 가동하지 않더라도 어느 환자에게 수액 교체가 있을지 알 수 있다. 그가 생각하기에도 참으로 교묘한 방식이었다. 분명 이런 방식이라면 문제없이 일을 처리할 수 있으리라고 생각했다.

이제 첫 번째 문제만 남았다. 명단을 주의 깊게 바라보던 현우는 펜을 꺼내 나리가 주치의를 맡은 환자 둘과 수아 아버지의 이름에 선을 그었다.

황기영, 82세. 남성. 812호. 2020년 4월 9일. 외과. 이현우. 대장암.

~~윤슬기, 12세. 여성. 801호. 2020년 4월 8일. 내과. 강나리. 뇌사.~~

김숙자, 79세. 여성. 711호. 2020년 3월 10일. 외과. 정태형. 췌장암.

박해로, 68세. 남성. 918호. 2020년 2월 10일. 신경외과. 김수환. 고혈압성 뇌출혈.

주은정, 85세. 여성. 705호. 2020년 1월 20일. 산부인과. 최수민. 전이성 자궁경부암.

~~김계황, 90세. 남성. 902호. 2019년 12월 24일. 내과. 강나리. 백혈병.~~

~~한재훈, 45세. 남성. 810호. 2019년 11월 8일. 내과. 우철호. 간경변증.~~

나머지 네 명의 환자가 나리와 어떤 식으로 연결되어 있는지는 알 수 없었다. 명단에는 나타나지 않지만 어쩌면 모두 내과에 입원한 경험이 있었고, 당시 주치의가 나리였을지도 모른다. 떠올린 것과 동시에 그 가능성은 폐기함으로 던져졌다. 기영의 의무기록 어디에도 나리가 주치의를 맡았던 기록은 없었다.

외과, 신경외과, 산부인과. 네 사람의 진료과에 현우의 시선이 한동안 머물렀다. 환자들의 사망 일시와 진료과를 번갈아 보던 그의 눈빛이 일순 흔들렸다. 얼핏 보기에는 난잡하고 무질서해 보이는 숫자들에서 어떤 규칙을 발견한 것이다. 그러나 본능적인 무언가가 그걸 받아들이는 것을 거부했다. 그렇게 간단한 규칙을 왜 지금까지 알아차리지 못했는지 스스로도 믿기지 않았다.

"그럴 리가 없잖아."

입가에 잔근육이 미세한 경련을 일으켰다.

"에이, 이건 아니지."

현우는 웃으면서 자리에서 일어났다. 요 며칠 연속으로 당직을 서다 보니 머리가 이상해진 모양이라는 생각이 들었다. 더 이상의 생각은 건강에 무리를 줄지 모른다. 그는 단 한 시간이라도 자신에게 온전히 휴식을 부여하기로 했다. 수아와의 약속도 중요하지만 이러다가는 자신이 나가떨어질 것 같았다. 엘리베이터로 향하는 동안 어느새 아까 전의 가능성은 머릿속 폐기함으로 옮겨진 상태였다.

의국에 돌아온 현우는 마음을 다잡기 위해 커피 자판기로 다가갔다. 블랙커피를 뽑아 한 모금 마시자 씁쓸한 맛이 온몸에 퍼지면서 정신이 맑아졌다. 그는 혹여 자신에게 와 있을지도 모르는 원내 메일을 확인하기 위해 컴퓨터 앞에 앉았다. 모니터에는 화면 보호기가 작동돼 있었다. 한숨을 내쉬고 마우스에 손을 가져가자 화면 보호기가 꺼지고 바탕 화면이 나타났다. 거기에 메모창이 떠 있었는데, 다음과 같은 내용이 적혀 있었다.

한수아가 살아 있길 바란다면 더 이상 다가오지 마.

화면을 바라보던 현우의 눈썹이 꿈틀거렸다. 그는 자신도 모르게 주먹을 불끈 쥐었다. 가슴속에서 참을 수 없는 분노가 치밀어 올랐다. 그는 떨리는 두 손으로 핸드폰을 집어 들고 그 메모를 촬영했다. 기영과 슬기를 살해한 범인이 자신의 의자에 앉아 컴퓨터를 만졌다고 생각하자 온몸에 벌레가 기어 다니는 듯 불쾌했다. 손을 포함해서 온몸을 뜨거운 물로 소독하고 싶었다.

자리에서 벌떡 일어난 현우는 재빨리 의국을 나서서 복도를 살폈다. 예상했던 대로 비상계단에서 의국으로 통하는 통로에는 CCTV가 설치되어 있지 않았다. 복도의 가장 가까운 CCTV에서도 의국은 사각지대에 속했다. 이래서는 방재실로 달려가도 소용없었다. 비상계단 역시 CCTV가 없기는 마찬가지였다. 놈은 분명 비상계단을 통해 복도 변두리에 있는 외과 의국에 접근했을 것이다.

문득 현우는 눈앞에 길게 뻗은 복도를 바라보았다. 날카로운 눈은 아무것도 없는 복도 너머의 어딘가를 집요하게 더듬었다. 그는 여러 병동에서 숨 가쁘게 움직이는 수많은 환자와 의료진의 발걸음을 생생하게 느낄 수 있었다. 이 순간에도 살인마가 정체를 숨긴 채 병원 곳곳을 누비고 있다. 그런 생각을 하는 것만으로도 독수리의 발톱이 심장을 움켜쥐는 듯한 통증이 흘렀다.

거침없이 밀려오는 공포의 물결 속에서 그는 자신의 코와 입에서 뿜어져 나오는 숨결이 점차 뜨거워지는 것을 느꼈다. 그는 놈이 의국에 남겨 놓고 간 악의의 흔적을 생생하게 감지할 수 있었다. 놈은 자신의 행적을 좇는 현우는 물론이고 수아의 존재까지 이미 파악했다. 그것은 언제부턴가 그를 지켜보고 있었다는 얘기였다. 그는 이 위기를 어떻게 헤쳐 나가야 할지 차분하게 생각하려 안간힘을 썼다.

한 가지 생각이 떠오른 것은 그때였다. 현우는 자신이 뭔가를, 그것도 아주 중요한 사실을 놓치고 있었다는 것을 깨달았다. 그가 기영과 슬기의 죽음에 의문을 품고 있다는 것을 아는 이들은 병원에 몇 없을 터였다. 그는 어제부터 자신이 그 이야기를 털어놓은 이들을 곰곰이 떠올려 봤다.

단 두 사람뿐이었다. 나리와 수아.

아무런 의미가 없는 것 같았던 조각들이 맞물리며 흉한 그림이 드러난 지금, 현우는 어느 때보다도 곤혹스러웠다. 더는 시간을 지체할 수 없었다. 그는 당장 자신의 의문을 확인하고 싶었다. 핸드폰을 집어 든 그가 어딘가로 전화를 걸었다. 연결음이 두 번 울린 후 내과 레지던트 1년차 광수의 코맹맹이 소리가 들려왔다.

[이 시간에 웬일?]

"뭐 하나 물어봐도 되냐?"

[뭔데?]

현우가 침을 꿀꺽 삼키고 조심스럽게 말을 꺼냈다.

"강나리 선생님, 지금 의국에 계셔?"

조마조마한 마음에 현우는 발을 동동 굴렀다. 자신의 가설이 빗나가기만을 간절히 기도하던 그때 건너편에서 답변이 돌아왔다.

[응, 바꿔 줄까?]

의자에서 천천히 일어나며 그가 간신히 목소리를 쥐어짜 냈다.

"혹시…… 거기 쭉 계셨어?"

그가 의국을 비운 건 고작 한 시간 반이었다. 그사이에 여기 오지 않았다면 그녀를 용의선상에서 배제할 수 있었다. 그러나 들려온 건 기대와 딴판이었다.

[아니, 조금 전에 들어오셨는데. 오늘따라 별걸 다 묻네. 바꿔 줘, 말아?]

"아, 아냐. 괜찮아. 고맙다, 광수야."

[뭐야, 별 이상한 놈 다 보겠네.]

통화가 끝난 뒤로 현우는 한동안 멍하니 자리에 앉아 있었다. 이 모든 게 누군가가 교묘하게 설치해 놓은 함정인 것만 같은 기분을 쉽사리 떨쳐 낼 수 없었다.

6장

§

액자 속의 아빠는 활짝 웃고 있었다. 지난 1년간 보지 못한 환한 미소였다. 아이는 언젠가는 아빠가 다시 웃는 모습을 볼 수 있을 거라고 생각했다. 하지만 그것은 헛된 기대일 뿐이었다.

하염없이 흘러내리는 눈물을 닦아 내면서도 아이는 탁자에 놓인 영정 사진에서 눈을 떼지 못했다. 다시는 아빠를 볼 수 없다고 생각하니 견딜 수 없이 그리웠다. 밤 열 시가 넘은 시각이었다. 평소 같으면 이불 속에 들어가 있을 시간이지만 잠이 오지 않았다. 오히려 뺨을 몇 대 후려 맞은 것처럼 정신이 말똥말똥했다.

'아빠가 죽은 건 나 때문이야.'

아이는 이제껏 겪어 보지 못한 고통과 죄책감에 사로잡혔다. 영정 사진 앞에서 절을 올린 사람들은 하나같이 엄마에게 다가가 위로의 말을 건넸다. 엄마는 애처로운 표정으로 가끔씩 고개만 끄덕일 뿐 제대로 말도 하지 못했다. 아이는 엄마가 이대로 쓰러져 버리는 게 아닐까 걱정스러웠다. 더 이상은 누구와도 이별하고 싶지 않았다.

장례식장은 친척들과 아빠의 친구, 회사 동료들로 시끌벅적했다. 모두들 소풍 온 것처럼 웃고 떠들면서 게걸스럽게 음식을 먹어치웠다. 몇몇은 아빠의 존재 따위는 잊어버린 듯 술에 취해 노래를 불렀다. 다른 사람은 말릴 생각은커녕 박수 치면서 흥을 돋우고 있었다.

아이는 뜨거운 기운이 목구멍을 타고 슬금슬금 넘어오는 것을 느꼈다. 입술을 앙다문 아이가 그들을 노려봤다. 억누를 수 없는 분노가 속에서 널뛰기를 했다. 자제심의 둑이 무너져 내린 것은 잠시 후였다.

정신을 차렸을 때 아이는 무작정 거리를 내달리고 있었다. 신발을 신지 않아 걸음을 내딛을 때마다 발바닥이 찢어지는 듯한 통증이 번졌다. 그런데도 뛰는 것을 멈추지 않았다. 영원히 달려야 하는 마법 장화를 신은 것처럼 달리고 또 달렸다. 어떻게든 저 사람들로부터 멀어지고 싶다는 생각뿐이었다. 폐가 터져 버릴 것처럼 숨이 차올랐지만 그런 악조건도 아이의 걸음을 멈추게 할 수 없었다. 벌겋게 달아오른 아이의 얼굴은 눈물과 콧물로 흠뻑 젖은 상태였다.

뛰어가던 아이가 발밑의 이상한 기운을 감지했을 때, 이미 몸은 앞으로 쏠려 고꾸라지고 있었다. 아이는 넘어지면서 손바닥과 무릎에 극심한 통증을 느꼈다. 도보에 벽돌 하나가 빠져 있는 것을 뒤늦게 알아차렸다. 후들거리는 다리로 간신히 일어난 아이가 뒤를 돌아봤다. 자신이 떠나온 병원의 웅장한 외관이 보였다.

'다시는 여기 안 올 거야.'

아이는 스스로에게 굳게 다짐했다. 온몸의 힘을 짜내어 걸음을 옮기려던 그때 어디선가 아이의 이름을 부르는 목소리가 들려왔다. 돌아본 아이가 놀라서 저도 모르게 입을 벌렸다. 안경을 쓴 낯익은 남자가 미소를 머금고 아이를 바라보고 있었다. 그 남자는 아빠를 담당했던 의사였다. 병원에서와 달리 가운이 아닌 반팔에 청바지 차림이었다.

"의사 아저씨?"

"그래, 너 넘어져서 다쳤구나. 상처 좀 보자."

의사가 아이의 까진 무릎을 주의 깊게 보더니 심각한 표정으로 말했다.

"소독을 해야겠는걸."

의사의 눈길이 아이의 발을 살폈다.

"신발도 안 신었잖아. 안 되겠다. 아저씨랑 병원 가자."

"싫어요, 안 갈래요."

아이가 울상을 지으며 말했다. 다시는 저 병원에 안 가겠다고 다짐한 게 조금 전이다. 다시 그리로 가는 건 자존심이 허락하지 않았다.

"그러지 말고 가자. 다친 데 빨리 소독해야 돼."

아이의 입술이 뾰로통해졌다.

"싫어요. 다신 안 가기로 했단 말예요!"

"병원에? 왜?"

의사는 어리둥절한 표정이었다. 아이가 눈물을 글썽였다.

"어떻게 다시 가요. 나 땜에…… 나 땜에 아빠가 그렇게 됐는데요."

"……."

훌쩍이던 아이는 볼에 따뜻한 촉감을 느끼고 고개를 들었다. 아이를 바라보는 의사의 눈에는 다 이해한다는 듯 물기가 번져 있었다. 의사가 아이의 볼을 쓰다듬더니 눈물을 닦아 주었다.

"아버님은 고마워하고 있을 거야."

"아빠가요?"

아이는 무슨 말인지 이해할 수 없었다. 고개를 들자 의사가 살포시 웃어 보였다. 상처로 뒤덮인 아이의 마음을 어루만져 주는 따스한 미소였다.

"네가 아버님한테 자유를 선물해 준 거야. 속박에서 풀려나신 거지. 의사인 내가 이런 말 하면 안 되지만…… 아버님은 회복이 어려운 상태였단다. 남은 평생을 그렇게 사셔야 했어. 돌아가시지 않았다면 모두한테 고통이었을 거야."

"고통?"

"늘 가슴 아프셨을 거야. 표현은 못 하셨겠지만, 너와 어머님한테 미안했겠지. 살아 계시는 한 평생 병수발을 해야 하니까. 지금은 이해 못 하겠지만 크면 차차 알게 될 거야. 아버님이 일찍 하늘로 가신 게 얼마나 큰 행운이었는지."

"행운?"

"그래."

행운이라는 말이 와 닿지 않아 아이는 고개를 갸우뚱했다. 문득 아빠에 대한 그리움이 밀려왔다. 아이가 눈물을 찔끔찔끔 흘리기 시작했다. 의사가 다가와서 어깨를 토닥여 주었다.

"너희 아버님…… 지금쯤 하늘에서 재밌게 놀고 계실 거야. 그런데 네가 이러는 거 보고 슬퍼하실지도 모르겠네."

"정말요?"

"그래, 정작 본인은 아픈 몸 훌훌 털고 하늘에서 행복한데 네가 여기서 이렇게 우는 걸 보면 안 그러겠어?"

"그렇구나."

아이가 하늘을 올려다봤다. 거기서 아빠가 친근하고 자상한 표정으로 자신을 내려다본다고 생각하니 눈물이 핑 돌았다.

"이제 갈까?"

의사가 손을 내밀었다. 아이는 잠깐 그 손을 바라보다가 응, 하고 대답했다.

삭막하게만 느껴졌던 병원을 달빛이 포근하게 감싸고 있었다. 둥근

달을 보자 아이는 몇 년 전에 하늘나라로 간 미키가 생각났다. 그걸 시작으로 병실에서 만난 할아버지, 아빠가 차례로 떠올랐다. 아이는 소중한 이들이 하나둘 곁을 떠나는 것이 슬펐다. 그렇게 하늘나라가 좋은 걸까. 우리가 사는 땅보다 거기가 더 좋은 세상인 걸까. 아이의 물음에 의사가 당연하다는 듯 말했다.

"그럼, 그곳은 모든 생명의 영원한 안식처야. 거기서는 이 세상 누구나 행복하게 살 수 있단다. 슬픔, 고통, 분노, 좌절 같은 건 하나도 없으니까."

아이는 또 한 가지 궁금한 게 있었다. 왜 유독 자신에게만 이별이 일찍 찾아오는 걸까. 친구들의 부모님 가운데 아빠처럼 병원에 누워 있는 사람은 없었다. 그 질문을 들은 의사가 그윽한 눈빛으로 아이를 바라보며 말했다.

"넌 아무래도…… 의사가 될 운명인 거 같다. 그래서 하늘이 자꾸 소중한 이들을 하나씩 데려가는 모양이야. 지금부터 이별에 익숙해지라고 시험하는 거지. 의사만큼 이별에 익숙한 직업은 없거든. 나도 그렇고. 많을 때는 하루에 환자 다섯 분과 이별한 적도 있어. 세상은 원래 그런 거란다."

그제야 모든 궁금증이 풀렸다. 아이는 하늘이 야속하면서도 그 큰 뜻을 받아들이기로 했다. 아이는 의사가 되기로 결심했다.

그날 밤 아이는 꿈을 꿨다. 꿈속에서 아이는 하얀 가운을 입은 의사가 돼 있었다. 병실에 누워 있는 환자들은 하나같이 고통스러워 보였다. 그들을 보며 아이는 생각했다. 저 사람들에게는 죽음이 가장 좋은 안식처라고.

§

현우는 비장한 마음으로 비상계단을 걸어 내려갔다. 손을 떼면 추락해 버릴 것처럼 난간을 꼭 붙든 채 걸음을 옮겼다. 방금 전에 들른 내과 의국에서 나리가 8병동에 내려갔다는 말을 듣고 그리로 가는 길이었다. 전화로 물어볼 수도 있었지만 이번만큼은 그녀의 두 눈을 똑바로 바라보면서 이야기를 나누고 싶었다. 그를 지탱하는 두 다리는 평소와 달리 근육이 잔뜩 긴장되어 있었다.

현우는 자신을 바라보는 나리의 눈빛을 상상하는 것만으로도 속이 울렁거렸다. 그녀를 앞에 두고 침착하게 의혹을 털어놓을 수 있을지 스스로도 확신이 서지 않았다.

그는 조금씩 발걸음이 느려지는 자신을 발견했다. 가슴 한구석에 진실을 외면하고 싶은 마음이 싹트고 있는 것을 뒤늦게 깨달은 것이다. 협박 메시지를 보낸 이가 그녀라는 게 확실해지는 순간, 그동안 살아온 인생이 모조리 부정당할지 모른다는 생각에 불안했다.

8층에 도착한 현우는 비상계단의 문을 열고 복도로 나아갔다. 악어가 득실거리는 물가에 선 것처럼 심장 고동이 빨라졌다. 처치실에 가까워질수록 혈압이 오르는 기분이었다. 얼마 지나지 않아 안에서 흘러나오는 익숙한 목소리가 그의 귀에 밟혔다. 나리였다.

“어머니! 이제 다 끝나셨어요. 숨 편히 내쉬시고, 그렇지. 잘하셨어요.”

문틈으로 나리의 뒷모습이 보였다. 처치를 하는 와중에도 환자를 안심시키기 위해 유쾌한 말을 건네는 그녀에게서는 어떤 악의 기운도 엿

볼 수 없었다. 현우의 가슴속에서 두 가지 상반된 감정이 잇따라 솟구쳤다. 하나는 그녀를 보고 자연스레 우러나온 그리움이었고, 또 하나는 그녀 속에 악마가 숨어 있을지 모른다는 데서 나온 두려움이었다. 쭈뼛쭈뼛하던 그는 나리가 처치실에서 나오기를 기다렸다가 용기를 내어 말을 꺼냈다.

"누나."

"어?"

나리가 놀란 표정을 짓더니 금세 입술을 다물었다. 방금까지 미소가 흐르던 그녀의 얼굴이 순간 굳어졌다.

"현우구나. 여긴 무슨 일이니?"

"누나한테 물어볼 게 있어서 왔어요."

"이번엔 또 뭔데?"

여전히 화가 풀리지 않은 듯 냉랭한 말투였다. 현우는 용기를 내어 떨리는 마음을 추스르며 소리를 입 밖으로 밀어냈다.

"그거…… 누나죠?"

그가 나리를 정면에서 똑바로 바라보며 물었다. 그녀의 사소한 변화도 놓치지 않겠다는 마음에서였다. 그녀가 무심한 말투로 되물었다.

"그거라니?"

"외과 의국…… 아까 오셨죠?"

"뭐?"

눈을 치켜뜬 나리의 얼굴에는 황당함이 묻어 있었다. 철저히 모른 척하거나, 화를 내거나 둘 중 하나일 거라고 생각했는데 눈앞의 그녀는 아무것도 모르는 사람의 표정이었다. 생각지도 못한 반응에 그의 목소리가 조금씩 기어들어 갔다.

"제 컴퓨터에……."

그때 나리의 웃음소리가 들려왔다. 놀라서 올려다본 그를 나리의 보석처럼 반짝이는 눈이 맞아 주었다.

"현우 너, 어디서 자다가 왔니? 꿈이라도 꾼 거야? 자꾸 이상한 소리만 하고."

나리가 장난기 어린 표정으로 말을 이었다.

"생각해 봐. 내가 외과 의국을 왜 가겠어, 이쪽 일도 정신없는데 말이야. 안 그래?"

"네에……."

너무나도 태연하게 말하는 나리의 앞에서 현우는 아무런 반박도 할 수 없었다. 조금 전까지만 해도 분노에 휩쓸려 그녀를 추궁하려던 자신이 바보처럼 느껴졌다.

"참, 현우는 평소엔 멀쩡한데 가끔 보면 엉뚱한 구석이 있다니까."

어느새 나리는 입가에 미소를 띠고 있었다. 그의 이상한 말과 행동이 동정심을 자극한 모양이었다.

"그나저나 그건 확인해 봤어?"

"네? 그거라면……."

"저번에 살인 사건 어쩌고 하던 거 말이야. 그 얘기…… 설마 아직도 믿는 건 아니지?"

"……."

"응?"

나리가 다시 한번 눈빛으로 물었다. 현우는 그녀의 시선에서 무언가를 탐색하는 듯한 인상을 지울 수 없었다. 방재실에서 목격한 수상쩍은 장면이 또다시 기억 속에서 되살아났다. 그는 일단 부인하기로 했다.

“그건 제가 잘못 생각했던 거 같아요.”

“싱겁긴. 저번에 의국까지 찾아온 건 무슨 근거가 있어서 아니었어?”

“뭐, 그렇긴 했죠.”

“슬기 말고도 다른 피해자가 있다며. 그 사람들 등록번호 가르쳐 줄 수 있니? 필요하다면 나도 차트 살펴볼게.”

사람의 마음을 읽을 수 있는 능력, 이때만큼 그것이 간절히 필요한 적은 없었다. 현우는 그녀의 말이 진심에서 나온 것인지 확신할 수 없었다. 그녀를 온전히 믿지 못하는 자신이 원망스러우면서도 지금은 누구도 믿어서는 안 된다는 생각에 정신을 다잡고 말했다.

“그러실 필요 없어요. 그때는 제가 예민했던 거 같아요. 고작 칼륨 농도 때문에 난리 쳐서 죄송해요.”

“그러니?”

나리가 의심이 깃든 눈빛으로 현우를 바라봤다. 한때는 가장 믿을 수 있었던 사이가 이렇게 바뀌어 버릴 줄은 그도 미처 몰랐다. 갑자기 어디선가 밀려온 공포가 그의 가슴을 두드리기 시작했다. 이미 나리 누나는 내가 자신을 의심하고 있다는 것을 안다. 바쁜 와중에도 이야기할 시간을 마련한 건 내 속내를 떠보기 위해서다. 어쩌면 내가 방재실에 찾아간 것도 알고 있을지 모른다. 지금 누나가 보이는 친절과 태연함은 전부 가짜다. 그런 생각을 하자 현우는 더 이상 나리와 대화를 이어 가고 싶지 않았다. 어떻게든 이곳을 벗어나고 싶었다.

“누나, 이제 가 볼게요. 일정 땜에.”

“그래, 현우야. 바쁜데 붙잡아 둬서 미안해.”

“아니에요, 그럼.”

현우가 가볍게 인사하고 돌아섰다. 그가 중앙복도를 가로질러 병동으로 걸어가는데 뒤에서 나리가 불러 세웠다.

“현우야.”

“네?”

얼떨결에 돌아본 그의 시야에 미소 짓는 나리가 들어왔다. 당황해서 눈도 못 마주치는 현우에게 그녀가 말했다.

“혹시…… 내가 도울 일 있으면 말해 줘. 그럴 거지?”

현우가 머뭇거리다가 고개를 끄덕였다.

“네, 누나. 꼭 그럴게요.”

복도를 가로지르는 현우의 머릿속은 복잡하기만 했다. 나리를 눈앞에 두고도 물품 보관실에 들어간 이유를 묻지 않고 떠나보낸 게 후회됐다가도, 어차피 솔직한 대답을 듣지 못했을 거라고 자기 자신을 합리화했다. 지금 단계에서는 가지고 있는 결정적인 단서가 노출되지 않도록 조심하는 편이 좋을 것 같았다.

“현우 쌤.”

비상계단에 거의 도착했을 때 익숙한 목소리가 들려왔다. 고개를 돌린 그의 시야에 병실 문 앞에 선 주희의 모습이 들어왔다. 그녀가 우물쭈물하더니 어눌한 목소리로 인사했다.

“안녕하세요…….”

“네, 안녕하세요.”

버섯 모양의 단발머리에는 오늘도 윤기가 흘렀다. 특별히 할 말이 없어 보여서 그대로 지나치려던 그때, 현우는 주희의 의기소침한 눈빛에서 어떤 감정을 읽어 냈다. 그것은 두려움이었다. 머뭇거리는 그녀의 태도에서 현우는 자신의 느낌이 틀리지 않았음을 깨달았다.

"주희 쌤, 저한테 하고 싶은 말 있죠?"

"네? 그, 그게……."

안절부절못하는 주희의 모습에서 그는 그녀가 뭔가 말하고 싶어 한다는 것을 알 수 있었다.

"편하게 말씀해 보세요."

"자꾸만 신경이 쓰여서……."

그녀가 울상을 지었다.

"뭐가요?"

"저번에 말씀하셨던…… 물품 보관실 말예요."

물품 보관실이라는 단어에 현우의 신경이 집중되었다. 지난번에 물어봤을 때는 별다른 일이 없었다고 대답한 그녀였다.

"네, 거기가 왜요?"

"그때는 말 못 했는데요……."

주희가 주위를 훑고 말을 이었다.

"사실…… 그때 거짓말을 했어요. 없어지는 게…… 있어요."

"정말이에요?"

"네, 말할지 말지 고민하다가…… 이제……."

천천히 고개를 든 주희가 그를 바라봤다가 시선을 아래로 떨어뜨렸다. 그와 눈길이 마주치는 것을 피하는 듯했다.

"뭐가 없어졌는데요?"

"주사기랑 또…… 약물도."

대답을 들은 현우는 더 이상 평정심을 유지하기 어려웠다.

"무, 무슨 약물이었어요?"

"염화……칼륨이요."

주희가 억누른 듯 작은 목소리로 대답했다. 현우는 자신의 몸속을 흐르는 피가 소용돌이치는 것을 느꼈다. 사망한 환자들의 혈액 검사에서 칼륨 수치가 높게 나온 것과 부합하는 단서였다. 그가 흥분을 주체하지 못하고 바로 질문을 던졌다.

"언제부터요? 언제부터 그랬는데요?"

"현우 쌤……."

주희의 커다란 눈을 보고서야 현우는 자신이 지나치게 흥분했음을 깨달았다. 인기척을 느끼고 돌아보니 복도의 몇몇 환자가 둘을 빤히 보며 수군거리고 있었다. 주희는 당황한 기색이 역력했다. 환자들의 눈길에 둘러싸인 이 상황이 견디기 어려운 눈치였다.

"주희 쌤, 보는 눈이 많네요. 나중에 다시 얘기해요."

"네에……."

주희가 어디로 가야 할지 모르는 듯 갈팡질팡하더니 간호 스테이션 쪽으로 걸어갔다. 현우는 주변 환자들에게 죄송합니다, 하고 고개를 꾸벅 숙이고 비상계단으로 향했다. 기회를 틈타 다시 그녀에게 물어보기로 마음먹었다.

*

의국에 돌아온 뒤로 현우는 한시도 가만히 앉아 있을 수 없었다. 몸속을 흐르는 감정의 물결이 일으킨 강렬한 파문이 그를 불안에 떨게 한 것이다. 흥분 상태에서 분비되는 모든 종류의 호르몬이 일제히 핏속으로 흘러들어 와 혈관을 질주했다. 터질 듯한 심장을 부둥켜안고 의자로 다가가던 그때 선명한 글귀가 머릿속에 떠올랐다.

'한수아가 살아 있길 바란다면 더 이상 다가오지 마.'

현우는 오늘 아침에 자신이 저지른 크나큰 실수를 되새겼다. 수아가 예정대로 퇴원했더라면 이런 위험에 처할 걱정을 할 필요도 없었을 것이다. 자신의 안일함이 그녀를 벼랑 끝으로 몰아넣었다고 생각하니 심장이 멎어 버릴 듯했다. 이대로 그녀를 병원에 있게 하는 것은 너무나 위험한 일이었다. 벌떡 일어나 가운을 걸치고 의국을 나서려던 그때 잊고 있던 현실을 자각했다.

'맞다, 이제는 주치의가 아니지…….'

그 사실을 깨달은 현우는 무너지듯 주저앉았다. 병실에 찾아가는 것은 자칫하면 간호사들의 눈에 띌 수 있기에 조심해야 했다. 결국, 그는 핸드폰을 열고 수아에게 전화를 걸었다. 곧 그녀의 들뜬 목소리가 들려왔다. 그에게서 연락이 오기를 기다린 눈치였다.

[선생님?]

"그래, 수아야."

현우가 침을 꿀꺽 삼키고는 말을 이었다.

"잠깐 비상계단 쪽으로 나와 줄 수 있어?"

[네? 거기는 왜요?]

"부탁하고 싶은 게 있거든."

[선생님이…… 저한테요?]

수아의 목소리에서 당혹스러움이 느껴졌다.

“그래.”

[전화로는 말할 수 없는 거예요?]

“응.”

[그렇게 말씀하시니까 궁금해지는데요?]

수아의 밝은 목소리에는 어떤 근심도 섞여 있지 않았다. 그런 그녀와 달리 현우는 초조하기만 했다. 시시각각 다가오는 위협의 손길이 그녀에게 닿기 전 어떻게든 그녀를 병원 밖으로 내보내야 한다는 생각만이 머릿속에 가득했다.

현우가 비상계단에 도착한 것은 잠시 후였다. 먼저 온 수아가 그를 기다리고 있었다. 그를 발견한 그녀의 얼굴에 화사한 미소가 감돌았다. 생글생글 웃으며 그녀가 꼬집듯 말했다.

“왜 병실로 안 오시고…….”

“이제 주치의도 아니잖아. 거기 가면 눈치 보여서.”

“은근 소심하시네요. 그래서, 저한테 부탁하실 게 뭔데요?”

기대에 부푼 그녀의 두 눈을 보고 한순간 주저했던 그가 마음을 굳혔다.

“수아야, 좀 더 일찍…… 아니, 오늘 퇴원하면 안 될까?”

“네?”

얼굴에서 미소가 사라지더니 수아가 눈을 커다랗게 떴다. 당혹감이 깃든 그녀의 눈빛에 현우는 마음이 으스러졌지만 이렇게라도 그녀를 보내지 않으면 안 될 것 같았다.

“아침에는 허락해 주셨잖아요.”

"그게, 있잖아……."

"저랑 약속도 하셨잖아요. 우리 아빠 그렇게 만든 범인 알아내 주신다구요. 설마 잊은 건 아니시죠?"

"그럼."

현우는 차마 그녀와 눈을 마주칠 수 없었다.

"그런데 왜요? 왜 갑자기……."

"사실은……."

협박 메시지에 대한 말을 꺼내려던 그는 입술을 깨물고 눈을 감았다.

"말씀하세요. 무슨 일이길래 이러시는 거예요?"

"……."

"제가 모르는 게 있는 거죠? 그렇죠?"

"그게 아니고…… 걱정이 돼서."

"무슨 걱정요?"

수아가 마네킹처럼 딱딱한 얼굴로 물어 왔다. 현우는 그녀의 차가운 눈길을 견딜 수 없어 고개를 숙인 채 대답했다.

"여기 계속 있는 건 너한테 위험할 거 같아. 이러다 범인이 네 수액에까지 접근할지도 모르는 일이고."

"설마 그러기야 하겠어요."

무심한 어조로 그렇게 말했지만 이내 그녀의 표정이 진지해졌다. 그녀 역시 그 가능성이 전혀 없다고 백 퍼센트 장담하기는 어려웠던 것이다. 현우가 계속해서 설득을 이어갔다.

"약속할게. 수아 네가 퇴원하더라도…… 범인, 끝까지 추적할게. 너를 위해서기도 하지만, 우리 병원에 입원한 모든 환자를 위해서기도

해. 알아내는 대로 너한테 꼭 먼저 연락할게."

"선생님……."

그의 단호한 결심을 알아차린 듯 수아도 더는 고집을 부리지 않았다. 잠자코 있던 그녀가 맞다, 하고 입을 열었다.

"그래도 오늘 퇴원하는 건 어려울 거 같아요. 아프다고 해 놓고 갑자기 퇴원을 서두르면 이상하게 보지 않을까요?"

"회진 때 교수님이 뭐라고 하셨어?"

"여기서 하루나 이틀 쉬다가 가라셨어요."

"그래도 본인이 강력하게 원하면 퇴원시켜 줄 거야."

수아가 한숨을 내쉬고는 고개를 끄덕였다. 새하얀 얼굴에는 체념의 기운이 어려 있었다.

"알겠어요. 그럼 선생님은 아까 하신 말씀 꼭 지켜 주세요."

"그래, 매일 보고 올릴 테니까 걱정 마."

"알겠어요."

대답한 수아가 덧붙였다.

"새 주치의 선생님한테 말씀드리고 결과 나오는 대로 연락드릴게요."

"그래."

현우가 애써 담담하게 말했다. 이대로 그녀가 퇴원하면 영원한 이별일지도 모른다는 생각에 가슴이 아팠지만, 지금은 그런 사사로운 감정에 연연할 때가 아니었다. 그녀를 위험의 가장자리 너머로 옮겨 놓는 게 급선무였다.

*

8병동 복도를 돌아다니며 주희를 찾았지만 쉽사리 눈에 띄지 않았다. 문자를 보내려 연락처를 뒤지던 현우는 씁쓸한 현실을 깨닫고 핸드폰을 주머니에 도로 넣었다. 그녀의 연락처가 없었기 때문이다. 그리 이상한 일은 아니었다. 내선 전화 한 통이면 언제 어디서나 연결되는 공적인 관계에서 핸드폰 번호가 비집고 들어올 틈은 없었다. 동료 의사들 가운데는 간혹 간호사들의 회식 자리에 껴서 친목을 다지는 이도 있었지만 현우는 그런 부류에 속하지 않았다.

다른 간호사에게 물어보기 위해 간호 스테이션으로 걸어가던 그때 뒤에서 누군가 그를 불렀다.

"현우 쌤?"

가까이에서 들려온 소리에 현우가 뒤를 돌아봤다. 의기소침한 표정의 주희를 알아본 순간 그는 자신도 모르게 휴 한숨을 내쉬었다.

"주희 쌤, 마침 잘 오셨어요. 아까 그 얘기 말인데요. 잠깐 시간 되실까요?"

"네? 아아…… 지금은 좀."

"왜 그러세요?"

주희가 간호 스테이션 쪽을 힐끔 보며 난색을 표했다.

"좀 있으면 저희 인계여서……."

"데이 번은 곧 퇴근이군요."

"네, 그래서……."

몸을 배배 꼬는 주희의 동작에서 현우는 그녀가 이 자리를 불편해하는 것을 느꼈다. 그녀의 입장에서는 당연한 일이었다. 동료 간호사들 사이에서만 공유되는 정보를 의사에게 알려 주기는 망설여질 터였다.

그렇다고 이대로 그녀를 놓칠 순 없었다. 모처럼 찾아온 좋은 기회를 이렇게 떠나보낼 수는 없었다. 주위에 아무도 없는 것을 확인한 현우가 절박한 마음을 담아 말했다.

"하나만 여쭤볼게요. 말씀하셨던 약물이랑 주사기 말인데요. 언제부터 없어진 거예요?"

"몇 달 전……이었던 거 같아요."

현우가 검지를 치켜들었다.

"딱 하나만 더요. 수상한 사람을 본 적은 없어요, 물품 보관실에 몰래 들어가거나 하는?"

흥분한 탓에 또다시 목청이 높아지고 말았다. 다행히 이 시간대에는 복도에 환자들이 그리 많지 않았다. 현우는 자꾸 주변의 눈치를 살피는 그녀의 행동에서 심상찮은 느낌을 받았다. 그녀가 뭔가 알고 있는 것 같았다.

"현우 쌤, 죄송해요. 시간이……."

주희가 고개를 꾸벅 숙이고는 걸음을 재촉했다. 몸을 바짝 움츠리고 총총 뛰어가는 폼이 병아리를 연상시켰다. 현우는 무거운 마음으로 멀어져 가는 그녀의 뒷모습을 멍하니 바라봤다.

의국으로 돌아온 현우는 가운과 근무복을 벗어 던지고 사복으로 갈아입었다. 교수 회의는 일정상 내일 아침에 열릴 가능성이 높았고, 그로 인해 처분 통보도 늦어질 게 분명했다. 외과 과장은 병원 내에서 대기하라고 했지만 형식적인 말일 뿐, 아무도 그를 찾지 않는 이 상황에서는 굳이 그럴 필요도 없을 것 같았다. 오후 여섯 시까지는 아직 두 시간 가까이 남아 있었다. 그러나 그는 조금 일찍 병원을 나서기로 했다.

훨씬 더 중요한 것이 그를 기다리고 있었기 때문이다.

1층 로비의 카페에 앉아 있는 동안 그의 눈길은 한시도 엘리베이터를 떠나지 않았다. 이번 사건에서 결정적인 제보를 얻을지 모른다는 기대감에 현우는 신경이 바짝 곤두서 있었다. 커피 한 모금 마시지 못하는 것은 물론이고 핸드폰을 꺼낼 마음의 여유조차 없었다. 초조함에 두 손을 맞대고 건조한 입술을 침으로 적시던 그때, 퇴근한 간호사들이 엘리베이터에서 쏟아져 나왔다.

병동별로 뒤섞여 나오는 그들 가운데 주희를 찾는 건 생각보다 어렵지 않았다. 왁자지껄 시끄럽게 수다를 떠는 무리와 섞이지 못하고 뒤에서 풀 죽은 얼굴로 따라오는 그녀는 측은하게까지 느껴졌다. 예전부터 현우가 생각했던 것이지만, 말수가 적고 자신감이 부족한 그녀는 간호사들의 거친 세계에 적응하기 어려운 캐릭터였다.

앞 사람의 그림자를 밟으면 안 된다고 생각한 듯 주희는 조심조심 걸음을 옮겼다. 그 모습이 현우의 마음속에 내재되어 있던 보호 본능을 자극했다. 자리에서 일어난 현우가 일말의 망설임도 없이 그녀에게로 다가갔다. 그를 발견한 주희의 얼굴에 놀라움의 물결이 일더니 곧 잔잔해졌다.

"현우 쌤……."

"이제는 시간 되시죠?"

"그런데 쌤은 어떻게 이 시간에……."

자신의 복장을 위아래로 훑는 것을 보고 현우는 그녀가 무엇을 궁금해하는지 금세 파악했다.

"주희 쌤도 들어서 아시죠, 저 오늘 짤린 거?"

"네에……."

"처분 내려오기 전까지 대기하라고 했는데, 오늘은 연락 안 올 거 같네요. 그래서 일찍 퇴근하려고요."

주희의 연민 어린 눈길이 그를 향했다.

"기운 내세요."

"뭐, 이 정도 일로. 저 멘탈 강해요."

현우가 아무렇지 않은 듯 웃어 보이자 주희가 어색한 미소를 띤 채 고개를 끄덕였다.

"주희 쌤, 사실 말 안 한 게 있는데요."

"어떤……."

이제는 솔직해져야 할 시간이었다. 뒤에서 몇몇 간호사들이 다가오는 게 보였다. 현우가 회전문으로 걸음을 옮기며 재촉했다.

"나가서 얘기하죠."

"네."

주희는 처음에는 망설이는 듯하더니 이내 고분고분하게 뒤를 따라왔다. 현우는 회전문에서 오른쪽으로 꺾어 주차장으로 가는 길목까지 걸어갔다. 다행히 간호사들 중 차로 출퇴근하는 이가 없어 보는 눈도 별로 없었다. 돌아선 그가 본론으로 들어갔다.

"우리 병원에서 일어나고 있는 살인 사건…… 알고 계세요?"

"살인…… 사건요?"

주희의 눈꺼풀이 파르르 떨렸다. 그녀의 눈에 공포의 물결이 일었다. 현우는 자신이 너무 직설적으로 말했다는 것을 깨달았지만 어쩔 수 없었다. 그녀에게서 단서를 끌어내기 위해서는 이 방법밖에 없을 것 같았다.

"네, 자세한 건 이따 설명드리겠지만 어떤 놈이 멋대로 수액 팩을 조작하는 모양이에요."

"말도 안 돼……."

소스라치게 놀란 주희가 몸을 떨었다. 현우가 차분한 어조로 말을 이어 갔다.

"저도 처음에는 그렇게 생각했어요. 그런데 사망 직전에 혈중 칼륨 수치가 상승한 케이스가 하나가 아니라 여럿이더라고요."

"그럼 그 염화칼륨이……."

주희가 입가로 손을 가져갔다. 상당히 놀란 표정이었다. 이제야 그녀도 현우가 무엇을 말하려 하는지 깨달은 듯했다.

"네, 저는 그렇게 생각해요. 8병동에서 염화칼륨이 사라지는 것과 연관 있어요. 범인은 물품 보관실에 상습적으로 들어간 게 틀림없어요."

"설마……."

주희는 생각만 해도 끔찍한지 눈을 감고 고개를 저었다. 현우는 그런 그녀의 마음을 온전히 이해할 수 있었다.

"주희 쌤의 얘기가 중요한 단서가 될 수 있어요. 알고 있는 게 있으면 말씀해 주세요."

"……."

말을 마치고 나서야 현우는 자신이 지나치게 흥분한 상태임을 자각했다. 입을 벌린 채 눈만 깜박이는 주희의 모습이 그가 얼마나 이상하게 보이는지 나타내 주었다. 현우가 침착한 말투로 솔직하게 털어놓았다.

"오늘은 협박 메시지까지 받았어요."

"네?"

"죽기 싫으면 중단하래요. 누가 의국에 침입해서 제 컴퓨터에 메시지를 남겼어요."

차마 그녀에게 수아의 이야기는 할 수 없어 현우는 그렇게만 말했다.

"CCTV가 있잖아요."

"사각지대였어요. 의국, 비상계단, 전부 카메라가 없잖아요. 그리로 다녔을 거예요. 엘리베이터는 보나 마나 뻔하고."

"네에……."

주희가 고개를 끄덕였다.

"그래서 주희 쌤의 도움이 절실해요. 보신 게 있다면 서슴없이 말해주세요, 네?"

"그게……."

주희의 얼굴에 난처한 기색이 역력했다. 그녀가 불안한 눈빛으로 주위를 두리번거리며 입을 열었다.

"병원 앞에서 말하기는 좀……."

현우가 그녀의 시선을 따라가자 담배를 피우는 정형외과 레지던트가 보였다. 드문드문 이쪽을 보는 그의 날카로운 눈빛에 현우는 괜히 뭔가 잘못한 기분이 들었다. 주희의 말마따나 이런 공개적인 장소에서 말하는 것은 자칫 다른 직원들의 오해를 살 수 있었다.

"그럼 따로 시간 내주실 수 있어요? 한 시간 정도면 될 거 같아요."

"네에……."

대답은 그렇게 했지만 주희는 마뜩지 않은 표정이었다.

"지금 막 퇴근하셔서 힘드시겠지만…… 부탁드려요."

"괜찮아요, 저는……."

그녀가 살포시 웃고 덧붙였다.

"현우 쌤, 숙소가 어디예요?"

"저는 한솔 2차요. 왜요?"

"카페 같은 데 가기는 좀…… 그래서요. 괜히 아는 사람 만나면 불편할 것 같기도 하고……."

"그건 그렇죠."

현우는 그녀의 말을 십분 이해하는 한편, 의외로 주희에게 당돌한 구석이 있다는 것을 깨달았다. 소심한 그녀에게 남자 혼자 사는 집을 방문할 용기가 있을 줄은 몰랐다.

"그럼 저희 집으로 가요. 보여 드릴 것도 있고 하니까. 제 차 타고 가시죠."

"네……."

그렇게 두 사람은 주차장으로 나란히 걸어갔다. 승용차에 다다른 그가 무의식적으로 돌아봤을 때, 병동 창문에 고개를 내민 누군가의 모습이 보였다. 멀리 있어 얼굴은 보이지 않았다. 당장이라도 달려가서 얼굴을 확인하고 싶었지만, 그래 봤자 소용없는 짓이기에 그냥 포기하고 차에 올라탔다.

*

그가 집에 여자를 들이는 건 오랜만이었다. 대학병원에 입사한 직후 헤어진 여자 친구가 마지막 여자 손님이었다. 그날 이후 집 안에서 여자의 향을 맡을 기회는 없었다. 일에 허덕이는 남자의 외로움만이 벽지 깊숙이 스며들어 있을 뿐이었다.

숙소로 향하는 내내 갖가지 후회와 근심이 현우의 머릿속을 누볐다. 제안했을 때만 해도 별다른 생각이 없었지만 간과한 게 있었다. 바로 같은 층에 사는 병원 사람들이었다. 업무 시간이 제각각이어서 마주치는 일은 잘 없었지만 그의 얼굴을 아는 사람만 넷이었다. 하나는 병리과 교수, 둘은 중환자실 간호사, 나머지 하나는 영상의학과 기사였다. 가끔 엘리베이터에서 만날 때도 그저 형식적인 인사만 건네는, 딱 그 정도의 관계였다.

그럼에도 그들의 눈은 조심하는 게 상책이었다. 주희가 집을 드나드는 장면이 그들 중 하나에게 목격된다면 두 사람이 집에서 밀회를 한다는 오해를 살 수 있었다. 현우는 그 부분이 못내 신경 쓰였다.

현우는 지금 자신이 어느 때보다 예민해져 있음을 깨달았다. 오늘 아침에 겪은 일의 여파를 생각하면 오히려 자연스러운 것이라고 할 수 있었다. 당장 내일부터 어느 부서에서 근무할지도 결정되지 않은 불투명한 미래. 그 속에서 갈피를 잡지 못하고 신경이 날카로워지는 건 어쩌면 당연한 일이었다.

그런 생각에 잠겨 있던 와중에 15층에 도착했다. 다행히 중간에 아는 사람과 마주치는 불상사는 없었다. 하지만 아직 관문이 하나 남아 있었다. 엘리베이터에서 내린 현우는 주희에게 따라오라고 손짓한 후 앞장서서 걸어갔다. 그들은 발소리를 최대한 죽이며 집으로 향했다. 언제 어디서 누가 문을 열고 나타날지 알 수 없었다. 같은 층에 사는 영상의학과 기사나 병리과 교수라면 주희를 알아보지 못할지도 모른다. 그러나 중환자실 간호사는 알아볼 가능성이 있었다.

주희도 그의 의중을 이해한 듯 복도를 걷는 동안은 입도 뻥긋하지 않았다. 이윽고 집 앞에 다다른 현우가 비밀번호를 누르자 문이 딸칵 열렸다.

"들어오세요."

"네……."

스위치를 켜자 어둠에 잠겨 있던 방이 환해졌다. 현관에 신발을 벗은 주희가 갑자기 쓴 약이라도 삼킨 것처럼 얼굴을 찡그렸다.

"왜 그러세요?"

"냄새가……."

"죄송해요, 환기시킬게요."

현우는 방 안 곳곳에 밴 자신의 흔적을 들킨 것만 같아 무안했다. 베란다로 다가가 창문을 열자 시원한 바람이 밀려들어 왔다. 그가 돌아섰을 때 주희는 방 안을 천천히 둘러보고 있었다. 현우는 방 한가운데 테이블을 펴고는 냉장고에서 맥주 캔 두 개와 안주를 꺼내 그 위에 올려놓았다.

"주희 쌤, 집에 음료수가 없어서……. 술 드시죠?"

"아뇨, 제가 술은 잘……."

그녀의 목소리에서 거부감이 느껴졌다. 현우는 더 이상 술을 권하지 않기로 했다. 맥주 캔 두 개를 모두 제 앞에 놓고 하나를 따서 목을 축였다. 그러자 갈증이 순식간에 사라졌다. 숨을 깊게 내쉬며 차분하게 보이려 애썼지만 그러는 것에도 한계가 있었다. 참을 수 없는 궁금증에 조바심이 나다 못해 이제는 질식할 것만 같았다.

"주희 쌤, 이제 말해 줘요. 시간이 없어요."

"시간이 없다니…… 무슨 말씀이시죠?"

주희가 어리둥절한 표정으로 물었다.

"우리가 여기서 이러는 동안에도 범인은 다음 희생양을 노리고 있단 말예요. 일단 생각하고 있는 사람이 누군지부터 말해 줘요. 판단은 제가 할 테니까. 선생님은 아는 대로만 말해 주세요. 부탁이에요."

한꺼번에 쏟아 내느라 현우의 호흡이 거칠어졌다. 주희가 눈을 질끈 감고는 인상을 쓰며 말했다.

"제 착각일 수도 있고……."

"저희 둘밖에 없잖아요. 아무한테도 말 안 할게요. 그러니까 알려 주세요, 네?"

"그래도…… 그분한테 죄송해서……."

이제껏 대화를 별로 나눠 보지 않았지만 이 정도로 답답한 성격일 줄이야. 지나치게 소심한 그녀 때문에 현우는 속이 부글부글 끓어올랐다. 그러던 중, 문득 좋은 생각이 떠올랐다.

"선생님, 제가 제안 하나 할게요."

"네? 무슨……."

"우리 두 사람이 동시에 말하는 거예요. 누가 제일 의심스러운지 말예요."

그 말에 주희의 눈빛이 일순 흔들렸다. 현우가 몸을 앞으로 기울이며 대답을 재촉했다.

"어때요, 콜?"

"……네."

몸을 배배 꼬던 주희가 개미만 한 목소리로 대답했다.

"셋을 세면 동시에 이름을 말하는 거예요, 알겠죠?"

"네……."

현우가 오른손을 활짝 펴고는 엄지부터 차례로 접기 시작했다.

"하나…… 둘……."

셋, 하는 소리가 난 직후 누가 먼저랄 것도 없이 동시에 외쳤다.

"강나리."

"강나리."

주희가 한 손으로 입을 가린 채 그를 빤히 바라봤다. 같은 이름을 말한 것이 신기하면서도 당혹스러운 눈빛이었다. 현우는 그녀의 입에서 튀어나온 이름에 비로소 확신을 가졌다. 그는 이 시각을 기점으로 더 이상 외로운 싸움을 벌이지 않아도 되는 것을 깨달았다. 그리 믿음직스럽지는 않지만 이제 그에게도 아군이 생겼기 때문이다.

"그럼 가장 기본적인 거부터 시작해 봐요. 선생님이 목격한 것과 제가 목격한 것, 이 두 가지를 통해 우리는 진실에 다가갈 수 있을 거예요."

"네에……."

주희의 얼굴에서 이제 망설이는 기색은 찾아볼 수 없었다. 조금 전의 일로 마음의 문을 열었는지 그녀도 더 이상 숨길 게 없는 눈치였다. 두 사람 외에 아무도 없는 방 안이었지만 현우는 습관적으로 주위를 살피고 신중한 어조로 말했다.

"다른 분들한테 강나리 선생님 얘기하신 적 있어요?"

"아뇨, 제가 그런 말을 어떻게……."

"저도 안 했어요."

현우가 목소리를 낮게 깔고 말을 이어 갔다.

"솔직히 고백하면요, 저한테는 확실한 증거가 없어요. CCTV에서 강나리 선생님이 물품 보관실로 가는 장면만 봤을 뿐이죠."

"아아…… 네."

"이제 선생님 차례예요."

그녀의 입이 열리기까지 걸린 시간은 고작 몇 초였지만, 그 몇 초가 현우에게는 영겁처럼 느껴졌다.

"저, 저는…… 봤어요. 나리 쌤이 주사기를 갖고 다니는 걸요."

"언제요?"

"잠시만요……."

눈을 감은 주희가 뭔가를 떠올리듯 눈썹을 꿈틀거렸다. 고심하는 그녀를 보며 현우는 감정이 벅차오르는 것을 느꼈다. 다시 눈을 떴을 때 그녀의 표정에는 생기마저 감돌았다.

"생각났어요. 그게 아마…… 한 달 전이었나 그래요."

"어디서 봤어요?"

"복도에서요."

현우는 목이 타들어 가서 맥주를 또 들이켰다.

"좀 더 자세히 말씀해 주세요."

주희가 입술을 달싹이더니 고개를 살짝 끄덕였다. 조곤조곤한 목소리로 그녀가 말했다.

"복도를 지나가는데 뭐가 떨어지는 소리가 났어요. 돌아봤더니…… 바닥에 주사기가 있었어요."

그녀가 침을 꿀꺽 삼키고는 말을 이었다.

"그래서 주우려고 허리를 숙였는데……."

"강나리 선생님이 나타난 거예요?"

"네에……. 나리 쌤이 말했어요, 자기 거니까 만지지 말라고."

주희가 조그만 두 손으로 어깨를 감싼 채 작은 새처럼 파르르 떨었다. 현우는 가만히 고개를 끄덕여 공감을 표시했다. 겁에 질린 그녀의 창백한 표정이 섬뜩한 기운을 방 안으로 불러들였다. 그는 자신을 둘러싼 공기가 차가워지는 것을 느꼈다. 그 오싹한 냉기를 떨쳐 내기 위해 맥주를 들이마셨다.

"주사기에 액체가 들어 있었어요?"

"그건…… 잘 모르겠어요. 뭐가 있지 않았을까요?"

현우가 네, 하고 고개를 끄덕이는데 주희가 겁에 질린 눈빛으로 물어왔다.

"설마…… 나리 쌤이…… 그런 걸까요?"

"지금으로서는 가장 유력하죠. 협박 메시지 말인데요, 아까는 말씀 안 드렸는데 제가 이번 사건을 조사한다는 걸 아는 사람이 몇 안 돼요. 강나리 선생님도 그중 한 분이고요."

"무서워요, 그렇게 착하신 분이……."

그녀가 소름이 끼친 듯 몸을 떨었다.

"이건 착한 것과는 별개의 문제 같아요. 아마 고통에 시달리는 환자들을 지켜보기가 힘겨웠나 봐요."

"아무리 그래도……."

주희가 믿을 수 없다는 듯 두 손으로 머리를 감싸 쥐었다. 그녀 역시 본인이 알던 나리의 또 다른 모습에 혼란스러워하는 것 같았다. 현우는 그런 그녀가 처음 나리에 대한 의혹을 품고 괴로워하던 자신과 겹쳐 보여 안쓰러운 마음이 들었다.

그는 테이블에 팔꿈치를 괴고 홀로 생각에 잠겼다. 지금 상황에서 나리가 유력한 용의자임은 부정할 수 없는 사실이었다. 두 사람의 수중에 있는 얼마 없는 단서들이 일제히 그녀를 지목하고 있었다. 하지만 아직 뭔가 부족한 느낌이었다. 결정적인 뭔가가. 어딘가에 반드시 존재할 연결 고리 하나만 발견한다면 모든 게 명확히 정리될 것 같았다.

"선생님, 제가 보여 드릴 게 있어요."

현우가 주머니에서 종잇조각을 꺼냈다. 저번에 손으로 쓴 피해자들의 명단이었다. 그녀가 현우의 손에 들린 종이를 유심히 바라보며 고개를 기울였다.

"이건……."

"제가 조사한 피해자들 명단이에요. 혈중 칼륨이 사망 직전에 상승했다는 점에서 사인이 같아요. 범인이 같은지는 확실치 않지만요."

종이를 집어 든 주희가 소스라치게 놀라며 숨을 들이마셨다.

"이렇게나 많이……."

"이건 제가 겨우 알아낸 환자들이고, 더 있을지도 몰라요."

"정말……."

이대로 쓰러지는 게 아닌지 걱정될 만큼 주희의 안색이 좋지 않았다. 그녀가 종이를 들여다보며 명단에 있는 환자들의 정보를 입 속으로 중얼거렸다. 이제 현우는 그 종이를 보지 않고도 거기에 적혀 있는 내용을 빠짐없이 읊을 수 있었다. 한동안 눈도 깜박하지 않던 그녀가 그에게로 천천히 종이를 내밀었다.

"현우 쌤, 여기…… 줄은 무슨 뜻이에요?"

"줄이요?"

종이를 보고서야 현우는 아차 싶었다. 몇 시간 전 고민의 흔적이 세 줄로 오롯이 남아 있었다.

황기영, 82세. 남성. 812호. 2020년 4월 9일. 외과. 이현우. 대장암.

~~윤슬기, 12세. 여성. 801호. 2020년 4월 8일. 내과. 강나리. 뇌사.~~

김숙자, 79세. 여성. 711호. 2020년 3월 10일. 외과. 정태형. 췌장암.

박해로, 68세. 남성. 918호. 2020년 2월 10일. 신경외과. 김수환. 고혈압성 뇌출혈.

주은정, 85세. 여성. 705호. 2020년 1월 20일. 산부인과. 최수민. 전이성 자궁경부암.

~~김계황, 90세. 남성. 902호. 2019년 12월 24일. 내과. 강나리. 백혈병.~~

~~한재훈, 45세. 남성. 810호. 2019년 11월 8일. 내과. 우철호. 간경변증.~~

현우가 설명의 필요성을 느끼고 입을 열었다.

"신경 쓰지 마세요. 한재훈 환자는 이번 사건과 무관하다는 것을 알게 돼서 지운 거고, 강나리 선생님이 주치의였던 두 사람은 헷갈려서 지웠어요."

"헷갈리다니, 뭐가……."

주희의 질문에 현우가 여전히 해결되지 않은 의문점을 털어놓았다.

"강나리 선생님이 일련의 범행을 저질렀다고 가정해 봤어요. 윤슬기, 김계황 님은 주치의를 맡은 환자니 일단 제외해 본 거죠. 그런데 나머지 환자들은 어떤 식으로 접촉했는지 모르겠더라고요."

"아아, 네에……."

"나이 많은 환자분은 한 번 정도는 내과를 거치잖아요. 그래서 강나리 선생님이 주치의를 맡은 분이었나 싶었는데…… 그것도 아니었어요."

"그게 아니어도 병동에서 오가다 눈독을 들였을 수도 있고……."

말끝을 흐리는 주희의 눈이 일순 반짝였다.

"혹시 무작위로 선택했을 수도……."

"네?"

"생각해 보면…… 자기가 의도한 환자한테 수액 팩이 가게 조종한다는 것이…… 뜻대로 되는 일은 아닐 거 같아서요."

주희가 굼뜬 어조로 말을 이어 나갔다.

"담당 간호사가 실수로 수액 팩을 찢어 먹을 가능성도 있고……."

"그렇긴 하죠."

현우도 그녀의 말을 인정할 수밖에 없었다. 따지고 보면 무고한 환자들에게 갈 수액 팩에 이물질을 주입하는 행위 자체가 심각한 문제이지, 그것을 왜 주입하느냐를 알아내는 건 처음부터 두 사람의 능력 범위를 벗어나는 일이었다.

"역시 동기까지 알아맞히는 건 무리 같아요."

"네에……."

주희가 회의적인 어조로 말했다.

"이것만으로는 범인에 대해서 아무것도 못 찾아낼 거 같은데……."

현우가 입술을 지그시 깨물었다.

"저한테 생각이 있어요. 제가 본 건 4월 9일의 CCTV 하나뿐이에요. 명단에 있듯 사건이 발생했던 4월 8일과 3월 10일, 2월 10일의 CCTV

는 아직 남아 있을 거예요. 이 부분에 대해서는 방재실 직원분한테 협조를 얻을 생각이에요."

옆에서 주희가 뭐라고 말을 했지만 작아서 잘 들리지 않았다. 현우가 계속 말을 이어 갔다.

"그리고 여섯 분 가운데 황기영, 윤슬기 두 환자를 제외하면 제가 아는 분이 없어요. 이분들이 정확히 상태가 어땠는지, 어떤 상황에서 사망했는지, 이런 걸 차트로 알아내야 해요."

"아는 분이 없다고요?"

주희가 고개를 갸우뚱하며 물었다. 현우는 그녀가 무슨 말을 하려는지 종잡을 수 없었다.

"제가 그분들을 어떻게 알겠어요."

"아닐 거 같은데……."

뭔가 놓친 게 있는 걸까. 현우는 다시 명단을 들여다봤지만 떠오르는 게 없었다. 갑자기 누가 머리를 바늘로 찌르는 것처럼 한쪽이 콕콕 쑤셔 왔다.

"무슨 말인지 영."

"현우 쌤, 김숙자 님…… 모르세요?"

주희가 명단의 세 번째 줄에 손가락을 짚었다. 현우는 그녀가 가리키는 이름을 한동안 말없이 바라봤다.

김숙자

기억에 없는 이름이었다. 기억에 없는 게 어쩌면 당연했다. 그가 주치의를 맡은 환자가 아니기 때문이었다. 현우는 무슨 자신감으로 주희가 그런 말을 하는지 이해할 수 없었다.

"모르겠는데요."

"외과 환자인데…… 모르세요?"

"정태형 선배가 주치의잖아요. 제가 어떻게 알겠어요."

주희가 긴가민가한 표정으로 고개를 갸웃했다.

"당직 때는 봤을 수도……."

"그건…… 그렇네요."

당직 근무 때는 한 명의 외과 레지던트가 병동 전체의 외과 환자를 커버한다. 그런 점에서 그녀의 말은 옳았고 현우는 미처 그 방향으로는 생각해 보지 않았었다.

"어쩌면 김숙자 님 얼굴을 보면 기억날 수도 있겠죠. 그런데 이름은 잘 모르겠는걸요."

"특이한 분이셨어요. 그래서 아시는 줄 알았는데……."

현우가 그 말에 담긴 숨은 의미를 끄집어냈다.

"주희 쌤은 그분을 아시나 봐요?"

"네……. 참 안된 분이셨어요."

종이에 적힌 병명을 보자 현우도 저절로 고개가 끄덕여졌다.

"췌장암이면 그럴 만하네요. 그러고 보니 기억이 날 것도 같고. 정태형 선배가 힘들다고 찡찡대던 환자가 이분인지."

주희의 표정이 어두워졌다. 그녀가 침울한 어조로 넋두리하듯 말했다.

"맞을 거예요. 하루도…… 조용한 날이 없었어요. 하루에도 몇 번씩 발광하고, 교수님한테는 차라리 죽여 달라고도 했죠. 볼 때마다 너무

안타까웠어요."

억눌러 왔던 감정이 터진 건지 주희의 눈에 물기가 글썽였다. 그 환자에 대한 기억이 슬픈 마음을 지탱하던 가느다란 실을 건드린 모양이었다. 현우는 그녀에게 위로가 될 만한 말을 찾다가 어깨에 손을 뻗었다. 움찔하며 몸을 뒤로 빼내는 주희의 모습에서 얼핏 그에 대한 거부감이 느껴졌다. 현우가 무안함을 감추려고 재빨리 말을 건넸다.

"죄송해요. 전 그냥 위로해 드리고 싶었어요."

"마음만…… 감사히 받을게요."

"네."

현우가 멋쩍게 웃고는 손을 거뒀다. 테이블에서 물러나 웅크린 그녀의 모습에는 보호 본능을 불러일으키는 데가 있었다. 무언가를 강렬하게 호소하는 듯한 두 눈에서 그는 한동안 시선을 뗄 수 없었다. 언제 터질지 모르는 시한폭탄을 바라보는 기분이었다. 그녀가 눈물을 쏟기 시작하면 곤란하다. 이 선에서 막아야 한다. 그가 아몬드 봉지를 뜯어 그녀 앞으로 밀었다.

"좀 드세요, 쌤."

"고, 고마워요."

말은 그렇게 해도 주희는 아몬드 봉지에 손가락 하나 까딱하지 않았다. 현우는 씁쓸한 마음으로 혼자서 쥐포와 아몬드를 해치워 나갔다. 원인을 알 수 없는 위화감을 느낀 것은 그때였다. 현우가 별다른 생각 없이 주희에게 질문을 던졌다.

"쌤이 8병동이었죠?"

"네에……."

처음에는 그녀에게서 전염된 감정의 물결에 일시적으로 휩쓸린 듯했다. 그런데 그게 아니었다. 현우는 점차 자신의 가슴속에 보이지는 않지만 거기 있는 게 분명한 어떤 것이 쾅쾅, 하고 천장을 두드리는 것을 느꼈다. 숨이 막히고 얼굴이 뜨거워졌다. 이상하다, 왜 이런 걸까. 뭔가 잘못되어도 단단히 잘못되었다는 것을 알아차린 그가 자리에서 벌떡 일어났다.

"갑자기 왜요?"

"죄송해요, 머리가 아파서 잠깐……."

"많이 아프세요?"

"아, 잠깐 바람 쐬면 될 것 같아요."

어느새 이마에는 땀이 송골송골 맺혀 있었다. 현우는 손등으로 땀을 훔치며 베란다로 향했다. 수많은 상념이 달려드는 바람에 어지러웠다. 혼탁한 의식의 경계에서도 필사적으로 생각을 떠올리며 발걸음을 옮겼다. 이 느낌을 그는 명료하게 표현할 수 없었다. 모호하고 복잡하고 몽환적인 느낌. 아니다, 그것만으로는 부족했다.

베란다로 나가자 해안가에서 불어오는 바람이 후끈한 열기를 식혀 주었다. 현우는 방금 전 느낀 위화감에 온 신경을 집중했다. 최대한 냉정하고 차분한 마음을 유지하기 위해 그는 몇 번이나 숨을 들이마셨다 내쉬었다. 자신도 놀랄 정도로 그는 빠른 시간에 평정심을 되찾아 가고 있었다. 북처럼 울리던 심장도 이제는 규칙적으로 펌박질하는 중이었다.

머릿속 스위치가 딸깍 켜진 것은 약간의 시간이 지나서였다. 그동안 형태를 알 수 없이 이리저리 얽혀 있던 복잡한 매듭이 풀린 순간 현우는 자신이 보지 못하고 넘어간 부분에 대해 알아차렸다. 핸드폰을 찾으려 주머니를 뒤졌으나 없었다. 어쩔 수 없이 다시 돌아가야 했다. 다시 방으로 돌아온 그를 주희가 근심 어린 눈빛으로 바라봤다.

"괜찮으세요?"

"네, 잠깐 통화 좀 하고 올게요."

현우는 목소리가 떨리지 않도록 안간힘을 썼다. 핸드폰을 집어 들고 베란다로 나가자마자 문을 닫았다. 소리가 새어 나가지 않게 볼륨을 줄이고 연락처에서 번호를 찾아 전화를 걸었다. 곧 전화를 받는 익숙한 목소리에 그는 질문을 던졌다. 돌아온 답변은 충격적이고 끔찍한 것이었다. 의혹이 사실로 변모하는 순간이었다.

통화를 끝낸 현우는 숨을 고르려 했지만 그럴수록 숨이 가빠졌다. 1분도 안 되는 짧은 시간 동안 그는 베란다에서 민첩한 발걸음으로 오른쪽으로 갔다가, 왼쪽으로 갔다가, 멈췄다가, 다시 오른쪽으로 가기를 반복했다. 이윽고 마음을 굳히고 돌아서서 베란다 문을 열었다. 초점 없는 눈으로 테이블을 바라보던 주희가 고개를 들었다. 그녀도 그의 동요를 눈치챈 것 같았다.

"심각한 일이에요?"

"그게."

정작 당사자 앞에서 말하려니 목소리가 떨렸다. 자리에 앉은 현우는 맥주 캔에 입을 대고는 한 방울도 남기지 않고 들이마셨다. 목구멍 아래로 시원한 액체와 함께 긴장감도 쓸려 내려갔다. 비로소 얘기를 꺼낼 각오가 섰다.

"방금 병동에 전화를 해 봤어요."

"왜……요?"

주희의 목소리가 미세하게 떨렸다.

"물어볼 일이 있어서요."

주희가 뭐라고 말할 틈도 주지 않고 현우가 딱딱한 어조로 몰아붙였다.

"주희 쌤, 제 질문에 답해 주세요. 소속 병동이 어디라고 하셨죠?"

"8병동……이죠."

그녀가 말꼬리를 흐렸다.

"언제부터 근무하셨는데요?"

"작년부터요. 그건 왜……."

그의 질문이 불편한 듯 주희가 미간을 찌푸렸다.

"처음에는 뭐가 잘못됐는지 몰랐어요. 김숙자 님에 대한 얘기를 하는데 어라, 싶었죠. 나중에 깨달았어요. 그분은 7병동 환자였고, 선생님은 그 병동 간호사가 아니면 알 수 없는 것을 언급했어요."

"……."

입술을 앙다문 주희의 표정에 현우는 등골이 싸늘해졌다.

"제가 알기로 간호사 선생님들은 최소 6개월은 한 병동에서 근무하세요. 3교대로 여덟 시간 일하니 근무 중에는 다른 병동에 못 내려가죠. 필요한 물품이 있으면 전화 한 통이면 슈터로 받을 수 있고요."

현우가 입술을 핥고 말을 이었다.

"혹시 몰라서 7병동에 전화해 봤죠. 3월에 거기서 일하셨는지요."

"……."

"그런 적 없다더군요. 쌤 이름도 모르던데."

"……."

말없이 무섭게 노려보는 그녀에게서 이전에 알던 주희의 모습은 찾아볼 수 없었다. 뽀얀 얼굴은 표독스러운 기운으로 물들어 있었고 입술은 뜯겨 나갈 것처럼 이빨로 짓이겨져 있었다. 두 눈은 걷잡을 수 없는 분노로 활활 타올랐다. 그가 최후의 일격을 가하기 위해 입을 열었다.

"선생님, 왜 다른 병동에……."

순간 예기치 못한 일이 벌어졌다. 입 안에서 발음이 뭉개지더니 혀가 꼬인 것처럼 소리가 제대로 튀어나오지 않았다. 뭐라고 입을 놀려도 익숙한 목소리는 들리지 않고 낯선 남자의 목소리만이 귓가에 이명처럼 맴돌았다. 어디가 어딘지 구분이 안 가는 꿈속에서 홀로 헛소리를 지껄이는 듯했다.

스멀스멀 밀려오는 노곤한 기운에 휘청거리다 바닥에 주저앉았다. 현우는 자신의 육체에서 일어나고 있는 이변을 좀처럼 통제할 수 없었다. 이런 상태의 환자를 응급실에서 몇 번 마주한 적이 있었다. 이 상태를 지칭하는 의학용어가 있기는 했다. 그러나 기억나지 않았다. 뇌의 일부분이 도려내진 것 같았다.

"꼴좋네요. 기분이 어때요?"

주희의 날카로운 목소리가 귓가에 메아리쳤다. 현우는 눈앞에서 벌어지는 일이 도무지 현실 같지가 않았다. 순풍에 돛 단 배처럼 평탄한 인생을 살아온 그로서는 누군가, 그것도 평소 인간적이고 따스했던 그녀가 돌변해 자신의 생명을 노린다는 게 믿기지 않았다. 그러나 이제 인정해야 할 때였다. 이건 현실이다. 빌어먹을 현실이고, 그가 베란다에 나간 사이 주희가 맥주에 뭔가를 넣은 것이다. 그 안에 들어간 약물이 무엇인지가 중요했다. 그것이 그의 소생 가능성을 결정할 터였다.

현우의 흐릿한 시야에 주희가 느릿느릿 일어서는 게 보였다. 그녀가 천천히 다가오기 시작했다. 한 걸음, 한 걸음. 그녀가 가까워질수록 심장이 세차게 뛰었다. 현우는 움직이려 해도 움직일 수 없었다. 거대한 말뚝으로 박힌 것처럼 팔다리가 꼼짝도 하지 않았다.

"어떻게…… 선생님이 저한테……."

"먼저 뒤통수친 건 현우 쌤이에요. 그건 확실히 하자고요."

차가운 금속성의 목소리가 방 안을 울렸다.

"친절하게 경고까지 해 줬는데…… 왜 못 알아먹는지 모르겠네요. 쌤한테 한수아 환자, 고작 그 정도밖에 안 됐어요?"

그녀가 한쪽 입꼬리를 치켜올린 채 쿡쿡거렸다. 현우는 가슴 한쪽이 회칼로 저며지는 듯한 통증에 죽을힘을 다해 소리를 짜냈다.

"설마…… 선생님이……."

"네, 제가 그랬어요. 이렇게 눈치가 없어서 좋은 의사 될 수 있겠어요?"

"……."

주희의 얼굴이 또렷해졌다가 흐릿해지기를 반복했다. 형태가 또렷해진 순간 현우는 봐서는 안 될 것을 봤다. 기괴하고 참혹하게 일그러진 그녀의 눈빛은 더는 인간의 것이라 할 수 없었다. 실제로 본 적은 없지만 괴물이라는 게 이 세상에 있다면 바로 자신의 앞에 있는 존재를 두고 하는 말일 거라고 그는 생각했다. 현우는 이 자리에서 일어날 수만 있다면 악마에게 영혼이라도 팔 수 있을 것 같았다. 그 정도로 절박함이 온몸을 감싸고 있었다.

가까이 다가온 주희가 허리를 숙여 얼굴을 들이댔다.

"현우 쌤, 그거 알아요? 저도 원래는 의사가 되고 싶었어요. 어릴 때 어떤 의사 선생님이 저보고 의사가 될 운명이라고 말씀해 주셨거든요.

저는 한 치의 의심도 없이 제가 의사가 될 거라고 믿었어요."

그녀가 회한에 잠긴 눈빛으로 말했다.

"그런데 왜 못 됐게요?"

"으으……."

현우가 어미 잃은 짐승처럼 슬프게 울부짖었다. 그의 고통 따위는 아무것도 아니라는 듯 주희가 픽 웃었다.

"성적 때문이었어요. 머리가 나쁜지 암만 해도 안 오르더라구요."

"제…… 제발."

"아이, 사람 말하는데 조용히 좀 해요. 짜증 나니까."

주희가 한쪽 발을 들어 올리더니 그의 왼팔, 오른팔을 차례로 지르밟았다. 참을 수 없는 고통에 현우가 외마디 고함을 내질렀다. 절실한 무력감이 느껴졌다. 무수한 인간의 발밑에 깔려 반항 한번 못 하고 죽어 가는 개미의 심정을 이제야 알 것 같았다.

"그런데 참 이상하죠. 쌤 같은 돌대가리도 의사를 하는데 말예요, 안 그래요?"

"……."

"호기심은 또 어찌나 많은지, 알아야 할 게 있고 몰라도 되는 게 있는데 쌤은 적당한 선을 모르더라구요. 그걸 꼭 알려 주고 싶었는데…… 너무 늦었네요."

"그……만."

현우는 핏발이 설 정도로 부릅뜬 두 눈으로 주희를 응시했다. 그녀의 일거수일투족을 시야에 담아 두고 싶었지만 의지와 달리 뭐 하나 또렷이 보이는 게 없었다. 각막의 표면에 커다란 구멍이 뚫려 눈으로 들어오는 빛이 모조리 제멋대로 튕겨 나가는 기분이었다. 이런 느낌은 라식 수술을 받을 때 이후로 처음이었다.

"어머, 무섭게 그런 눈으로 볼 거예요? 그러게 왜 그러셨어요. 입 다물고 황소처럼 일만 했으면 아무 일 없었을 텐데, 괜히 진실을 알려다가. 그까짓 진실이 뭐라고. 허구한 날 진실, 진실. 현우 쌤, 제가 쌤 땜에 얼마나 불쾌했는지 알아요?"

"……."

방 안에 들리는 거라고는 그녀의 광기 어린 목소리뿐이었다.

"진실이 항상 옳은 거라고 생각하세요? 천만의 말씀. 주변을 둘러봐요. 감당할 수 없는 진실을 알고 불행해지는 사람들이 얼마나 많아요, 네? 당장 쌤도 고작 그놈의 진실 땜에 이 세상에서 사라지실 예정이구. 쯧쯧."

이렇게 죽는 걸까. 이것은 그가 원하던 평화로운 죽음과는 거리가 멀어도 너무 멀었다. 처절한 고통 속에서 생명의 빛을 잃어 가는 것만큼이나 비극적인 죽음이 또 어디 있을까.

"현우 쌤, 내 말 듣고 있죠?"

"……."

"마지막까지 기분 나쁘게 하네, 구질구질하게."

현우는 복부에 갑작스런 충격을 느끼고 숨을 토해 냈다. 그의 위에 올라탄 주희가 환희에 찬 괴성을 지르며 배를 발판 삼아 점프를 해 댔다. 뱃속의 장기가 끊어지다 못해 갈가리 찢어지는 고통이 그를 덮쳤다. 자음과 모음을 구별하기 어려운 기이한 소리가 입술 사이로 새어 나왔다. 공포의 시간이 지나간 뒤 그녀가 놀이기구를 탄 아이처럼 휴우, 한숨을 뱉으며 내려왔다.

“쌤, 똑바로 대답 안 하면 어떻게 되는지 아시겠죠?”

“……네.”

“실은 말예요, 항상 불만이었던 게 있어요. 환자 본인은 더 이상 살기를 원치 않는데 의사들은 왜 치료를 계속하느냐는 거였어요. 예를 들어 볼게요. 슬기 있죠? 걔는 무슨 생각으로 병원에 가둬 둔 거예요?”

“그건…… 의사니까. 우린…….”

“아하, 의사니까 살려야 한다? 간호사니까 살려야 한다? 그런 식상한 말은 집어치워요. 다들 참 이기적이네요. 현우 쌤은 한 번이라도 슬기 입장에서 생각해 본 적 있어요? 걔는 얼마나 수치스럽고 고통스러웠겠어요.”

그녀가 숨도 쉬지 않고 말을 쏟아 냈다.

“자기 몸에 하루에도 몇 번씩 바늘이 꽂혀도 말도 못 하고, 눈도 못 뜨고. 쌤은 정말 그 애가 가망이 있다고 생각했어요? 만에 하나 깨어나더라도 정상적으로 살아갈 수 있다고 생각했어요? 또래들처럼?”

“…….”

“어서 말해 봐요, 네?”

불현듯 현우의 가슴속에서 울컥 치밀어 오르는 게 있었다. 구수한 사투리를 쓰던 기영의 정겨운 얼굴이었다. 그녀의 가당치 않은 논리대로라면 그는 그런 식으로 허무하게 세상을 떠나서는 안 되었다. 혜림과의 행복한 인생을 목전에 두고 있던 그를 살해한 그녀가 이런 말을 하는 것은 옳지 않았다. 그건 자기 모순적인 변명이자 궤변에 지나지 않았다. 현우가 반박했다.

"그분은…… 왜 그런……."

"뭐라구요?"

"황기영 님은."

"어머, 현우 쌤. 예리한데요? 쌤 말이 맞아요. 그분이 돌아가신 건 제 실수였어요. 원래 그건 다른 병실 환자한테 가야 하는 거였어요. 근데 게으른 년 하나가 늦게 처리하는 바람에 그렇게 돼 버렸어요. 망할 년이 재수 없게스리."

현우는 그녀에게 한 조각이나마 남아 있을 인간성에 호소하고 싶었다. 어쩌면 그게 그가 살아남을 수 있는 마지막 길인지도 몰랐다.

"그때는…… 우셨잖아요. 그땐……."

그녀가 순순히 인정했다.

"네, 그랬죠. 제 의도와 달리 그렇게 돼서 눈물이 날 만큼 화가 났었어요. 못 믿으시겠지만, 지금까진 한 번도 실수한 적 없거든요. 분하니까 눈물이 나오더라구요, 그날은……."

현우는 피를 토하는 심정으로 한마디 한마디 쥐어짜 냈다.

"원래…… 착하셨잖아요. 저한테…… 왜 이런."

"현우 쌤이 그러니까 괜히 마음 약해지는데요? 그런데 어쨰요, 쌤이 다 알게 된 이상 저는 이럴 수밖에 없는걸요. 결국 이건 쌤이 선택한 거예요."

그녀가 히죽거렸다.

"참, 그런데 쌤 덕분에 깨달은 것도 있네요. 어쩌면 제가 그동안 해왔던 일들은 살인에 대한 욕망을 정당화하려고 그런 건지도 몰라요. 사람들의 숨통을 끊을 때 신이 된 듯한 그 기분, 현우 쌤은 모르겠죠."

"제……발."

"크게 말해요. 안 들려요."

커다란 그림자가 현우의 시야를 가렸다. 주희의 얼굴이 가까워진 것을 직감한 그가 펀치를 날리기 위해 팔에 힘을 실었다. 그러나 근육이 녹아 버린 것처럼 허공을 가르고 무기력하게 바닥에 추락했다. 그녀가 킥킥거리며 그의 얼굴을 걷어찼다. 코에서 뚝 하고 부러지는 소리가 났다. 코뼈가 으스러진 느낌이었다. 엄청난 통증에도 비명이 튀어나오지 않았다. 이 순간 그는 한없이 무기력했다.

"그런 잔꾀가 통할 거 같아요? 얌전히 있어요. 참, 쌤한테 보여 줄 게 있어요."

멀어져 가는 발소리가 들렸다. 현우가 눈을 떴을 때 주희는 테이블 너머에서 뭔가를 뒤지고 있었다. 얼핏 빨간색 네모난 형태의 물건이 보였다. 꺼져 가는 의식의 끄트머리에서도 그는 그것이 그녀가 들고 온 핸드백이라는 것을 알아차렸다. 거기에서 그녀가 조그만 물건을 꺼냈다. 주사기였다. 뾰족한 끝부분에서 반사된 빛이 그에게 공포를 심어 주었다. 여섯 명의 환자, 어쩌면 그보다 많은 환자를 죽음으로 몰아넣었을 살인 도구. 오늘 밤 그 희생자 목록에 내가 추가된다. 그런 생각을 하자 현우는 절망의 심연으로 끝없이 추락하는 기분이었다.

"현우 쌤, 이 안에 든 게 뭔지 알죠? 네, 염화칼륨이에요. 그동안 훔칠 때마다 얼마나 힘들었는지 몰라요. 입구가 뻥 뚫려 있어서 누가 볼까 봐 스트레스 무지 받았거든요. 저한테는 원칙이 있어요. 퇴근할 때, 한 번에 하나씩! 그러면 눈치 못 채더라구요. 멍청한 년들, 앰플 카운트도 제대로 안 하고 뭣들 하는지 모르겠어요."

"……."

"맞다, 그년들 진짜 웃긴 게 뭔지 알아요? 제가 딴 병동에 가도 수상하게 생각을 안 하더라구요. 현우 쌤도 돌대가리지만 그년들도 다를 게 없어요."

"……."

"후훗, 제 자랑만 해서 미안해요. 지금부터 계획을 알려 줄게요. 오늘 현우 쌤은 염화칼륨 일곱 앰플을 맞을 예정이에요. 어떻게 될지 궁금하지 않아요? 정맥을 타고 심장으로 한꺼번에 흘러드는 바로 그때! 아니다. 그러고 몇 초 지나서겠죠? 상상만 해도 짜릿해요. 쌤 심장이 쿵쿵쿵쿵 뛰다가 팍 터지는 모습이요."

그녀가 한 손에 쥔 주사기를 검지로 톡톡 치고는 피스톤을 움직였다. 그 행동이 무엇을 의미하는지 깨달은 현우가 원초적인 공포에 사로잡혀 소리를 질렀다. 오피스텔의 누구라도 들어 주길 바라며 성대가 끊어져라 계속해서 비명을 질렀다. 하지만 이상하게도 자신의 비명 소리가 들리지 않았다. 마치 무덤 속에 생매장된 기분이었다. 살려 달라고 생떼를 써도 아무도 들어 주지 않는 비통함. 지금 그의 심정이 딱 그랬다.

"놀라셨어요? 걱정 마세요. 아직은 현우 쌤 보낼 준비가 안 됐거든요. 그래도 쌤이랑 지낸 시간이 얼만데. 아이, 벌써 정들었나 봐, 쌤한테. 제가 그렇게 야박한 사람은 아닌 거 쌤도 아시죠?"

"……."

"보자 보자 하니까 대답도 안 하고 예절 교육이 안 돼 있네요. 혼내 줘야겠어요."

허리를 굽힌 주희가 쪼그려 앉았다. 그녀가 손을 하늘 높이 들어 올리더니 현우의 뺨을 사정없이 후려갈겼다. 한 번, 두 번, 세 번, 네 번. 찰싹거리는 소리가 방 안에 크게 울려 퍼졌다. 고문이 끝났을 때 현우의 뺨은 염산을 끼얹은 것처럼 불타오르고 있었다. 주희는 체력을 많이 소모했는지 숨을 헐떡였다. 현우의 입에서 자신도 모르게 절박한 목소리가 튀어나왔다.

"사, 살려 줘요, 제발……."

"제가 왜 살려 드려야 되죠? 적당한 이유 있으면 말해 보세요."

지금의 그에게 있어 주희는 신보다 높은 존재였다. 아무리 진심을 다해 기도해도 신이 그를 구해 줄 리는 만무했다. 반면 그녀는 달랐다. 그녀는 그에게서 죽음을 면제해 주고 세상 속으로 돌려보낼 수 있는 힘을 지녔다. 살아남을 수만 있다면 현우는 뭐든 할 준비가 되어 있었다.

"저는 아직, 죽을 수…… 없어요. 살고…… 싶어요."

"흐응, 이유치곤 약한데요. 현우 쌤은 환자가 아니잖아요. 저를 설득시켜 보세요. 혹시 모르잖아요, 감동해서 제 마음이 바뀔지. 지금 누가 제일 보고 싶어요, 솔직히?"

"……."

"끝까지 이럴 거예요? 이거 안 되겠네요."

주희가 광기 어린 눈을 부라리며 다가왔다. 현우가 솔직하게 대답했다.

"수아……."

"이제야 실토하시네. 근데 어쩌죠? 대답을 너무 늦게 했어요. 제가 드린 기회를 뻥 차 버린 건 현우 쌤이란 사실 잊지 마요. 외롭지 않게 한수아 환자도 조만간 보내 드릴게요. 두 분 하늘에서 만나면 반가우시겠어요."

굳어진 목 안이 뜨겁게 달아올랐다. 피가 쿵쿵 맥박 치는 소리가 귀에 울려 퍼졌다. 흉벽을 뚫고 나올 것처럼 심장이 갈비뼈에 닿았다 떨어지기를 반복했다.

'그건 안 돼! 수아는 건드리지 마!'

수아에 대한 그리움, 슬픔, 절망, 그리고…… 사랑. 이 모든 것이 뒤섞여 머릿속이 밀가루 반죽처럼 엉겨 붙었다.

"갑자기 왜 이렇게 조용해요? 얼마 안 남은 걸 본인도 아나 봐요."

주희가 핸드백에서 노란 끈을 꺼냈다. 토니켓이었다. 현우는 자신의 죽음이 눈앞에 바짝 다가와 있음을 직감했다. 그녀가 흉측한 미소를 입가에 띠고 서서히 다가왔다. 그는 눈을 감았다. 수아의 새하얀 얼굴과 탐스러운 머리카락, 앙증맞은 입술이 차례로 떠올랐다. 마지막 순간까지 그의 곁에는 수아가 있었다.

'기적이 일어난 걸까.'

온몸의 근육과 힘줄이 팽팽하게 당겨졌다. 현우는 그동안 깊은 곳에서 잠자고 있던 무시무시한 괴력이 몸 곳곳에서 되살아나는 것을 깨달았다. 마비되어 있던 신체 여러 부위의 감각이 조금씩 돌아오는 게 느껴졌다. 손가락 마디에 힘을 주자 주먹이 쥐어졌다. 팔에 힘을 주자 이두근과 삼두근이 부풀어 올랐다. 주희가 주사기에 염화칼륨을 넣는 순간에 이뤄진 일이었다. 만반의 준비를 마친 그녀가 다가왔을 때 현우는 죽음을 앞둔 노인처럼 무기력하게 누워 있었다. 아직은 움직일 때가 아니었다.

"현우 쌤, 한수아 환자한테 하고 싶은 말 있어요? 제가 전해 줄게요."

"……."

"흐응, 할 수 없죠. 뭐, 어차피 내일이면 만날 거니까 걱정 마세요."

주희가 그의 왼팔 위쪽을 토니켓으로 묶었다. 현우는 눈을 감고 있었지만 표면에 푸른 정맥이 나뭇가지처럼 뻗은 모습이 눈에 선했다. 팔 아래로는 피가 통하지 않았다. 썩어 문드러질 것 같았다. 현우는 한 번의 기회를 노리고 있었다. 불리한 상황을 역전하는 데 기회는 한 번이면 충분했다.

"잠깐 따끔할 거예요. 현우 쌤, 그동안 즐거웠어요."

주사기 바늘이 팔에 꽂혔다. 통증이 뇌에 신호를 보내기도 전에 현우가 팔을 안쪽으로 세게 비틀었다. 바늘이 부러지면서 악에 받친 괴성이 튀어나왔다. 피부가 찢어지는 통증이 뒤늦게 엄습해 왔다. 반대편 팔에 온 힘을 실어 주희의 얼굴에 주먹을 날렸다. 명중에는 실패했다. 턱을 가격당한 그녀가 울부짖으며 얼굴을 감싸 쥐었다. 그 틈을 타서 현우는 몸을 오른쪽으로 굴렸다. 흘러내린 핏물이 팔 아래로 쏟아져 내리며 피웅덩이를 만들었다. 몸을 일으키려고 안간힘을 썼지만 그녀의 거센 발길질에 쓰러졌다.

"죽어요, 죽어."

공격은 머리 부위에 집중되었다. 주희는 축구공 다루듯 그의 머리를 미친 듯이 발등으로 차고 발바닥으로 밟았다. 현우는 정신을 차릴 수가 없었다. 이러다가는 뇌진탕이 일어날 것 같았다. 머리에 금이 가고 갈라져 터져 나갈 것 같았다. 두 팔로 머리를 겨우 감싸고서야 공격은 잦아들었다. 그가 안도의 한숨을 내쉬려는 순간 두개골에 강한 진동이 전해졌다.

머릿속은 폭죽 여러 개가 터진 듯 연기로 자욱했다. 바닥에 널브러진 그의 귀에 씩씩거리는 숨소리가 들려왔다. 그녀는 보통 격분한 상태가 아니었다. 가공되지 않은 날것의 상스러운 욕설이 쉴 새 없이 들려왔다.

제 주제에 감히 나를 때려. 이 미친 새끼가. 죽여 버릴 거야. 한수아 그년도 같이. 고통스럽게 죽일 거야. 그런 말들이 두서없이 날아들었다. 모든 단어에 강렬한 살의가 깃들어 있어 듣는 것만으로도 공포가 솟구쳤다. 가차 없는 폭력에 그는 완전히 무방비 상태였다.

현우는 다가온 그림자에 고개를 들었다. 살기 어린 표정의 주희가 바로 옆에 서 있었다. 손에는 주사기가 들려 있었다. 언제 갈아 끼운 건지 새로운 바늘이 장착된 상태였다. 그제야 왼팔에 묶여 있던 토니켓에 생각이 미쳤다. 그걸 풀자 한꺼번에 혈류가 팔 아래로 통했다. 뻣뻣하고 무감각한 왼손에 다시 혈색이 돌아왔다.

"정맥 주사는 틀렸네요. 아예 심장에 꽂아 줄게요."

높이 치켜든 주사기가 빠른 속도로 날아왔다. 현우는 심장만 아니면 된다는 생각에 왼쪽으로 몸을 돌렸다. 곧 오른팔에 격심한 통증이 내달렸다. 뼈가 으스러지는 느낌이었다. 바늘에 뼈가 닿은 모양이었다. 그가 인지하지 못한 사이 뺨을 타고 눈물이 흘러내리고 있었다. 물기가 어려 눈앞이 제대로 보이지 않았다. 눈가가 따가워서 어떻게든 닦아 내고 싶었지만 그러기에는 두 팔의 상태가 심각했다. 양팔에서 흘러내린 피가 바닥을 빨갛게 수놓았다.

찔렸을 때만큼이나 바늘이 빠질 때도 극한의 고통이 엄습했다. 주희는 삐뚤어진 바늘을 곧게 편 다음 몸을 일으켰다. 두 눈은 온통 핏빛으로 빨갛게 충혈되어 있었다. 그녀는 지치지도 않는지 계속 발길질을 해댔다. 그의 가슴이 천장을 바라보게 해서 노출을 유도하려는 눈치였다.

현우는 가슴을 부둥켜안은 채 방어에만 급급했다.

그때였다. 주사기가 예상치 못한 곳으로 날아왔다. 현우는 자신의 목을 향해 접근해 오는 바늘을 발견하고 반사적으로 오른손을 뻗었다. 가만히 있으면 경동맥이 파열되고 그걸 피하기 위해 고개를 돌리면 눈이 위험하다. 어쩔 수 없는 선택이었다. 잠시 후, 그는 손바닥을 관통해 손등으로 빠져나온 주삿바늘을 두 눈으로 목격했다. 이루 말로 형용할 수 없는 고통이 엄습했다. 검지와 중지에 미세한 경련이 일었다.

손을 관통한 주사기를 빼내는 건 어려운 일이었다. 주희가 그걸 빼내려고 힘을 줄수록 손의 신경, 근육, 혈관이 찢어지고 비틀리는 게 느껴졌다. 반격을 가하려 현우가 무의식적으로 오른손에 힘을 줬다. 그와 동시에 믹서기에 손이 갈리는 듯한 통증이 팔로 전해져 왔다. 오른손을 팔과 절단해서 분리하고 싶었다.

'이제 끝이다. 전부 끝이야…….'

현우는 조금 전 자신이 생명과 외과 의사로서의 미래를 맞바꾸었음을 깨달았다. 당분간, 아니 어쩌면 영원히 뱃속 장기들의 따스한 감촉을 온전히 느끼지 못하게 되었다고 생각하자 서글퍼졌다. 살아난다면 외과가 아닌 비수술과로 가면 된다. 그렇게 스스로의 행동을 합리화하며 위안 삼았지만 눈물이 추적추적 흐르는 건 막을 길이 없었다.

"현우 쌤, 미안해요. 이렇게 고통스럽게 죽일 생각은 없었는데. 전부 쌤이 자초한 일이에요."

주사기에 미련을 버린 주희가 가장 먼저 한 행동은 그의 손목을 꺾는 일이었다. 뒤로 심하게 꺾이다 못해 손등으로 튀어나온 바늘이 팔과 닿을 듯 가까워졌다. 현우는 눈이 희번덕 뒤집어지는 와중에도 가까스로

의식을 부여잡고 왼손을 휘둘렀다. 신음 소리와 함께 주희가 나가떨어졌다. 손이 안면을 정확히 강타한 듯 주희의 충혈된 두 눈 사이로 자국이 남았다.

몸을 일으키려 왼손으로 바닥을 짚는데 그녀가 또다시 덮쳐 왔다. 현우는 반사적으로 오른손에 힘을 실었다. 깨진 유리 조각이 수없이 박힌 기분이었다. 나한테 오른손은 없다, 그렇게 마음속으로 중얼거리며 왼팔을 급히 뻗었다.

소용없었다. 민첩하게 공격을 피한 주희가 양손으로 그의 왼팔을 움켜쥐었다. 빠져나가려 현우가 근육에 힘을 줬지만 생포되어 옴짝달싹할 수 없었다. 덫에 걸린 생쥐 꼴이었다. 붉은 눈빛의 그녀는 흡혈귀를 연상시켰다. 갑자기 그녀가 입을 벌렸다. 커다랗게 벌어진 입 속에서 하얗고 고른 치아가 반짝였다. 현우는 그녀의 붉은 눈에 감도는 기이한 광채를 발견하고 침을 삼켰다. 얼마 지나지 않아 그는 그 눈빛의 의미를 이해했다.

동맥, 그중에서도 그녀가 노리는 건 요골동맥이었다. 대퇴동맥이 있는 다리나 경동맥이 있는 목보다 피부가 얇은 손목 부근은 위험에 취약할 수밖에 없었다. 그녀의 머리가 가까워졌다. 현우는 다급하게 발을 굴렀다. 생존의 위협이 최고조로 올라갔다. 아드레날린이 격렬하게 분비되었다. 그녀의 이빨이 살갗에 닿은 순간 팔이 격렬히 떨리며 굳어졌다.

곡선의 궤적을 그리며 동맥혈이 분사되고, 몸속에서는 빠른 속도로 피가 빠져나간다. 현우는 그런 장면을 생각하며 눈길을 던졌다. 예상대로 손목에서 피가 흘러내렸다. 그런데 검붉은 빛깔이었다. 그 색깔을 보고 상황에 어울리지 않게 안도의 한숨을 내쉬었다. 동맥혈은 선홍

색인 반면 정맥혈은 암적색이다. 그녀가 터뜨린 건 생명에 지장이 없는 정맥이었다.

“아이, 짜증 나.”

실수를 알아차린 주희가 그의 팔에서 입을 떼었다. 턱에 매달려 뚝뚝 아래로 떨어지는 핏방울이 공포를 부채질했다. 입가에 남은 핏자국, 검붉게 물든 하얀 이빨, 입에 묻은 소스를 핥는 듯한 길쭉한 혀. 현우는 깊은 상처를 입은 자신의 팔도 잊어버린 채 그 비현실적인 광경에 몰입했다.

이제까지 그는 정신만 똑바로 차린다면 이곳을 빠져나가는 건 문제없을 거라고 생각했다. 그런 믿음이 없었다면 여기까지 오지도 못했을 것이다. 그러나 지금 그는 심각한 회의감과 맞닥뜨렸다. 죽음에 대해 이처럼 광적으로 집착하는 그녀에게서 빠져나가는 건 어려운 게 아닐까. 정상적인 인간이 넘어서기에는 지나치게 높은 벽이 아닐까. 한순간 그런 생각이 들면서 온몸의 힘이 썰물처럼 빠져나갔다.

피부를 통해 느껴지는 완력이 약해졌다. 주희가 한쪽 팔로 입가에 묻은 피를 닦고 있었다. 한 차례의 사냥을 끝내고 다음 기회를 노리는 하이에나, 그녀를 보며 그런 이미지가 떠올랐다. 한 가지 생각이 그의 머리를 휙 스쳐 지나갔다.

‘기회는 지금뿐이다. 방심한 틈을 타서 빠져나가자.’

몸 구석구석 흩어져 있던 힘이 혈류를 타고 왼팔에 집중되었다. 팔을 끌어당기자 숨이 멎는 소리가 들려왔다. 빼낸 팔 그대로 그녀의 얼굴을 향해 휘둘렀다. 정밀한 조준이 이뤄지지 않은 탓일까, 팔이 허공을 가르고 떨어졌다. 힘을 너무 줬는지 팔의 관절이 어긋난 느낌이었다.

"제법인걸요?"

주희가 이죽거리며 눈을 찡긋했다. 지친 기색이라고는 찾아볼 수 없었다. 시간이 흐를수록 그녀의 기세는 강력해지는 것 같았다. 오늘 둘 중 하나는 죽는다. 그러지 않으면 이 사태는 끝나지 않는다. 현우는 그렇게 생각했다. 그 하나가 내가 되지 않기 위해서는 그녀에게서 잠시도 눈을 떼서는 안 된다.

현우는 앞으로의 대처 전략에 대해 생각했다. 오른팔을 쓰지 못하는 상태에서 일어나려면 왼팔로 바닥을 짚어야 한다. 그녀는 그 틈을 노릴 터였다. 어떻게 하면 될까. 어떻게 하면 좋을까. 그는 초조함에 입술을 잘근 물어뜯었다. 이미 정신은 피폐해질 대로 피폐해진 상태였다. 입술에서 쇠 맛이 배어 나왔다. 비릿하고 뜨거운 액체가 턱을 적셨다.

계속해서 집요한 공격이 이어졌다. 현우는 허리 아래에 왼손을 집어넣었다. 괴물의 날카로운 이빨로부터 안전한 곳은 거기뿐이었다. 피로 물든 이빨이 그의 좌측에서 사냥감이 튀어나오기를 기다렸다. 오른손을 지탱하던 팔의 힘이 서서히 빠졌다. 바닥에 손등이 닿은 순간 감전된 것처럼 전신이 떨려 왔다. 그 충격에 대한 반작용으로 오른팔이 높이 솟았다. 검지와 중지의 경련은 그대로였다.

그 장면을 놓칠 주희가 아니었다. 그녀의 시선이 그의 오른손에 꽂혔다. 기쁨에 찬 환희와 증오가 뒤섞인 표정이 살벌했다. 손날을 받침으로 바닥에 놓인 그의 오른손이 위태롭게 흔들렸다. 손목 부근에 숨어 있을 요골동맥과 그 안을 힘차게 흐르는 피, 그것이 그녀의 후각 세포를 자극한 모양이었다.

주희는 철두철미했다. 왼손이 튀어나오지 못하게 그녀가 팔 전체를 무릎으로 압박했다. 그러고는 눈을 치켜뜨고 무방비 상태로 놓인 그의 오른손에 시선을 고정했다. 현우는 그녀가 탐스러운 요리의 시식을 앞둔 사람처럼 입맛을 다시는 걸 느꼈다. 토해 낼 수 없는 슬픔이 가슴을 박박 긁어 댔다.

왜인지 몰라도 현우는 자신의 인생을 실은 열차가 종착역을 향해 빠른 속도로 달려가는 기분이었다. 주어진 시간이 얼마 남지 않았다.

주희의 섬뜩한 얼굴이 그의 시야를 가렸다. 그녀의 입이 커다랗게 벌어졌다. 인간의 것이라고는 믿어지지 않는 날카로운 앞니가 오른손으로 돌진했다. 하늘을 맴돌던 독수리가 사냥감을 발견하고 낙하할 때의 모습이었다. 어떻게든 시간을 벌어야 했다. 그는 무의식적으로 팔을 비틀었다.

그때였다. 푹 하고 무언가 꽂히는 소리가 나더니 손이 갈기갈기 찢어질 것처럼 아려 왔다. 그 위로 따스한 액체가 점점이 떨어지는 게 느껴졌다. 잠시 후, 방 안에 소름 끼치는 비명이 쩌렁쩌렁하게 울려 퍼졌다. 고막이 파열되는 듯한 통증이 엄습했다. 도살장에 끌려간 돼지의 비명도 이보다 비참하지 않을 것 같았다. 이상한 일이었다. 눈을 떴을 때 현우가 마주한 광경은 지옥을 방불케 했다.

주희가 한쪽 눈을 감싼 채 포효하고 있었다. 거기서 흘러내린 게 분명한 액체가 얼굴을 타고 바닥에 뚝뚝 떨어졌다. 피였다. 현우는 자신의 오른손을 보았다. 손등을 뚫고 튀어나온 바늘에 피로 보이는 점액질의 액체가 흥건하게 남아 있었다. 주사기가 그녀의 눈을 관통한 모양이었다.

끊이지 않는 비명에 두개골이 사정없이 흔들렸다. 혼란스러웠다. 현우가 몸을 일으켰다. 간신히 일어선 그는 테이블로 다가가서 핸드폰을 거머쥐었다. 심장이 터져 버릴 것만 같았다. 현관을 나서기 전 그가 뒤를 돌아봤다. 고통 속에서 주희는 처절하게 몸부림치고 있었다. 손가락 틈으로 상처 입은 눈이 보였다. 피가 철철 흘러넘치는 안구에 더 이상 살기가 자리할 곳은 없었다. 끝을 알 수 없는 어둠만이 펼쳐져 있을 뿐이었다.

문을 열자 어둠과 함께 냉기가 밀려왔다. 인적 없는 복도에 울리는 건 그의 발소리뿐이었다. 늦은 밤 홀로 공동묘지에 들어선 기분이었다. 피 칠갑을 한 오른손에서 떨어지는 핏방울이 대리석 바닥을 적셨다. 허공에서 팔이 흔들리는 것만으로도 손가락 끝이 칼에 벤 듯 아팠다.

엘리베이터는 1층에 있었다. 버튼을 누르자 전광판에 불이 켜졌다. 빨리, 빨리. 초조한 그의 마음과 달리 숫자는 한 번에 하나씩, 느릿느릿 올라갔다. 현우는 한 손으로 간신히 핸드폰 케이스를 열었다. 경찰에 신고하려 번호를 누르는데 터치가 안 되었다. 손가락에 묻은 피 때문이었다. 불편한 자세로 바지에 피를 닦고 세 자리 숫자를 입력했다.

통화 버튼을 누른 순간 쾅 하는 소리가 들렸다. 누군가 문을 연 모양이었다. 당황한 나머지 현우는 핸드폰을 바닥에 떨어뜨렸다. 소리가 난 방향이 오른쪽인지 왼쪽인지 언뜻 구분이 가지 않았다. 현우는 귀에 모든 신경을 집중시켰다. 전화가 연결되었는지 한 남자의 목소리가 들려왔다. 주워야겠다는 생각은 들지 않았다. 여유가 없었다. 전광판의 숫자는 7이었다.

무슨 소리가 들렸는데 바람 소리 같기도 하고 짐승 울음소리 같기도 했다. 터벅터벅, 다가오는 기척이 느껴졌다. 그가 있는 곳에서는 상대가 보이지 않았다. 현우는 전광판을 다시 봤다. 아직 7층이었다. 15층까지는 한참이었다. 심장이 타들어 갔다. 보지 않아도 알 수 있었다. 다가오는 사람이 주희라는 것은 의문의 여지가 없었다. 무작정 엘리베이터를 기다리는 건 위험했다. 오피스텔은 엘리베이터가 있는 중앙 복도를 기준으로 좌우로 나뉜 H자 구조였다. 그가 있는 곳은 H자의 한가운데였다. 비상구는 손만 뻗으면 닿을 만한 곳에 있었다. 최후의 보루였다.

끼익, 끼익.

쇳소리가 간헐적으로 들렸다. 예리한 물건으로 벽을 긁는 듯 불쾌한 소리였다. 저건 뭘까. 주사기 바늘이 긁히는 소리라기에는 둔중한 느낌이었다. 전광판에 9가 떠올랐다. 현우는 소리가 나는 쪽을 정면으로 향한 채 천천히 뒷걸음질 쳤다. 여차하면 비상계단으로 도주할 생각이었다. 비상구의 문을 짚은 채 전광판을 응시했다. 11층이었다.

현우는 문득 자신이 지나치게 겁먹고 있다고 생각했다. 치명적인 상처를 입은 주희는 더 이상 무서울 게 없다. 눈 하나를 잃은 그녀쯤은 한 팔과 두 발로도 충분히 제압할 수 있으리라. 속에서 자신감이 솟아났다. 그녀를 피해 계단으로 도망치는 건 겁쟁이나 하는 짓이다. 그는 스스로에게 용기를 불어넣으며 비상계단 문손잡이에서 손을 뗐다.

커다란 그림자가 벽면에 드리워졌다. 현우는 불끈 주먹을 쥐고 싸울 태세를 취했다. 이제는 물러서지 않는다. 결연한 의지를 다지며 숨을 죽였다. 벽 뒤에서 주희가 모습을 드러냈다.

"가만 안 둬, 절대 가만 안 둬."

섬뜩한 목소리로 중얼거리는 그녀는 더 이상 한쪽 눈을 가리고 있지 않았다. 고장 난 신호등처럼 아무런 빛도 없는 그곳은 암흑 그 자체였다. 입가는 기괴하게 일그러져 있었다. 긴장한 채 현우가 한 발짝 앞으로 내디뎠다. 이윽고 그녀의 전신이 희미한 조명 아래 드러났다. 길쭉한 뭔가를 쥐고 있는데 어둑어둑해서 잘 보이지 않았다.

그때 딩동 하는 소리가 나더니 엘리베이터가 도착했다. 문이 열린 것과 동시에 노란 불빛이 복도로 쏟아져 나왔다. 그 순간 그는 보았다. 빛을 반사해 내는 예리한 칼날을.

망설일 겨를이 없었다. 재빨리 돌아선 현우가 비상구 문을 열었다. 체내의 모든 세포들이 몸이 터져라 비명을 질러 댔다. 조금 전만 해도 넘쳐흐르던 전의는 사라진 상태였다.

타닥. 타닥. 타닥.

뒤에서 맹렬하게 쫓아오는 발소리가 들렸다. 앞을 가로막는 또 다른 문을 열자 비상계단이 나타났다. 현우는 정신없이 계단을 내려갔다. 이 순간만큼은 자존심 따위 없었다. 살아남는 게 우선이었다.

한 번에 네 계단씩 뛰어 내려갔다. 난간을 붙잡고 모퉁이를 돌자 위에서 문이 열렸다. 괴상한 소리와 함께 주희가 내려오기 시작했다. 살면서 들어 본 적 없는 무시무시한 욕설이 뒤따랐다.

살려 주세요. 누가 신고 좀 해 주세요. 그 말을 뱉으려 힘을 억척같이 끌어모았지만 아무 소리도 튀어나오지 않았다. 성대가 마비된 느낌이었다. 무슨 수를 써서라도 오피스텔에서 탈출해야 한다. 그런 일념으로 계단을 뛰어 내려갔다. 넘어지지 않게 난간을 붙들었고 그때마다 오른손이 파열되는 듯했다.

3층에서 2층으로 통하는 계단에 이르렀을 때였다. 이상한 기운을 감지한 현우가 뛰는 것을 멈췄다. 거친 숨을 내쉬는 그의 온몸이 땀으로 흠뻑 젖어 있었다. 눈, 코, 입에서 흘러내린 분비물이 턱밑에 모여 매달렸다가 한 방울씩 떨어졌다. 힘이 풀린 다리는 몸을 지탱하지 못하고 후들거렸다. 머릿속에서 불길한 종소리가 울려 퍼졌다. 적이 가까워졌음을 알리는 듯한.

위에서 누군가 내려오는 기색은 없었다. 어둠 속에서 움직이는 기척도 없었다. 달리는 데만 몰두한 탓에 쫓아오는 것을 확인하지 않았다. 이제 단념한 걸까. 현우는 그럴지도 모른다며 혼자서 고개를 끄덕였다. 어차피 주희는 그의 속도를 따라잡을 수 없고, 그가 오피스텔을 나선 순간 이 게임은 그의 승리가 될 터였다. 방 안에서 벌어진 난투극을 촬영한 영상은 없다. 그러나 그녀가 행한 범죄의 흔적은 온몸에 남아 있었다. 이것만으로도 주희는 살인 미수죄로 체포될 것이다. 게다가 그녀가 살해한 환자들에 대한 살인죄도 추가될 것이다.

이제껏 그는 정의라는 거창한 주제에 대해 생각해 본 적이 없었다. 특별히 범죄를 척결하고자 하는 의지도 없었다. 그럼에도 그녀가 정의의 심판을 받아야 한다는 것에는 이의가 없었다. 그녀는 영원히 이 사회와 격리되어야 한다. 그런 생각뿐이었다.

터덜터덜 계단을 내려가던 그때 현우는 또다시 이상한 기운을 감지하고 걸음을 멈췄다. 어디선가 비릿한 냄새가 풍겨 오고 있었다. 처음에는 생선 비린내라고 생각했다. 그런데 시간이 흐를수록 콧속에 낯설지 않은 냄새 분자가 빨려 들어왔다.

'설마…… 피?'

냄새의 정체를 깨달은 그가 벽에 붙어 섰다. 방향을 가늠하기 위해서였다. 후각이 예민한 편은 아니었다. 그럼에도 냄새가 가까이에서 흘러나오고 있음을 확신했다. 평정심을 되찾아 가던 그의 심장이 다시 격렬한 펌프질을 시작했다.

'엘리베이터를 타고 내려온 걸까.'

문 너머에서 기다리고 있을지도 모른다. 그런 생각을 하자 심장이 철렁 내려앉았다. 상황을 살펴야 했다. 그는 신중을 기해 계단을 내려갔다. 그때였다. 바로 위층에서 굉음이 터져 나왔다. 문이 열리고 누군가 믿을 수 없는 속도로 뛰어 내려왔다. 상대를 확인할 겨를이 없었다. 현우는 반사적으로 온몸의 힘을 끌어내어 아래로 달려갔다. 강렬한 피 냄새가 콧속으로 빨려 들어왔다. 속에 있는 것을 게워 내고 싶은 끔찍한 냄새였다.

생전 들어 보지 못한 욕설이 들려왔다. 현우는 어둠과 절망으로 가득한 계단을 달리고 또 달렸다. 더는 자신의 몸을 통제할 수 없었다. 이 순간 두 다리를 지배하는 건 생존에 대한 욕구였다. 죽음에 대한 공포로 그의 몸은 갈가리 찢어질 것 같았다. 미친 듯이 달린 탓에 막다른 곳에 다다랐다. 현우는 마지막으로 남은 힘을 실어 문손잡이를 돌렸다.

열리지 않았다. 벽에 발을 붙이고 전력을 다해도 소용없었다. 위에서 저벅저벅 계단을 내려오는 소리가 들려왔다. 그는 뒤늦게 깨달았다. 여기가 지하 1층이라는 것을. 정신없이 달리다 보니 1층을 그대로 지나친 모양이었다.

"이런 멍청한 새끼."

자신에게 할 수 있는 모든 저주의 말을 퍼부었다. 아무래도 이곳에서 죽어야 할 운명인 듯하다. 마지막 순간, 행운의 여신마저 그를 외면했다. 현우는 문에 등을 기대고 주저앉았다. 불이 붙은 듯 가슴속은 뜨겁다 못해 폭발 직전이었다. 모든 것을 포기한 그의 눈이 계단 꼭대기에 슬리퍼를 신고 서 있는 한 여자를 포착했다. 주희였다.

온갖 분비물로 번진 마스카라, 형체를 알아볼 수 없는 한쪽 눈, 핏물이 굳어 생긴 자국. 부들부들 경련을 일으키는 그녀는 더 이상 사람의 외양을 갖추고 있지 않았다. 현우는 죽음이 임박한 것을 직감했다. 여기까지 오느라 체력은 바닥 난 상태였다. 칼을 쥔 그녀와 맞설 수 있는 방법은 없었다. 그녀는 지치지도 않는지 미동도 하지 않았다. 그녀의 모든 근육이 그를 죽이기 위해 혈안이 되어 있는 것 같았다. 현우는 자포자기의 심정으로 눈을 감았다. 모든 희망을 포기하고 죽음을 기다리던 그때 사이렌 소리가 들렸다.

'이게 뭐지?'

눈을 뜨자 곤혹스러워하는 주희의 모습이 보였다. 위아래를 번갈아 보는 그녀의 시선에서 현우는 이변을 알아차렸다. 처음에는 지나가는 경찰차 소리라고만 생각했다. 그러나 그 소리가 점차 커지더니 가까이에서 멈춰 섰다. 비로소 그는 경찰에 연락한 게 떠올랐다. 연락이 끊긴 그의 핸드폰을 추적했든지 주민 가운데 누가 신고를 했든지 둘 중 하나였다. 맹렬한 사이렌 소리에 귀가 찢어질 것 같으면서도 어렴풋한 희망이 샘솟았다. 곧 위층에서 뭔가에 대해 심각하게 말하는 소리가 들려왔다. 말소리로는 남자 두세 명인 것 같았다.

주희의 얼굴이 끔찍하게 일그러졌다. 수가 틀렸다는 것을 깨달은 듯했다. 이대로라면 현장에서 체포되는 것도 시간문제였다. 경찰이 엘리베이터에 타기 전에 불러야 한다. 현우는 찢어질 듯한 폐로 억지로 공기를 받아들이며 숨을 골랐다. 흩어져 있던 공기를 가슴속에 최대한 끌어모은 다음 밖으로 내뱉었다.

"살려 주세요!"

그 말을 내뱉은 직후 의식의 끈이 끊겼다. 문이 열리고 들려온 다급한 발걸음 소리를 끝으로 더는 아무런 소리도 들리지 않았다. 우주의 고요와도 같은 침묵이 그를 에워쌌다.

7장

§

깨어난 현우의 눈에 가장 먼저 달려든 것은 칠흑 같은 어둠이었다. 한 줄기 빛도 들어오지 않아 어둠이 지배하는 세계. 들리는 것도 보이는 것도 없었지만 그는 자신의 몸을 휘감은 차가운 공기를 느꼈다. 그때였다. 극심한 두통이 그를 습격했다. 쪼개질 듯한 통증에 반사적으로 머리를 손으로 감싸려는데 양손이 마음대로 움직이지 않았다.

'왜 이러는 거지?'

심호흡을 하며 상황을 파악하려 노력했다. 현우는 자신의 손과 발이 전부 결박되어 있는 것을 알아차렸다. 그가 터질 듯이 두근거리는 가슴을 진정시키며 두리번거렸다. 처음에는 아무것도 없는 암흑이었지만 점차 적응한 눈이 주위를 인식했다. 어딘지 모르게 익숙한 공간, 침대, 테이블, 책상. 이윽고 그는 자신의 오피스텔 방에 누워 있다는 것을 깨달았다.

'어떻게 된 거야.'

의식을 잃기 전 마지막으로 경찰들이 내려오는 발소리를 들었다. 그런데 나는 왜 여기 있는 걸까. 현우는 이유를 알 수 없었다. 곧 불길한 생각이 고개를 치켜들었다. 경찰에게 발견되지 못한 걸까. 그런 생각을 하자 초조하고 불안한 마음이 가슴을 뚫고 튀어나올 것 같았다.

눈을 감고 생각을 정리하는데 갑자기 무슨 소리가 들려왔다. 부스럭. 부스럭. 소름이 그의 온몸을 진드기처럼 훑고 지나갔다. 보이지 않는 어둠 속에서 누군가 움직이고 있었다. 이윽고 얼굴 위로 뚝뚝 떨어지는 액체의 차가운 감촉이 느껴졌다. 눈을 뜬 현우가 그것의 정체를 알아차리고 정신없이 비명을 질러 댔다. 분노에 찬 눈빛으로 주희가 그를 노려보고 있었다. 원래라면 그녀의 눈이 있어야 할 자리에서 끊임없이 핏물이 흘러내렸고, 그 피는 고스란히 그의 얼굴로 쏟아졌다. 생지옥에 와 있는 기분이었다.

그녀의 얼굴이 점차 가까워졌다. 피비린내가 훅 끼쳐 왔다. 이제 마지막이라는 생각에 현우가 미친 듯이 소리를 질렀다.

"안 돼!"

*

비명을 지르며 깨어났다. 눈을 뜬 현우는 자신이 꿈속에서 빠져나온 것을 알아차렸다.

"현우야, 괜찮아?"

익숙한 목소리에 돌아본 현우는 근심 어린 눈길로 자신을 바라보는 한 여성을 발견했다. 언제 봐도 아름다운 눈망울, 오뚝한 콧날, 조그만 입술. 나리였다. 공포로 가득 차 있던 그의 가슴에 안도의 물결이 밀려 왔다.

"나리…… 누나?"

"그래, 나야. 악몽이라도 꿨어? 아무튼, 정신이 돌아와서 다행이야."

"여기가 어디……."

"응급실이지. 나 오늘 당직인데 너 실려 왔다는 말 듣고 여기 쭉 있었어."

"감사해요."

주위를 둘러본 현우는 이내 자신이 응급실의 1인 격리실에 있다는 것을 알아차렸다. 그는 자신의 몸을 훑어보았다. 양팔과 손은 부목으로 고정되어 붕대로 감겨 있었고 다리는 아무런 처치도 받지 않은 상태였다. 코가 간지러워 무의식적으로 손을 들던 그가 참을 수 없는 고통에 외마디 비명을 질렀다. 놀란 나리가 얼굴을 바짝 가까이 들이댔다.

"많이 아프니?"

"아뇨, 괜찮아요."

현우가 애써 무덤덤하게 말했다. 나리가 안색을 살피듯 눈을 치켜떴다.

"어쩌다 이렇게 된 거야?"

"공격당했어요."

"누구한테? 설마 그 살인마한테?"

"네."

"그럼 그게 누군지 알아낸 거야?"

궁금해서 견딜 수 없다는 듯 그녀가 대답을 재촉했다.

"네, 백주희 간호사였어요."

"백주희……."

나리가 손가락을 입술에 가져가더니 고개를 갸웃했다.

"나는 못 들어 본 이름인데……."

"8병동 간호사예요."

"그래? 얼굴 보면 알아볼지도 모르겠다. 그래서 그 사람 붙잡혔어?"

"네, 지금쯤 경찰서에서 조사받고 있을 거예요."

"그렇구나. 우리 병원에서 그런 일이 일어나다니……. 아무튼 네가 많은 생명을 구했어. 정말 큰일을 한 거야."

"아니에요, 누나."

현우는 쑥스러워하면서도 우쭐한 마음을 티 내지 않으려 애썼다. 나리가 두 눈 위로 슬픈 미소를 드리우더니 고개를 숙였다.

"현우야, 미안해."

나리의 입에서 흘러나온 말이 그를 당황하게 했다. 그녀의 눈가에는 물기가 어려 있었다.

"누나, 왜 그러세요?"

"그때 화낸 거……. 그날은 정말 내가 어떻게 됐나 봐, 너한테 그런 심한 말을 하다니……."

"괜찮아요. 누나도 힘든 상황이었던 거 알아요."

현우는 아무렇지 않다는 듯 말했다. 그녀가 비탄에 젖은 목소리로 말을 이어 나갔다.

"그때 내가 같이 조사하겠다고 나서기만 했으면…… 네가 이렇게 다치지 않았을지도 몰라. 널 위험에 빠뜨린 건 나야. 정말 미안해, 현우야."

현우는 자신이 알던 그녀가 돌아왔음을 느꼈다. 언제나 다른 사람의 기분을 먼저 신경 써 주고 본인은 어떤 희생도 감내하던 멋진 선배, 강나리.

"누나 잘못 아니에요. 사실…… 저도 누나한테 사과하고 싶은 게 있어요."

"으응?"

고개를 든 나리의 두 눈 주위가 슬픔으로 얼룩져 있었다. 현우가 기어들어 가는 목소리로 말했다.

"몇 시간 전까지만 해도…… 저는 누나를 의심하고 있었어요."
"나를?"
그녀가 눈살을 찌푸렸다. 이해할 수 없다는 표정이었다.
"방재실에 가서 CCTV를 돌려 봤는데, 누나가 물품 보관실에 가는 장면이 나왔어요. 그때부터 그런 생각을 하게 됐던 거 같아요, 바보같이."
"봤구나……."
나리의 입가에 씁쓸한 미소가 번졌다. 그녀가 한숨을 내쉬더니 가운 주머니에서 뭔가를 꺼냈다.
"환자들한테 도움이 될 수 있겠다는 생각에…… 아침마다 몇 개씩 가져왔어."
"그걸 왜……."
"너도 알잖아, 채혈 안 되는 분들은 답 없다는 거. 혈관도 안 보이는데 마구 쑤셔서 혈관 터뜨려 놓고 무책임하게 가 버리는 쌤들이 많더라. 나는 내 환자가 그런 꼴 당하는 건 못 봐. 그래서 잘 안 되는 분들은 내가 했어. 네가 인턴일 때 본 기억 없니?"
뒤늦게 현우는 내과 인턴을 돌던 무렵의 일을 떠올렸다. 이른 아침 검체 튜브가 담긴 카트를 끌고 병동을 순회하던 그에게 나리가 다가왔다. 그녀는 검체의 라벨을 살펴보더니 서너 개의 튜브를 빼내 갔다. 그때만 해도 그는 단순히 동아리 후배여서 도와준다고만 생각했었다. 그런데 그게 아닌 모양이었다.
"미안해요, 진작 알아차렸어야 했는데. 오해해서 죄송해요."
"괜찮아. 상황이 그랬다는 거 이해해. 그래도 현우가 날 살인마로 생각했다니 앞으로 행동 조심해야겠는걸."

나리가 짓궂은 웃음을 지었다. 현우도 따라 웃었다.

"누나를 주치의로 둔 환자들은 행복하겠어요. 누나 같은 주치의는 우리 병원에 없을 거예요."

"그런 말 하지 마."

나리가 수줍게 입술을 오므리더니 그를 들여다봤다.

"현우, 너도 환자들한테 인기가 만만치 않던데?"

"제가요? 설마요."

"나도 들은 게 있어. 특히 7병동에서 미담이 많이 들려오더라."

현우가 어쩔 줄 몰라 고개를 숙였다. 그런 그를 나리가 지그시 바라봤다. 콜을 받고 나서기 전까지 나리는 내내 그의 곁을 지켜 주었다. 그녀가 나가면서 마지막으로 격려의 말을 건넸다.

"그럼 푹 쉬고, 빨리 낫길 바랄게."

*

문을 열고 들어오는 수아를 발견한 순간, 현우는 온몸에 퍼져 있던 고통이 거짓말처럼 사라지는 것을 느꼈다. 보는 것만으로도 치유가 되는 마법 같은 힘이 그녀에게 숨겨져 있는 듯했다. 머릿속에서 수없이 그려 보고 그리워했음에도 막상 그녀를 마주하자 평범한 말밖에 튀어나오지 않았다.

"수아야……."

"선생님!"

수아는 거친 숨을 몰아쉬고 있었다. 응급실까지 쉬지 않고 달려온 모양이었다. 눈처럼 새하얀 얼굴에는 전반적으로 홍조가 어렸고 관자놀이에서는 땀방울이 흘러내렸다. 윤기 나는 갈색 머리카락이 땀에 젖은 채 볼에 붙어 있었다. 현우는 그녀가 자신을 위해 달려와 줬다는 사실이 감동으로 다가오는 한편 마음 한구석이 아렸다. 그녀가 고르지 않은 음정으로 말했다.

"전화 안 받으셔서 걱정했는데, 이렇게 다치신 줄은…… 몰랐어요. 대체 어디서 넘어지신 거예요? 아님…… 누가 밀었어요?"

"……."

"그 범인이, 그 나쁜 사람이 그런 거죠? 그렇죠?"

수아의 맑은 눈이 금방이라도 눈물을 흘릴 것처럼 글썽거렸다. 현우가 착잡한 심정으로 고개를 끄덕였다.

"이제 다 끝났어."

수아가 무너지듯 허리를 굽히더니 그의 가슴에 얼굴을 갖다 댔다. 두 팔을 이불에 내려놓은 채 심장 고동에 귀 기울이는 듯 가만히 있었다. 현우는 몸속의 피가 서서히 뜨겁게 데워지는 것을 느꼈다. 얇은 이불을 사이에 두고 고스란히 전해져 오는 그녀의 온기가 그에게 생명의 기운을 불어넣었다.

"어떡해요, 선생님. 저 땜에……."

"너 때문 아니야."

"아니에요. 저만 아니었으면…… 이런 일도 없었을 텐데."

"너 아니었더라도 어차피 해야 할 일이었어."

"미안해요……. 그리고 고마워요……."

"……."

현우는 갑자기 목이 메어 말이 나오지 않았다.

"아프지 않으세요?"

"하나도…… 안 아파."

"거짓말……."

수아가 슬픈 눈길로 지그시 현우를 바라보았다. 애틋함과 연민이 뒤섞인 눈빛이었다. 손만 뻗으면 닿을 거리에 그녀가 있었지만 현우는 아무것도 해 줄 수 없는 자신이 한심하게 느껴졌다.

"그런데 어떻게 알고 온 거야?"

"간호사 선생님한테 들었어요."

어느새 수아는 흐느끼고 있었다. 몸을 덮은 이불 위로 눈물 몇 방울이 떨어졌다. 눈을 감은 그녀는 좀처럼 마음을 추스르지 못하고 숨김없이 슬픔을 내보였다. 현우는 그런 그녀를 눈길로 어루만질 수밖에 없었다. 이 순간 두 팔을 자유롭게 쓸 수 없는 스스로가 원망스러웠다. 그가 미세하게 떨리는 목소리로 말했다.

"수아야, 울지 마……."

"……."

"네가 그러니까 나도 울고 싶잖아."

"선생님……."

어깨를 들썩이던 수아의 움직임이 서서히 가라앉았다. 천천히 돌아보는 그녀의 눈이 물기로 아름답게 번들거렸다. 그녀가 구슬 같은 단아한 음성으로 말했다.

"보고 싶었어요, 선생님."

"……."

그 말을 들은 현우의 가슴속이 열기로 북받쳐 올랐다. 그동안 억눌러 왔던 뜨거운 감정이 둑이 무너지듯 일제히 터져 나왔다. 수아를 끌어안고 입을 맞추고 싶다는 강렬한 본능이 솟구쳤지만 그가 할 수 있는 거라고는 고작 나도, 라고 말하는 것뿐이었다. 눈물샘이 촉촉해지는 것을 느낀 그가 고개를 돌리는 찰나 문이 열리는 소리가 들렸다. 어깨가 떡 벌어진 남자가 의아한 눈빛으로 그와 수아를 보며 들어왔다. 정형외과 레지던트 2년차 배찬수였다.

"수아야, 잠깐."

"네?"

뒤늦게 알아차린 수아가 손등으로 눈물을 훔치며 그에게서 떨어졌다. 찬수가 당황한 얼굴로 헛기침을 하고는 말했다.

"이제 입원 수속 밟을 거야. 8병동인데 괜찮지?"

"네, 거기가 저한테는 편해요."

"그래, 당분간 푹 쉬어라."

"넵."

"자세한 건 아침에 교수님께서 설명해 주실 거야."

"네, 형. 감사합니다."

현우가 불편한 자세로 목을 꾸벅 숙였다. 찬수가 나가는 것을 본 수아가 다시 그에게로 다가왔다. 그녀가 그윽한 눈길로 그를 내려다봤다.

"선생님, 8층에 꼭 찾아갈게요."

"내일 아침에 퇴원하는 거 아니야?"

"그게…… 교수님이 허락을 안 해 주셔서요."

"그랬구나."

"네, 여기 있는 동안은 선생님 병실 자주 들를게요."

"그러지 않아도 돼."

현우는 더 이상 수아를 자신의 일에 끌어들이고 싶지 않았다. 지금까지의 일만으로도 그녀는 정신적 고통을 이루 말할 수 없을 만큼 심하게 받았다. 그런 그녀의 퇴원을 앞두고 짐이 되고 싶지 않았다.

"그런 말 하지 마세요. 저…… 이제 선생님 혼자 안 놔둘 거예요. 다시는 이런 일 없도록…… 제가 옆에 있을 거예요. 약속할게요."

"……."

현우는 굳게 입을 다물고 아무 말도 하지 않았다. 더는 그녀와의 사이에서 오가는 말에 약속이라는 이름을 붙이고 싶지 않았다. 약속으로써 그녀를 얽매이게 하고 싶지 않았다. 그는 수아가 순간의 감정에 휩쓸려 그런 말을 한 것일 뿐이라고 생각했다. 그녀 또래의 여자들은 간혹 드라마의 여주인공이 된 것처럼 심취해 현실과 가상을 구분 못 하는 경우가 더러 있었다. 지금 그녀의 감정도 아마 그와 비슷한 종류일 터였다. 수아가 재촉하듯 물어 왔다.

"네? 약속할게요."

그의 머릿속으로 많은 생각들이 스쳐 지나갔지만 정작 튀어나온 말은 건조했다.

"수아야, 나…… 쉬고 싶어."

"네?"

수아는 당황한 듯했지만 이내 그의 말뜻을 알아차리고 축 처진 어깨를 이끌고 밖으로 걸어 나갔다. 차가운 말을 내뱉은 게 바로 전인데, 자꾸만 그녀의 뒷모습에 눈길이 갔다. 현우는 수아에 대해 이중적인 모습을 보이는 자신을 이해할 수 없었다.

*

다음 날 오전 아홉 시. 혜성대학교병원 최고의 핫플레이스는 현우의 병실이었다. 지금까지 병문안을 온 사람들만 해도 서른 명을 거뜬히 넘어섰다. 대부분이 인턴 동기들과 외과 레지던트, 친한 선후배들이었지만 간혹 사이가 껄끄러운 레지던트나 간호사들도 의리로 찾아와 줬다. 현우는 새삼 병원 네트워크의 위력에 혀를 내두르면서도 그동안 일에 치여 살며 잊고 있던 온정을 이렇게나마 느낄 수 있어 좋았다. 1인실은 그들이 가지고 온 다양한 음식과 꽃바구니로 가득했다.

현우는 TV를 켰다. 어젯밤의 사건이 뉴스에 나올지 모른다는 생각에 불편한 손가락으로 채널을 돌렸다. 하지만 아무것도 보도되지 않았다. 허탈한 마음에 TV를 끄는 찰나 문이 열리고 외과 과장 하석천이 들어섰다. 그가 엄숙한 얼굴로 현우에게 다가왔다. 체구는 작지만 단단한 몸집의 그는 보는 것만으로도 위압감을 느낄 만큼 드센 인상이었다. 수술실에서 늘 머리에 걸치고 다니는 푸른 두건의 틈으로 반백의 머리가 보였다. 현우가 급히 몸을 일으키자 허리와 양손에 부서질 듯한 통증이 엄습했다. 그가 간신히 목소리를 쥐어짜 냈다.

"과장님, 안녕하십니까."

"이 선생, 편하게 누워 있어."

석천은 병실을 둘러보며 감탄한 듯 혼자서 고개를 끄덕였다. 이내 그의 시선이 현우에게로 와서 박혔다. 냉철하면서도 온화함을 잃지 않은 눈빛이었다.

"병원 생활 나름 잘한 모양이군. 이렇게 많은 사람이 자넬 응원하는 걸 보니."

"네……."

현우는 쑥스러워 그렇게밖에 대답할 수 없었다. 석천이 아무 말 없이 그의 머리부터 발끝까지 훑어보고는 말했다.

"나빠 보이지는 않는군. 이 선생 상태는 김수한 교수한테서 들었어. 생명에 지장이 없어 다행이야."

"저도 다행이라고 생각합니다."

"시간 끌 것 없이 요지만 말하지. 이 선생, 자네 회복하는 대로 혜성병원으로 가 줘야겠어."

"예?"

현우는 자신의 귀를 의심했다. 혜성병원은 혜성재단 산하의 2차 종합병원으로 본원에서 멀리 떨어진 곳에 위치했다. 말이 좋아서 2차 종합병원이지 사실상 본원에서 아웃된 사람들만 모이는 패잔병 집합소나 다름없었다. 석천이 침대 사이드레일을 한 손으로 붙잡고 말을 이어 갔다.

"교수 회의에서 결정 난 사항이야. 익명의 제보자가 이 선생이라는 건 모두가 알고 있네. 정 교수가 털어놨지."

"정덕현 교수님께서……."

현우는 배신감에 말을 잇지 못했다. 덕현이 자신과의 약속을 깨고 다른 교수에게 알렸다는 것을 쉽사리 받아들일 수 없었다. 가혹한 현실이 그의 어깨를 짓눌러 왔다.

"그래, 대의적 차원에서 이 선생에게 징계를 내릴 수밖에 없는 점 이해하길 바라네."

"죄송합니다. 제가 그러지만 않았다면……. 반성하고 있습니다."

현우가 고개를 조아렸다.

"이 선생, 선생보다 인생을 더 산 어른으로서 충고해 주고 싶은 게 있어."

"네, 과장님."

석천이 자상한 어조로 말했다.

"이 선생은 이번 일을 반면교사 삼아 둥글게 사는 법을 배우게. 동료들 중에 아무나 붙잡고 물어봐. 의료진의 과실을 알면서도 눈 감고 스리슬쩍 넘어간 적은 없는지. 누구나 한 번쯤은 있을 걸세. 그건 선생한테도 해당되는 말이고. 선생이라고 실수하지 말라는 법은 없잖은가, 안 그래?"

"네……."

"모두가 서로의 잘못을 폭로하고 고발하면 이 병원은 결코 정상적으로 돌아갈 수 없네. 그 피해는 고스란히 환자들의 몫이고. 그렇기에 우리 모두는 서로의 허물을 눈감아 주는 거야. 이런 사정을 모르는 외부 사람이 알게 된다면 비열하고 더러운 세계라고 욕할 수도 있겠지. 하지만 어쩌겠나. 대학병원이라는 곳이 애초에 그런 시스템으로 작동되는 걸 말야."

"……."

씁쓸한 마음에 현우는 아무 말도 할 수 없었다. 차마 자신의 안위를 지키기 위해서 교수를 배반했다는 말은 할 수 없었다.

"그게 싫으면 관둬야지 별수 있나. 절이 싫으면 중이 나가야지, 그렇다고 절을 부술 수는 없는 것 아닌가. 어떻게 생각해, 이 선생은?"

현우는 쉽사리 대답할 수 없었다. 석천이 손목시계를 들여다보며 조급한 기색을 숨기지 않았다.

"이 자리에서 결정하게. 혜성병원으로 내려갈 건지, 의국에서 나갈 건지 말일세."

"저는……."

현우가 떨리는 목소리로 말을 이었다.

"내려가겠습니다. 과장님 말씀 따르겠습니다."

"잘 생각했어, 이 선생. 시간이 지나면 부를 테니 거기서 쉬고 있어."

석천이 그의 어깨를 토닥이고는 멀어져 갔다. 문가에 다가선 그가 갑자기 한숨을 푹 내쉬더니 현우를 돌아봤다.

"이 선생, 내가 이 말을 빠뜨렸군."

"예?"

"어제 선생이 한 행동은 결코 잘못된 게 아니었어."

"……."

현우는 그가 무슨 말을 하는지 감이 잡히지 않았다.

"그걸 말해 주고 싶었어. 외과의 수장으로서 모든 교수를 대표하는 내 입장을 헤아려 줬으면 하네. 외과 과장이 아닌 한 명의 교수로서 나 하석천은 선생의 용기 있는 행동을 지지하는 바일세."

"……."

"하지만 나의 입이 교수진 전체의 의견이기에 어쩔 수 없었던 거야. 내 말 알아듣겠나?"

예기치 못한 과장의 말에 가슴이 뭉클해진 현우가 떨리는 목소리로 가까스로 내뱉었다.

"네, 과장님."

석천이 고개를 힘차게 끄덕이고는 군인처럼 절도 있는 동작으로 병실을 나갔다.

*

시간이 흐를수록 아리송한 의문이 현우의 가슴속에 싹텄다. 지역 뉴스 채널을 아무리 돌려 봐도 어젯밤의 일을 다룬 뉴스는 자막 한 줄로도 나오지 않았다. 병문안을 온 사람들도 주희에 대한 소식을 접하지 못한 듯 물어 오는 이들이 없었다. 이유를 곰곰이 되짚어 보던 그는 자신이 응급실 문진에서 주희의 이름을 언급하지 않았음을 기억해 냈다. 병원 사람들이 모르는 건 당연한 일이었다. 그렇다고 자세한 사정을 모르는 그들에게 그간의 끔찍한 사건들을 섣불리 말할 수도 없는 노릇이었다.

문득 현우는 지금도 주희가 잡히지 않고 바깥을 자유로이 돌아다닐지 모른다는 생각이 들었다. 어쩌면 다시 병원으로 돌아와서 그를 제거할 기회만 호시탐탐 노리고 있을지도. 어젯밤 그는 계단을 달려 내려오는 경찰의 발소리를 듣고 의식을 잃었다. 그때 주희가 현장에서 체포되었는지, 아니면 교묘하게 빠져나갔는지 그로서는 알 길이 없었다. 그는 관할 경찰서에 전화를 걸어 확인해 보기로 결심했다.

핸드폰을 찾으려고 주변을 둘러보는데 노크 소리가 들렸다. 현우가 네, 하고 말하자 문이 열렸다. 정장 차림의 낯선 남자가 문가에 서서 자신을 소개했다.

"안녕하세요. 총무팀장 고영진입니다. 외과 이현우 선생님이시죠?"

"네, 여기는 어쩐 일로……."

"말씀드릴 게 있습니다."

천천히 다가오는 팀장의 손에는 서류 몇 장이 들려 있었다. 몸에다 향수를 많이 뿌렸는지 냄새가 독했다. 현우는 고개를 반쯤 돌리고 시선만 그에게로 향했다. 이대팔로 빗어 넘긴 헤어스타일이 그의 단정하고 똑 부러지는 성격을 말해 주는 듯했다.

"음, 오늘 아침에 총무팀으로 전화가 왔습니다. 어딘지는 짐작하시겠지요."

"경찰서인가요?"

"네, 선생님 핸드폰을 갖고 있으니 나중에 찾아가라고 하십니다."

현우는 뒤늦게 오피스텔에 핸드폰을 두고 온 것을 깨달았다. 어젯밤 엘리베이터 앞에 떨어뜨린 걸 그들이 주운 모양이었다.

"선생님께서 어제 경찰에 전화를 거셨다던데, 사실입니까?"

"네, 어제는 그런 일이 있었습니다. 사실 저를 공격한 사람이 이 병원 직원입니다. 백주희라고 간호사인데……."

"네?"

팀장의 반듯한 얼굴에 미심쩍은 기운이 나타났다. 그가 노골적으로 이상한 사람 보듯 눈을 크게 떴다.

"그런 말은 듣지 못했는데요."

"혹시 그분들이 병원에 찾아오지는 않으셨나요? 대면 조사하려면 한 번은 오셔야 할 텐데요."

"대면 조사요?"

"예, 그래야 하지 않을까요?"

팀장이 손수건을 꺼내더니 이마를 닦았다. 그러고 보니 병실의 공기가 후덥지근한 것도 같았다. 그가 물건을 품평하듯 현우를 빤히 바라보다 입을 열었다.

"선생님께서 무슨 말씀을 하시는지 모르겠습니다. 경찰 측에서 전해 준 말은 하나뿐입니다. 핸드폰을 찾아가시라고요. 어젯밤의 일은 사건성이 없어 더 이상 수사를 하지 않는다고 하던데요."

"아니, 어떻게 그럴 수가 있죠?"

자신도 모르게 격한 소리가 튀어나왔다. 현우는 가슴속의 분노를 어디에 쏟아 내야 할지 가늠할 수 없었다.

"직무유기잖아요, 사람이 이렇게 다쳤는데."

"죄송합니다. 제가 들은 건 그게 전부라서요. 간호사 얘기도 못 들었고."

"안 되겠네요. 팀장님, 실례가 안 되시면 잠깐 전화 빌려도 될까요? 제가 담당자분과 통화를 해 봐야겠어요."

"네, 그럼요."

팀장이 핸드폰을 꺼내 번호를 누르더니 그를 배려해 귀에 핸드폰을 대 주었다. 곧 남자답고 시원시원한 목소리가 들려왔다. 현우는 자신을 강력계 수사관이라고 소개한 남자에게 몇 가지 사항을 물어보았다. 그런데 돌아오는 대답이 영 시원치가 않았다.

"현장에 출동한 분들이 보셨을 거 아니에요. 왜 발뺌하시는지 모르겠네요."

[경찰이 눈 뜬 장님인 줄 아시나 보네. 저희는 계단에서 선생님 발견

해서 병원으로 옮긴 것뿐입니다.]

“그럼 CCTV는 확인해 보셨어요? 저 말고 여자 한 사람이 엘리베이터에 타는 장면, 복도에서 칼 들고 저를 쫓아오는 장면, 이런 증거는 미리 확보하셨어야죠.”

[선생님, 거참 답답하십니다. 저희도 어지간한 건 다 해 봤죠. 선생님 호수 알아내서 그 부근 CCTV는 싹 다 살펴봤습니다. 아무것도 없어요, 아무것도.]

“그럴 리가요.”

현우는 소리를 버럭 지르고 싶은 것을 간신히 참았다. 수사관이 신경질적인 어조로 말했다.

[저희는 선생님 옆집에서 신고가 들어와서 찾아갔습니다. 누가 비명을 지른다면서 출동해 달라고 했어요. 나중에야 그게 선생님인 걸 알았지만 말입니다.]

그가 한숨을 쉬고 말을 이었다.

[저희들이 오피스텔 관리인한테 허락받고 선생님 댁에도 들어가 봤습니다. 그런데 아무것도 없었습니다. 맥주 캔이 있던데, 술을 적당히 드셨어야죠. 그렇지 않습니까, 예?]

현우는 자신을 술주정꾼 취급하는 그에게 분노가 일었다.

“저를 공격한 사람이 버젓이 돌아다니는데 그걸 보고만 있을 건가요?”

건너편에서 한숨 소리가 들려왔다.

[도무지 말이 안 통하십니다. 일단 알겠습니다. 저희도 다시 알아보도록 하죠. 이만 끊겠습니다.]

총무팀장이 병실을 나간 뒤로도 현우는 쉴 새 없이 몰아치는 분노에 시달렸다. 이제 경찰마저도 믿을 수 없다는 불안감이 깊은 곳에 내재된 공포를 부추겼다. 역시 내 생각이 맞아. 백주희는 여전히 체포되지 않고 바깥을 자유롭게 돌아다니고 있어. 나와 수아를 죽일 기회를 호시탐탐 노리면서.

'설마 벌써 병원에 와 있는 걸까.'

어제 데이 번 근무였다면 휴가가 아닌 이상 오늘도 데이 번일 가능성이 높았다. 어쩌면 지금도 내가 입원해 있는 8병동을 뻔뻔한 얼굴로 돌아다니고 있을지 몰라. 그런 생각을 하자 더는 시간을 지체할 수 없었다. 현우는 불편한 몸을 일으켜 침대에서 일어났다. 온몸이 산산조각 날 것 같았지만 안간힘을 써서 병실 밖으로 나갔다. 한시가 급하다는 생각에 뛰다시피 향한 간호 스테이션에는 간호사 셋이 자리를 지키고 있었다. 주희는 보이지 않았다. 그를 발견한 민지가 호기심 어린 눈을 번뜩였다.

"현우 쌤, 왜 그러세요?"

"백주희 선생님 오늘 출근했어요?"

"네?"

민지가 눈썹을 찡그렸다. 그가 숨을 헐떡이며 거칠게 말했다.

"백주희 선생님 여기 있냐고요!"

"백……주희?"

민지가 어깨를 으쓱하더니 옆의 다영에게 말을 건넸다.

"다영아, 넌 알아?"

"아니, 처음 듣는데."

"그렇지?"

민지가 야릇한 미소를 띤 채 말했다.

"쌤, 병동 착각하신 거 아니에요? 여긴 8병동이라구요."

"8병동…… 맞는데."

현우가 들릴락 말락 조그맣게 중얼거렸다. 귀신에 홀린 기분이었다. 앞에 있는 간호사들이 일부러 이런 말을 할 이유는 전혀 없었다. 멍하니 서 있는 그의 앞에서 민지가 장난스럽게 눈웃음을 지었다.

"급하시면 제가 연락처 찾아드릴게요. 잠시만요."

"……."

민지가 싱글벙글 웃으며 키보드를 두드렸다. 현우는 굳은 얼굴로 그녀의 손을 바라봤다.

"이상하네……."

민지의 표정이 달라졌다. 그녀는 이해할 수 없다는 듯 연신 고개를 갸웃거리며 그에게 시선을 던졌다. 의뭉스러운 눈빛이었다.

"쌤, 그분 직원 조회에 안 나오는데요?"

"네? 그럴 리가요……."

"혹시 이름을 잘못 아신 거 아니에요?"

"아, 네……. 그럴지도 모르겠네요."

현우는 그렇게 얼버무리고 얼른 자리를 피했다. 생각을 정리할 시간이 필요했다. 복도로 걸어가는 내내 현우는 가위에 눌린 듯한 기분이었다.

'왜 다들 주희를 모르는 걸까.'

현우는 도저히 이해할 수 없었다. 병실에 돌아온 뒤로도 그는 한동안 침대에 걸터앉아서 그동안의 일들을 되새겨 보았다. 자신이 말도 안 되는 착각을 했을지도 모르고, 분명 이 혼란스러운 상황을 설명해 줄 합리적인 가설이 있을 거라 믿으며 채찍질했다. 그러나 그럴수록 빠져나갈 수 없는 악몽 속에서 허우적거리는 느낌이었다.

그때였다. 낯설고 기묘한 감각이 그를 덮쳤다. 도끼에 머리를 찍히기라도 한 듯 일시적으로 사고의 흐름이 중단되었다. 두개골 안의 뇌세포와 뇌신경, 뇌조직이 처참히 부서져 파편이 되어 버린 기분이었다. 이제까지와 달리 참을 수 없는 고통이 그를 옥죄었다.

불현듯 머리를 툭 치고 지나가는 장면이 있었다. 어두운 복도를 조심스럽게 걸어가는 누군가의 그림자, 불빛이 새어 나오는 어딘가를 향해 망설임 없이 향하는 발길. 단편적인 장면이었지만 그는 알 수 있었다, 그 사람이 자신이라는 것을. 기억은 끊임없이 밀려왔다. 간호 스테이션의 단란한 풍경, 컴퓨터 앞에 앉은 간호사들, 그들에게 말도 걸지 않고 직진하는 두 다리. 정지 버튼이 고장 난 테이프가 머릿속에서 재생되는 느낌이었다. 그는 더는 견디기 어려웠다. 기억은 멈출 줄 모르고 밀려왔다. 물품 보관실의 개방된 입구에 들어선 그, 약물이 보관된 수납장, 거기로 뻗어지는 손, 그리고…… 염화칼륨.

또 하나의 이미지가 그의 머리를 비집고 들어왔다. 사망 환자 명단이었다. 진료과와 사망 일시가 머릿속에서 나란히 짝지어졌다. 신경외과, 2월. 산부인과, 1월. 내과, 작년 12월. 무질서해 보이는 기록이었지만 거기에는 규칙이 있었다. 모두 그의 인턴 스케줄과 일치한다는 점이었다. 지난번엔 본능이 그것을 받아들이기를 거부했을 뿐 사실은 간단한 문제였다.

'이건 말도 안 돼. 지금 머릿속에 떠오르는 기억은 다른 사람 거야.'

자리에서 일어난 현우는 중심을 잡지 못하고 휘청거렸다. 막심한 충격에 어쩔 줄 모르고 가만히 서 있던 그의 귀에 섬뜩한 웃음소리가 얼핏 들렸다. 처음에는 단순히 밖에서 난 소리라고 생각했다. 그러나 점차 이상한 기운이 등 뒤에서 감지되었다. 누군가 뒤에 있다는 생각에 등골이 서늘해졌다. 웃음소리는 계속 높아져만 갔다. 현우는 미쳐 버릴 것 같았다. 지독한 악몽의 덫에서 빠져나오려면 선택해야 했다. 주춤거리며 돌아본 그의 시야에 굳게 닫힌 창문이 들어왔다.

거기에 있었다. 자신의 얼굴, 아니 주희의 얼굴이. 그녀의 소름 끼치는 웃음소리가 귓가에 이명처럼 맴돌았다. 침대에서 튕겨져 나간 그의 몸이 바닥에 둔탁한 소리를 내며 처박혔다. 바깥에서 소란스러운 기척이 느껴지더니 이리로 달려오는 사람들의 발소리가 들렸다. 희미해져 가는 의식 속에서 현우가 마지막으로 들은 건 야생동물의 울부짖음과도 같은 자신의 목소리였다. 그의 울부짖음이 고요한 공기를 사정없이 찢어 버렸다.

?

"아아악!"

소리를 지르며 깨어난 현우는 온몸이 땀으로 젖어 있음을 느꼈다. 끝이 보이지 않는 공포의 심연으로 추락하는 느낌이 여전히 생생하게 남아 있었다.

정신을 차리고 둘러보니 바깥에 봄비가 부슬부슬 내리고 있었다. 현우는 침대에 몸을 깊숙이 파묻고 그 소리에 가만히 귀 기울였다. 빗방울이 떨어지면서 나는 단조로운 소리가 아득한 기억을 불러왔다. 그들 중에는 좋은 기억도 나쁜 기억도 있었다. 그는 나쁜 기억은 한쪽으로 밀어 둔 채 좋은 기억만을 생각하려 애썼다. 수아의 하얀 얼굴이 가슴을 열고 안으로 쑥 밀려들었다. 단지 얼굴만 떠올렸을 뿐인데도 적적한 가슴에 따스한 햇살이 내리쬐고 풍요로워지는 기분이었다.

그는 창밖으로 시선을 던졌다. 해안 도시의 아침이 천천히 기지개를 켜며 깨어나고 있었다. 졸린 눈을 비비던 해가 재채기를 했는지 일순 바람이 창밖의 나뭇가지를 흔들고 지나갔다. 문득 생각난 게 있어 자리에서 일어나 세면대로 향했다. 거울 앞에 도착한 그는 그 안에 눈을 마주쳐서는 안 되는 괴물이 있기라도 하듯 조심조심 고개를 들이밀었다. 낯익은 자신의 얼굴을 발견하고서야 불안하고 떨리는 마음을 가라앉힐 수 있었다.

'역시 그건 악몽이었어.'

그는 안도했다. 무심코 TV를 켜고 화면에 나타난 날짜를 봤다. 그가 마지막으로 기억하는 날짜보다 하루가 더 흘러 있었다. 그의 기억이 맞는다면 오늘은 수아가 퇴원하는 날이다. 현우는 이대로 그녀를 떠나보낼 수밖에 없는 자신의 처지를 인정해야만 했다. 이런 험한 몰골로 그녀를 배웅하는 건 자존심이 허락하지 않았다.

이른 아침이었다. 그는 앞으로 벌어질 일을 훤히 그려 볼 수 있었다. 회진이 끝나면 수아는 퇴원 절차를 밟고 병원을 떠난다. 두 사람은 한동안, 아니 어쩌면 영원히 만날 수 없을 것이다. 같은 도시에 사니 한 번쯤은 거리에서 우연히 만날 수도 있겠지만 그것 역시 헛된 희망일지 몰랐다. 살짝 열린 창문 틈새로 시원한 바람이 불어 들어왔다. 현우는 그것이 구름 위에서 지켜보던 기영이 한숨을 내쉬는 것처럼 느껴졌다.

'환자인 게 맘에 걸리뿌믄 퇴원하고 만나면 된다 아이가.'

어르신, 그런 게 아니에요. 현우의 입가에 씁쓸한 미소가 번졌다.

'퇴원하믄 환자도 뭐도 아이다 아이가. 그때 데이트 신청을 하든가 해야재. 엉뚱한 머시마가 가로채기 전에 빨랑 해야 된다카이.'

어르신, 저한테는 과분한 여자예요. 저랑은 안 어울려요. 더 멋진 남자가 수아를 곁에서 지켜 줄 거예요.

현우는 물기가 차오르는 걸 느끼고 눈을 감았지만 허전함이 밀려오는 건 어쩔 도리가 없었다. 한번 터진 눈물샘에서는 끝도 없이 눈물이 흘러내렸다. 먹먹한 그의 가슴속에 어디서 날아온 건지 모를 돌멩이가 파문을 일으켰다. 내면 깊은 곳에서 슬픔의 물결이 동심원을 그리며 커졌다.

"수아야, 잘 가."

현우는 혼잣말로 작별 인사를 하고는 눈을 감았다. 그는 기억 속에서 한 사람을 지워 버리는 데 몰두했다. 수아를 잊고 살아가야 하는 그의 입장에서는 필요한 일이었다. 그녀와 함께했던 추억들을 떠올리고 그것을 차례차례 지워 나가는 작업. 어떤 영화에서 본 뒤로 그는 지우고 싶은 일이 있을 때마다 이런 방법을 사용해 왔다. 효과는 훌륭했다.

90% 삭제.

자기최면 같은 그 작업이 막바지에 다다른 그때 병실 문이 열렸다. 그의 상태를 체크하기 위해 찾아온 간호사 또는 의사인 모양이라고 짐작한 현우는 일부러 자는 척 쌕쌕 숨소리를 냈다. 지금은 누구와도 말을 섞고 싶은 기분이 아니었다. 혼자 있고 싶었다.

조심스럽게 다가오는 발소리가 들렸다. 머뭇거리면서도 가까이 오고 싶어 하는 마음이 묻어난 소리였다. 현우는 눈을 감고 혼자만의 작업에 계속해서 몰두했다.

"선생님, 안녕……."

그 목소리를 들은 순간 현우는 저도 모르게 눈이 떠졌다. 삭제된 모든 기억이 단숨에 복구되었다. 아무래도 수아와의 기억은 지울 수 없는 종류인 듯했다. 가슴이 벅차서 옆을 돌아볼 수 없었다. 뚜벅뚜벅 힘없는 발소리가 점차 멀어져 갔다. 이대로 그녀를 보낼 수는 없었다. 드르륵. 문이 열리는 소리가 난 순간 현우가 외쳤다.

"수아야."

천천히 문이 닫히는 소리가 들렸다. 이윽고 정적이 흘렀다. 마음을 추스르고 가까스로 돌아본 현우의 시야에 수아가 들어왔다. 봄과 어울리는 화사한 색깔의 옷과 치마를 입은 그녀는 풋풋한 대학생의 모습이었다. 어둡고 침울한 병실에 그녀의 아름다움이 가득 들어찼다. 우윳빛 얼굴 위로 보조개가 패었다.

"주무시는 줄 알고……. 다행이에요."

"그래."

"오늘은 나아지셨어요?"

"응, 어제보단 괜찮아."

이래서는 안 된다고 수없이 마음속으로 다짐했다. 그러나 수아를 본 순간 무용지물이 되고 말았다. 현우는 오묘한 열기에 휩싸여 그녀를 바라보았다. 그녀도 그의 시선을 피하지 않았다. 말하고 싶은 게 많았지만 감정이 북받쳐 말이 튀어나오지 않았다. 그녀가 머뭇거리다 말고 수줍게 물어 왔다.

"선생님, 저…… 여기 있다가 가도 돼요? 아직 시간 좀 있거든요."

"……."

"맞다, 선생님 아프신데……. 죄송해요."

"아니야, 이제 마지막인데……."

마지막이라고 말하는 현우의 목소리가 떨렸다. 수아도 슬픈 미소를 입가에 띠었다. 그들은 이런저런 이야기를 했다. 그동안 나눌 기회가 없었던 사적인 주제들이 입에 오르내렸다. 대학교에서 무얼 전공하는지, 어떤 취미를 가졌는지, 좋아하는 가수는 누구인지, 최근 재밌게 본 영화는 무엇인지. 현우는 일주일간 물어보지 못한 것들을 물어봤다. 한꺼번에 물어보느라 말이 빨라졌다.

이별을 앞둔 상황에서 이런 대화는 어울리지 않았다. 하지만 어쩔 수 없었다. 다시는 만날 수 없다고 생각하자 두려워진 것이다. 수아에 대해서 아는 게 아무것도 없다는 생각이 그를 비참하게 만들었다. 그의 질문에 의아해하면서도 그녀는 친절하게 하나씩 대답해 주었다. 이윽고 그의 질문이 다 떨어졌을 때 수아가 눈을 가늘게 떴다.

"이제 물어보실 거 없으세요?"

"응, 그런 거 같아."

수아의 상냥한 눈길이 그의 얼굴을 어루만졌다.

"인사도 못 하고 떠나는 줄 알았는데 다행이에요. 저 땜에 애써 주신 거 감사하다는 말도 제대로 못 드렸었는데."

"아냐, 나는 할 일을 했을 뿐이야."

"선생님 아니었으면…… 엄마 영원히 미워했을 거예요. 전부 선생님 덕분이에요."

"……."

"그래서 말인데요……."

수아의 뺨이 짙은 분홍빛으로 물들었다.

"퇴원하고 가끔 만날 수 있어요?"

짐짓 태연한 척 그녀가 덤덤하게 물어 왔다. 그 모습이 어찌나 사랑스러워 보이던지 현우는 그녀를 끌어안고 싶은 충동을 느꼈다. 그가 입가에 미소를 머금고 고개를 끄덕였다. 수아의 입가에도 웃음꽃이 피어났다. 그가 지난 일주일 동안 봐온 미소 중에 가장 예쁜 미소였다.

"좋아요, 그럼 빨리 나으셔서 만나기로 해요. 약속!"

"그래, 힘내서 빨리 나을게. 고마워."

*

벚꽃이 흐드러지게 핀 가로수 길을 나란히 걸었다. 거리에는 사람들이 많았다. 봄바람에 휘날리는 수아의 갈색 머리카락이 살결에 닿을 때마다 숨이 멎을 것처럼 황홀했다. 그녀의 입에서는 시종일관 미소가 떠나지 않았다. 아름다운 미소에는 사람의 마음을 녹아내리게 하는 힘이 있었다. 멀뚱히 바라보는 현우의 시선을 느꼈는지 그녀가 눈을 동그랗게 하고 물었다.

"선생님, 무슨 생각을 그렇게 해요?"

"응? 아냐, 그냥……."

현우는 가만히 웃다가 문득 깨달았다. 자신에게 있어 그녀는 더 이상 없어서는 안 될 존재라는 것을. 이 세상은 그녀가 있는 세계와 그녀가 없는 세계 둘로 나뉜다는 것을. 그가 기분에 흠뻑 젖어서 말했다.

"꿈꾸는 거 같아. 너랑 이렇게 얘기 나누고…… 산책도 하고…… 이런 것들이, 전부."

"선생님, 그거 아세요? 우리가 사는 세상에는 현실과 꿈이 섞여 있대요."

"그게 무슨 말이야?"

"아무리 꿈이더라도 우리가 보고 싶고, 듣고 싶으면 그게 현실인 거죠. 그러니까…… 선생님 말대로 지금이 어쩌면, 꿈일 수 있다는 거예요."

수아가 눈을 찡긋하고는 걸음을 옮겨 갔다. 잠깐 멈춰 서서 생각에 잠겨 있던 현우는 이내 마음을 다잡고 그녀와의 산책을 계속했다. 그는 어쩌면 자신이 그녀의 말대로 꿈속을 방황하는 건지도 모르겠다고 생각했다. 그러나 이제 어떻게 되든 상관없었다. 어쨌든 수아는 이렇게 곁에 있으니까. 만일 이게 꿈이라면, 현우는 이 꿈이 영원히 계속되었으면 좋겠다고 생각했다.

개정판에 부치는 글

* 결정적인 스포일러가 있으니 책을 다 읽으신 후 보시기 바랍니다.

『차가운 숨결』을 꾸준히 읽어주신 독자님들께 먼저 감사의 말씀을 드립니다. 여러분이 아니었다면 리커버 개정판은 나올 수 없었을 것입니다. 고작 열흘 전에 신작 소설의 작가 후기를 쓴 입장에서 또 감사하다는 말씀을 드리려니 쑥스럽지만 좋은 말을 여러 번 해서 나쁠 건 없겠죠.

재작년에 『차가운 숨결』이 출간된 이후로 온라인과 오프라인에서 다양한 감상을 보고 들었습니다. 그중에서도 반전에 대한 언급이 대다수를 차지했는데요, 범인의 정체를 헷갈려하신 독자님들이 꽤 계셔서 내심 씁쓸했습니다. 진상에 대한 설명을 덧붙이는 건 세련되지 않은 방법일뿐더러 사족이라고 생각해 그러지 않기로 했지만 돌이켜보니 오산이었습니다. 저 역시 추리소설 독자의 한 사람으로서 모호한 부분이 남아 있는 걸 좋아하지 않는데 그 부분을 간과했습니다. 언젠가 공개적인 지면에서 언급하고 넘어가려던 차에 아프로스미디어 주자덕 대표님께서 개정판 이야기를 꺼내셔서 이번 기회에 제 나름대로의 해설을 수록하기로 결심했습니다. 이 자리를 빌어 대표님께 다시 한번 감사의 말씀 드립니다.

이제 작품으로 돌아가서…… 결국 범인은 누구였을까요?

현우입니다. 어린 시절의 충격적인 경험으로 인해 해리성 정체감 장애와 조현병이 겹쳐진 그의 증세는 대학병원에 들어가 환자들을 직접 치료하면서 심해졌습니다. 주희는 환자들의 안락사를 추구하는 제2의 자아이자 환각으로서 작품 속에서 현우를 제외한 누구와도 말하는 장면이 없죠. 현우는 어릴 때의 고통스러운 경험을 홀로 감당하기 어려워 성별조차 다른 인물을 스스로 만들어냈고, 이는 결과론적으로 잘못된 방식의 합리화였습니다.

본 작품은 그러한 정신병적 장애가 치유되고 하나의 인격으로 통합되는 과정을 그려낸 것으로, 후반부에 주희와 벌이는 처절한 싸움은 일종의 은유적 장치입니다. 두 개의 인격이 하나의 몸을 두고 벌이는 혈투는 외관상으로는 잔인해 보일지 모르나 내부를 들여다보면 따스한 물결이 넘실거립니다. 얼핏 철학적으로 보이는 이 통합에 수아의 공이 컸던 것은 물론입니다. 그녀가 아니었다면, 병원을 일찍 떠났다면 현우는 끝까지 자신의 다른 인격에게 지배를 받았겠죠.

종장에서 수아와 나누는 몽환적인 대사는 아직 현우의 정신병적 장애가 백 퍼센트 치유되지 않았으며 언제라도 재발할 수 있음을 의미합니다. 마지막 문장에서 현우는 수아와 함께 있는 세상이라면 모든 게 꿈이라도 괜찮다고 생각하는데, 이는 진정한 사랑이야말로 치유에 필요한 절대적인 조건임을 암시하는 동시에 현우가 뒤늦게나마 자신을 덮친 정신적 위기와 솔직하게 대면했다는 걸 알려줍니다. 혜성병원으로 좌천된 현우가 그곳에서 다른 자아와 화해할 수 있을지는 저도 장담할 수 없습니다. 다만 수아 혹은 누군가가 곁에서 잘 관찰해주고 이끌어준다면 가능하지 않을까 생각할 따름입니다.

아무쪼록 제 해설이 작품의 이해에 도움이 되었기를 바랍니다. 조만간 출간될 『위험한 장난감』도 많은 관심 가져주시면 감사하겠습니다. 이번 작품이 감성 메디컬 미스터리를 표방했다면 차기작은 엔터테인먼트적인 요소가 강한 작품이어서 색다른 독서 경험이 되리라 생각합니다.

앞으로는 메디컬 미스터리 외에도 다양한 스타일의 작품으로 독자님들을 찾아뵙고자 하니 기대해주십시오. 끝까지 읽어주신 독자님들께 깊은 감사의 말씀 드립니다.

2022년 1월 25일

박상민

Aphros
ORIGINAL

차가운 숨결

초판 발행 2020년 5월 29일
개정판 1쇄 2022년 2월 25일

지은이 박상민
편집 주자덕
윤문 및 교정 김미숙(초판)
발행인 주자덕
인쇄 미래피엔피
펴낸 곳 아프로스미디어
출판등록 제 2016-000073호
주소 서울특별시 성동구 금호로 173, 101동 904호
전화 02-6352-5133
팩스 02-6455-5891
홈페이지 www.aphrosmedia.com
전자우편 spitz70@aphrosmedia.com
ISBN 979-11-89770-23-5 (03810)